Joanna Wylde

ROCKER TOCHTER

Spiel mit dem Feuer

Joanna Wylde

ROCKER TOCHTER

Spiel mit dem Feuer

LAGO

Bibliografische Information der Deutschen Nationalbibliothek:
Die Deutsche Nationalbibliothek verzeichnet diese Publikation in der Deutschen Nationalbibliografie; detaillierte bibliografische Daten sind im Internet über http://d-nb.de abrufbar.

Für Fragen und Anregungen:
info@lago-verlag.de

1. Auflage 2015

Übersetzung: Ramona Wilder
Redaktion: Dr. Carina Heer
Umschlaggestaltung: Melanie Melzer
Umschlagabbildung: iStockphoto
Satz: EDV-Fotosatz Huber/Verlagsservice G. Pfeifer, Germering
Druck: CPI books GmbH, Leck
Printed in Germany

ISBN Print 978-3-95761-121-5
ISBN E-Book (PDF) 978-3-95762-049-1
ISBN E-Book (EPUB, Mobi) 978-3-95762-050-7

DANKSAGUNG

Zu Beginn eines jeden Buches habe ich panische Angst, dass ich jemand Wichtigen vergesse. Denn an der Entstehung von *Rockertochter* haben so viele verschiedene Menschen mitgewirkt: Ein besonderes Dankeschön geht an meine Lektorin Cindy Hwang und an meine Literaturagentin Amy Tannenbaum, die mich jederzeit unterstützt haben. Äußerst dankbar bin ich auch dem ganzen Team bei Berkley, besonders Jessica Brock, die sich solche Mühe gegeben hat, mir zum Erfolg zu verhelfen.

Ich möchte mich bei meinen schreibenden Freundinnen und bei meinen Beta-Leserinnen bedanken, die mich Tag für Tag ermutigen. Dazu zählen Kylie Scott, Kim Jones, Renee Carlino, Kim Karr, Katy Evans, Kristin Ashley, Cara Carnes, Raelene, Sali, Hang und Lori. Ihr seid unglaublich, Mädels.

Ohne die Unterstützung durch Leseclubs, Blogger und Super-Leser (ihr wisst, wer gemeint ist) fände kein einziger Autor sein Publikum. Ich liebe euch: Maryse, Jenny, Gitte, Lisa, Giselle, die Mädels von Triple M, von Kristen Ashley Anonymous und all die unglaublichen Frauen in meiner Junkies-Gruppe. Ein großes Dankeschön geht auch an die Mädels, die ich ursprünglich auf Maryses Facebookseite kennengelernt habe – ich fühle mich so geehrt, dass ihr mich ganz am Anfang meiner Autorinnenkarriere unterstützt habt. Ich hoffe, ihr wisst, wie sehr ich euch schätze!

Und schließlich möchte ich meiner Familie für ihre anhaltende Unterstützung danken. Meinem Ehemann, meinen Kindern, meinen Eltern und meinem tollen Bruder. Ich liebe euch alle so sehr!

ANMERKUNG DER AUTORIN

Die Handlung von *Rockertochter* überschneidet sich zum Teil zeitlich und inhaltlich mit *Rockerblut.* Doch wer bereits andere Bücher der Reihe gelesen hat, wird merken, dass der Ton der Geschichte ein wenig davon abweicht. Mehrere Leute haben mich nach dem Grund gefragt. Die einzige Erklärung, die ich dafür habe, ist, dass die Figuren jünger sind und ihre Geschichte sich einfach so entwickelt hat. Dies ist in gewisser Weise ein Buch für junge Erwachsene, was sich auch in der Struktur der Erzählung niedergeschlagen hat.

Ein Hinweis zur Kultur der Motorradclubs: Eine der häufigsten Fragen, die Leser an mich stellen, lautet: »Wie real ist der Reapers MC?« Das ist schwer zu beantworten, weil meine Bücher romantische Fantasien sind und nicht darauf abzielen, das Innenleben eines Clubs zu erforschen oder die ethischen Aspekte des Clublebens zu beleuchten. Die Bücher dienen der Unterhaltung – deshalb neige ich vielleicht auch manchmal zu Übertreibungen.

Als frühere Journalistin habe ich aber von Anfang an beim Schreiben der Reihe natürlich Wert darauf gelegt, den Inhalt so realistisch wie möglich zu gestalten, besonders was Kultur und Sprache der Motorradclubs angeht. Darum ließ ich *Rockertochter* von einer Frau überprüfen, die einem Outlawclub angehört. Alles, was das Clubleben angeht, ist ziemlich realitätsnah (mit ein paar kleineren Ausnahmen, bei denen ich mir ein wenig künstlerische Freiheit nahm). Die MC-Kultur weist eine große Vielfalt auf und das Leben der Frauen in den Clubs ist kaum dokumentiert. Ich hatte das Privileg, viele dieser Frauen bei meiner Recherche kennenzulernen. Dabei wurde mir bewusst, dass die Stereotypen, die über ihr Leben im Umlauf sind, häufig ungenau und sogar schädlich sind. Die Hinweise dieser Frauen waren für diese Geschichte extrem wertvoll und ich danke ihnen sehr für ihre anhaltende Unterstützung.

PROLOG

Coeur d'Alene, Idaho

Acht Jahre zuvor

Em

»Verdammt noch mal ... sie führen sich auf wie zwei brünstige Wiesel. Ich kotz gleich.«

Ich nickte, da ich mit meiner Schwester zu hundert Prozent übereinstimmte.

Kotzen war die einzig vernünftige Antwort auf diese Scheiße.

Wir standen in unserem Esszimmer, das durch zwei Schiebetüren mit der Küche verbunden war. Dad hatte Mom auf die Anrichte gesetzt. Sie hatte ihre Beine um seine Taille geschlungen und er seine Zunge so tief in ihren Hals gesteckt, dass das eigentlich ihren Würgereiz hätte auslösen sollen.

»Euch ist schon klar, dass wir euch beobachten, oder?«, fragte Kit laut.

Dad löste sich von Mom und drehte seinen Kopf, um uns böse anzustarren. Mom zwinkerte uns zu, besaß aber nicht mal den Anstand, rot zu werden.

»Macht euch doch noch zehn Minuten die Haare oder sonst irgendwas«, sagte er. »Dann könnt ihr wieder runterkommen zum Frühstücken.«

Kit knurrte neben mir. Sie hatte Dads Temperament. Ich wünschte, ich hätte es auch, denn ich befolgte immer die Regeln, was mir irgendwie auf die Nerven ging. Kit nannte mich Papakind und hatte damit vielleicht sogar recht. Ich hasste es eben einfach, ihn zu verärgern.

»Heute ist der erste Schultag, und ich will nicht zu spät kommen«, erklärte sie. »Ihr könnt jederzeit vögeln, aber der erste Schultag ist nur einmal pro Jahr. Ich habe Hunger.«

Dad trat einen Schritt von Mom zurück, wandte sich zu uns um und verschränkte die Arme. Seine verblassten Tattoos erzählten unzählige Geschichten und die meisten meiner Freundinnen waren in seiner Gegenwart etwas nervös. Seine schwarze Lederkutte mit den Reapers-MC-Aufnähern machte die Sache nicht besser. Wir Glückspilze hatten einfach keinen normalen Dad, der in einer Bank oder so arbeitete.

Nope.

Unserer musste ausgerechnet der President eines Motorradclubs sein.

Laut meiner besten Freundin Quinn war Dad ein knallharter Scheißkerl. Wo sie recht hatte, hatte sie recht. Ich wusste, egal, was passierte, er würde immer für mich da sein. Insgeheim gefiel es mir, dass er die Reapers als Rückendeckung hatte. Der Anblick von Dads Tattoos und seinen Aufnähern verlieh mir ein Gefühl der Sicherheit, was ich aber nie zugegeben hätte. Trotz alldem fand ich es einfach ekelhaft, dass er und Mom es praktisch in der Küche trieben. Ich meine, schließlich belegte ich mir auf dieser Anrichte sonst meine Sandwiches. Und wo sollte ich das jetzt machen?

»Könnt ihr euch nicht einmal wie normale Eltern benehmen und euch beim Essen einfach ignorieren?«, sagte Kit mit schmalen Augen.

»Klingt langweilig …«, murmelte Dad und kniff ebenfalls die Augen zusammen.

Mom und ich starrten einander an, und sie verdrehte die Augen. Ich hasste das – Dad und Kit konnten sich wegen jeder Kleinigkeit in die Haare kriegen. Laut Mom waren sie sich einfach zu ähnlich. Da konnte ich ihr nur zustimmen. Mom war wie das Öl, das die Maschine »Familie«

am Laufen hielt, und sie entschärfte knifflige Situationen, bevor sie unkontrollierbar wurden.

»... und ich langweile mich ungern«, fügte er hinzu. »Geh und mach das, was Mädels in Badezimmern gewöhnlich so lange tun, und dann kommst du wieder runter. Mein Haus, meine Regeln.«

Ich packte Kits Arm und zog sie weg, bevor sie zurückschießen konnte. Sie war erst zwölf und ich war vierzehn, aber sie ließ sich nie einschüchtern. Manchmal war das nicht schlecht ... aber sie musste lernen, nur die wichtigsten Kämpfe auszufechten.

»Komm einfach mit hoch«, zischte ich ihr zu.

»Sie sind zu alt, um in der Küche zu vögeln!«

»Wir vögeln gar nicht«, sagte Dad. »Aber selbst wenn, dann würde dich das auch nichts angehen, Kleine.«

Ich grub meine Finger in Kits Arm, zog sie aus dem Esszimmer und die Treppe hoch. Im Hintergrund hörte ich Dad lachen und Mom leise quieken.

»Sie sind so ekelhaft«, sagte Kit und ließ sich auf mein Bett fallen. Wir hatten jede ein eigenes Zimmer, aber sie verbrachte viel Zeit in meinem Zimmer, weil es größer war. Außerdem gab es vor dem Fenster einen Ast, über den wir heimlich rausklettern konnten ...

Nicht, dass wir das jemals getan hätten, aber Kit hatte schon große Pläne für die Highschool.

»Ich weiß«, antwortete ich. »Aber er hat recht, das Haus gehört ihm.«

»Zumindest sitzt du nicht in der doofen Middleschool«, sagte sie mit einem schweren Seufzer. »Ich kann's nicht glauben, dass du einfach weg bist! Das ist nicht fair.«

»Nur noch ein Jahr, dann bist du auch dort«, sagte ich. Da mir klar wurde, dass ich die Wartezeit auch nutzen konnte, betrachtete ich eingehend meine Haare im Spiegel der Frisierkommode, die mir Mom zu meinem 13. Geburtstag geschenkt hatte. Sie hatte früher ihr gehört. Als kleines Mädchen hatte ich es geliebt, davorzusitzen, mich zu schminken und mir vorzustellen, dass ich eine Prinzessin wäre. »Und ich bin mir sicher, dass es gar nicht so toll wird. In der neunten Klasse ist nicht wirklich was los.«

»Na, immer noch mehr als in der achten«, sagte sie. »Aber du wirst eh nicht dazu kommen, irgendwas anzustellen. Glaubst du wirklich, dass dich Dad auf irgendwelche Partys gehen lässt?«

»Natürlich wird er das«, sagte ich, obwohl ich so meine Zweifel hatte. Dad konnte sehr … anstrengend sein.

Kit öffnete ihren Mund, um etwas zu sagen, schloss ihn dann aber wieder, als wir röhrende Harleys die Einfahrt raufkommen hörten.

»Was zum Teufel ist denn da los?«, fragte ich, während ich zum Fenster hinüberging. Draußen fuhren sechs Reapers vor – an einem Dienstagmorgen um sieben Uhr dreißig … Kein gutes Zeichen. Die Jungs aus dem Club waren nicht als Frühaufsteher bekannt.

»Shit«, murmelte Kit. »Da muss irgendwas passiert sein.«

Wir sahen einander an, und ich fragte mich, ob sie auch dieses Gefühl von Übelkeit in der Magengrube spürte. »Irgendwas passiert sein« konnte in unserer Welt alles Mögliche bedeuten. Dad hielt die Clubangelegenheiten normalerweise von unserem Familienleben fern. Aber im Lauf der Jahre hatte ich genügend miterlebt und konnte nicht so tun, als ob alles in Ordnung und wunderbar wäre, wenn ein Drittel der Brüder plötzlich unangekündigt auftauchte.

»Ich geh runter«, sagte Kit mit grimmiger Stimme.

Ich schüttelte meinen Kopf.

»Die werden uns nicht dabeihaben wollen.«

»Scheiß drauf.«

Wir schlichen wie kleine Diebe die Treppe runter. Ich rechnete damit, gedämpfte Stimmen zu hören und die Spannung zu spüren, die in der Luft lag, wenn etwas richtig schieflief. Stattdessen hörte ich die Männer in der Küche lachen und plaudern. Als wir ins Esszimmer kamen, sahen wir unseren Onkel Duck am Tisch sitzen, während ihm Mom gerade eine Tasse Kaffee brachte. Dad saß neben ihm, zusammen mit Ruger – dem äußerst scharfen Anwärter, der nun seit vier Monaten zum Club gehörte. Ich musste wegsehen, bevor ich anfing zu brabbeln oder rot zu werden.

Wenn ich erst groß war, würde ich auf jeden Fall Ruger heiraten.

Das würde ich meinem Vater aber sicher nicht erzählen, Papakind hin oder her. Ruger war vor einem Jahr mit der Highschool fertig geworden, und Quinn hatte mir erzählt, dass sie ihn beim Vögeln mit ihrer Schwester Nicole im Wohnzimmer erwischt hatte, als ihre Eltern abends ausgegangen waren. Ich tat furchtbar schockiert, brachte sie aber dazu, mir alle schmutzigen Details zu erzählen … und es waren eine ganze Menge. Quinn war nicht weggelaufen, als sie sie entdeckt hatte. Nope. Sie hatte sich versteckt und die ganze Sache, die ihrer Ansicht nach kein Quickie gewesen war, in aller Ruhe angesehen.

Nein, keinesfalls ein Quickie.

Quinn erzählte auch, dass Ruger einen gepiercten Schwanz hatte und dass ihre Schwester drei Nächte lang geweint hatte, weil er sich nie wieder bei ihr gemeldet hatte. Wenn ich erst alt genug war, würde er *mich* auf jeden Fall anrufen. Ich hatte große Pläne für uns.

»Morgen«, sagte Duck und lächelte mich an. Er hatte mir nie verraten, warum sie ihn Duck nannten, aber ich fand, dass er eher wie ein alter Bär aussah. Groß und haarig, was furchteinflößend gewesen wäre, wenn er mich nicht, solange ich denken konnte, durch die Luft gewirbelt und mir heimlich Süßigkeiten zugesteckt hätte. »Du siehst wunderhübsch aus, Em. Du machst dich sicher prima auf der Highschool.« Er warf einen Blick rüber zu meinem Dad. »Ich kann immer noch nicht fassen, dass unser Mädel schon alt genug dafür ist.«

Igitt. Ich hasste solche Bemerkungen, besonders wenn Ruger dabei war. Alle schienen mich für ein Baby zu halten, dabei war ich schon vierzehn. In zwei Jahren durfte ich Auto fahren, na ja, dann eben mit Führerschein. Denn auf unserem Grundstück fuhr ich schon seit Jahren herum …

»Ich weiß es echt zu schätzen, dass ihr hergekommen seid«, sagte Dad zu den Jungs. »Em, nimm dir was zum Frühstücken. Wir begleiten dich heute in die Schule. Ich will nicht, dass wir zu spät dran sind.«

Mir fiel die Kinnlade runter, und ich hörte, wie Kit überrascht ein ersticktes Geräusch von sich gab.

»Wir?«, flüsterte ich in der Hoffnung, mich verhört zu haben.

»Wir alle«, erwiderte Dad mit einem aufgesetzten Lächeln. »Du wirst langsam zur Frau. Ich dachte mir, es wäre keine schlechte Idee, diese kleinen Arschlöcher an deiner Schule daran zu erinnern, wer deine Familie ist. Gleich mal von Anfang an Missverständnisse aus dem Weg räumen.«

Mir wurde tatsächlich schwindlig.

»Daddy, das kann doch nicht dein Ernst sein!«, platzte Kit heraus. »Wenn ihr alle dort auftaucht, jagt ihr den Jungen eine Heidenangst ein! Wie soll Em da jemals ein Date haben?«

Dads Lächeln wurde zum Zähnefletschen eines Raubtiers.

»Ein Junge, der mit Ems Familie ein Problem hat, braucht auch kein Date mit ihr.«

Ich schluckte. Das konnte nicht wahr sein. Meine Mom fuhr sich mit den Fingern durchs Haar, und er zog sie auf seinen Schoß. So waren sie immer – ständig am Fummeln. Aber normalerweise wies ihn Mom in die Schranken, wenn sein Beschützerinstinkt mit ihm durchging. Im Gegensatz zu Dad wusste sie, was es hieß, ein Mädchen im Teenageralter zu sein.

»Mom, ich dachte, du würdest mich hinfahren?«, quiekte ich unter Mühen.

Sie schüttelte traurig ihren Kopf.

»Sorry, Baby. Dein Vater hat sich das in den Kopf gesetzt«, sagte sie. »Ich bringe Kit in die Schule und Dad fährt dich, zusammen mit deinem Onkel Duck und den anderen Brüdern.«

»Diese kleinen Arschlöcher an deiner Schule müssen wissen, mit wem sie es zu tun haben, wenn sie dich verarschen wollen«, fügte Dad mit tiefer Stimme hinzu. »Ich will dir das Leben nicht schwer machen, aber ich war auch mal ein Teenager. Sie denken mit ihren Schwänzen und müssen deshalb begreifen, dass sie diese Schwänze verlieren, wenn sie dich nicht anständig behandeln. Es gibt nichts Besseres als eine kleine Machtdemonstration, um einem Jungen die Augen zu öffnen.«

»Das ist Schwachsinn, Daddy, das weißt du«, sagte Kit und kam mir zu Hilfe. Gott sei Dank, denn ich hatte meine Denkfähigkeit eingebüßt und konnte mich nicht mehr bewegen. »Und es ist sexistisch! Em kann schon selbst auf sich aufpassen. Du hast kein Recht, sie so zu demütigen.«

»Ich habe sehr wohl dieses Recht«, antwortete er. An seinem Tonfall konnte ich erkennen, dass die Diskussion hiermit beendet war. »Ich bin euer Vater und es ist meine Aufgabe, euch zu beschützen. Ich will dich nicht in eine peinliche Lage bringen, Em, aber ich tue, was nötig ist, um dich zu beschützen.«

»Niemand will mir wehtun«, sagte ich mühsam.

Er schnaubte.

»Aber sie wollen dich ficken.«

Ich spürte, wie meine Wangen knallrot wurden, und senkte den Blick, um nur ja nicht Ruger oder einem der anderen Jungs in die Augen sehen zu müssen.

»Du willst, dass ich dich wie eine Erwachsene behandle? Ist ziemlich schwierig, wenn dich schon die Erwähnung von Sex rot werden lässt. Wenn du nicht mal darüber reden kannst, bist du garantiert noch nicht so weit, es zu machen. Und jetzt wird dich sowieso niemand mehr unter Druck setzen. Schnapp dir dein Müsli, falls du was essen willst. Wir fahren gleich los.«

Mir war schlecht. Mein Highschool-Leben war vorbei, bevor es überhaupt begonnen hatte. Und er wollte, dass ich *Müsli* aß?

»Ich nehm mir 'nen Müsliriegel«, murmelte ich und bedachte ihn mit einem wütenden Blick. Dad zuckte mit den Schultern, und ich sah, wie er seine Hand zwischen Moms Beine schob.

Igitt. Mein Leben war beschissen.

Eigentlich liebte ich es, mit meinem Dad Motorrad zu fahren. Es gab nichts Besseres, als hinter ihm zu sitzen, die Arme fest um seine Taille geschlungen, und den Highway runterzubrettern. Kit hatte vielleicht sein Temperament, aber ich hatte seine Liebe zum Motorradfahren geerbt. Ich sparte seit meinem sechsten Geburtstag auf mein eigenes Bike, und ich sah den Stolz in seinen Augen, wenn ich ihn bat, mich mitfahren zu lassen.

Heute jedoch … Zum ersten Mal in meinem Leben hasste ich es, hinter ihm auf dem Bike zu sitzen.

Mit lautem Röhren fuhren wir an der Schule vor, Dad und ich vornedran, gefolgt von sechs Reapers (inklusive Ruger, der wahrscheinlich vor seinem Abschluss mit der Hälfte der Mädchen hier geschlafen hatte). Dad hielt direkt vor dem Haupteingang im Parkverbot, und die Brüder stellten sich mit ihren Bikes alle neben ihn, sodass sie eine Reihe aus glänzendem Chrom bildeten. Wenn ich mir eingebildet hätte, am ersten Tag schnell und unauffällig ins Gebäude zu schleichen, hätte sich dieser Plan spätestens jetzt in Luft aufgelöst.

Eine der Lehrerinnen, eine Frau etwa Mitte zwanzig, stand auf dem Rasen und sah nervös zu uns herüber. Doch als die Männer abstiegen, forderte sie sie nicht zum Umparken auf. Nein, sie starrte uns nur mit offenem Mund an, was eigentlich ganz amüsant hätte sein können, wenn ich mir nicht ziemlich sicher gewesen wäre, dass ich in ihrer Klasse war. Ich hatte sie am Tag der offenen Tür schon gesehen. Ruger grinste frech und schlenderte zu ihr rüber. Sie wurde knallrot.

Shit, gab es irgendeine Frau an dieser Schule, mit der er nicht geschlafen hatte? Vielleicht sollte ich diese Hochzeitspläne noch einmal überdenken.

»Okay, danke fürs Herbringen«, sagte ich überdeutlich zu meinem Dad. »Ihr könnt jetzt wieder fahren.«

»Zeig mir deinen Spind«, sagte er. Offensichtlich hatte er fest vor, jede Chance auf ein bisschen Glück in den nächsten vier Jahren zunichte zu machen. Ich sah zu ihm auf und setzte jedes Mittel ein, das mir zur Verfügung stand: Den Welpenblick, das Kleine-Mädchen-Lippen-Beißen und das Ich-muss-gleich-heulen-Atmen. Normalerweise schaffte ich es auch noch, ein oder zwei Tränen rauszudrücken, aber dazu brauchte ich mehr Vorlaufzeit.

»Daddy, kannst du mich bitte einfach allein reingehen lassen?«, fragte ich flüsternd mit wackliger Stimme. »Du hast deinen Standpunkt klargemacht.«

Er schüttelte gnadenlos seinen Kopf.

»Versuch's nicht mal«, sagte er. »Das hab ich alles schon mal gesehen, und verglichen mit deiner Mutter bist du eine Amateurin. Ich komme mit rein, weil ich möchte, dass jedes Kind hier begreift, dass du zum Reapers MC gehörst und dass sie es mit uns zu tun kriegen, wenn sie sich mit dir anlegen.«

Keine Ahnung, warum ich es überhaupt versucht hatte.

Dad war eine Naturgewalt – eine Flutwelle, die mein Leben zerstören wollte. Alle Blicke folgten uns, als wir durch die Tür traten und den Gang entlangmarschierten. Quinn fing meinen Blick auf und hob dramatisch die Augenbrauen. Ich zuckte resigniert mit den Schultern und suchte nach der Nummer 1125, die im ersten Stock in der Nähe der Jungsumkleide lag – der Umkleide, aus der gerade die Footballmannschaft nach ihrem morgendlichen Training rausspazierte.

Perfekt.

Mein beschissenes Leben war absolut perfekt.

Ich sah auf und bemerkte, dass uns Quinns Bruder Jason beobachtete. Er war Elftklässler und einer der Defense-Spieler des Teams. Ich war schon immer in ihn verknallt gewesen. Genau genommen hatte ich insgeheim gehofft, dass er mich endlich nicht mehr nur als die nervige Freundin der kleinen Schwester sehen würde. Denn mal im Ernst – wenn ich wollte, dass sich ein Typ wie Ruger bei mir meldete, brauchte ich zuerst ein wenig Übung, oder?

»Reed«, sagte Dad lässig mit einer Kinnbewegung in Richtung Jason. »Klasse Saison letztes Jahr. Wie läuft's momentan mit dem Team?«

Jason schluckte und ließ seinen Blick zwischen Dad und mir hin- und herwandern.

»Äh, ziemlich gut«, antwortete er.

Ich öffnete meinen Spind und wünschte mir verzweifelt, hineinkriechen und dort einfach sterben zu können. Oder zumindest für die nächsten vier Jahre zu verschwinden. Traurigerweise passte nicht einmal ein busenloses Wunderwesen wie ich in den Metallschrank.

»Freut mich«, antwortete Dad. Er beugte sich zu mir rüber und küsste mich auf den Kopf. Dann sagte er so laut, dass fast ein Echo zu hören war: »Viel Spaß auf der Highschool, Prinzessin. Du sagst mir Bescheid, falls dich einer dieser Typen blöd anmacht, in Ordnung?«

Ich nickte und bat im Stillen um einen schnellen und gnädigen Tod. Ein Aneurysma vielleicht? Ja, das wäre genau das Richtige.

»Geh einfach«, flüsterte ich.

»Wir sehen uns heute Abend«, antwortete er. Dann drehte er sich um und schlenderte den Gang hinunter, sodass die Aufnäher auf seinem Rücken alle, die uns sahen, eindringlich daran erinnerten, dass mein Dad der President des Reapers Motorradclubs war.

Quinn kam zu mir und lehnte sich mit großen Augen an die Spinde.

»Wow«, sagte sie. »Niemand wird dich zu irgendwelchen Veranstaltungen oder so als Begleitung einladen. Das weißt du, oder? Und Sex wirst du ganz sicher auch nie haben.«

»Ich weiß«, sagte ich mit elender Stimme. Nicht, dass ich Sex haben wollte – jetzt noch nicht zumindest.

Aber es wäre trotzdem schön, mit jemandem zu den Schulpartys zu gehen. Ich seufzte.

»Ich werde als Jungfrau sterben, Quinn.«

Sie nickte mit ernstem Gesicht und sah mich voll Mitgefühl an.

»Ich fürchte, das ist so gut wie sicher«, sagte sie. »Aber du musst auch die positive Seite sehen.«

»Und die wäre?«

»Nonnen müssen nicht mehr ständig diese Pinguinkostüme tragen: Du musst dir also gar keine neuen Klamotten kaufen.«

Ich sah hinüber zu Jason, der mich anstarrte, als ob mir ein zweiter Kopf gewachsen wäre.

Mein Dad war der gemeinste Vater aller Zeiten.

Oh Mann.

Stockton, California

Acht Jahre zuvor

Hunter

Natalie wischte sich den Mund ab und sah zu mir hoch. Ihr hübsches Gesicht wirkte verschlagen und berechnend. Ich stopfte meinen erschlaffenden Schwanz zurück in meine Hose und zog den Reißverschluss zu. Dann löste ich mich von der Ziegelmauer hinter der Tankstelle. Nat stand auf, lächelte mich kurz an und knabberte an ihrer Lippe. Ich schätze, sie wollte verspielt wirken, sah dabei aber nur verzweifelt aus.

»Und?«, fragte sie.

Ich hob fragend eine Augenbraue.

»Was ›und‹?«

»Äh … ich hab mich gefragt, ob du mir was geben kannst?«

Das war echt typisch, verdammt. Diese reichen Tussis.

Aber nicht wirklich eine Überraschung. In Natalies Welt würde ich nie mehr als ein schnelles Sexabenteuer mit guten Beziehungen zur Drogenwelt sein. Das war eigentlich kein Problem. Geschäft ist Geschäft, und Nat hatte reichlich Kohle.

»Was willste denn?«, fragte ich in der Hoffnung, dass sie für den Blowjob keinen Preisnachlass erwartete. Sie war okay, aber nichts Besonderes. Sie hatte mich richtig offensiv angemacht. Und warum sollte ich ein Mädel, das meinen Schwanz lutschen wollte, wegschicken? Jetzt, nachdem sie's runtergeschluckt hatte, ging sie mir nur noch auf die Nerven. Bevor Natalie die Frage beantworten konnte, vibrierte mein Handy.

Kelsey. Shit.

Ich ging ran und wandte mich von Natalie ab.

»Hey, Kels.«

»Jim wurde heute im Werk gefeuert. Du musst schnell nach Hause kommen, er ist betrunken, und ich hab Angst.«

Mein ganzer Körper spannte sich an und mein Sichtfeld verengte sich. *Dieser verdammte Schwanzlutscher. Wenn er sie anrührt …*

»In ein paar Sekunden bin ich bei dir, okay? Bleib ruhig, Kelsey«, sagte ich zu meiner Pflegeschwester. »Schau, dass du aus dem Haus kommst, und renn in den Park. Wenn das nicht klappt, dann sperr dich im Klo ein. Halt durch – ich komm dich holen.«

»Okay«, flüsterte sie. Im Hintergrund hörte ich Jim mit laut dröhnender Stimme brüllen. James Calloway war ein Pflegevater, wie man ihn sich schlimmer nicht vorstellen konnte, ein richtiges Arschloch. Ich beendete das Gespräch und sah mit ausdruckslosem Gesicht hinüber zu Natalie. Ich gab nie mehr preis als nötig, das hatte ich auf die harte Tour gelernt.

»Ich muss schnell nach Hause«, sagte ich zu ihr. »Kannst du mich fahren?«

Sie lächelte und versuchte, schüchtern und unschuldig zu wirken.

»Natürlich«, sagte sie und zog im Straßenstaub mit ihren Fick-mich-Schuhen, die sie immer anhatte, kleine Kreise. Vor einer halben Stunde hatten mich die Schuhe wesentlich mehr angemacht. »Aber bevor wir gehen …«

So ein Scheiß. Dafür hatte ich keine Zeit.

»Gib mir den verfluchten Schlüssel«, sagte ich. Ich war mit meiner Geduld am Ende. Sie öffnete ihren Mund, um zu protestieren, und ich kniff die Augen halb zusammen, zum sorgfältig einstudierten Kalt-und-Gefühllos-Blick. Im Lauf der Jahre hatte ich diesen Blick perfektioniert, und er verfehlte nie seine Wirkung. Sie zog scharf die Luft ein und suchte nach ihrem Schlüssel, den sie mir schließlich aushändigte. Ich wusste, dass ich mit meinen ein Meter neunzig ziemlich furchteinflößend war.

Es machte mir auch nicht das Geringste aus, ein Mädchen in Angst und Schrecken zu versetzen.

Schnell ging ich um das Gebäude herum zu Natalies süßem, kleinem Mustang – ein Geschenk von Daddy, zu ihrem 16. Geburtstag. Ich setzte mich rein und ließ den Motor an, dessen Röhren mir zu einem anderen Zeitpunkt vielleicht gefallen hätte. Natalie schlüpfte schnell auf den Beifahrersitz. Offenbar hatte sie Angst, dass ich ohne sie abfahren könnte.

Hätte ich auch gemacht, aber ich wollte nicht unnötig Aufmerksamkeit erregen. Als ich Jim das letzte Mal von Kelsey weggezerrt hatte, hatte ich ihm versprochen, dass ich ihn beim nächsten Mal töten würde. Herrgott, sie war erst dreizehn und hatte sich bereits angewöhnt, mit einem Messer unterm Kopfkissen zu schlafen. Ich hatte den Verdacht, dass das Ganze recht unschön werden könnte. Das Letzte, was ich dabei brauchte, war eine Anzeige wegen eines gestohlenen Autos.

Fünf Minuten später hielt der Mustang mit quietschenden Reifen vor dem verfallenen Farmhaus meines Pflegevaters, das von vertrocknetem Rasen mit einer rostenden Kinderschaukel darauf umgeben war. Seine eigenen Kinder waren längst ausgezogen, und ich vermutete, dass er das Haus ohne das Pflegegeld, das er für mich und Kels bekam, verlieren würde. Die Sozialarbeiter hatten nicht mitbekommen, dass Autumn, seine Frau, vor sechs Monaten abgehauen war. Wer konnte ihr das übel nehmen? Ich musste schließlich nur vorübergehend hier wohnen. Aber hier für den Rest meines Lebens verrotten? Scheiße, nein. Ich hätte mich auch davongemacht.

Normalerweise machte es mir auch nichts aus, in seiner Bruchbude zu wohnen. Ich hatte gern ein eigenes Zimmer. Mir stand das ganze Untergeschoss zur Verfügung, ich ließ aber auch Kels da unten schlafen. In ihrem Zimmer im Obergeschoss fühlte sie sich nicht sicher. Es lag zu nahe bei Jim. Schlaues Kind.

Ich sprang aus dem Auto und rannte Richtung Haus.

»Warte!«, rief Natalie, die hinter mir herkam.

»Was ist?«, fragte ich, ohne langsamer zu werden. Ich hörte Jim drinnen irgendwas brüllen und blieb stehen, um zu überlegen. Was war das beste Vorgehen? Ein lautes, klirrendes Geräusch von nebenan störte mich beim Nachdenken. Der alte Typ, unser Nachbar, arbeitete wohl wieder draußen in der Garage an seinen Bikes …

»Du hast gesagt, du gibst mir was«, sagte Nat mit schiefem Lächeln.

Gott, war sie immer noch da? Ich griff in meine Hosentasche und zog ein Tütchen raus, das ich ihr mit Schwung zuwarf.

»Da«, sagte ich. »Jetzt steig in dein verdammtes Auto und verschwinde.«

Sie öffnete und schloss ihren Mund wie ein Goldfisch, und ich fragte mich ernsthaft, warum ich sie damit meinen Schwanz hatte lutschen lassen. Dann hörte ich Kelsey schreien, und ich sah rot. Nur Schlappschwänze brauchten einen Plan – dieses Arschloch sollte so schnell wie möglich Schmerzen spüren. Ich lief zum hinteren Tor und hoffte, dass Natalie so glücklich über ihre kostenlose Ration war, dass sie alles, was sie hier gehört oder gesehen hatte, vergessen würde.

Gottverdammter Mist.

Das Tor war abgesperrt.

Ich stemmte mich hoch und sprang über den hohen Gitterzaun, wobei ich aus den Augenwinkeln Natalie sah. Sie achtete gar nicht auf mich. Nein, die Schlampe suchte im Gras nach ihrem Tütchen. Kelsey schrie wieder. Ich rannte ums Haus herum und schlüpfte durch ein schmales Fenster in den Keller.

Jim hatte die Türen immer abgesperrt und gab mir keinen Schlüssel. Was auch egal war – das Schloss, das ich nicht knacken konnte, musste erst noch erfunden werden. Aber dafür hatte ich jetzt keine Zeit. Ich lief die Treppe hoch zu Kelseys Zimmer. Im Türrahmen erstarrte ich.

Sie kauerte mit fast bis zur Taille heruntergerissenem Shirt auf dem Bett, sodass man den kleinen, hautfarbenen BH sehen konnte, den ich für sie hatte kaufen müssen. Das war der allerschrägste Einkaufstrip meines Lebens gewesen, verdammt. Auf ihrer Wange zeichnete sich ein Handabdruck leuchtend rot ab, und von ihrer Unterlippe tropfte Blut.

Jim ragte über ihr auf. Er stank nach Schweiß und Alkohol, und seine Schultern hoben und senkten sich unter tiefen Atemzügen. Seine Hose stand schon offen und saß nur noch auf seinen schwabbligen, schmalen Hüften. Sein dünner Schwanz wackelte wie eine besoffene Kobra umher.

»Lass sie in Ruhe, oder …«, sagte ich und legte all den aufgestauten Hass in meine Stimme. Jim drehte sich zu mir um und grunzte. Seine rote, geschwollene Nase saß wie eine faulige Tomate mitten in seinem Gesicht.

»Oder was?«

»Du stirbst«, sagte eine leise Stimme hinter mir. Dann hörte ich den unverwechselbaren Klang einer Waffe, die entsichert wurde.

Wir erstarrten alle, als unser Nachbar langsam ins Zimmer spaziert kam. Er hielt seine Pistole ganz entspannt, eher wie eine Fernbedienung als wie eine Waffe. Er war ein älterer Mann – und, so viel ich wusste, verbrachte er die meiste Zeit in seiner Garage und reparierte dort Motorräder, die er dann verkaufte.

Ich hatte sogar ein Auge auf sein jüngstes Projekt geworfen und mir überlegt, ob ich mir das Bike leisten konnte.

Burke.

So hieß er. Keine Ahnung, ob mit Vor- oder Nachnamen. Er war ein harter Kerl mit langem, ergrauendem Bart und verblassten Tattoos auf den Armen. Durch die Aufnäher auf der Lederkutte, die er immer trug, wusste ich, dass er zu den Devil's Jacks gehörte, einem Motorradclub. Heute hatte ich zum ersten Mal die Gelegenheit, mir die Kutte gründlich anzusehen. Auf einer Schulter war ein rot-weißer Aufnäher, auf dem »Burke« und darunter »Original« stand. Auf der anderen Schulter prangte eine Raute mit der Aufschrift »1%«. Darunter befand sich eine lange Reihe kleinerer Aufnäher mit Namen und Daten.

Seine stark gebräunte Hand mit der Waffe blieb völlig ruhig, seine Augen blickten so kalt und tödlich wie die meinen.

»Kelsey, schau, dass du hier rauskommst«, befahl ich mit ruhiger Stimme. Ich kannte Burke nicht wirklich und hatte keine Ahnung, was er vorhatte … Aber solange Kels in Sicherheit war, interessierte mich das, ehrlich gesagt, auch nicht im Geringsten.

»Tu, was er sagt.«

Kelsey nickte mit großen Augen, glitt vom Bett und schlich an die Mauer gepresst nach draußen.

»Geh in mein Zimmer und warte dort«, sagte ich zu ihr. »Sperr die Tür ab und mach sie für niemanden außer mir auf.«

Als sie verschwunden war, zog sich die Zeit bedrohlich in die Länge.

»Un was willste jez tun, mich erschiiießen?«, lallte Jim mit angriffslustiger Stimme.

Er war nüchtern schon nicht der Schlaueste, aber betrunken war gar nichts mehr mit ihm anzufangen.

»Kommt drauf an«, sagte Burke.

»Worauf?«

»Auf den Jungen hier«, antwortete er und zeigte mit dem Kinn auf mich. »Willst du dieses Arschloch erschießen, mein Junge?«

Ich sah ihn überrascht an. Seine Miene war eiskalt, Burke machte offensichtlich keine Witze. Shit.

Jetzt wurde es ernst.

»Denk gut drüber nach«, sagte Burke. »Wenn du abdrückst, gibt es kein Zurück mehr. Aber du musst dir dann auch keine Sorgen mehr machen, dass er deine Schwester vergewaltigt. Wir können die Leiche verschwinden lassen.«

Jims Blick zuckte zwischen uns beiden hin und her. Er wirkte halb verrückt vor Angst und war plötzlich wieder ganz nüchtern.

»Hör nicht auf ihn«, flüsterte er. »Du kommst in den Knast. Todesstrafe. Er spricht von *Mord.*«

»Unwahrscheinlich«, sagte Burke. »Du hast mich nie groß interessiert, Calloway. Genau genommen glaube ich, dass es auf der ganzen Erde niemanden gibt, der sich auch nur im Geringsten darum kümmert, ob du lebst oder stirbst. Deine Frau ist weg, deine Kinder hassen dich, und laut den Papieren auf deiner Küchenanrichte hast du auch keinen Job mehr. Es wird so sein, als ob du nie existiert hättest. Da trifft's genau den Richtigen.«

»Die Sozialarbeiter«, keuchte Jim verzweifelt. »Die Sozialarbeiter müssen vorbeischauen, um nach den Kindern zu sehen. Sie werden es merken.«

Ich konnte mich nicht beherrschen und lachte einfach los: Meinen Sozialarbeiter hatte ich seit über einem Jahr nicht mehr gesehen. Hätte es nicht die Überweisungen vom Jugendamt gegeben, die Jim jeden Monat versoff, hätte ich angenommen, dass meine Akte verloren gegangen war. Das Gesicht meines Pflegevaters wurde rot vor Wut, und ich sah genau, wie sich sein Hirn abschaltete und er die Pistole vergaß.

»Ich bring dich um, du kleiner Scheißer«, knurrte er. »Du hältst dich für was Besonderes, aber du bist einfach nur ein Aso. Deine kleine Schlampe ist genauso asozial wie du. Zwei Müllhaufen, die mein Haus vollstinken.«

»Du solltest dich wohl bald entscheiden, Junge«, murmelte Burke. »Willst du ihn umlegen oder nicht?«

Wollte ich ihn töten? Ich dachte an Kelseys Tränen und daran, wie er mir die Rippen gebrochen hatte, als ich mich geweigert hatte, einen Teil meines Verdienstes als Drogenlieferant abzugeben.

Verdammt.

Ich wollte ihn *definitiv* umlegen.

»Gib mir die Pistole«, sagte ich und kostete dabei jedes Wort aus.

Jim stürzte sich auf uns, und plötzlich hallte das knallende Echo eines Pistolenschusses durch den Raum. Mein Stiefvater schrie auf und fiel zu Boden, während er seine Schulter umklammerte. Hellrotes Blut quoll zwischen seinen Fingern hervor.

Burke blinzelte nicht mal.

Er hielt lediglich seine Waffe, die immer noch auf Jim gerichtet war, fest in der Hand und griff hinter seinen Rücken, um eine zweite Pistole aus seinem Hosenbund zu ziehen. Dann reichte er sie mir.

Sie lag perfekt in meiner Hand.

»Du kannst damit umgehen?«, fragte er.

Als Antwort entsicherte und lud ich sie.

»Mach ihn fertig, Junge«, sagte Burke und lächelte dabei zum ersten Mal. Fast wie ein stolzer Vater. »Du steckst schon so tief drin, da kannst du den Weg auch zu Ende gehen.«

Ich richtete den Lauf auf Jims Brust und feuerte.

Im Nachhinein betrachtet war die Nachbarschaft genau so, wie wir sie an diesem Tag brauchten – niemand interessierte sich auch nur im Geringsten für den anderen, weil sich niemand für sich selbst interessierte. Wir starben alle schon auf Raten. Als Burke und ich an diesem Nachmittag den Vorgang für meinen Pflegevater etwas beschleunigten, bekamen das die Nachbarn nicht mal mit.

Niemand beschwerte sich über die Schüsse.

Niemand machte sich die Mühe, die Bullen zu rufen, als ich eine hysterisch weinende Kelsey nach drüben zu Burkes Haus trug.

Die Nachbarn sahen nicht aus dem Fenster, als ein Transporter die Gasse entlangfuhr und hinter Jims Haus anhielt. Zehn Minuten später fuhr er wieder weg – ein in schwarze Plastikmülltüten gewickeltes Paket in menschlicher Form im Laderaum.

Jim hörte auf zu existieren. Ebenso wie ich und Kelsey.

In der nächsten Woche lebten wir in einer anderen Stadt mit neuen Geburtsurkunden, einem Geschenk von Burkes Cousin und seiner Alten Lady. Er machte mir auch einen verdammt guten Preis für das Motorrad. Ich bezahlte ihn mit dem Dollarbündel, das ich in Jims Geldbörse entdeckt hatte. Ein Jahr später feierte ich meinen 18. Geburtstag, indem ich ein offizieller Anwärter des Devil's Jacks MC wurde.

Burke hätte nicht stolzer auf einen Sohn sein können, der mit ihm durch Blutsbande verbunden war.

Was ich ja im Grunde auch war.

TEIL EINS

KAPITEL EINS

Coeur d'Alene, Idaho

Fünf Monate zuvor

Hunter

»Wer zum Teufel geht im Februar zur Pediküre?«, fragte Skid. »Frieren ihr da nicht die Füße ab?«

»Du kennst keine einzige Frau, oder?«, fragte ich und machte mir einen Energydrink auf. Wir waren die Nacht durchgefahren, um von Portland hierher zu kommen. Ich wollte nur noch schlafen, aber Burkes Anweisungen waren eindeutig. Die Tochter von Reese »Picnic« Hayes abchecken und einen Schlachtplan entwerfen. Nach all den dramatischen Ereignissen, die sich zwischen unseren Clubs abgespielt hatten, bestand Burke darauf, dass nun der perfekte Zeitpunkt zum Handeln gekommen sei. Vielleicht war es sogar an der Zeit, der Geschichte der Devil's Jacks eine ganz neue Wendung zu geben.

Es ging vor allem darum, Druck auf die Reapers auszuüben – womöglich lag genau darin der Unterschied zwischen einer erfolgreichen Übernahme durch unseren Club oder, im Fall unseres Scheiterns, dem Verscharrtwerden in einem flachen Grab. Und als besagtes Druckmittel sollte uns offenbar diese kleine Schlampe dienen. Ich war mir nicht ganz sicher, was der alte Bastard geplant hatte. Aber ich würde meinen Beitrag dazu leisten. Tat ich ja immer.

Ich warf einen Blick auf ihr Foto, das an der Armatur des Trucks befestigt war, und sah dann wieder auf das Schaufenster. Hübsches Mädchen. Laut ihrer Facebookseite würde sie sich heute Morgen hier mit einer Freundin treffen. Als wir angekommen waren, hatte ich gleich ihr Auto entdeckt. Seitdem warteten wir. Ich wollte sie mir genau ansehen, sie vielleicht eine Weile verfolgen. Ein Gefühl für sie bekommen, bevor ich zur Tat schritt. Es gab so viele verschiedene Arten, eine Frau einzuwickeln – meiner Meinung nach lohnte es sich nicht, sich im Voraus zu große Gedanken zu machen.

»Ich kenne deine Schwester«, verkündete Skid unvermutet.

Ich sah ihn ausdruckslos an.

»Du hast gefragt, ob ich irgendwelche Frauen kenne. Zählt sie? Sie hat nämlich verdammt süße Zehen. Trotzdem seh ich sie nicht in Flipflops im Schnee rumrennen.«

»Warum zum Teufel siehst du dir die Zehen meiner Schwester an, du Schwanzlutscher?«

»Ich schau mir noch ganz andere Sachen an, nicht nur ihre Zehen.«

»Zwing mich nicht, dich umzubringen, Kumpel.«

Er schnaubte und zuckte mit den Schultern. »Kannst es ja mal probieren.«

Ich rückte meine Sonnenbrille zurecht und beschloss, ihn zu ignorieren. Die Scheiben des Trucks waren zwar getönt, doch ich hatte trotzdem ein paar einfache Maßnahmen ergriffen, um mein Aussehen zu verändern. Hipster-Beanie, die zum Vollbart passte, den ich mir für meinen letzten Job hatte wachsen lassen. Langärmliges Shirt, das meine Tattoos verdeckte. Falls sie mich entdeckte, müsste ich mich nur schnell rasieren und umziehen, um mich in einen komplett anderen Mann zu verwandeln.

Die Ladentür ging auf. Ich setzte mich aufrecht hin, als die zwei Mädchen herauskamen.

Da war sie.

Emmy Lou Hayes.

»Das ist unser Mädchen«, sagte ich und wies mit dem Kinn auf sie. Sie schaute auf ihr Handy und, scheiße noch mal, sie trug tatsächlich Flipflops. Knallpinke Schaumstoffdinger aus Kunststoff steckten zwischen ihren Zehen und drückten sie auseinander. Ich fragte mich, wie sie damit überhaupt laufen konnte. Völlig verrückt. Zumindest war der Gehsteig fast schneefrei. Ihre braunen Haare hatte sie oben am Kopf zu einem dieser strubbligen Knoten zusammengebunden, die so viele Mädels zu tragen schienen. Sie hatte enge Jeans und eine schwarze Lederjacke an.

Verdammt, Em war süß. Wesentlich süßer als ihre Schwester.

Irgendetwas fiel ihr aus der Hosentasche. Sie drehte sich um und bückte sich, um es aufzuheben.

»Hübscher Hintern«, sagte Skid. »Wirklich süß. Wenn du sie ficken musst, kannst du zumindest die Augen offen lassen. Bei dem letzten Miststück, das du für den Club flachgelegt hast, ging das ja kaum.«

Ich schnaubte, aber unrecht hatte er nicht. Em zu ficken war auf meiner To-do-Liste, auf der ich Methoden auflistete, mit denen ich sie dazu bringen konnte, den Jacks zu helfen, gerade ein paar Positionen nach oben gerutscht. Sie sah auf ihr Handy und winkte ihrer Freundin abwesend zum Abschied.

Dann trat sie direkt auf die Bordsteinkante, rutschte ab und fiel fast auf ihren Hintern. Ihr Handy flog auf den Boden und schlitterte unter ein Auto – es war wie aus einer TV-Show. Em schwankte zuerst auf die eine Seite, dann auf die andere, ruderte mit den Armen und schaffte es schließlich doch, auf den Beinen zu bleiben. Skid verkniff sich ein Lachen, aber ich beobachtete sie völlig fasziniert, bis sie wieder sicher stand. In dem Moment sah Em nach oben und quer über den Parkplatz, mir direkt ins Gesicht. Ihr Gesichtsausdruck wirkte überrascht, aber verdammt attraktiv. Ein strahlendes Lächeln breitete sich auf ihrem Gesicht aus, und sie winkte mir albern zu.

Mein Schwanz wurde hart, das Adrenalin schoss durch meinen Körper und traf mich wie ein Schlag in die Magengrube. Meinen Schwanz in Emmy Hayes zu stecken bekam plötzlich eine sehr hohe Prioritätsstufe. Ich musste mich schwer beherrschen, um nicht die Autotür aufzureißen, mir das Mädchen über die Schulter zu werfen und sie nach Hause zu schleifen, um sie dort ausgiebig und ernsthaft zu ficken. Stattdessen lehnte ich mich zurück und beobachtete sie.

Es hat schon seinen Grund, warum mich der Club »Hunter« getauft hat.

Sie hob ein Bein leicht in die Höhe, zeigte auf ihre Zehen und reckte triumphierend den Daumen in die Höhe, bevor sie sich abwandte, um nach ihrem Handy zu suchen.

»Mann, irgendwas stimmt nicht mit dem Mädel«, murmelte Skid.

Doch ich ignorierte ihn einfach, griff nach meinem Handy und rief Burke an. Mein Plan war fertig.

»Burke, ich seh sie direkt vor mir.«

»Hast du schon einen Plan für mich?«

»Ist in Arbeit«, sagte ich ihm. »Wie wir uns auch entscheiden, Emmy Hayes gehört mir. Außer mir rührt sie niemand an.«

»Ohne Scheiß?«

»Ohne Scheiß.«

»Solang was für den Club dabei rausspringt, mein Junge, ist mir das völlig egal. Aber wie sehr du die Schlampe auch willst, vergiss nicht deine Verpflichtungen: Jacks zuerst. Für immer.«

»Jacks zuerst«, stimmte ich ihm zu, während ich beobachtete, wie sie ihr Handy aus dem Schnee grub.

Das würde lustig werden.

Coeur d'Alene, Idaho

Gegenwart

Em

»Wenn du dir heute Abend nicht Painter schnappst, chartere ich höchstpersönlich ein Flugzeug, flieg zu dir hoch und tret dir in den Hintern.«

»Das sagst du so einfach, Schwesterchen«, murmelte ich ins Telefon. »Aber du hast eh nichts zu melden. Ich bin immer noch sauer auf dich, weil du im Sommer nicht nach Hause gekommen bist.«

»Naaa guuut«, stöhnte sie. »Lass mich mal überlegen – Praktikum in San Francisco oder noch ein Sommer, in dem mich Dad ständig anknurrt … Echt verführerisch. Wenn du auch nur einen Funken Verstand hättest, wärst du hier unten bei mir.«

Ich verdrehte die Augen.

»So einfach ist das nicht, Kit.«

»Doch«, antwortete sie mit scharfer Stimme. »Das *ist* so einfach. Gehen wir das Gespräch Schritt für Schritt durch: ›Dad, ich hab beschlossen, dass ich mein eigenes Leben führen will. Schau, wie du damit zurechtkommst.‹ Danach steigst du ins Auto und fährst nach Süden.«

Ich seufzte.

»Ich meine, dass es für *mich* nicht so einfach ist«, sagte ich, während ich zum Clubhaus der Reapers hinübersah. Das abgelegene ehemalige Waffenarsenal der Nationalgarde war hell erleuchtet, wie ein Leuchtfeuer in der sommerlichen Abenddämmerung. Die Bäume rundherum waren mir so vertraut wie alte Freunde. Als Kind hatte ich zwischen ihnen Verstecken gespielt. Wir waren als Elfen im Wald herumgesprungen … oh ja, und wir hatten auch Motorradclub gespielt, sogar ziemlich oft.

Beschissen war allerdings, dass die Jungs jetzt echte Reapers spielen durften und ich immer noch kein verdammtes Date hatte.

»Ich mag diesen enttäuschten Blick in Dads Augen nicht«, sagte ich und hörte selbst den weinerlichen Ton aus meiner Stimme heraus. »Du weißt schon, wenn er so eiskalt schaut, bevor er anfängt, auf Wände einzuboxen?«

»Meine Güte, du klingst, als ob du noch immer auf der Highschool wärst«, antwortete Kit. »Was soll's, wenn er sauer wird. So ist er eben – er wird sauer, er brüllt, und dann ist's vorbei. Schrei zurück, um Himmels willen.«

»Das sagst du so einfach«, antwortete ich. »Du bist sein Baby. Du kannst dir alles erlauben. Von mir erwartet er so viel.«

»Jetzt reicht's«, fauchte sie. »Ich werd mir nicht länger anhören, wie du dich den ganzen Abend lang selbst bemitleidest. Ich bin die Jüngere, aber *du* benimmst dich wie ein verdammtes Baby. Werd endlich erwachsen.«

»Das ist irgendwie gemein«, sagte ich mit gerunzelter Stirn.

»Nein, das ist die Realität. Du bist zweiundzwanzig Jahre alt und jammerst immer noch rum, dass dich Daddy nicht zum Spielen rauslässt. Willst du für den Rest deines Lebens sein Püppchen bleiben? Wunderbar, deine Entscheidung. Aber wenn du das willst, kannst du dich nicht über ihn beschweren.«

Dann legte sie auf.

Ich saß fassungslos im Auto. Kit hatte bei mir noch nie einfach so aufgelegt. Wir redeten, wir stritten, wir lachten … aber sie hielt immer zu mir.

Shit.

Als plötzlich jemand ans Fenster klopfte, bekam ich fast einen Herzinfarkt. Draußen stand meine Freundin Marie mit verschränkten Armen und erwartungsvollem Blick. Es war wohl fast an der Zeit. Ich stieg aus, und sie umarmte mich fest.

»Aufgeregt?«, fragte sie mit leuchtenden Augen. »Du *wirkst* nämlich gar nicht aufgeregt. Du wirkst wie jemand, dem man gerade das letzte

M&M geklaut hat. Du weißt schon, eines von den roten? Die heb ich mir immer bis zum Schluss auf, weil sie am besten schmecken.«

Ich starrte sie an.

»Du bist komisch, aber das weißt du, oder?«

Sie lachte und zuckte mit den Schultern.

»Mir macht das nichts aus. Du hast meine Frage nicht beantwortet.«

»Ich schätze, ich bin aufgeregt«, sagte ich, obwohl mein kleiner Plausch mit Kit meiner Laune einen Dämpfer versetzt hatte. »Es ist toll, dass Painter seine Aufnäher heute bekommt, aber …«

Maries Augen weiteten sich und sie grinste dämlich.

»Erzähl mir doch nichts«, sagte sie. »Du stehst doch auf ihn. Ich *weiß*, dass du auf ihn stehst, weil du mir das immer erzählst, wenn du betrunken bist.«

Ich zuckte mit den Schultern, während sich ein Lächeln auf mein Gesicht stahl.

»Okay, gut, ich steh auf ihn«, gab ich zu.

»Und er steht eindeutig auf dich«, antwortete Marie. »Er benimmt sich wie ein Welpe, wenn er dich sieht.«

Ich seufzte und mein Lächeln verblasste.

Im vergangenen Monat hatte ich Painter in die Enge getrieben und ihm ein Angebot unterbreitet, das kein echter Mann zurückweisen würde. Ein Angebot, das er aber, ohne lange nachzudenken, abgelehnt hatte. Wundersamerweise hatte ich diese Geschichte noch nirgendwo rumerzählt … Kurz gesagt hatte ich im vergangenen Jahr ein paar Mal versucht, Painter zu verführen. Ein Jahr lang hatte ich ihn beobachtet, nach ihm gelechzt und mir vorgestellt, wie es zwischen uns beiden sein würde.

Ich verstand einfach nicht, warum er nicht mit mir schlafen wollte. Die Anziehung war beiderseitig, das wusste ich. Außerdem konnte das jeder sehen. Sein Blick folgte mir durchs ganze Clubhaus, und wenn ich ausging, bedrohte er jeden, der mir zu nahe kam. Dad war nicht allzu begeistert von der Vorstellung, dass ich was mit einem Typen hatte, aber er hatte mir gesagt, dass er mich eines Tages gerne mit einem Reaper als festen Partner sehen würde.

»Ich schätze, wir werden es rausfinden, oder?«, sagte ich und schnappte mir meine Tasche. »Tut mir leid, dass ich beim Vorbereiten nicht mithelfen konnte. Ich hatte einen späten Termin und wollte die Kundin unbedingt noch drannehmen. Ich hatte ihr schon einmal abgesagt und es war wirklich höchste Zeit für ihre Nägel. Die mussten dringend gemacht werden.«

»Keine Sorge«, sagte Marie und hakte sich bei mir ein. Wir gingen in Richtung Tor und trotz meiner Bedenken war ihre gute Laune einfach ansteckend. Heute war eine Nacht zum Feiern – nach über einem Jahr als Anwärter würde Painter das nächste Vollmitglied des Clubs werden.

Vielleicht war er es sogar schon.

Ich war gerade erst angekommen, aber schließlich kannte ich den Ablauf schon mein ganzes Leben lang: Zuerst würden ihn die Jungs mit irgendeiner Geschichte über einen Scheißjob, den er noch erledigen sollte, weglocken. Oder sie würden ihm sagen, dass er irgendwas richtig verbockt hätte. Sie würden ihm ordentlich die Hölle heiß machen. Dann, kurz bevor er einen Herzinfarkt bekam, würden sie die neuen Aufnäher für seine Kutte hervorzaubern.

Diese Aufnäher kennzeichneten ihn als Reaper, bis in alle Ewigkeit.

Und die Damen? Unser Job war es, die Party zu organisieren. Es tat mir leid, dass ich das verpasst hatte ... Es war zwar Arbeit, aber nebenbei wurde viel gelacht und herumgealbert. Ich musste an meine Mom denken – wir hatten sie vor fünf Jahren begraben. Nie fehlte sie mir mehr als in solchen Nächten. Eine meiner ersten Erinnerungen war, wie ich unter den Tischen im Hof spielte, während sie alles für eine Clubparty herrichtete. Diese Feier heute war eine Party für Painter, aber es war auch ein Familientreffen. Vielleicht nicht gerade die klassische Familie ... doch es war meine Familie, und ich liebte sie.

Heute Abend würde diese Familie Zuwachs bekommen.

»Ich wünschte, Mom wäre hier«, sagte ich. Marie lächelte mich an, legte einen Arm um meine Schulter und drückte mich fest an sich. Dann zog sie mich an Banks vorbei, dem bedauernswerten Anwärter, der heute das Clubhaus bewachen musste, und ging mit mir auf den Hof.

Die Jungs waren spät dran.

Es dauerte etwa fünfundvierzig Minuten – gerade genug Zeit, um zwei Bier zu trinken und ein paar Nachrichten mit meinem Freund Liam auszutauschen. Ich kannte ihn bisher nur online … Aber ich wusste, dass er kein durchgeknallter Serienmörder war, weil er Stammgast im Café meiner Freundin Cookie in Portland war. Er postete immer wieder auf ihrer Facebookseite.

So hatten wir uns vor ein paar Monaten kennengelernt. Er kommentierte einen meiner Posts, dann kommentierte ich einen von ihm, am nächsten Tag schickte er mir eine Nachricht, und so ging die Sache weiter. Jetzt schrieben wir uns fast ununterbrochen. Er war lustig und interessant und hörte mir tatsächlich zu. Er war das genaue Gegenteil von Painter, wenn ich es mir recht überlegte. Es war schön, einen Freund zu haben, der nichts mit dem Clubleben zu tun hatte – Liam war nett, normal und ungefährlich.

ICH: Painter ist noch nicht da. Drück mir die Daumen!!!

LIAM: Ich versteh nicht, warum du dich überhaupt mit diesem Idioten abgibst. Ein echter Mann hockt nicht rum und legt die Hände in den Schoß, wenn er die Frau seines Lebens trifft. Er überlegt sich, wie er sie kriegen kann.

ICH: Bisschen wie ein Neandertaler, meinste nich? Ist da heute jemand angefressen?

LIAM: Ich sags wies ist. Ich wette 100 Dollar, dass er dich wieder links liegen lässt. Nicht weil du nicht einfach toll wärst, Em, sondern weil er ein verdammter Schlappschwanz ist. Merkst du nicht, was hier abgeht? Er will deinen Dad glücklich machen, nicht dich.

ICH: Auf wessen Seite stehst du eigentlich?

LIAM: Auf deiner.

Ich runzelte die Stirn und sah auf das Display, weil ich nicht ganz sicher war, wie ich reagieren sollte. Liam mochte Painter nicht und benahm sich deswegen manchmal etwas daneben. Er hatte sogar mal einen Witz darüber gemacht, dass mich Dad für sechs Ziegen und ein paar Harleyersatzteile verkaufen würde. Das war mir ein wenig zu nahe an der Realität … Was aber nicht hieß, dass er mit Painter recht hatte.

ICH: Du weißt nicht alles.

LIAM: Hab ich auch nie behauptet. Aber ich weiß, dass du was Besseres verdient hast als einen Typen, der dich ein Jahr lang ignoriert.

ICH: Er ignoriert mich nicht. Es ist kompliziert. Du solltest ihn mal sehen, wenn wir alle zusammen ausgehen. Er lässt mich nie aus den Augen.

LIAM: Nein, er bewacht dich. Das ist was anderes.

Ich runzelte die Stirn. Es *war* kompliziert. Painter war Anwärter gewesen, was bedeutete, dass er nicht wirklich frei in seinem Handeln war. Das konnte Liam aber nicht wissen – aus irgendeinem Grund hatte ich ihm nichts vom Club erzählt, obwohl er wusste, dass Dad ein Biker war. Ich schätze, es gefiel mir einfach, dass es einen Menschen in meinem Leben gab, der mich nicht als die Tochter des Präsidenten ansah. Verdammt, irgendwie war Liam der einzige Mensch, bei dem ich ich selbst sein konnte. Heute Abend jedoch …

Heute Abend ging er mir auf den Geist.

Mir reichte es.

ICH: Ich muss los.

Ich stellte mein Handy auf lautlos und steckte es in meine Hosentasche. Dann schnappte ich mir noch ein Bier und spazierte zu Marie und den anderen Mädels rüber, die über irgendeine Geschichte lachten, in der es um Horse, ihren Alten Mann, ging. Es lief gute Musik und der Alkohol wärmte mich von innen. Ich war optimistisch, trotz Liam. Was wusste der schon?

Ich hatte die feste Absicht, heute Nacht in Painters Bett zu landen.

Oder auf seinem Bike.

Vielleicht unter einem Baum?

Es war mir scheißegal, solange ich dabei meine Jungfräulichkeit verlor. Ja, ich wusste, es war verdammt lächerlich, dass ich noch Jungfrau war. Aber Dad war nicht besonders nett zu meinen Freunden. Am liebsten zeigte er ihnen seine Waffen und erzählte ihnen, welchen Schaden die Kugeln im menschlichen Körper anrichteten.

Oh, und dann war da ja noch dieser Jagdunfall gewesen. Hoppala.

Aus irgendeinem Grund mieden mich die Männer von Coeur d'Alene nach diesem Vorfall. Zum Flirten blieb mir deshalb nur noch Liam, was ziemlich erbärmlich war, wenn man bedachte, dass er fast vierhundert Meilen entfernt lebte.

Heute Abend, sagte ich mir. *Heute Abend wird sich das alles ändern.*

Nach einer weiteren halben Stunde waren die Männer immer noch nicht zurück, aber ich stand schließlich nicht nur herum und wartete auf Painter. Mit meinen Freundinnen abzuhängen war echt toll. Die meisten von ihnen waren Alte Ladys, was bedeutete, dass sie in irgendeiner Weise mit einem der Typen aus dem Club zusammen waren. Doch ein paar waren wie ich … ohne Anhang. Maggs zum Beispiel. Ihr Mann war im Gefängnis, weshalb sie alleine gekommen war.

Es waren auch keine Kinder auf dem Arsenal-Gelände, weil es wahrscheinlich ziemlich bald wild hergehen würde. Ich konnte schon ein paar Frauen auf der anderen Seite des Hofes zusammenstehen sehen, die offenbar darauf warteten, dass es richtig abging. Hangarounds, die ab und zu vorbeischauten, Clubhuren, Süßärsche. Einige waren Stripperinnen aus dem Line, der Tittenbar des Clubs (ja, so nannten sie es, ist nicht meine Schuld), ein paar andere waren Mädchen, die sich männermäßig noch nicht so festlegen wollten. Sie hatten alle eines gemeinsam – sie waren frei verfügbar. Mein ganzes Leben hindurch waren sie immer da gewesen, irgendwo im Hintergrund, und in den vergangenen paar Jahren war es öfter vorgekommen, dass ich nach dem Aufstehen eine von ihnen in unserer Küche beim Herrichten des Frühstücks entdeckte.

Dad war inzwischen selbst so was wie eine Schlampe.

Die Schlampenfraktion hatte normalerweise kaum Kontakt zu uns, was für uns ganz in Ordnung war. Ich wusste, dass mein Dad meine Mom nie betrogen hatte. Und ich wusste, dass einige Männer – zum Beispiel Maries Mann Horse – es auch schafften, ihren Schwanz in der Hose zu lassen. Andere wiederum turnten durch sämtliche Betten. Vor aller Augen. Mir war unbegreiflich, wie eine Frau das zulassen konnte, aber vermutlich gingen mich die Beziehungen anderer Leute nicht wirklich etwas an.

Endlich hörten wir die Bikes herandonnern und auf dem Parkplatz anhalten. Nach und nach kamen die Brüder auf den Hof. Dad war der Erste und ich merkte, dass er seinen Blick schweifen ließ, bis er mich gefunden hatte. Sein kantiges Gesicht verzog sich zu einem Lächeln, und seine eisblauen Augen, die ich auch von ihm geerbt hatte, blitzten stolz auf. Die restlichen Männer marschierten hinterdrein. Als Painter mit einem verrückten Grinsen im Gesicht hereinspaziert kam, waren Gejohle und Gepfeife zu hören.

Mein Gott, sah er süß aus. Kurzes, blondes Stachelhaar, markante Wangenknochen … Sein Körper war schlank, aber muskulös, und mit seinen gut ein Meter achtzig war er mir rund 13 Zentimeter voraus. Es schadete auch nicht, dass er sein Shirt ausgezogen hatte und seine Kutte auf der nackten Brust trug.

Lecker.

Ich hatte meine Arme schon ein paar Mal um diese Brust geschlungen, wenn er mich mit dem Bike nach Hause gefahren hatte. Aber mehr war da nicht gewesen. *Es ist eine Frage des Respekts meinem Dad gegenüber*, rief ich mir in Erinnerung. Er war der Präsident des Clubs, und Painter wusste haargenau, dass er besser nicht mit mir rummachte, ohne es ernst zu meinen. Fairerweise musste man sagen, dass Anwärter gar nicht die Zeit dazu hatten, es mit irgendjemandem ernst zu meinen.

Zumindest redete ich mir das ein.

Anwärter waren zu sehr damit beschäftigt, Aufträge zu erledigen, Bikes zu bewachen und all die hässlichen oder degradierenden Jobs zu machen, die den Clubmitgliedern so einfielen. All das würde sich nun ändern. Diese Party war für Painter – er hatte sich ein wenig Spaß verdient, und die Männer würden dafür sorgen, dass er ihn bekam. Ich hatte mir besondere Glückwünsche für ihn überlegt, obwohl es ein paar Stunden dauern konnte, bis ich ihn mal allein erwischte. Doch irgendwann würde es klappen, das hatte ich mir fest vorgenommen.

Heute Nacht war unsere Nacht.

»Wie geht's, Emmy Lou?«, fragte Duck, als er zu mir trat und mich umarmte. Ich rümpfte die Nase, weil ich meinen alten Spitznamen hasste. Doch es war verdammt schwierig, einen Spitznamen wieder loszuwerden, wenn er erst einmal hängen geblieben war.

»Gut«, sagte ich. »Hast du schon ein Bier? Soll ich dir eines holen?«

»Gerne, Kleine«, murmelte er und sah über den Hof. Ich bemerkte, wie sein Blick auf einem der Mädchen ruhte. »Wer ist denn das? Gehört sie zu deinem Dad, oder will sie einfach mitfeiern?«

Er wies mit dem Kinn auf eine Blondine, die sich um meinen Vater gewickelt hatte. Meine Augen wurden groß. Heilige Scheiße, ich war mit dem Miststück auf die Highschool gegangen. Sie war sogar in der Klasse unter mir gewesen, verdammt. Ekelhaft. Ich zuckte mit den Schultern, weil ich wusste, dass ich in der Situation sowieso nichts ausrichten konnte.

»Keine Ahnung«, murmelte ich. »Ich hab's aufgegeben, mir seine Huren zu merken.«

Das klang härter, als ich beabsichtigt hatte, weshalb mich Duck scharf ansah.

»Das hört sich etwas bitter an, Emmy Lou«, sagte Duck. »Wenn du nicht in der Stimmung bist, dich zu amüsieren, solltest du vielleicht nach

Hause gehen. Das ist kein Kindergeburtstag hier, und Picnic kann vögeln, wen er will. Es ist nicht deine Aufgabe, ihn zu verurteilen.«

Ich seufzte, denn ich wusste, dass er recht hatte. Dad war völlig frei – soweit ich wusste, hatte er keinerlei Beziehung seit Moms Tod gehabt. Ich war nicht für sein Privatleben zuständig, und wenn ich vorhatte, mich in Sachen Sex verklemmt zu geben, war ich definitiv am falschen Ort. Auf der anderen Seite des Hofs entdeckte ich zwei langbeinige Blondinen mit sehr kurzen Shorts und abgeschnittenen Oberteilen, die sich gerade an Painter heranmachten und ihm abwechselnd Glückwunschküsse verabreichten.

Nein, zum Teufel.

Ich würde ihn nicht mit diesen beiden Schlampen alleine lassen. Heute Nacht ging es um alles oder nichts – er würde mir gehören, oder ich würde für immer mit ihm abschließen. Wenn ich hierblieb, landete ich vielleicht in Painters Bett. Oder auch nicht. Aber wenn ich jetzt ging? Dann würde ganz sicher eine von den beiden in seinem Bett landen.

»Es ist seine Sache, was er macht«, murmelte ich. Ich ließ Duck stehen, um zwei Becher zu holen und sie für uns zu füllen. Nachdem ich ihm das Bier gebracht hatte, stellte ich mich neben Duck und sah der Menge zu.

Überall, wo ich hinsah, waren nur Pärchen.

Marie und Horse, Bam Bam und Dancer … Ruger und seine Schlampe der Woche.

»Heilige Scheiße«, platzte ich heraus und spuckte dabei beinahe mein Bier aus.

»Was ist los?«, fragte Duck.

»Das da drüben bei Ruger ist meine Lehrerin aus der Kosmetikschule«, murmelte ich. »Oh, sie ist so eine Fotze. Sie hat mich dreimal hintereinander durchfallen lassen, nur weil Dad, nachdem er sie gefickt hatte, nicht wieder angerufen hat.«

Duck lachte schnaubend.

»Nur gut, dass du deinen Abschluss schon hast. Ruger wird sie nämlich auch nicht anrufen.«

Und plötzlich hatte ich meine gute Laune wiedergefunden. *Nur zu, Ruger!*

»Ich werde Painter gratulieren«, sagte ich.

»Tu das«, sagte Duck. »Aber denk dran – heute darf er es richtig krachen lassen.«

»Ich weiß«, antwortete ich. »Vielleicht kann ich ihm beim Feiern helfen.«

Ducks Miene verdüsterte sich.

»Emmy Lou, heute ist nicht der richtige Abend dafür.«

»Es ist nie der richtige Abend«, sagte ich mit einem Schulterzucken. Dann kippte ich mein Bier hinunter. »Keine Sorge, Duck. Du hast dich immer gut um mich gekümmert. Aber ich weiß, was ich tue. Ich bin erwachsen.«

»Ja, ich weiß«, antwortete Duck. »Ich schätze, ich sehe dich immer noch mit Pferdeschwanz und einer Puppe im Arm.«

Ich verdrehte die Augen. Dann warf ich meinen Becher in den Müll und schlenderte hinüber zum neuesten Reaper. Painter stand neben dem Lagerfeuer, immer noch belagert von den zwei Mädchen. Ich ignorierte sie einfach, weil sie nur Clubhuren waren und ich die Tochter des Presidents. Im Vergleich zu mir hatten sie nichts zu melden. Painter lächelte mich leise an, als ich auf ihn zukam. Seinem glasigen Blick nach zu schließen war er bereits auf dem besten Wege, sich ordentlich zu betrinken.

»Hey, Em«, sagte er und umarmte mich. Oh, er roch so gut. Irgendwie nach Holz und Rauch, mit einer Spur von Motoröl aus der Werkstatt. Seine muskulösen Arme hielten mich fest, sein ganzer Körper war hart.

Teufel noch mal.

Painters *Schwanz* war hart. Ich hielt es zuerst für Einbildung, doch dann zog er mich noch enger an sich, und ich spürte es wieder – noch deutlicher. Ja, ich weiß … Das unschuldige President-Töchterchen. Aber bloß, weil ich Jungfrau war, hieß das noch lange nicht, dass ich überhaupt keine Ahnung hatte. Ich konnte es verdammt noch mal erkennen, wenn der Schwanz eines Typen mich in den Bauch piekste.

Dann ließ er mich los und ich trat einen Schritt zurück. Zum Glück war die Sonne schon untergegangen, denn mein Gesicht war wahrscheinlich knallrot. Painter sah mich an, und die Zeit schien stehen zu bleiben. Er starrte mich an, als ob ich das schönste Mädchen der Welt wäre, die Frau, die die Seine werden sollte.

Mein Dad kam vorbei und klopfte ihm auf den Rücken.

»Gratuliere, mein Junge«, sagte er. »Bin stolz auf dich.«

Völlig unerwartet ließ Painter seine Arme fallen und wandte sich ab – der verzauberte Moment war offensichtlich vorüber. Dad sorgte eindeutig dafür, dass mir kein Schwanz zu nahe kam, und das war absolut scheiße.

»Amüsier dich heute«, sagte Dad zu ihm. »Morgen ruhst du dich aus und erholst dich, danach haben wir nämlich Arbeit für dich.«

Painter nickte und fuhr sich mit der Hand durchs Haar. Eine der Blondinen, die sich an ihn geklammert hatte, heftete sich nun an Dad. Die andere saugte sich direkt vor meinen Augen wieder an Painter fest. Ich wollte, dass er ihr sagte, dass sie sich zum Teufel scheren sollte. Vielleicht wollte ich ihr auch ein Büschel gebleichter Haare ausreißen. Stattdessen schlang er seine Arme um sie und zog sie für einen intensiven Kuss an sich.

Verdammt.

Dads prüfender Blick zuckte zu mir.

Ich drehte mich um und ging weg.

Verdammte Scheiße. Ich hatte schließlich meinen Stolz.

Zwei Stunden später war ich sturzbesoffen.

Ich saß mit Maggs in dem alten Baumhaus, das über eine Hängebrücke aus Seilen mit dem Klettergerüst verbunden war. Ich hatte es gerade so über die schwankende Konstruktion geschafft und war mir nicht wirklich sicher, ob ich ohne Hilfe wieder hinunterkommen würde.

»Das Leben ist kurz«, sagte Maggs plötzlich. Ihr Gesicht wirkte traurig.

»Denkst du an Bolt?«, fragte ich.

Sie nickte.

»Ja«, sagte sie. »Ich denke jeden Tag an ihn, aber besonders auf solchen Partys. Ich habe keine Lust mehr, anderen Leuten dabei zuzusehen, wie sie ihren Spaß haben. Und auf mich wartet zu Hause nur mein kleiner Zauberstab.«

Ich gab ein geschnaubtes Kichern von mir, verkniff es mir dann aber wieder, weil es nicht gerade angemessen war. Aber ich konnte nichts dagegen machen.

»Brrrrrrrrr …«, summte ich mit der Präzision einer Besoffenen. »Verbrauchst du auch so viele Batterien wie ich? Spaziert deiner über den Tisch, wenn du ihn auf die höchste Stufe stellst?«

Maggs fing an zu kichern und vergaß ihre Traurigkeit. Dann lachten wir beide los. Genau genommen lachten wir so sehr, dass Maggs von der Plattform rollte und mit einem Plumpsen auf den Boden fiel.

»Maggs!«, brüllte ich und sprang so schnell auf, dass ich auch fast hinuntergefallen wäre. »Maggs, alles in Ordnung?«

Sie stöhnte und drehte sich um. Mit verwirrtem Blick sah sie zu mir herauf. Dann begann sie wieder zu kichern. Ruger und Bam Bam waren in der Nähe des Lagerfeuers gesessen und Ruger sprang so schnell auf, dass das Mädel von seinem Schoß auf den Boden fiel.

Ich konnte mich nicht zusammenreißen und gackerte so laut los, dass meine Bauchmuskeln wehtaten.

Es war nicht in Ordnung, ich wusste ja, dass sich Maggs den Hals hätte brechen können. Aber der Ausdruck auf ihrem Gesicht und der Anblick von Rugers Flittchen auf dem Boden – meiner früheren Lehrerin – waren einfach zu komisch.

»Okay«, hörte ich eine tiefe Stimme sagen. Ich sah hinunter und entdeckte meinen Dad. »Sieht so aus, als ob jemand besser nach Hause sollte.«

Er hielt seine Arme hoch und ich sprang hinein, genau wie als kleines Mädchen. Dad fing mich problemlos auf; er war immer noch genauso stark wie vor zehn Jahren. Natürlich war er erst zweiundvierzig, viel jünger als die Eltern meiner meisten Freunde.

»Emmy Lou, du bist sturzbesoffen«, sagte er zu mir.

»So isses«, antwortete ich fröhlich. »Hab 'ne Menge Spaß.«

»Ja, aber jetzt ist es Zeit, nach Hause zu gehen.«

»Meinst du das ernst?«, fragte ich. »Dad, ich finde es toll, dass du so gut auf mich aufpasst, aber ich bin kein kleines Kind. Es spricht nichts dagegen, dass ich hierbleibe.«

Seine Gesichtszüge wurden weich.

»Süße, heute ist Painters Nacht«, sagte er. »Damit er feiern kann und tun und lassen, was er will. Du solltest nicht hier sein.«

»Du meinst, damit er seine Huren ficken kann, oder?«, fragte ich.

Dad erstarrte.

»Das geht dich nichts an, Em«, antwortete er. »Er ist dir gegenüber zu nichts verpflichtet.«

»Das weiß ich«, sagte ich grimmig.

Dad seufzte.

»Banks fährt dich heim«, sagte er. »Du musst nicht sofort los, aber ich möchte, dass du nichts mehr trinkst, sondern anfängst, dich zu verabschieden. Verstanden?«

»Ja«, sagte ich und dachte an Kit. »Du weißt, dass ich nicht immer alles tun muss, was du sagst.«

Da hatte ich ihn kalt erwischt, das merkte ich seinen Augen an.

»Nein, das musst du auch nicht«, gab er zu, was mich schockierte. »Aber auf dem Clubgelände musst du tun, was der President des Clubs sagt. Painter ist jetzt ein Reaper. Du bist meine Tochter, aber er ist mein Bruder – und heute Nacht geht es um die Brüder.«

Ich wollte ihm den Stinkefinger zeigen. Stattdessen nickte ich und trat schweigend einen Schritt zurück. Er wusste, dass ich nicht glücklich mit der Situation war, drängte mich aber nicht. Ich sah mich um und entdeckte Maggs, die immer noch unter dem Baum saß. Ruger kauerte neben ihr und zeigte ihr etwas auf seinem Handy. Ich schlenderte zu ihnen rüber.

»Das ist er«, sagte Ruger, als er ihr ein Foto zeigte. Ich konnte Ruger, einen kleinen Jungen und eine hübsche Frau, die ich nicht kannte, darauf sehen.

»Dein Neffe?«, fragte ich. »Er ist süß.«

»Verdammt hinreißend«, antwortete Ruger. »Das daneben ist Sophie, seine Mom. Sie leben in Seattle. Ich muss bald mal hinfahren, um mir ihre neue Wohnung anzusehen. Ich hab sie zwar zum Sommeranfang gesehen, konnte aber nicht viel Zeit mit ihnen verbringen.«

Irgendwas an seinem Tonfall erweckte meine Neugier – Ruger klang beinahe … wehmütig? Nein, das stimmte nicht. Ruger konnte man alles Mögliche nennen, aber sicher nicht süß oder sehnsüchtig. Er hatte sich immer das genommen, was er haben wollte, und zwar, weil er es einfach konnte. Ich beugte mich vor, um mir das Foto genauer anzusehen, und fiel fast auf meinen Hintern.

Dad hatte recht – ich war wirklich ziemlich betrunken.

»Maggs, ich geh heim«, sagte ich. »Willst du hierbleiben? Oder lieber daheim einen Film anschauen oder so?«

»Ich glaub, ich bleib noch ein bisschen«, antwortete sie. »Man kann heute so schön Leute beobachten. Dancer hat einen Babysitter für heute Abend und sie geht ab wie 'ne Rakete, es kann also lustig werden.«

Ich lachte. Dancer in Bombenstimmung war sicher sehenswert.

Abwesend winkte ich ihnen zu und machte dann die Runde, um mich von den wichtigsten Leuten zu verabschieden.

Painter konnte ich allerdings nicht entdecken.

Ich packte meine Sachen und ging ins Arsenal, um noch schnell zu pinkeln, bevor ich heimfuhr. Im Flur lehnte Painter an der Wand und starrte auf sein Handy. Dieses Mal waren keine Schlampen oder Eltern im Weg. Perfekt. Ich ging zu ihm rüber und legte meine Hand auf seine nackte Brust.

»Hey«, sagte ich und sah zu ihm hoch.

Sein Blick flackerte – ich konnte Verlangen in seinen Augen erkennen. Er wollte mich.

»Hey«, antwortete er.

Langsam fuhr ich mit dem Finger seine Brust bis zum Bauch hinunter. Dann spreizte ich meine Finger und berührte den Bund seiner Jeans. Er atmete zischend ein.

»Machen wir's jetzt oder nicht?«, fragte ich ihn offen. »Ich habe nämlich keine Lust mehr zu warten.«

Seine Augen wurden dunkel. Dann beugte er sich vor und küsste mich sehr sanft auf die Stirn. Ein süßer Kuss, wie man ihn einem kleinen Mädchen geben würde, wenn man es ins Bett bringt. Irgendetwas zerbrach in mir. Ich hätte ja gerne gesagt, dass es mein Herz war, aber ich fühlte mich nicht traurig.

Nein. Ich war einfach nur stinksauer.

Painter war mir ein Jahr lang am Rockzipfel gehangen, ohne mich anzurühren. Wenn ich zum Tanzen ausging, verscheuchte er andere Jungs, die mich auf einen Drink einladen wollten. Ich kaufte Lebensmittel für den Club ein, und er bestand darauf, mir zu folgen und sie für mich auszuladen. Einmal hatte ich ihn sogar erwischt, wie er meinen Reifendruck überprüfte. Und er hatte mich unzählige Male nach Hause gefahren.

»Du bist ein Idiot«, sagte ich zu ihm. Seine Augen wurden groß. Ich ließ meine Hand nach unten gleiten und packte seinen Schwanz fest durch seine Jeans hindurch. Steinhart und von ordentlicher Größe. Was für eine Verschwendung, fand ich. »*Der hier* will mich. Aber entweder bist du ein verdammter Feigling, oder du willst noch 'ne Weile mit mir rumspielen. Tut mir echt leid, aber so läuft das nicht. Verpiss dich, Painter.«

Ich drehte mich um und ging raus. Innerlich fühlte ich mich beinahe wild und ungebunden …

Es war befreiend.

Ja, ich war stark. Als ich mich umsah, wurde mir klar, dass ich von hier wegmusste, egal, wie sehr ich diese Leute liebte. Ich war nicht nur Picnics Tochter, aber das schien niemandem aufzufallen. Ich würde es ihnen zeigen. Painter konnte für den Rest seines Lebens seine Huren vögeln. Früher oder später würde er merken, dass sie im Vergleich zu mir scheiße waren, aber dann wäre es zu spät, verdammt noch mal.

Ich war fast schon zum Tor hinaus, als ich den tödlichen Fehler bei meinem grandiosen Abgang bemerkte.

Meine Handtasche lag noch in der Toilette neben dem Waschbecken. Ich stöhnte und überlegte, ob ich es riskieren konnte, sie einfach liegen zu lassen. Nein. Auf einer solchen Party wäre das keine gute Idee. Vom Club würde sie keiner anrühren, aber diesen dahergelaufenen Schlampen traute ich nicht über den Weg. Ich drehte um und marschierte wieder rein, in der Hoffnung, dass Painter inzwischen verschwunden wäre. Ich wollte ihn jetzt nicht sehen. Egal, wie stark sich ein Mädchen fühlt – es gibt schließlich Grenzen.

Im Flur war er nicht zu sehen. Das war schon mal gut. Ich seufzte erleichtert, als ich die Toilettentür öffnete, und blieb dann erstarrt stehen.

Painter hatte eine Nutte über den Waschtisch gelegt und fickte sie mit pumpenden Bewegungen von hinten. Sie stöhnte bei jedem Stoß dramatisch auf. Ihre ekelhaften, pornoroten Lippen hätten meine Handtasche küssen können, die direkt neben ihr lag. Keiner von beiden schien mich wahrzunehmen.

Ich wollte davonrennen und mich verstecken.

Stattdessen ging ich ruhig zum Waschtisch und griff nach meiner Tasche. Painter hielt plötzlich inne, sah mich entsetzt an, als ich nur wenige Zentimeter vor seinem Gesicht auftauchte. Ich ließ meinen deutlich angeekelten Blick langsam über seinen Körper gleiten, von seiner muskulösen Brust bis zur ausgeblichenen Jeans, die er nicht mal richtig runtergezogen hatte. Dann wandte ich mich ab und ging zur Tür raus. Ich hörte ihn meinen Namen brüllen und das Mädchen vor Empörung aufkreischen.

Doch ich blieb weder stehen noch sah ich mich um.

Auf der Heimfahrt riss ich mich noch zusammen. Ich wollte verdammt sein, wenn ich mich auch nur eine Sekunde mit diesem Arschloch befasste. Er verdiente nicht mal meine *Gedanken*.

Verdammt.

Warum hatte ich nur meine Handtasche dort liegen lassen? Ich wollte mit Painter abschließen, aber eine derartige Demütigung hätte ich wirklich nicht gebraucht. Ich beschloss, dass ich jeden, der mir auch nur mit einem winzigen bisschen Mitleid begegnete, auf der Stelle erschießen würde.

Dad war nicht der Einzige, der eine Waffe hatte.

Banks ließ mich an unserem Haus raus, und ich stolperte hinein, immer noch leicht betrunken und verdammt sauer. So lief es immer bei mir – gerade wenn es besser aussah, musste wieder etwas passieren, was die Sache komplett ruinierte. Und diese »Sache« hatte meistens mit den Reapers zu tun. Um fair zu sein, muss man sagen, dass mein ganzes Leben mit den Reapers zu tun hatte, aber dennoch … Ich schnappte mir eine Limo aus dem Kühlschrank und ging die Treppe hoch in mein Zimmer. Dann zog ich meine Klamotten aus und kletterte mit der Fernbedienung ins Bett.

Mein Handy zeigte eine Nachricht an. Ich dachte daran, sie zu ignorieren, aber aus Gewohnheit sah ich sie mir doch an.

LIAM: Wie läuft die Party? Hey, vorhin wollte ich mich nicht wie ein Arschloch benehmen. Ich will nur, dass du glücklich bist. Du verdienst es, Em.

Ich lächelte und fühlte mich gleich ein wenig besser. Im Gegensatz zu anderen Leuten hatte Liam an einem Samstagabend Besseres zu tun, als seinen Schwanz in irgendeine Schlampe zu stecken – und zwar, mir eine Nachricht zu schicken. Ich hatte ihn natürlich noch nie persönlich getroffen, also vielleicht fickte er ja doch gerade eine Hure? Aber wenigstens musste er es mir nicht unter die Nase reiben.

ICH: Das war ein Reinfall heute Abend ... Die schlimmste Party aller Zeiten.

LIAM: Ich nehme an, dass es mit Painter nicht geklappt hat?

ICH: Nö. Er vögelt im Moment irgendeine Hure, während ich mich wieder auf eine einsame Nacht einstelle. Ist 'ne lange Geschichte.

LIAM: Verdammtes Arschloch. Er hat dich nicht verdient – du bist viel zu toll, um dich für so einen kleinen Pisser zu entscheiden, der nicht um dich kämpft.

Ich musste fast heulen. Liam sagte immer das Richtige.

ICH: Danke *umarm*

LIAM: Du hast meine volle Unterstützung, Baby, aber 'ne Nachricht mit Umarmung drin ist mir echt zu viel. Wenn ich als Mann mit solchen Sachen anfang, werden die Jungs meinen Schwanz konfiszieren. Das kann ich nicht riskieren

Ich kicherte.

ICH: Nun, ich will schließlich nicht, dass du dein Lieblingsspielzeug wegen einer Nachricht verlierst.

LIAM: Oh, der ist nicht zum Spielen da ...

ICH: Ich nehm dich beim Wort. Was machst du heute Abend noch?

LIAM: Nicht viel. Häng nur rum und schau ein bisschen fern. Denk an dich.

ICH: :-)

LIAM: Sag mir bitte, dass du den Kerl jetzt abgeschossen hast? Endgültig?

ICH: Definitiv. Selbst, wenn er noch mal was wollte. Ich wär doch verrückt. Ist zwar hart, es zuzugeben, aber du hattest recht.

LIAM: Ich hab immer recht ... Und wie wär's?

ICH: ?

LIAM: Wie wär's, wenn du es mal mit mir probieren würdest?

Ich erstarrte.

Ich mochte Liam. Sogar sehr. Ich hatte sogar ein paar kleinere Fantasien, in denen er vorkam. Die hatte ich immer hervorgeholt, wenn sich Painter wieder einmal wie ein Idiot aufgeführt hatte. Aber sonst war da nichts gewesen – es waren einfach Fantasien. Liam war weit weg und stellte keine Gefahr da. Ich wusste dennoch, dass er heiß war, weil Cookie es mir erzählt hatte. Auch online hatte ich ein paar Fotos gesehen, obwohl sein Facebookprofil ziemlich leer aussah.

ICH: Ernsthaft?

LIAM: Ja. Ich will dich treffen.

ICH: Äh ...

LIAM: Fühl dich nicht unter Druck gesetzt. Denk drüber nach. Ich wollte nur, dass du weißt, dass ich Interesse habe. Ich denke oft an dich. Du bist verdammt hübsch, Em. Und das sag ich nicht nur, damit du dich besser fühlst. Es stimmt. Und lustig bist du auch noch.

Shit.

Wow. Zuerst wurde ich rot, dann wurde mir warm. Liam war süß, aber ich hatte mir bisher nie erlaubt, ernsthaft *so* über ihn nachzudenken. Nicht wirklich. Trotzdem hatte ich das Gefühl, über alles mit ihm reden zu können. Er hatte immer Zeit für mich, und er versuchte mir nicht vorzuschreiben, was ich tun sollte. Das lag vielleicht daran, dass er für mich nicht wirklich »real« war.

Aber das hier war sehr real.

ICH: Bist du sicher, dass du kein 60-jähriger Axtmörder bist?

LIAM: Warte kurz.

Ich wartete und spürte dabei eine seltsame Aufregung in mir. Dann summte mein Handy wieder und ein Foto kam an. Wie gesagt, ich hatte schon zuvor Fotos von Liam gesehen: sein Profilbild und ein paar Schnappschüsse in einem Park.

Aber das hier war ganz was anderes.

Er hatte das Foto ganz offenbar mit seinem Handy in seinem Badezimmer aufgenommen. Heiliger Hottie ... Liam trug abgewetzte Jeans, die tief auf seinen Hüften saßen. Der oberste Knopf stand ganz offen, der zweite halb. Kein Shirt, dafür dunkelbraune, wuschelige Haare, als käme er gerade erst aus dem Bett. Sein Gesicht war schön, fast hübsch. Mann, wenn er nicht diese ganzen Tattoos auf Schulter und Arm gehabt hätte, hätte er in einer Boygroup sein können.

Nur dass die Jungs aus den Boygroups nie solche Muskeln hatten.

Ich war der Ansicht, dass er sich mal wieder rasieren könnte. Mein Blick wanderte weiter nach unten zu seinen Jeans, wo mir eine Ausbuchtung sozusagen ins Auge stach.

Shit, hatte er …?

Nein, entschied ich. Das musste der Faltenwurf der Jeans sein. Ich hatte eine schmutzige Fantasie.

LIAM: Kein alter Mann …

ICH: Äh …

LIAM: Ruf mich an.

Das war ein großer Schritt. Ich war mir nicht sicher, was ich davon halten sollte. Natürlich hatten wir uns auf Facebook geschrieben und uns Nachrichten geschickt. Aber ein Anruf …

Konnte nicht schaden, oder?

Ich atmete tief ein und spürte, wie mir schwindlig wurde. Vom Alkohol oder vor Aufregung? Vielleicht hatte sich mein Urteilsvermögen gerade verabschiedet. Ich wollte ihn aber anrufen. Sogar sehr. Ich scrollte durch meine Kontakteliste bis zu Liams Telefonnummer, drückte auf den grünen Knopf und lauschte dem Klingeln.

KAPITEL ZWEI

Spokane, Washington

Drei Wochen später

Em

Ich richtete meine Brüste und betrachtete nachdenklich mein Dekolleté im Klospiegel der Bar. Das schwarze Trägerkorsett, für das ich mich entschieden hatte, gefiel mir nun nicht mehr.

»Ich seh aus wie 'ne Schlampe«, stöhnte ich.

»Der Grat zwischen scharf und nuttig ist ziemlich schmal«, sagte Kimber und beugte sich vor, um Lippenstift aufzutragen. Sie presste vorsichtig die Lippen aufeinander und fuhr dann mit der Zunge über ihre Zähne. »Aber du bist heute Abend eindeutig auf der scharfen Seite gelandet. Ich finde immer noch, dass du dich stärker schminken solltest.«

Ich warf einen Blick zu ihr rüber und fragte mich, ob sie recht hatte. Erst vor einer Woche hatte ich Kimber kennengelernt. Sie schien genau zu wissen, was sie wollte. Sophie nannte sie einen »sexuellen Bluthund«. Natürlich kannte ich *sie* auch erst seit einer Woche, aber sie war die Mutter von Rugers Neffen, hatte also gute Referenzen vorzuweisen.

»Du siehst fantastisch aus«, sagte Soph aus der Kabine hinter uns. »Sonst hätte ich dich gar nicht aus dem Hotelzimmer rausgelassen. Wie lange dauert es noch, bis der geheimnisvolle und großartige Liam erscheint?«

Ich sah auf mein Handy.

»Schätzungsweise etwa noch eine halbe Stunde«, sagte ich. »Wenn er pünktlich kommt.«

»Kann's kaum *erwarten*, ihn abzuchecken«, erklärte Kimber. »Wenn er scharf ist, darf ich ihn in den Hintern kneifen? Ich muss wissen, ob diese Fotos echt waren. Falls ja, dann hast du Glück, dass ich verheiratet bin.«

»Benimm dich«, sagte Sophie, als sie die Kabinentür öffnete. Sie stellte sich neben uns, um sich die Hände zu waschen. »Ich finde, wir brauchen ein gemeinsames Foto.«

Sie zog ihr Handy raus und hielt es hoch.

»Okay, zeigt's mir, Mädels«, sagte sie. »Ich will euch sexy und leidenschaftlich sehen! Das ist kein Spiel, meine Damen.«

Ich fing an zu kichern, als sich Kimber duckte und ihre Finger wie Pistolen auf den Spiegel richtete. Sophie drückte ab und wir sahen uns das Foto an.

Wow, ich sah wirklich ziemlich scharf aus.

»Schickst du mir das?«, fragte ich.

»Mir auch«, forderte auch Kimber. Sophie fummelte an ihrem Handy herum, und gleich darauf vibrierte meines in meiner Hosentasche.

»Jetzt mal ernsthaft«, sagte ich und warf ihnen im Spiegel einen Blick zu. »Ich weiß, ich hab gesagt, dass ich Sex mit Liam haben möchte, aber nur, wenn es sich richtig anfühlt. Seid nicht enttäuscht, falls nichts passiert.«

Sophie umarmte mich.

»Süße, du solltest nie was tun, das sich nicht richtig anfühlt.«

»Genau«, sagte Kimber. »Nur weil er scharf aussieht, heißt das noch nicht, dass er sich die Zähne putzt. Es gibt alle möglichen Ausschlusskriterien. Denk dran: Wenn er nicht das ist, was du willst, gibt es noch genügend andere Typen. Du musst dich nur vom Club fernhalten, und schon wirst du sie kennenlernen.«

»Es fühlt sich immer noch komisch an, dass ich hier bin und mein Dad nichts davon weiß«, sagte ich.

»Im vergangenen Jahr gab es viel Ärger … Wir haben uns lange verschanzt. Sie hätten beinahe Marie erwischt, wisst ihr? Die Devil's Jacks.«

Kimber hob die Augenbrauen.

»Echt? Will ich da mehr drüber wissen?«

Ich runzelte die Stirn

»Ich kenne nicht alle Details – aber ich weiß *genau*, dass ich lange Zeit nirgendwohin durfte, ohne dass ich einen Beschützer dabeihatte«, antwortete ich. »Die Jacks und die Reapers sind ja schon lange miteinander verfeindet.«

»Aber jetzt musst du dich nicht verschanzen«, sagte Sophie bestimmt. »Und das schon seit einer ganzen Weile nicht mehr, oder? Ruger hat einen ziemlichen Sicherheitsfimmel, was mich und Noah anbelangt, und er hat nichts dergleichen gesagt und keine Beschützer erwähnt. Es ist also alles in Ordnung. Wir gehen heute Abend einfach nur aus – nichts Dramatisches, außer wenn ordentlich durchgefickt zu werden als so etwas zählt. Wir drücken dir die Daumen, Baby.«

Ich dachte an Liams Foto und spürte, wie mir ein zarter Schauer über den Rücken lief. Daumendrücken war eine gute Idee … Ich wollte ihn von oben bis unten ablecken. In meiner Handtasche steckten sechs Kondome, bereit für den Einsatz. Nicht, dass ich wirklich glaubte, sechs Stück zu brauchen, aber man konnte als Mädel schließlich geheime Hoffnungen haben, oder?

»Ich will tanzen«, sagte Kimber. »Seid ihr dabei, Ladys?«

»Aber ja«, antwortete Sophie. Doch ich schüttelte meinen Kopf.

»Ich will mir erst noch einen Drink holen«, sagte ich zu ihnen. »Es ist albern, aber ich bin nervös.«

»Trink ruhig«, sagte Kimber. »Aber nicht zu viel. Du willst dich doch nicht zum Affen machen und ihn verschrecken.«

»Oh shit«, murmelte ich. »Meinst du, das könnte passieren? Diese ganze Geschichte ist so komisch … ich will sie wirklich nicht vermasseln.«

»Du hast ein schwarzes Korsett, enge Jeans und Fick-mich-High-Heels an und außerdem eine Handtasche voller Kondome«, sagte Sophie ernst. »Da müsste schon *viel* passieren, um ihn abzuschrecken. Hier geht es nicht darum, ob er dich mag, sondern darum, ob *du ihn* magst – ansonsten siehst du dich anderweitig um.«

Ich umarmte sie spontan.

»Danke«, flüsterte ich.

»Gern geschehen«, flüsterte sie zurück und drückte mich fest. »Jetzt hol dir deinen Drink und komm dann nach zum Tanzen. Das Leben ist zu kurz, um es mit einem Typen zu verschwenden, der nicht zu dir passt, egal, wie scharf er ist. Vergiss das nicht.«

Ich ließ mir ihre Worte durch den Kopf gehen und fragte mich, ob sie über mich oder über sich selbst gesprochen hatte. Sophies Situation mit Ruger war etwas kompliziert … Sophie ließ mich los und wir verließen gemeinsam die Toilette, um wieder zurück in die Bar zu gehen.

Ich saß an einem Tisch im vorderen Teil der Bar und trank einen Sex on the Beach, während die laute Musik wie ein gewaltiger Herzschlag in mir pulsierte. Dabei fragte ich mich, ob die Uhr über der Bar wohl kaputt war, weil die Zeit so langsam verstrich. Ich dachte an das Hotelzimmer, das ich am frühen Abend gebucht hatte. Das Zimmer von Kimber und Sophie war mit meinem verbunden – Sicherheit stand schließlich an erster Stelle. Wenn alles nach Plan verlief, würde ich Liam in ein paar Stunden mit in dieses Zimmer nehmen.

Ich hatte keinerlei ehrbare Absichten.

Nicht im Geringsten.

Es war schwierig gewesen, die Painter-Verknalltheit abzulegen. Zum Glück hatte ich Liam, der mir darüber hinweg half und mich daran erinnerte, dass ich noch andere Möglichkeiten hatte. Egal, was noch passierte, dafür war ich ihm schon was schuldig. Ich rührte mit dem Strohhalm in meinem Drink herum, sah auf und sah ihn, wie er an der Bar lehnte.

Shit. SHIT. Liam war hier. Zu früh.

Ich war noch nicht bereit. Dass Liam nicht mal lächelte, machte die Sache auch nicht besser. Stattdessen sah er mich an wie ein hungriges Tier. So hungrig, dass ich fast Angst bekam. Ich drehte mich sogar um, weil ich nicht glauben konnte, dass dieser Blick mir galt.

Dann stieß er sich von der Bar ab und kam auf mich zu. Ich erstarrte vor Panik. Was hatte ich mir nur dabei gedacht, mich mit einem Wildfremden in einer Bar zu treffen. Ich kannte diesen Mann doch gar nicht. Er war … größer und beeindruckender, als ich ihn mir vorgestellt hatte. Ich meine, ich hatte zwar Fotos gesehen, aber das Display meines Handys war ziemlich klein. Als »klein« konnte man diesen Typen nun wirklich nicht bezeichnen. Der echte Liam schien raumgreifender zu sein als die Leute um ihn herum. Außerdem war er sexy. Lange, sehnige Muskeln, die sich geschmeidig bewegten, während er durch die Bar schritt. Sein graues Henley-Shirt spannte sich über breite Schultern und seine ausgewaschene Jeans war wie mit seinem Körper verwachsen.

Dazu trug er Bikerstiefel und eine Harley-Davidson-Gürtelschnalle.

Heilige Scheiße, war Liam ein Biker? Davon hatte er nie etwas erwähnt. Was hatte er mir sonst noch verheimlicht? Die Leute gingen ihm aus dem Weg. Während ihm die Frauen interessierte Blicke zuwarfen, sahen die Männer nach dem ersten Blickkontakt schnell weg.

Dann blieb er vor mir stehen.

»Em«, sagte er und fing eine meiner Haarsträhnen ein. Er zwirbelte sie zwischen seinen Fingern und lächelte, wodurch sich seine Miene von erschreckend und gefährlich in völlig umwerfend verwandelte. Seine Augen mit den langen Wimpern waren von satter dunkelbrauner Farbe, seine

Haare hätten mal wieder einen Friseurbesuch nötig gehabt. »Du bist im wirklichen Leben noch viel hübscher als auf den Fotos.«

Ich taute auf und spürte, wie sich ein komplett idiotisches Lächeln auf mein Gesicht stahl.

»Und du bist größer«, antwortete ich laut, um die Musik zu übertönen.

Er beugte sich vor und gab mir einen Kuss auf die Wange, bevor er sich auf den Stuhl mir gegenüber setzte. Der kleine Abstand zwischen uns beiden fühlte sich gut an, bis mir klar wurde, dass ich so seinem intensiven Blick komplett ausgeliefert war. Die Fotos hatten diesen bezwingenden Blick keinesfalls einfangen können – ganz und gar nicht. Ich hatte keine Ahnung, was ich sagen oder tun sollte, weshalb ich erst einmal einen Schluck nahm. Er legte seinen Kopf schief und richtete seinen Blick auf meine Lippen. Ich saß da wie ein Idiot und beobachtete ihn dabei, wie er mich beobachtete.

»Willst du was bestellen?«, brüllte eine Bedienung lauter als die Musik und durchbrach damit meine von Liam ausgelöste Trance.

»Ja«, sagte er ihr. »Ich nehm ein Bier, frisch gezapft. Willst du noch einen Drink?«

Ich schüttelte meinen Kopf, und die Bedienung ging weiter zum nächsten Tisch.

»Das ist echt komisch«, lachte ich nervös.

Er hielt sich eine Hand ans Ohr. Toll. Er konnte mich nicht hören.

»Das ist echt komisch«, brüllte ich. »Ich meine, ich weiß, wir kennen uns, aber sich im wirklichen Leben zu treffen ist echt schräg.«

Liams Mund verzog sich zu einem Grinsen, bei dem einem das Höschen feucht werden konnte.

»Es ist anders«, erwiderte er mit erhobener Stimme. »Aber mir gefällt's. Schön, sich endlich im selben Raum aufzuhalten. Sind deine Freunde hier?«

»Sie tanzen gerade«, sagte ich ihm, wobei mir fast die Stimme versagte. Mein Gott, wenn das so weiterging, hätte ich am Schluss Halsschmerzen, weil ich versuchte, so laut zu sprechen. »Sie wollen dich ansehen.«

Er verzog das Gesicht.

»Natürlich«, antwortete er. »Sophie und Kimber, oder?«

Ich nickte und war beeindruckt, dass er sich die Namen gemerkt hatte.

»Woher kennst du sie?«

»Äh, Sophie ist … hm, schwer zu erklären«, sagte ich, während ich an die Reapers dachte, an Sophies seltsame Nichtbeziehung mit Ruger und an all die Gründe, warum ich Liam meine Lebensumstände bisher noch nicht genauer dargelegt hatte. Ich nahm einen weiteren Schluck und überlegte, was ich sagen sollte. Dad hatte es nicht gern, wenn ich über den Club sprach, aber es war nicht gerade ein Geheimnis, dass wir zu einem Motorradclub gehörten. Nicht wirklich … scheiß drauf. Wenn der Club Liam abschreckte, wäre es wohl das Beste, es hinter mich zu bringen.

»Weißt du, es gibt etwas, was ich dir nie erzählt habe«, sagte ich laut quer über den Tisch.

Er hob eine Augenbraue.

»Ist das jetzt die Stelle, an der du mir beichtest, dass du eigentlich ein Mann bist?«, rief er, gerade als die Musik endete. Eine Reihe von Köpfen drehte sich zu uns um – ich fühlte mich wie auf der Highschool. Alle starrten mich an. Liam ließ seinen Blick übers Publikum wandern und zwinkerte mir dann zu. »Wenn's nämlich so ist, bin ich völlig hin und weg. Wer auch immer deine Brust-OP gemacht hat, ist ein verdammter Künstler.«

Ich lachte laut los, als der nächste Song erklang.

»Nein«, antwortete ich und verdrehte die Augen. »Aber es gibt einen Grund, warum bei mir männermäßig nicht so viel los ist. Mein Dad gehört zu einem Motorradclub. Genauer gesagt ist er der President des Clubs. Jedenfalls hat einer der Typen aus dem Club einen Neffen, und Sophie ist die Mutter dieses Kindes.«

Liam richtete sich auf und machte ein ausdrucksloses Gesicht. Ich weiß nicht, was ich erwartet hatte … Besorgnis vielleicht? Eine bissige Bemerkung? Das völlige Fehlen einer Gefühlsregung in seinen Augen war allerdings schlimmer.

»Was ist los?«, fragte ich. Verdammt, es war so gut wie unmöglich, sich hier zu unterhalten. Hatte ich einen großen Fehler gemacht? Shit. Würde Liam wie all die anderen Typen reagieren, die vor Dad so viel Angst hatten, dass sie lieber die Finger von mir ließen?

Er schüttelte seinen Kopf.

»Sorry«, sagte er. »Mir ist gerade was eingefallen, das ich noch erledigen muss. Hey, willst du hier raus?«

»Äh, ich weiß nicht ...«

»Oh, das klang komisch«, sagte er und lächelte wieder. Hatte ich mir das vorhin eingebildet? »Ich meine, willst du in eine andere Bar gehen? Ein öffentlicher Ort, viele Zeugen, aber vielleicht ein bisschen ruhiger? Ich will mich wirklich mit dir unterhalten, was hier nicht so einfach ist. Ein Stück weit die Straße runter ist 'ne Bar, die ganz o.k. ist. Gehört 'nem alten Freund von mir.«

Ich runzelte die Stirn.

»Ich weiß nicht«, sagte ich. »Ich will nicht ohne Sophie und Kimber gehen.«

»Müssen wir auch gar nicht«, schrie er. »Keine Sorge.«

Ich lächelte, denn ich war froh, dass er mich nicht drängte. Mein Handy vibrierte in meiner Hosentasche, und als ich es rausholte, entdeckte ich eine Nachricht. Mehrere sogar, eine davon von Liam mit der Mitteilung, dass er früher kommen würde. Sie war gleichzeitig mit Sophies Foto-Nachricht angekommen. Ups.

KIMBER: Isser schon da? Ich will seinen Arsch checkn. Ob ers wert ist ... meinst du er lässt mich ran? Ich finde, er sollte mit uns tanzen!!!!!

Ich runzelte die Stirn.

»Alles okay?«, rief Liam.

Ich warf einen Blick auf sein gut aussehendes, besorgtes Gesicht und stellte mir seine Reaktion vor, wenn Kimber Davis, der sexuelle Bluthund, ihn auf der Tanzfläche angrabschen würde. Ich wusste nicht, was schlimmer wäre – wenn es ihn nervte oder wenn es ihm gefiel. In jedem Fall wäre es mir furchtbar peinlich.

»Lass uns in die andere Bar gehen«, brüllte ich. »Du hast recht, es ist zu laut hier.«

»Schick deinen Freundinnen eine Nachricht und trink aus«, sagte er. »Dort können wir uns in Ruhe unterhalten.«

Liams Wahl überraschte mich.

Ich weiß nicht, was ich erwartet hatte, aber sicher keine abgefuckte kleine Kneipe, die meinem Dad bestens gefallen hätte. Auf dem Schild draußen stand *Mick's*, der Typ hinter der Bar wirkte wie ein riesiger Pit Bull. Ich war nie zuvor hier gewesen, und das aus gutem Grund.

Es war nicht gerade eine Bar für Mädels.

Der Raum war lang und schmal. Entlang der linken Wand verlief eine Bar, an der rechten Wand reihten sich Nischen mit hohen, hölzernen Trennwänden und ramponierten Tischen aneinander. Liam hielt mich an der Hand und zog mich sanft ans hintere Ende der Bar. Es war nicht gerade viel los, und die meisten Gäste wirkten rauer als die üblichen Samstagabend-Jungs. Deutlich rauer. Zum Teufel, es hätten Reapers sein können. Zum Glück war ich unter rauen Typen aufgewachsen, weshalb sie mir keine Angst einjagten. Allein wäre ich zwar nicht gerne hergekommen, aber mit Liam an meiner Seite fühlte ich mich sicher.

»Hier sind wir«, sagte er und blieb an der letzten Nische stehen.

Ich rutschte rein und er setzte sich dicht neben mich, sodass sich sein langer Oberschenkel gegen den meinen presste. Ich konnte seinen Duft riechen: sauber und frisch, mit einem Hauch Seife.

»Viele Zeugen und zugleich ein wenig Zweisamkeit«, fügte er hinzu.

Ich fühlte mich fast ein wenig betrunken, weil wir so nah beieinandersaßen. Meine Hormone waren glücklich und ich hätte ihn am liebsten in den Schenkel gekniffen. Stattdessen zwang ich mich zum Small Talk.

»Wie lang bleibst du hier?«, fragte ich, froh, dass ich nun nicht mehr brüllen musste.

»Das kommt darauf an«, antwortete er mit einem Lächeln.

»Worauf?«

»Ob es einen Grund gibt zu bleiben.«

Oh, ich hoffte, dass es diesen Grund gäbe. Egal, wie nervös er mich machte, im Vergleich zu Liam sah Painter aus wie Ken, Barbies treuer Begleiter.

»Was ist mit deiner Arbeit?«, fragte ich, weil mir klar wurde, dass ich keine Ahnung hatte, womit er seinen Lebensunterhalt verdiente. Wie kam es, dass wir darüber nie gesprochen hatten?

»Da bin ich flexibel«, antwortete er. »Ich schätze, man könnte mich als Freiberufler bezeichnen. Ich nehme Aufträge an, wie es gerade kommt, und letztendlich komm ich damit zurecht. Hast du schon Antwort von diesem Kosmetikkurs in Portland bekommen, für den du dich beworben hast?«

»Noch nicht«, sagte ich verlegen. Ich hatte meine Bewerbung schon vor zwei Wochen losschicken wollen, hatte es aber immer wieder aufgeschoben, weil ich nicht wusste, wie ich Dad beibringen sollte, dass ich ausziehen würde. »Ich hab die Unterlagen erst vor ein paar Tagen losgeschickt. Einen Teil davon hatte ich immer wieder verlegt und …«

Meine Stimme erstarb, als er meine Wange berührte und mit der Außenseite seines Fingers über meine Haut fuhr. Wie eine Feuerspur. Ich konnte nicht denken. Ich *wollte* nicht denken.

Und ich wollte echt nicht darüber reden, wann ich die Prüfung als Kosmetikerin ablegen würde.

»Ich werde dich küssen«, sagte er.

Ich nickte, und seine Lippen berührten die meinen.

Scheiß auf Small Talk.

Der Kuss begann ganz sanft. Liam schlang meine Haare um seine Finger, fuhr mit seiner Zunge über meine Lippen, drängte sie sanft, ja beinahe ehrfürchtig auseinander. Ich öffnete meinen Mund für ihn und schloss die Augen, als ich seine Zunge in mir spürte. Zwar war ich schon oft geküsst worden, trotz Dads Ruf, meine Freunde niederzuschießen (was völlig unfair war – er hatte nur auf einen geschossen und schwor, dass das ein Unfall war). Aber das hier war ein völlig anderes Kusserlebnis.

Ich verlor mich an Liams Lippen, schwebte auf einer Woge der Gefühle, die weiter anwuchs, als ich den Raum um uns herum vergaß. Dann griffen seine Finger fest in mein Haar und der Kuss wurde intensiver. Er legte seinen Kopf schräg und nahm sich, ohne zu fragen. Meine Brustwarzen wurden hart; sie wollten eindeutig mehr. Mit meiner Hand suchte ich seinen Oberschenkel, der hart wie Stein war. Während sich meine Finger in den Muskel gruben, stöhnte er auf und bewegte die Hüften.

Wenige Sekunden später löste er sich von meinem Mund und schob den Tisch weiter weg, damit wir mehr Platz hatten. Dann hob er mich hoch, sodass ich rittlings auf ihm saß.

»Liam, das können wir nicht machen!«, zischte ich mit großen Augen. Sicher, im Arsenal waren die Leute recht locker, aber wir waren hier in einer *öffentlichen Bar*. »Die werfen uns raus.«

»Mick ist ein Freund von mir«, erklärte er mir und warf mir dabei einen durchdringenden Blick aus seinen dunklen Augen zu. »Mach dir keine Sorgen.«

Er beugte sich vor und liebkoste mit seinem Gesicht sanft meine Brüste, die praktischerweise direkt vor seiner Nase waren. Durch das Korsett wurden sie wie auf einem Büfett präsentiert. Scheiße, sah uns jemand zu?

»Mann, hast du tolle Titten«, sagte er mit einer Stimme, die gar nicht mehr klang wie er selbst. Irgendwie rauer. Dann fuhr er mit seiner Hand über meinen Rücken, packte meinen Hintern und presste mich gegen seine Hüften. Ich glaube, in meinem Bauch zog sich was krampfartig zusammen. Meine Gebärmutter vielleicht? Falls es das *nicht* war, dann hatte ich einen ziemlich verwirrten Blinddarm. Liam griff mit der anderen Hand wieder in meine Haare und zog mich zum nächsten Kuss an sich.

Und dieser Kuss war alles andere als zart, sondern hart und intensiv und voll verzweifelter Lust. Ich bewegte meine Hüften und rieb mich dabei unbewusst an seinem immer steifer werdenden Schwanz. Er antwortete, indem er sich nach oben drückte und meine Hüften packte. Mit geschlossenen Augen überließ ich mich meinen Gefühlen. Sogar mit all dem Stoff zwischen uns spürte meine Klit jede kleine Bewegung und wollte mehr. Ich bewegte mich fester auf und nieder, während meine Lust immer heißer brannte.

Liams Mund löste sich von meinem.

»Sieh mich an«, befahl er. Und genau das tat ich. Seine Augen schimmerten wie ein dunkler See und leuchteten vor Begierde. Der Blick war so intensiv, dass sich mein Innerstes verkrampfte. »Öffne die Häkchen an der Vorderseite deines Korsetts. Ich will dich sehen.«

Ich schüttelte meinen Kopf, aber seine Finger gruben sich in meine Hüften und schoben mich über seinen inzwischen steinharten Schwanz. Heilige Scheiße, das fühlte sich gut an.

»Mach schon«, forderte er mich auf. Ich nickte und hatte schon vergessen, warum ich mich geweigert hatte.

Ich öffnete die obere Hälfte der kleinen Häkchen, sodass meine Brüste hervorquollen. Ein kleiner Teil meines Gehirns kreischte, dass uns alle sehen konnten, aber als ich aufblickte, war da niemand. Die hohen Trennwände verschafften unserer Sitzecke absolute Privatheit, und die Tische gegenüber waren leer.

Liam betrachtete mich einen Moment lang aufmerksam, dann beugte er sich vor und nahm meine linke Brustwarze zwischen seine Zähne.

Ich erschauerte vor Angst, dass er mich beißen würde, und zugleich, dass er es nicht tun würde.

Er biss nicht. Nein. Er saugte vielmehr heftig daran und ließ sich auf der Bank tiefer gleiten. Die harte Tischkante in meinem Rücken machte die Sache nicht einfach, aber irgendwie gelang es ihm, meiner Schaukelbewegung auf seiner Erektion noch mehr Raum zu geben. Wären da nicht unsere Hosen gewesen, hätte ich ihn schon in mir gehabt.

Scheiß Hosen.

Liam stöhnte, ließ jedoch abrupt los. Er hob mich an den Hüften hoch und setzte mich auf der Bank neben sich ab.

»Wollen wir es machen?«, fragte er mit angespannter Stimme.

Ich starrte ihn verständnislos an. Meine Klit wollte wissen, warum wir aufgehört hatten, denn sie war alles andere als glücklich darüber. Meine beiden Mädels im Obergeschoss fanden es auch nicht lustig. Liam atmete erschauernd ein und sah mir tief in die Augen.

»Wollen wir Sex haben?«, fragte er klar und deutlich. »Falls nicht, muss ich mir einen runterholen. Ich will dich nicht unter Druck setzen, Em, aber das ist die verdammte Wahrheit.«

Eine Welle der Lust überrollte mich, und schnell traf ich meine Entscheidung.

»Lass mich meinen Freundinnen eine Nachricht schicken«, sagte ich atemlos. »Dann können wir ins Hotel.«

»Bist du dir sicher?«

»Oh ja«, flüsterte ich. »Ich bin mir sicher.«

Ich weiß nicht, was ich erwartet hatte. Vielleicht einen ordentlichen Nachrichten-Austausch mit Sophie und Kimber, gefolgt von einem gemeinsamen Rückmarsch zum Hotel. Sie würden ihn kennenlernen, wir würden zusammen ein wenig lachen, und wenn sie mir dann schließlich ihr Okay gäben, würde ich ihn mitnehmen.

Aber Liam war ein Mann der Tat.

Er packte meine Hand, zog mich aus der Nische raus und hinter sich her, sodass ich geschockt gerade noch mein Korsett festhalten konnte. Zu meiner Überraschung gingen wir zum hinteren Ende der Bar und nicht zur Vordertür. Vorbei an einem muskulösen Typen, der Liam auf die Schulter klopfte, ging es durch einen dunklen Gang. Auf der rechten Seite sah ich ein paar äußerst fragwürdige Toiletten. Links war eine Tür. Liam öffnete sie und zog mich hinein.

Hunter

Eine Sache habe ich im Leben gelernt, und zwar, dass es Zeitverschwendung ist, sich selbst zu belügen.

Das hatte mich jedoch nicht davon abgehalten, mir vorzumachen, dass es heute Abend nur um den Club ging und dass Em lediglich ein Mittel zum Zweck war. Um etwas gegen die Reapers in der Hand zu haben.

Es wäre nicht das erste Mal, dass ich ein Mädel für die Devil's Jacks fickte. Und es würde mir keine schlaflosen Nächte bereiten, sie flachzulegen. Ich hatte schon viel Schlimmeres getan. Aber zum Teufel, Em sah einfach fantastisch aus. Was noch viel schlimmer war: Sie war lustig und süß, und ich war mir ziemlich sicher, dass sie eine komplette Hirnregion bei mir besetzt hatte. Vor etwa einer Woche hatte ich sie überredet, mir ein Bild von sich im Bett zu schicken. Scheiß auf Pornos – dieses unschuldige kleine Foto von ihr in einem alten T-Shirt reichte mir völlig. Irgendwo in meinem Hinterkopf flüsterte eine Stimme, dass sie unmöglich so scharf sein konnte, wie ich sie in Erinnerung hatte, oder so süß, wie sie am Telefon klang. Daran wollte ich glauben, nein, daran *musste* ich glauben.

Aber ich musste in dieser Bar nur einen Blick auf sie werfen und schon war's vorbei. Jetzt war mein Schwanz so hart, dass ich das Gefühl hatte, er würde gleich ein Loch in meine Hose bohren. Ernsthaft. Kompletter Verlust der Denkfähigkeit. Noch nie in meinem Leben hatte ich eine Frau mehr begehrt als Em. Ja, ich bin ein Idiot, aber ich hatte echt nicht geplant, sie in Micks Büro zu vögeln. Das war aber, bevor ich sie geküsst hatte. Danach war mir klar, dass ich sterben würde, wenn ich nicht sofort die heißeste Möse von innen kennenlernen dürfte, die ich wohl jemals um meinen Schwanz spüren würde.

Ich schlug die Tür hinter uns zu. Eine trübe Lampe erhellte den Raum notdürftig. Zum Glück stand da eine Couch, eine lange Ledercouch, die vielleicht nicht besonders sauber war. Aber es war auch nicht der schlimmste Ort, an dem ich je ein Mädel gevögelt hatte.

Em hatte definitiv etwas Besseres verdient. Es war mir egal.

Mein Mund bedeckte den ihren, meine Hände umfassten ihren Hintern, hoben ihre Beine hoch, die sie um meine Taille schlang. Ihre Hände gruben sich in meine Haare, und ich spürte ihre Titten, die sich an meine Brust pressten. Ohne Scheiß, fast wäre ich gekommen. Was zum Teufel hatte dieses Mädel nur an sich? Verdammt, von dem Moment an, als ich sie letzten Winter gesehen hatte, war ich von ihr gefesselt gewesen. Mit ihr dann auch noch zu telefonieren war der Nagel zu meinem Sarg gewesen, denn das Schlimmste war, dass ich sie tatsächlich *mochte*. Burke würde sich den Arsch ablachen, wenn er mich jetzt sehen könnte – ich, der eiskalte Hund, war offiziell einer Frau verfallen und rettungslos verloren.

Zumindest im Moment.

Ich hätte sie fallen lassen und davonrennen sollen, solange ich noch die Möglichkeit dazu hatte. Stattdessen rammte ich sie gegen die Tür, stieß mit meinem Schwanz nach oben, als ob ich sie durch unsere Kleidung hindurch penetrieren könnte, wenn ich es nur lang genug versuchte. Sie zog mein Shirt hoch. Dann gruben sich ihre Finger in meine Rückenmuskeln und ihre Nägel zerkratzten mich, als sie ihre Hände nach unten zog.

Scharfer Schmerz schoss meinen Rücken hinunter.

Völlig unmöglich – mein Schwanz wurde noch härter. Em sah in ihren engen Jeans verdammt scharf aus, aber sie musste sie verdammt noch mal ausziehen, bevor ich zum Schuss kommen konnte. Ich würde sie jetzt bei unserem ersten Mal schnell und hart nehmen, denn ich konnte unmöglich länger durchhalten. Zum Glück war sie genauso erregt wie ich – die Chancen, dass sie abgehen würde wie eine Rakete, standen also gar nicht schlecht. Anschließend hatte ich vor, sie zurück ins Hotel zu schleifen und ihr zu zeigen, auf wie viele verschiedene andere Arten ich sie kommen lassen konnte.

Doch zuerst musste ich für mein Hirn einen Teil des Blutes, das in meinem Unterkörper festsaß, frei machen. Denn im Moment wusste ich nicht mal mehr, wie man atmete. Ich trug sie hinüber zur Couch, setzte sie ab und legte mich auf sie. Unsere Hüften rieben sich aneinander und vollführten den schärfsten Trockensex aller Zeiten.

Mein Gott.

Ich würde wirklich noch in meiner Hose kommen.

Ein letztes Mal küsste ich sie, schmeckte ihren heißen, süßen Mund, und zwang mich dann, sie loszulassen.

»Ich wollte noch nie eine Frau auch nur halb so sehr wie dich, Em«, sagte ich ihr mit rauer Stimme. Sie riss ihre blauen Augen auf und hielt einen Moment die Luft an. Dann wurden ihre Wangen zartrosa. Und ich wollte sie einfach über die Schulter werfen und wie ein Höhlenmensch davonschleppen. Ich rollte mich auf die Seite und wühlte in meiner Hosentasche nach einem Kondom.

»Jeans runter, Baby«, fügte ich hinzu. »Ich kann nicht mehr länger warten.«

»Ich muss dir was sagen.«

Ich fand das Kondom und griff nach meinem Reißverschluss, ohne wirklich auf ihre Worte zu achten. Gottverdammt war sie scharf … Ihre Brüste quollen hervor, die Brustwarzen waren dunkelrot, und ihre Augen leuchteten vor Aufregung.

»Nein«, sagte sie. »Ernsthaft, ich muss dir was sagen.«

»Was?«, fragte ich verständnislos. Ich konnte mir nicht vorstellen, was im Moment wichtiger war, als nackt zu sein. Dann begriff ich plötzlich – sie wollte Bestätigung. Keine Ahnung, warum, aber das wollten sie alle. »Hey, ich hab dich nicht nur hierhergebracht, um dich zu vögeln, Baby. Du bedeutest mir etwas, das schwör ich dir. Aber ich kann jetzt nicht denken. Können wir später reden?«

Sie sah weg, und ich spürte ein mulmiges Gefühl im Magen. Shit.

Irgendwas stimmte nicht. Ich weiß nicht, was mich mehr beunruhigte – die Vorstellung, meine Mission nicht erfüllen zu können, oder die Befürchtung, nicht zum Schuss zu kommen.

Aber eigentlich war alles klar – zum Teufel mit dem Auftrag. Hier ging's nur um Möse und Schwanz.

»Ich hab das noch nie gemacht«, sagte sie, ohne mir in die Augen zu sehen.

»Beim ersten Date gleich zu ficken?«, fragte ich sie. »Das ist was anderes, Baby. Ich weiß nicht, was du denkst, aber ich bin nicht …«

»Mann, bist du einfach mal ruhig und hörst zu?«, fauchte sie. Dann setzte sie sich auf und schwang ihre Beine von der Couch. »Warum sind alle in meinem Leben so verdammt bestimmend?«

Ich starrte sie völlig verwirrt an, während mein Schwanz vor sich hin pulsierte.

»Ich hatte noch nie Sex«, sagte sie plötzlich. »Und ich mag dich sehr und will es wirklich tun, aber nicht auf einer dreckigen Couch in einer Bar. Kannst du das verstehen?«

Also *jetzt* hatte sie meine volle Aufmerksamkeit.

»Was zum …? Was meinst du damit, du hattest noch keinen Sex?«

»Ich meine: Ich. Hatte. Noch. Nie. Sex«, antwortete sie mit klaren Worten und langen Pausen. »Das ist die Wahrheit. Hast du ein Problem damit? Du schaust mich nämlich an, als ob ich Herpes hätte, und das find ich nicht so toll.«

Ich hielt inne und versuchte zu begreifen, was sie mir gerade erzählt hatte. Was nicht so einfach war bei meinen momentanen Kreislaufproblemen. Dann verstand ich endlich.

Shit. Em gehörte *mir*. Mir allein. Kein anderes Arschloch war je in dieser süßen kleinen Möse gewesen – das war einfach wundervoll. Ich lächelte langsam und fuhr mir mit der Hand durch die Haare.

»Das ist fantastisch, Baby«, sagte ich und ließ mich wieder neben ihr nieder.

»Tatsächlich?«, fragte sie mit schüchterner Stimme.

Ich zog sie auf meinen Schoß und fuhr mit meinen Händen über ihren Körper. Mein Gott, sie war so winzig. Ein perfektes kleines Ding, das ich ablecken und mit nach Hause nehmen wollte, um es vor der Welt zu verstecken.

»Ja«, sagte ich, während ein Triumphgefühl in mir aufstieg. Ich würde sie mit niemandem teilen, weder jetzt noch in Zukunft. Dieser Körper gehörte mir. Nur mir. Das beste Geschenk aller Zeiten. Keine Ahnung, womit ich das verdient hatte, aber jetzt würde sie mir nicht mehr entkommen.

»Es wird mir eine Menge Spaß machen, dir alles beizubringen, was ich weiß«, sagte ich und küsste sie seitlich auf den Hals. Shit, sie roch echt gut. Mein Schwanz wollte in sie rein, aber irgendwie funktionierte mein Hirn wieder. Das hier würde ich nicht vermasseln. Wenn ich es richtig machte, würde sie mir verfallen, ohne zu wissen, warum. Und genau das wollte ich, sogar sehr. Ein Gewinn für mich und zugleich für die Jacks. Perfekt.

Em lachte leise.

»Du hast mich vorhin ein bisschen erschreckt«, flüsterte sie und wurde dabei sogar ein wenig rot. So süß. »Ich weiß, es ist albern, aber es ging alles so schnell. So etwas habe ich noch nie erlebt.«

»Nun, die Chemie stimmt einfach bei uns«, erklärte ich ihr. »Gut, dass du mir gesagt hast, dass du noch nie Sex hattest. Ich versprech dir, dass das erste Mal etwas ganz Besonderes für dich wird, Baby. Willst du zurück ins Hotel oder brauchst du erst etwas Zeit?«

Sie schlang ihre Arme um meinen Hals und lächelte mich sanft an.

»Ins Hotel«, sagte sie. »Aber lass es uns etwas langsamer angehen, okay?«

»Kein Problem.«

Stille senkte sich auf uns herab, als ich mich zu ihr hinüberbeugte, um sie vorsichtig zu küssen und behutsam an ihrer Unterlippe zu ziehen. Doch ein lautes Klopfen an der Tür zerstörte den Moment.

»Hau ab«, rief ich.

»Wir müssen reden«, sagte Skid auf der anderen Seite der Tür. »Ist wichtig, Kumpel. Komm raus.«

Em runzelte die Stirn und sah mich an.

»Ich wusste nicht, dass du in Begleitung bist«, sagte sie.

»Ich wollte dich ganz für mich alleine haben«, sagte ich ihr mit kurzem Grinsen.

Mein Verstand arbeitete bereits wieder kalt und analytisch. Skid war kein Idiot und machte keinen Blödsinn. Wenn es nicht wirklich wichtig wäre, hätte er uns nicht unterbrochen.

»Komm gleich wieder«, sagte ich zu ihr und ließ sie auf der Couch zurück. Traurig schloss sie die Häkchen ihres Korsetts und bedeckte dabei ihre tollen Titten. Ich ging zur Tür und verließ das Zimmer.

Ein Blick auf Skids Gesicht, und ich wusste, dass es Ärger gab.

»Wir haben ein Problem«, erklärte er mir. »Kelsey hat aus unserem Haus in Portland angerufen. Hat gesagt, dass irgendein durchgeknallter Hurensohn ins Haus eingedrungen ist und angefangen hat, um sich zu schießen. Grass hat's erwischt, Brustschuss. Sie weiß nicht, ob er durchkommt. Der Typ, der geschossen hat, hat sich Clutch geschnappt und ihn mitgenommen. Wahrscheinlich waren ein paar Mädels da, die alles mit angesehen haben und jetzt mit den Bullen reden. Kels war oben in deinem Zimmer. Sie kam mit 'ner Waffe die Treppe runtergerannt, da war es aber schon zu spät. Sie konnte nur noch sehen, wie der Typ Clutch in einen SUV geworfen hat und abgehauen ist.«

Ich merkte, wie die Welt um mich herum auf einen Punkt zusammenschrumpfte, während mein Verstand anfing, wie verrückt zu arbeiten.

»Konnte sie den Typen erkennen?«, fragte ich.

»Ja«, antwortete er mit eiskaltem Blick. »Er hat ihr sogar eine Nachricht aufgetragen. Sie soll uns sagen, dass der Waffenstillstand mit den Reapers aufgehoben ist und Clutch bald tot sein wird. Als Rache für Gracie.«

»Kennen wir seinen Namen?«

»Er nannte sich Toke.«

»Ich ruf Burke an.«

»Scheiße.«

»Em, ich muss kurz telefonieren«, sagte ich, während ich meinen Kopf kurz zur Tür reinsteckte. Ich lächelte sie sanft an und tat so, als ob ich menschlich wäre, was jedes Jahr schwieriger wurde. »Ist es okay, wenn du kurz hier wartest?«

Sie sah mit unschuldigem und vertrauensvollem Blick zu mir hoch, und ich genoss den Anblick. Ich war mir ziemlich sicher, dass ich sie nie wieder sehen würde. Nicht nach der heutigen Nacht.

»Ist alles in Ordnung?«, fragte sie.

»Ja«, antwortete ich. Die Lüge kam mir leicht über die Lippen. »Nur ein kleines Missverständnis daheim. Ich sorge dafür, dass sich jemand darum kümmert, und komm dann wieder zu dir.«

Ich schloss gerade die Tür, als sie noch etwas sagen wollte.

»Hey«, erwiderte sie mit weichem Blick. »Ich mag dich, Liam Blake.«

»Ich mag dich, Emmy Hayes«, antwortete ich und wünschte mir, dass die Dinge anders lägen.

Keine Ahnung, warum mir das so naheging.

Shit happens. Verdammt schwach und dämlich von mir, dass mir das alles was ausmachte.

Ich ging hinaus in den Flur und rief Burke an, um ihn nach seinen Anweisungen zu fragen.

KAPITEL DREI

Em

Als Liam aus dem Zimmer ging, zitterte ich vor Aufregung. Es lief besser, als ich erwartet hatte. *Er* war besser, als ich erwartet hatte. So unglaublich süß. Ich fühlte mich großartig in seiner Gegenwart. Und am besten war, dass er sich nicht besonders für meinen Vater zu interessieren schien.

Das war echt toll.

Ich zog mein Handy raus: Zwar wollte ich zurück ins Hotel, aber ich hatte versprochen, dass ich nicht alleine gehen würde. Mit zittrigen Fingern, ob vor Aufregung oder durch die Drinks, suchte ich Sophies Nummer.

ICH: Ich will zurück ins Hotel. Er ist ganz sicher DER RICHTIGE.

SOPHIE: Wag es ja nicht! Wir müssen ihn erst abchecken. So war das NICHT geplant!

ICH: Ihr seht ihn in ner Minute, kommt rüber zu Mick's und dann gehn wir zusammen weiter. Wir warten draußen.

Ich steckte mein Handy in die Hosentasche und schlang dann meine Arme um mich. Ich konnte es noch immer kaum fassen. Ich hatte Liam getroffen, und er war einfach fantastisch. Sexy. Schön. Sogar süß …

Was jedoch noch wichtiger war – er war kein Weichei, sondern ähnelte den Typen, mit denen ich aufgewachsen war. Letztendlich konnte ich nicht mit einem Mann zusammen sein, der mit meiner Familie im Motorradclub nicht umgehen konnte.

Liam konnte das, da war ich mir so gut wie sicher.

Blöd war ich allerdings nicht: Ich wusste sehr genau, dass die Sache auch noch schiefgehen konnte. Aber vielleicht wurde ja was daraus. Auf jeden Fall würde ich heute Nacht endlich selbst erleben, wovon alle Leute ständig redeten. Lustigerweise hatte mir Painter nun sogar einen Gefallen getan. Wenn er sich getraut hätte, wäre ich jetzt womöglich mit ihm zusammen anstatt mit Liam. Und obwohl ich Liam noch gar nicht so lange kannte, spürte ich eine Verbindung zwischen uns, die ich mit Painter nie gefühlt hatte.

Painter war eine Fantasie gewesen, ein Traum von der Zukunft. Hatte ich mich jemals überhaupt richtig mit ihm unterhalten? Ich konnte mich nur an belanglosen Small Talk erinnern. Aber Liam war echt. Liam wollte mich so, wie ich ihn wollte. Fraglos war die körperliche Anziehung zwischen uns beiden sehr groß, aber da war noch mehr. Wir hatten diese Verbindung gespürt, obwohl wir Hunderte von Meilen voneinander entfernt waren. Ich konnte ihm einfach alles sagen, er brachte mich außerdem zum Lachen. Und dass er verdammt scharf war, war sozusagen das Sahnehäubchen.

Ich hatte das Gefühl, dass ich mich auch in Liam verliebt hätte, wenn er kleiner als ich gewesen wäre und einen Bauch und Haare am Rücken gehabt hätte.

Diese Theorie konnte ich aber leider nicht in der Praxis testen. Denn Liam war so sexy, wie ich es mir nie hätte vorstellen können – und meine Vorstellungskraft war ziemlich gut. Die Bürotür ging auf, und er kam wieder herein. Er warf mir einen brennenden Blick zu, bei dem ich sofort wieder ganz feucht zwischen den Beinen wurde.

»Em, du bist wunderschön«, sagte er. »Noch einen Kuss, okay?«

Dagegen hatte ich nichts einzuwenden.

Er zog mich in seine Arme und presste seine Lippen auf die meinen, während seine Zunge auf fast brutale Weise tief in meinen Mund glitt.

Dann ließ er mich los.

»Gehen wir.«

»Ich muss auf meine Freundinnen warten«, sagte ich. »Ich habe ihnen eine Nachricht geschickt, während du telefoniert hast. Wir wollen uns draußen vor der Tür treffen.«

»Kimber und Sophie, oder?«, fragte er. »Wie gut kennst du sie?«

»Äh, eigentlich nicht so gut«, sagte ich. »Sophie ist irgendwie mit Ruger, einem Freund von mir, zusammen, ist ein bisschen kompliziert. Kimber ist ihre Freundin. Sie sind echt nett, und wir haben eine Menge Spaß miteinander. Aber ich glaube, sie sind beide nicht Single, wenn du an den Typen denkst, der mit dir gekommen ist?«

Er schüttelte seinen Kopf.

»Keine Sorge«, sagte er. »Hey, können wir schnell raus zu meinem Transporter gehen, ich will mir noch eine Tasche holen, mit Zahnbürste und so.«

Ich spürte, dass ich rot wurde. Er brauchte dieses Zeug, weil wir die Nacht zusammen verbringen würden. *Ich* würde die Nacht mit *ihm* verbringen.

Verdammt. Warum konnte ich nicht cool anstatt dämlich sein?

»Sicher«, sagte ich. »Sie kommen erst in ein paar Minuten.«

Liam nahm meine Hand und führte mich durch den Gang.

»Da hinten gibt es Parkplätze?«, fragte ich.

»Nur für Angestellte«, sagte er. »Aber Mick hat nichts dagegen. Wir kennen uns schon lange.«

Er öffnete die Hintertür und klappte den Türriegel raus, sodass die Tür nicht wieder zufallen konnte. Dann zog er mich auf einen schwarzen Transporter zu.

Sein Freund trat hinter dem Wagen vor. Ich lächelte ihn an und sah dann zu Liam, da ich dachte, dass er uns vorstellen würde.

Das tat er aber nicht.

Der andere Mann bewegte sich mit finsterem Gesicht auf mich zu. Hier stimmte etwas nicht. Ganz und gar nicht. In meinem Hinterkopf begannen die Alarmglocken zu schrillen, das volle Programm – mit blinkenden Warnlichtern. Meine Eltern hatten mich schon immer darin bestärkt, meinen Instinkten zu vertrauen. Und mein Instinkt sagte mir gerade, dass ich so schnell wie möglich abhauen sollte.

Liam heckte etwas aus. *Fuck*. Es war wohl zu schön gewesen, um wahr zu sein. Da hatte ich ja mal wieder ordentlich danebengelangt.

Was sollte ich tun? Die Tür hinter uns stand noch immer offen, aber ich war mir nicht sicher, ob mir irgendwer in dieser Bar helfen würde, selbst wenn ich es bis dorthin schaffte. Ich warf einen Blick in die Gasse, die nach vorne zur Straße führte – wir waren etwa in der Mitte des Blocks, und aus dem Nachtclub nebenan erklang laute Musik. Schreien wäre also auch sinnlos.

Ich musste aus diesem engen Durchgang raus, wo mich niemand sehen konnte. Ich tat so, als ob ich stolperte, und beugte mich dann runter, um angeblich meine Schuhe zu richten. Stattdessen öffnete ich die Verschlüsse, sodass ich sie schnell ausziehen konnte, wenn ich loslief. Zumindest war die Gasse gepflastert … Vielleicht würde ich mir die Füße ja nicht allzu schlimm zerschneiden.

Arschloch.

»Alles in Ordnung?«, fragte Liam. Ich sah zu ihm hoch und schenkte ihm ein süßes Lächeln.

»Alles o.k., ich muss nur den Verschluss zumachen«, sagte ich ihm. Dann nahm ich einen tiefen Atemzug und bewegte mich in eine Art Startposition. Ich raste los durch die Gasse und ließ meine tollen Fick-mich-Pumps zurück. Als ich auf die Straße zusprintete, hörte ich ihre überraschten Rufe hinter mir. Undeutlich hörte ich, dass Liam brüllte, ich solle stehen bleiben. Wenn doch nichts faul war, stand ich da wie eine Geistesgestörte.

Aber ich wusste, dass irgendetwas nicht stimmte. Ich spürte es in meinen Knochen, und Dad hatte mir immer wieder eingeschärft: Hör auf dein Bauchgefühl.

Er sagte immer, das hätte ihm mehr als einmal das Leben gerettet. Hoffentlich funktionierte das bei mir auch. Hinter mir hörte ich hämmernde Schritte, aber ich war schon fast am Ende der Gasse. Ich sah Leute weiter vorne vorbeigehen. Es war laut da draußen, Verkehr und laute Musik. Würden sie mich hören?

Ich hatte meinen Mund gerade zu einem Schrei geöffnet, als er mich von hinten packte. Der Boden kam auf mich zu, und im Bruchteil einer Sekunde überlegte ich, wie weh der Aufprall wohl tun würde. Dann wirbelte mein Körper herum und wurde nach oben geschleudert. Irgendwie lag ich auf dem Rücken, auf Liam. Seine starken Arme hielten mich eisern fest.

Sein Freund holte uns ein und zog etwas hervor, was wie eine Waffe aussah.

Mit weit geöffneten Augen schnappte ich nach Luft.

Ja.

Das war definitiv eine Pistole.

Wenigstens konnte er nicht auf mich zielen, während ich auf Liam lag.

Ich versuchte, nochmals zu schreien, doch eine große Hand wurde auf meinen Mund gepresst. Dann wollte ich Liam beißen und irgendwie gegen ihn treten, was aber nicht richtig funktionierte.

»Sei verdammt noch mal ruhig und hör auf, dich zu wehren«, knurrte er mir ins Ohr. »Wenn du tust, was ich dir sage, wird dir nichts passieren.«

Ich hörte überhaupt nicht hin, sondern kickte weiter und biss ihn, während sein Arm immer fester zudrückte, wodurch das Atmen immer schwieriger wurde.

Dann hielt er mir mit seinen Fingern die Nase zu, was mich sofort erstarren ließ.

»Wenn du wach bleiben willst, Prinzessin, hörst du auf zu kämpfen. Nicke mit dem Kopf, falls du mich verstehst.«

Ich war so verdammt wütend. Ich wollte ihn umbringen, aber vor meinen Augen tanzten schon schwarze Punkte, und ich wusste, dass ich nicht mehr viel länger durchhielt. Was zum Teufel würden sie mit mir anstellen, wenn ich ohnmächtig wurde? Nichts Gutes.

Ich nickte.

Liam ließ meine Nase los und ich schnappte nach Luft, während die Dunkelheit vor meinen Augen langsam wieder schwand.

»Jetzt werde ich aufstehen, und wir marschieren rüber zum Transporter«, sagte er. »Ich habe keine Zeit, um mit dir zu streiten. Wenn du also bei Bewusstsein bleiben willst, tust du, was ich dir sage.«

Ich nickte wieder.

Er setzte sich auf und ich mich mit ihm.

»Schwing deinen Arsch endlich hier rüber«, sagte sein Freund mit finsterem, hasserfülltem Blick. Das sah gar nicht gut aus … »Geh rüber zum Transporter und halt dein verdammtes Maul. Hunter will vielleicht nicht, dass du verletzt wirst, aber mir ist das völlig egal, verstanden?«

Ich merkte, dass er es ernst meinte. Deshalb stand ich langsam auf und ging auf den Transporter zu, während ich überlegte, warum er Liam »Hunter« genannt hatte. Keiner der möglichen Gründe war beruhigend. Ich versuchte, so langsam wie möglich zu gehen, aber es war umsonst. Niemand sah uns. Absolut niemand.

Neben dem Transporter blieb ich stehen.

»Arme hoch und gegen die Seite des Wagens legen«, sagte Liam mit eiskalter Stimme. Völlig anders als der Mann, den ich geglaubt hatte zu kennen. Mein Gott, Männer zu durchschauen war echt nicht mein Spezialgebiet. Zuerst Painter und jetzt dieser Scheiß? Ich stellte mich hin wie befohlen und verkniff mir ein leises Lachen. Ich hatte das schon tausendmal im Fernsehen gesehen. Was für ein verdammtes Klischee. Einfach erbärmlich.

Ich hörte, wie der Transporter hinten geöffnet wurde. Dann fuhren harte Hände über meinen Körper. Liams Hände. Ich roch ihn hinter mir, als er sein Knie zwischen meine Beine zwang und mich so gründlich nach Waffen abtastete, dass ich einen schrecklichen Moment lang glaubte, er wäre ein Undercover-Bulle.

Dann blieb seine Hand etwas länger auf meinem Busen liegen, wobei er scharf einatmete. Shit. Falls Liam ein Bulle war, dann eindeutig ein schmutziger. Das wäre nicht schlecht – schmutzige Bullen konnte man nämlich bestechen. Er presste sich gegen mich, sodass sich sein erigierter Schwanz gegen meinen Arsch drückte und er mir ins Ohr flüstern konnte.

»Sorry, Baby. Das war nicht geplant.«

»Fick dich.«

Er seufzte.

Schließlich trat er einen Schritt zurück, nahm meine Hände und zog sie hinter meinen Rücken. Kaltes Metall klickte an meinen Handgelenken. Plötzlich legte sich ein Knebel um mein Gesicht.

»Mach deinen Mund auf«, sagte Liam zu mir.

Ich schüttelte meinen Kopf. Er presste sich wieder an mich und sein Schwanz fühlte sich sogar noch größer und härter an als zuvor. Heilige Scheiße, das hier machte ihn an.

Mädchen zu kidnappen machte ihn an.

Fuck. FUCK.

»Mach. Deinen. Mund. Auf«, sagte er nochmals. Dieses Mal war die Drohung in seiner Stimme unüberhörbar. Sein Schwanz stieß mich wieder an, und mit einer Hüftbewegung glitt er über meine Arschspalte. Meine Angst steigerte sich ins Unermessliche.

Wer war dieser Mann?

Ich öffnete meinen Mund, und der Knebel glitt hinein. Er band ihn fest um meinen Kopf und zog mich dann wieder an sich. Meine gefesselten Hände stießen gegen seinen Bauch, mein Hintern schmiegte sich unfreiwillig an seine Erektion.

»Was ist mit ihren Freundinnen?«, hörte ich den anderen Typen fragen. »Sind die für uns interessant?«

»Eine gehört irgendwie zum Club«, sagte Liam dicht neben meinem Kopf, sodass ich seinen Atem warm an meinem Ohr spürte. »Die, die wir in Seattle mit dem Kind gesehen haben. Bin mir nicht sicher, wie offiziell das Ganze ist, aber Ruger ist anscheinend an ihr interessiert. Die andere ist für uns nutzlos.«

Ich zitterte und hoffte mit aller Kraft, dass Kimber und Sophie nicht nach mir suchen würden. Oh mein Gott. Ich würde es mir nie verzeihen, wenn sie wegen mir hier hineingerieten … was auch immer dieses »hier« zum Teufel war.

Liams Hand auf meiner Taille rutschte tiefer und fand den Streifen nackte Haut zwischen dem unteren Rand meines Korsetts und dem Bund meiner Jeans. Dann fuhr er mit der Hand in meine Hosentasche, verweilte unentschieden und zog dann doch mein Handy raus. Er trat einen Schritt zurück. Das Leuchten des Displays spiegelte sich im verdunkelten Fenster des Transporters, als er meine letzte Nachricht überprüfte.

»Sie hat ihnen gesagt, dass wir uns vor dem Eingang treffen«, sagte er zu seinem Freund. »Geh rein. Geben wir ihnen zehn Minuten, mal sehen, ob sie nach ihr suchen. Könnte für uns von Vorteil sein, wenn wir noch eine erwischen.«

»Verstanden.«

Ich hörte die Tür der Bar zuknallen, als Liams Komplize hineinging. Starke Hände packten meine Oberarme und drehten mich um. Ich starrte mit großen Augen in Liams finsteres Gesicht und hoffte, dass ich dabei nicht ganz so verängstigt und hilflos dreinblickte, wie ich mich gerade fühlte. Er hob eine Hand und fuhr mit seinen Fingern in mein Haar.

Seine andere Hand legte er zunächst um meine Taille, bevor er sie zentimeterweise nach oben Richtung Brust bewegte. Ich dachte schon, er würde mich dort berühren, aber in letzter Minute zog er die Hand zurück, sodass mich nur seine Fingerspitzen streiften. Dann wanderten seine Finger aufwärts zwischen meinen Brüsten hindurch bis zu meinem Kinn, das er in seine Hand nahm, um mein Gesicht zu sich herumzudrehen.

»Ich glaube, du bist gefesselt fast noch hübscher«, flüsterte er. »Mein Gott, ich will dich ficken.«

Er neigte seinen Kopf, fuhr mit seiner Nase über meine Wange und sog meinen Duft ein. Ich erschauerte – nicht nur aus Angst. Selbst jetzt wollte ich ihn, nachdem sonnenklar war, dass er mich die ganze Zeit angelogen hatte – worüber, wusste ich immer noch nicht so genau.

Liam gab ein ersticktes Geräusch von sich, ließ mich dann los und zog an meinem Oberarm, um mich zum offenen Heck des Transporters zu führen. Er stieß mich, Gesicht voraus, hinein. Im Fallen wappnete ich mich für den Aufprall. Doch in der letzten Sekunde hielt er mich fest und ließ mich seitwärts auf den Boden gleiten. Dann packte er meine Füße und legte sie zusammen. Seine Hand ruhte kurz auf meinen Knöcheln, bevor eine nach oben bis zur Rückseite meines Oberschenkels fuhr. Er folgte der Wölbung meines Hinterns, bis seine Finger meinen Po umfassten. Sein Daumen rutschte ganz leicht zwischen meine Beine. Dann presste er meinen Po so fest, beinahe krampfhaft, dass ich vor Überraschung und Schmerz quiekte.

»Sorry«, murmelte er und rieb die schmerzende Stelle, bevor er sich wieder an die Arbeit machte.

Ich spürte, wie sich ein Seil eng um meine Knöchel schlang. Danach beugte sich Liam über mich. Wütend starrte ich ihn an, um ihm mit meinem Blick zu vermitteln, dass ich ihn, sobald ich die Möglichkeit hatte, umbringen würde.

Seine Miene wirkte ernst und seltsam ausdruckslos, aber er streckte den Arm aus und schob mir eine Haarsträhne aus dem Gesicht.

»Verdammt schade«, sagte er beinahe nachdenklich. »Wahrscheinlich glaubst du's mir nicht, aber das hier tut mir wirklich leid.«

Ich hob meine Augenbrauen und zeigte ihm damit, dass er recht hatte – ich glaubte ihm kein Wort. Liam seufzte und schloss die Transportertüren.

Oh Mann. *Echt* beschissenes erstes Date.

Eine gefühlte Ewigkeit lag ich in der Dunkelheit und wartete darauf, dass etwas passierte. Idealerweise bestünde dieses »etwas« darin, dass sämtliche Reapers durch die Transportertüren gestürmt kamen. Aber im Grunde hoffte im vor allem, dass Sophie und Kimber nicht in diese Scheiße mit reingerissen wurden.

Ein paar Minuten später hörte ich ein Rumoren, und die Türen wurden wieder geöffnet. Sophie kam hereingeflogen und landete hart auf dem Boden, Liam kletterte ihr hinterher, legte ihr Handschellen und einen Knebel an und fesselte sie so wie mich. Ich starrte in ihr panisches Gesicht, hin- und hergerissen zwischen meinen Schuldgefühlen, dass sie wegen mir nun hier lag, und dem festen Vorhaben, Liam zu töten. Vorzugsweise mit meinen eigenen Händen.

Nachdem ich ihn kastriert hatte.

Ich hörte seinen Freund vorne einsteigen und den Motor anlassen.

»Sorry, Mädels«, sagte Liam. »Die Geschichte wird hoffentlich nicht zu unangenehm, dann könnt ihr beide bald nach Hause.«

Oh, es würde definitiv unangenehm werden, das Versprechen gab ich ihm mit meinen Augen.

Er ignorierte mich und ging vor zu seinem Freund, als der Transporter losfuhr. Wir fuhren allerdings nicht lange. Nach ein paar Minuten bog der Wagen von der Straße ab und hielt an. Dann stiegen die beiden aus und gingen zum Heck. Liams Freund griff herein, packte Sophie und setzte sie auf. Er wühlte in ihrer Handtasche herum und zog ihr Handy heraus.

Dabei rutschte sein Ärmel hoch, und mein Herz stand still

Auf seinem Arm war *ein verdammtes Devil's-Jacks-Tattoo.*

Shit. *Shit.* SHIT.

Die Geschichte war noch viel schlimmer, als ich gedacht hatte. Mein ganzes Leben lang hasste ich schon die Devil's Jacks. Sie bekämpften sich seit zwanzig Jahren auf die eine oder andere Weise mit den Reapers. Plötzlich sah ich die Dinge erschreckend klar.

Liam, der allmählich zu meinem Freund geworden war.

Liam, der mich fragte, wie mein Tag war, und mit mir über alles plaudert. Liam, der mir immer zuhörte und mich ermunterte, ihm alles zu erzählen.

Mein guter »Freund« Liam war auf mich angesetzt gewesen.

Er hatte mich benutzt, um mehr über meinen Club herauszufinden. Und jetzt hatte er garantiert vor, mich als Druckmittel gegen meinen Vater zu verwenden. Mir wurde ganz schlecht, und einen Moment lang fürchtete ich, mich übergeben zu müssen und dann zu ersticken. Denn ich hatte das Schlimmste getan, was ich mir vorstellen konnte.

Ich hatte meinen Club verraten.

Zwar nicht absichtlich, aber das war nun auch schon egal. Es würde Tote geben. Diese Toten würde ich auf dem Gewissen haben, weil ich so dumm gewesen war und Liam unüberlegt in mein Leben gelassen hatte.

Liam packte mich, hob mich heraus und trug mich zur Vorderseite des Transporters. Er lehnte mich gegen die Motorhaube wie einen Zaunpfosten. Ich wackelte herum und versuchte, die Balance zu halten. Dabei zwang ich mich, ihn eine Weile nicht niederzustarren, sondern auf die Umgebung zu achten. Wir waren unten am Fluss, wahrscheinlich in der Nähe des Parks. Über uns war eine der hohen Brücken, die über die Wasserfälle führten. Mir kam der Gedanke, dass, falls er beschloss, mich über die Absperrung zu werfen, ich gut zehn Stockwerke hinunterfallen würde, bevor ich auf den Felsen zerschmettert wurde oder ertrank.

Würde er das tun?

Natürlich – *er war schließlich ein verdammter Devil's Jack.* Aber erst, wenn er mit mir fertig war und ich keinen Nutzen mehr für ihn hatte.

Shit.

»Em, sieh mich an«, sagte er.

Ich sah ihm ins Gesicht und merkte, dass er mich mit kalten, toten Augen beobachtete. Mit den Augen eines Soziopathen.

Wie hatte ich nur so verdammt blöd sein können?

»Wir rufen jetzt deinen Dad an«, sagte er. »Ich lass dich mit ihm reden, damit du ihm folgende Nachricht sagen kannst: Du erzählst ihm, dass du bei Hunter bist, dem Devil's Jack, den er in Portland getroffen hat. Sag ihm, dass wir dich und deine Freundin Sophie haben. Dann sagst du ihm, dass wir euch umbringen, falls er nicht genau tut, was wir ihm sagen. Verstanden?«

Ich nickte. Obwohl mir die Tränen in die Augen traten, wollte ich lieber verdammt sein, als ihm auch nur die kleinste Schwäche zu zeigen. Ich blinzelte einfach nicht, als er mein Handy herauszog und durch die Kontaktliste scrollte.

Liam zog meinen Knebel heraus und hielt dann das Handy an meinen Kopf. Es läutete zweimal an.

»Hey, Baby, was ist los?«, hörte ich meinen Vater sagen.

»Daddy, ich steck in Schwierigkeiten«, sagte ich leise.

»Schieß los«, antwortete er sofort ganz sachlich.

»Ich bin hier in Spokane mit einem Devil's Jack namens Hunter«, sagte ich und legte all meine Gefühle in einen schrecklichen, hasserfüllten Blick für Liam. Was für ein Jammer, dass ich keinen Laserblick hatte. Ich war ziemlich sicher, dass ich ihn mit diesem Blick hätte entzweischneiden können. »Er hat gemeint, ich soll dir sagen, dass er mich und Sophie hat. Er wird uns umbringen, wenn du nicht tust, was er sagt. Er ist außerdem ein verdammter Feigling, und ich schätze, wenn du ihn schnappst, solltest du mich seine Eier mit einem stumpfen Löffel absäbeln lassen, bevor du ihm einen Kopfschuss verpasst.«

Liam – Hunter? Wer auch immer er war, er grinste mich an und nahm mir dann das Handy weg, als mein Dad anfing zu brüllen. Er zog den Knebel wieder hoch und stopfte ihn mir in den Mund. Dann machte er einen Schritt auf den Rand des Felsens zu und sprach leise, sodass ich ihn nicht verstehen konnte.

Ich wackelte ein wenig und fragte mich, ob es sinnvoll wäre, einen Weghoppelversuch zu unternehmen.

Nicht wirklich.

Hunter sprach noch ein paar Worte, bevor er das Handy ausschaltete und es lässig über den Zaun in den Wasserfall warf.

Dann drehte er sich wieder um und lächelte mich teuflisch an.

»Dein Daddy hat dich ziemlich lieb, Em«, sagte er. »Es wird alles wunderbar laufen.«

Aber nicht für ihn, oh nein.

Der Transporter fuhr eine Ewigkeit, sodass ich jegliches Zeitgefühl verlor, während wir im Laderaum herumrollten. Hunter und Skid – das war offenbar der Name des anderen Arschlochs – sprachen leise miteinander und telefonierten ab und an. Allerdings verstanden wir kaum was, denn sie verwendeten wohl so was wie einen dämlichen Kidnappingcode der Devil's Jacks.

Ich konnte mich mit Sophie nicht verständigen, gab mir jedoch große Mühe, ihr mit meinen Augen eine Nachricht zu senden: *Du bist nicht allein, unsere Leute werden uns retten. Es tut mir verdammt leid, dass ich dich da mit reingezogen habe.* Oder so ähnlich.

War mir nicht sicher, ob sie's verstand.

Wahrscheinlich dachte sie an Noah, ihren kleinen Jungen, und fragte sich, ob sie ihn jemals wiedersehen würde.

Das war eine gute Frage. Ich wünschte, ich wüsste die Antwort.

Endlich hielt der Transporter an. Ich hörte, wie sich ein Garagentor öffnete. Wir fuhren hinein und das Tor schloss sich hinter uns. Kurz darauf wurden die Hecktüren aufgerissen.

Hunter trug mich ins Wohnzimmer und setzte mich sanft auf der Couch ab. Skid ließ Sophie einfach neben mir fallen, sodass sie sich mit viel Mühe selbst aufrichten musste.

»Die Lage ist folgende«, sagte Hunter. »Ihr seid hier, um unseren Forderungen Nachdruck zu verleihen. Toke, einer der Reapers aus Portland, hat heute Abend richtig Scheiße gebaut. Er ist zu unserem Haus gegangen und hat angefangen herumzuballern, ohne Warnung oder Provokation.«

Fuck, dachte ich, während ich meine Augen aufriss. Toke war auf jeden Fall ein Reaper, aber er war die vergangenen Wochen völlig durch den Wind gewesen. Ich spürte einen brennenden Schmerz an meiner Seite, wo er mir am letzten Wochenende eine Schnittwunde verpasst hatte, die noch immer nicht verheilt war. Er hatte mich während einer Party einfach mit einem Messer verletzt. Angeblich war es ein Versehen, aber Dad war nicht besonders glücklich gewesen. Er war schießend hinter ihm hergerannt.

Und jetzt hatte Toke wohl eine neue Methode entdeckt, um einen Schaden anzurichten. Arschloch.

»Als er abgehauen ist, nahm er eine Geisel mit. Einer unserer Brüder ist schwer verletzt, der andere wird vermutlich gerade zu Tode gefoltert. Deswegen müsst ihr schon entschuldigen, wenn wir wegen der Sache ein wenig überstürzt handeln. Dein Daddy«, er nickte in meine Richtung, »wird alles tun, um unseren Mann wieder zurückzuholen. Wenn er das geschafft hat, könnt ihr nach Hause.«

Ich betrachtete Liam, hin- und hergerissen zwischen der Enttäuschung über seinen Verrat und dem unaussprechlichen Zorn auf Toke. Ich wusste nicht, was zwischen ihm und dem Club vorgefallen war. Am vergangenen Wochenende hatte ein großes Treffen stattgefunden, aber damit hatte ich nichts zu tun. Nicht, dass ich in Clubangelegenheiten eingeweiht gewesen wäre – das war Sache der Jungs. Aber ich war auch nicht blöd und ich war eine geborene Reaper.

Irgendwas war bei diesem Treffen gewaltig schiefgegangen, wenn die Dinge danach so außer Kontrolle geraten waren.

Ich wollte Toke wirklich erschießen, beschloss ich. Ich wollte auch Liam erschießen. *Nein, er heißt ja Hunter*, erinnerte ich mich. *Sein Name ist Hunter, und du weißt gar nichts über ihn.*

»Du bist tot, *Liam*«, sagte ich ihm, mit Betonung auf seinen falschen Namen, um ihm klarzumachen, dass ich ihn durchschaut hatte. Er antwortete nicht. »Mein Dad wird dich umbringen. Lass uns jetzt gehen, und ich versuche, ihn davon abzubringen. Ansonsten ist es zu spät. Ich mein's ernst. Er. Wird. Dich. Umbringen.«

Das war schlicht die Wahrheit.

»Sorry, Baby«, sagte er. Dabei klang seine Stimme so ehrlich, so wie die Stimme des Mannes, den ich gekannt zu haben glaubte … Das traf mich so tief, wie Tokes Messer es niemals konnte. »Ich versteh, dass du verängstigt und sauer bist, aber ich lass nicht einen Bruder sterben, weil ein Reaper einen Trotzanfall hatte.«

Red nicht so über meinen Club, wollte ich ihn anknurren.

Gottverdammte Männer. Warum musste immer ich ihre Scheiße abbekommen. Ich verengte meine Augen zu Schlitzen und legte all meinen Ärger und Hass in meine Worte.

»Fick dich.«

Hunter (ich beschloss, ihn nicht mehr Liam zu nennen – Liam war ein Name für einen netten Typen und passte ganz und gar nicht zu diesem Bastard) warf seinem Freund einen Blick zu und fuhr sich dann mit der Hand übers Gesicht. Einen Moment lang wirkte er müde.

Wichser.

Ich würde auf seiner Beerdigung lachen.

» Okay, lass uns raufgehen «, verkündete Hunter. Er sah hinüber zu Sophie, der Armen, die ganz bleich geworden war. Mein Ärger ließ ein wenig nach und wurde durch Schuldgefühle ersetzt. Ich musste aufhören, mir Gedanken über meine verletzten Gefühle zu machen, und damit anfangen, einen Fluchtplan zu entwerfen. Wenn wir darauf warteten, dass Dad Toke aufspürte, fanden wir uns am Ende vielleicht tot in einem Graben wieder.

Nicht, dass ich wirklich daran glaubte, dass mich Hunter umbringen würde … Trotz aller gegenteiligen Beweise konnte ich mir nicht ernsthaft vorstellen, dass er mir wehtun würde. Reine Selbsttäuschung? Wahrscheinlich. Skid dagegen war eine andere Geschichte. In seinen Augen leuchtete etwas Böses.

Hunter zog ein Multifunktionswerkzeug hervor und kniete sich zu meinen Füßen nieder. Ich überlegte, ob ich gegen sein Kinn kicken sollte, entschied aber, dass mir das keinen strategischen Vorteil bringen würde. Schade. Dann schnitt er das Seil durch. Skid holte eine Pistole hervor und spannte unüberhörbar den Hahn.

»Wenn ihr Ärger macht, erschieß ich euch«, sagte er.

Mir wurde bewusst, dass ich meine mörderischen Absichten wohl zu deutlich gezeigt hatte. *Toll gemacht, Em!*

»Hunter ist nett, ich bin's nicht.«

Seltsamerweise trugen seine Worte dazu bei, dass ich mich wieder auf das Wesentliche konzentrierte – ich hatte mich immer weiter in meinen verletzten Stolz hineingesteigert, aber meine Wut durfte nicht meinen Verstand ausschalten. Ich konnte es mir nicht leisten, etwas Dummes zu tun. Sophie war echt lieb, aber sie war keine Reaper und sie hatte keine Ahnung, wo wir hier reingeraten waren. Ich musste diejenige sein, die uns hier wieder rausbrachte.

Was für ein ernüchternder Gedanke.

Hunter packte meine Arme und zog mich auf die Beine. Dann zerrte er mich eine Treppe hoch, die seitlich im Wohnzimmer nach oben führte. Hinter uns hörte ich Skid und Sophie, die uns folgten. Hunter öffnete eine Tür auf der rechten Seite, zog mich hinein und kickte die Tür hinter uns zu. Ich sah mich um. Es war ein Schlafzimmer.

Mit einem *Bett.*

Plötzlich entdeckte ich ganz neue Facetten an der Geschichte, die ich bisher noch nicht bedacht hatte. Die Person Liam war vielleicht ein Riesenfake gewesen, aber eine Sache hatte er ganz sicher nicht gefakt. Ich hatte vorhin definitiv gespürt, wie sein Schwanz gegen meinen Arsch stieß. Entweder trug er gewohnheitsmäßig eine gigantische Prothese, oder er wollte mich tatsächlich ficken. Und hier stand ein hübsches, bequemes Bett dafür.

Shit.

Seine Hände packten die meinen und ich hörte das Klicken des Handschellenverschlusses. Allerdings war ich noch nicht frei, denn er hielt meine Handgelenke fest, während er mich durchs Zimmer schob. Ich weigerte mich, meine Beine zu bewegen, woraufhin er sich vorbeugte und mir sanft ins Ohr flüsterte.

»Leg dich auf das verdammte Bett, Em.«

Ich spürte seinen warmen Atem an meinem Ohr und konnte seinen Duft riechen. Das machte mich an – irgendwas stimmte wohl nicht mit mir.

»Das halte ich für eine schlechte Idee«, sagte ich und versuchte dabei, nicht zu nervös zu klingen. Allmählich musste ich in die Offensive gehen und ein wenig Kontrolle über meine Lage erlangen. »Lass uns darüber reden.«

»Red nur«, murmelte er, während er meine Hände nach vorne zog. Er tat einen Schritt vorwärts und nahm beide Hände in eine seiner großen Hände. Ich spürte seine Körperwärme hinter mir, sein großer Körper umhüllte mich, und ich fühlte mich klein und überwältigt.

Außerdem spürte ich wieder seinen Schwanz.

Dieses Riesending, das sich in meinen Po bohrte, war auch kaum zu ignorieren. Was für ein Haufen Scheiße. Ich brauchte eine Ablenkung.

»Ich glaube, dir ist nicht klar, was wirklich los ist«, sagte ich schnell. »Ich weiß, dass ihr Toke finden wollt, das ist völlig verständlich. Wenn jemand einen unserer Clubbrüder verletzt hätte, wäre ich ihm auch auf den Fersen. Aber Toke hat mich letztes Wochenende mit einem Messer niedergestochen …«

Hunter erstarrte, dann flog ich durch die Luft und wurde an seine Brust gepresst. Er trug mich zum Bett. Dort drückte er mich nieder, rollte mich auf den Rücken und setzte sich rittlings auf mich, während er meine Arme nach oben zog und über meinem Kopf festhielt – und das alles in einer einzigen fließenden Bewegung.

»Was zum Teufel machst du da?«, fragte ich.

»Erklär mir, wie er dich verletzt hat«, sagte er mit grimmiger Stimme und kaltem Blick. »Sofort.«

Ich schloss meine Augen und versuchte nachzudenken.

Oh, ich war mit all meinen Freundinnen und meiner Familie auf dieser Party, und dann wurde dieser Typ, dem ich eigentlich vertrauen sollte, auf einmal sauer (warum, darf ich nicht wissen) und stach mit seinem riesigen Messer auf mich ein. Dann versuchte mein Dad, ihn zu erschießen, meine Schnittwunde wurde mit ein paar Stichen genäht, und jetzt tun wir alle so, als ob das nie passiert wäre.

Na, da war ja überhaupt nichts seltsam daran.

Ich hatte ursprünglich vorgehabt, ihm zu sagen, es sei ein Unfall gewesen, sobald wir so weit gewesen wären, dass er den Verband unter meinem Top entdeckt hätte. Das erschien mir glaubwürdig, da die meisten Leute eher nicht mit irgendwelchen Schnitt- oder Stichwunden herumlaufen. Nicht, dass sie so schlimm gewesen wäre. Natürlich tat es ein bisschen weh, wenn ich mich bewegte, aber die Wunde war nicht wirklich tief.

Ich atmete tief ein und überlegte, wie ich am besten vorgehen sollte. Toke war im Moment definitiv nicht mein Lieblingskumpel, aber er war immer noch ein Reaper, und hier ging es um persönliche Angelegenheiten. Ich durfte Hunter nichts in die Hand geben, was er gegen den Club einsetzen konnte. Andererseits musste ich ihn auf meine Seite bringen, wegen der Sache mit dem Straßengraben – weil ich eben ungern tot darin liegen wollte.

»Es war ein Unfall«, sagte ich langsam, was irgendwie ja stimmte. Ich war mir ziemlich sicher, dass Toke nicht vorgehabt hatte, mich persönlich zu verletzen, als er sein Messer zog.

»Wir waren auf einer Party«, begann ich. »Es war nicht so spät oder so wild, aber es ging schon richtig zu. Ich war auf der Suche nach meinem Dad, um mich zu verabschieden, weil Sophie und ich heimwollten. Ich ging an einer Gruppe von Typen vorbei, als plötzlich jemand stolperte und gegen mich stieß, wobei sein Messer meine Rippen streifte. Es war keine große Sache.«

Hunter ließ seine Hände über meine Seiten gleiten und bewegte auf der Suche nach der Wunde seine Finger leicht über das Korsett. Als er sie entdeckte, biss ich meine Zähne zusammen, um ihm nicht zu zeigen, dass es etwas wehtat. Aber er musste es doch gemerkt haben, denn er knurrte.

Ja, knurrte.

Wie ein wütender Wolf. *Nein, wie ein winselnder Hund*, bemühte ich mich, mir selbst einzureden.

Einer von diesen kleinen, kläffenden Kötern. Wölfe sind nämlich großartig, und Hunter war es nicht. Er war ein Riesenarschloch, das mich reingelegt hatte.

Dann wanderten seine Hände zur Vorderseite des Korsetts und er begann, an den Haken herumzufummeln. Das war nicht in Ordnung. Ich packte seine Handgelenke und versuchte, sie wegzuziehen, doch er ignorierte mich einfach. Ernsthaft. Er war so viel stärker als ich, dass ich mir nicht sicher war, ob er meinen Versuch überhaupt bemerkte.

»Was tust du da, zum Teufel?«

»Ich muss es sehen«, sagte er. »Du hättest schon früher etwas sagen sollen. Ich hätte dir in der Bar wehtun können, als ich hinkam. Warum zum Teufel hast du es mir nicht gesagt, als es passiert ist?«

Mir stand vor Staunen der Mund offen.

»Es geht dich, verdammt noch mal, nichts an«, platzte ich heraus. »All das geht dich nichts an. Und erzähl mir nicht, dass du dir Sorgen machst, weil ich verletzt bin und vielleicht Schmerzen habe.«

Meine Brüste hüpften heraus, als sich das Korsett öffnete. Ich versuchte, mich zu bedecken, weil ich dieses entsetzliche Gefühl der Verletzbarkeit hasste.

»Ich *mache* mir aber Sorgen um dich«, sagte er mit grimmiger Stimme. Er hielt auch nicht inne, um mich lechzend anzusehen. Nein, seine Berührung war völlig unpersönlich, beinahe wie beim Arzt, als er den frischen, weißen Verband abtastete, den ich früher am Tag angelegt hatte.

»Die Wunde ist nicht so groß«, sagte er fast überrascht.

»Ach was. Ich hab dir doch gesagt, dass es keine große Sache war. Ungefähr acht Zentimeter lang und nicht mal zwei Zentimeter tief.«

»Haben sie dich ins Krankenhaus gebracht?«

»Sie haben sich gut um mich gekümmert«, fauchte ich. »Sie kümmern sich immer um mich. Wenn du also überleben willst, solltest du mich gehen lassen und schleunigst verschwinden.«

Er lachte und klang dabei fast wieder wie der alte Liam. Doch dann richtete sich seine Aufmerksamkeit auf meine Brüste. Ich bedeckte sie mit meinen Händen, aber er packte meine Handgelenke und zog sie wieder hoch über meinen Kopf. Ich zappelte, war aber chancenlos. Seine Kraft war völlig unangestrengt: Er war zwar nicht mit dicken Muskeln bepackt, doch sein schlanker Körper war hart wie Stahl.

»Verdammt, bist du schön«, sagte er mit tiefer, rauer Stimme.

Mir war nicht ganz klar, ob er mit mir oder mit sich selbst sprach, aber seine Worte trafen mich genau zwischen den Beinen. Ich fühlte mich wie ein Idiot, weil nicht einmal das Wissen, dass er mich reingelegt hatte, meine Lust auslöschen konnte. Er beugte sich nach vorne, sodass sein Körper dem meinen sehr nahe kam. Sein Knie drängte sich zwischen meine Beine. Ich erstarrte und weigerte mich nachzugeben. Was mir vielleicht auch gelungen wäre, wenn er etwas Eindeutiges getan hätte, wie meine Brüste zu begrabschen.

Stattdessen senkte er den Kopf und fuhr mit der Nase mein Schlüsselbein entlang und kitzelte so meinen Hals. Es war eine so leichte Berührung, so sanft, dass ich, wenn ich ihn nicht gesehen hätte, sie mir auch hätte einbilden können. Er atmete tief ein und seufzte an meinem Ohr.

»Und ich dachte vorhin schon, die Lage wäre beschissen«, flüsterte er. »Em, ich weiß, dass du mir das nicht glauben wirst, aber ich habe dies hier nicht geplant. Ich wollte dich nie verletzen.«

»Dann lass es bleiben. Lass mich gehen, bevor die Sache noch schlimmer wird.«

Langsam schüttelte er seinen Kopf, wobei seine Lippen über meine Wange strichen.

»Das kann ich nicht, Süße«, antwortete er. Hätte ich nicht gewusst, dass er ein seelenloser Bastard war, hätte ich gesagt, dass seine Stimme bedauernd klang. »Das Leben meines Bruders steht auf dem Spiel.«

Ich schnappte nach Luft und einen Moment lang dachte ich, ich müsste anfangen zu weinen. Ich wollte nicht sterben, und ich wollte auch nicht, dass jemand aus meiner Familie starb.

Und außerdem wollte ich nicht, dass mein Liam starb. Mein Verstand begriff zwar, dass es »meinen Liam« nie gegeben hatte, aber ich konnte ihn rund um mich spüren und riechen. Mein Körper weigerte sich zu akzeptieren, dass er uns betrogen hatte.

Fuck.

»Toke bin ich völlig egal, er wird also nicht alles hinschmeißen, nur um zwei Frauen zu retten«, sagte ich vorsichtig. »Und die anderen Reapers können das auch nicht ändern. Ich weiß nicht, was los ist, aber eine Sache weiß ich sicher: Wenn mein Dad Toke finden könnte, wäre Toke schon tot. Clubangelegenheiten hin oder her – mein Vater würde einen Mann, der mich verletzt hat, nicht am Leben lassen. Garantiert nicht. Ihr werdet euren Bruder nicht schneller zurückbekommen, nur weil ihr uns entführt habt.«

Hunter küsste mich, er eroberte meinen Mund und ließ seine Zunge tief hineingleiten. Die Lust explodierte in mir, raste wie Feuer von meinem Becken durch meinen Körper. Die Welt schien stehen zu bleiben, als seine Hüften sich an die meinen schmiegten und sich meine Beine öffneten. Seine große Hand umfasste meine Brust, und sein rauer Daumen fuhr auf meiner Brustwarze hin und her, während sein Kuss noch intensiver wurde.

Oh shit …

Ich würde gerne behaupten, dass ich meine Unschuld tapfer verteidigte, aber ich konnte einfach nicht anders. Mir fehlen die Worte, um zu beschreiben, wie sehr ich ihn in der Bar begehrt hatte. Doch verglichen mit diesem Augenblick, war das noch gar nichts gewesen. Ich war vollgepumpt mit Adrenalin, spürte Zorn und Angst und so viele weitere Emotionen.

Und sie alle hatten sich in einem einzigen Augenblick in Lust verwandelt.

Meine Hüften bogen sich den seinen entgegen, als er begann, sich langsam hin und her zu bewegen. Unsere Jeans erschienen mir als eine verhasste Barriere. Sein Daumen und seine Zunge spielten mit mir, während das Feuer in mir immer heller loderte. Es fühlte sich anders an als in der Bar, irgendwie dunkler. Wahrscheinlich, weil ich in der Bar noch Hoffnung gehabt hatte.

Doch nun war jede Bewegung meiner Hüften ein Verrat an meinem Club, meiner Familie, dem Vater, der all die Jahre alles für mich getan und gut für mich gesorgt hatte. Aber ich fühlte mich leer, und Hunters wachsende Erektion würde diese Leere perfekt füllen – das wusste ich genau. Genauso wie ich wusste, dass alles an ihm falsch war.

Er begann, sich schneller zu bewegen, löste sich von meinem Mund und senkte seinen Kopf an meinen Hals. Meine Hände hatte er schon vor einiger Zeit losgelassen, was mir erst auffiel, als ich sie um seinen Rücken schlang und an seinem Shirt zerrte. Nicht, dass ich ihn gerade auszog, na ja, zumindest nicht bewusst.

Ich wollte nur seine nackte Haut unter meinen Fingern spüren.

Mit jeder Bewegung seiner Hüften schob er die starke Schwellung seines jeansbedeckten Schwanzes über mein Geschlecht, sodass der raue Stoff gerade die richtige Mischung aus Reibung und köstlichem Schmerz verursachte. Sein Shirt scheuerte an meinen Brustwarzen, und ich ertappte mich dabei, wie ich mir wünschte, er würde an ihnen ziehen und mit ihnen spielen.

Dann gab er ein langes, tiefes Stöhnen von sich, und die Stimmung schlug um.

Bis dahin war es eher ein Ausprobieren gewesen, und die Beherrschung, die wir uns auferlegten, verursachte beinahe Schmerzen. Nun kehrte die

Wildheit zurück, die ich schon in der Bar gespürt hatte, ebenso wie die düstere Stimmung aus der Gasse. Seine Muskeln verhärteten sich und sein Körper erstarrte.

Dann umfassten seine beiden Hände meinen Kopf, während er sich aufrichtete.

Nun sah Liam – *nein, Hunter* – auf mich hinunter. Seine Augen waren immer noch von dieser schrecklichen Spannung erfüllt, die ich bereits bemerkt hatte, als ich ihm von Toke erzählt hatte. Sein Blick brannte sich in mein Gesicht, seine Hüften pressten mich gegen die Matratze. Instinktiv schlang ich meine Beine um seine Taille, um eine bessere Stellung einzunehmen, bevor er Stoß um Stoß gegen meine jeansbedeckte Scheide pumpte. Ich glaube, in diesem Moment wurde es mir schlagartig klar – ich musste nicht einmal meine Hose ausziehen.

Ich würde kommen, jetzt und hier, allein durch die reibende Bewegung seines Schwanzes. Ein leises, halb ersticktes Stöhnen, irgendwo zwischen Schrecken und unglaublicher Lust, kam über meine Lippen.

»Bitte«, flüsterte ich, als meine Beinmuskeln zitterten. »Oh shit …«

Hunter fletschte seine Zähne, was man vermutlich als Lächeln bezeichnen hätte können. Aber er lächelte nicht. Er sah eher so aus, als ob er mich fressen wollte, und in mir breitete sich Angst aus, weil ich wusste, dass ich mich nicht dagegen wehren würde. Ich würde alles tun, solange er nicht aufhörte, sich zu bewegen, bis ich kam und in tausend Teile zersplitterte.

»Em«, sagte er mit rauer Stimme. »Em, Baby. Komm, Em. Jetzt.«

Seine Hüften pressten mich fest auf das Bett und rotierten mit grober Effizienz. Die Stimulation war so stark, dass es schon wehtat. Aber der Schmerz war nichts Schlechtes. Es hatte etwas – die Art und Weise, wie sein Blick sich in mich brannte, die Tatsache, dass ich ihn nicht abwehren hätte können, selbst wenn ich es probiert hätte … meine überwältigende Hilflosigkeit …

Fuck.

Ich liebte es.

Ich spürte, wie sich mein Rücken wölbte, als seine Hüften sich noch fester auf meine pressten. Dann explodierte meine Welt, und ich schrie auf. Es war auch kein hübscher, sexy Schrei. Nein, der Schrei war voller Wut und Zorn, voll Schmerz und unglaublicher Lust, er klang nach dem Begehren, das ich für ihn empfand.

Nur Sekunden später erschauerte sein Körper und er stöhnte auf, während er auf die Matratze neben meinem Kopf einschlug. Dann brach er keuchend über mir zusammen.

Völlig irreal.

In dem Moment wurde mir etwas klar, was mich laut zum Lachen brachte.

Ich hatte gerade unglaublichen, ja, unbeschreiblichen Sex mit dem schärfsten Typen gehabt, den ich je kennengelernt hatte – und ich war immer noch eine verdammte Jungfrau.

Mannomann. Wie in der Highschool.

Ich wurde sie einfach nicht los, die verdammte Jungfräulichkeit.

KAPITEL VIER

Hunter

Ich legte mich erschöpft neben Em und versuchte, mein Hirn wieder in Gang zu bringen. Ich war gerade in meiner Hose gekommen, wie ein Junge.

Wenn die Brüder das mitbekamen, würden sie mich kreuzigen.

»Du bringst mich noch um«, murmelte ich und strich ihr eine Haarsträhne hinter eines ihrer perfekten kleinen Ohren. Ihre kristallblauen Augen sahen mit benommenem und nicht völlig mörderischem Blick zu mir auf. Mist, das gefiel mir viel zu sehr.

Verdammt, war sie hübsch. Und sie duftete auch so gut.

»Nein, Dad ist derjenige, der dich umbringen wird«, sagte sie leise und nachdenklich.

Toll, nachdenken machte die Sache für sie auch nicht besser. »Liam – warte mal, wie zum Teufel heißt du eigentlich wirklich?«

»Ich heiße tatsächlich Liam. Hunter ist mein Straßenname.«

Ein Schatten zog über ihr Gesicht.

»Gehörst du wirklich zu ihnen?«

Ich tat nicht so, als ob ich sie nicht verstanden hätte.

»Ja, ich bin ein Devil's Jack. Ein Nomade. Meine Aufgabe war es, dich und deine Schwester zu überwachen. Neben anderen Jobs.«

»Warum?«, fragte sie mit ehrlich verwundertem Gesicht. »Wir sind doch nicht wichtig.«

Ich lachte und fragte mich, wie sie so unglaublich naiv sein konnte.

»Du bist verdammt wichtig, Baby«, erklärte ich ihr. »Euer Club liebt dich, ja, dich liebt er sogar noch mehr als deine Schwester, weil du in Coeur d'Alene geblieben bist. Die eine Hälfte der Männer liebt dich wie eine eigene Tochter, die andere Hälfte möchte dich flachlegen. Und alle haben sie Angst vor deinem Dad. Ich versteh immer noch nicht, warum er nicht National President ist. Als Atlas letztes Jahr in den Ruhestand gegangen ist, waren wir sicher, dass dein Dad seinen Platz einnehmen würde.«

»Er ist an dem Job nicht interessiert«, sagte sie abwesend.

Dann stützte sie sich auf einen Arm und studierte mein Gesicht. Ich ließ meinen Blick nicht umherwandern, sondern sah ihr in die Augen, denn sie hatte ganz offenbar vergessen, dass ihr Korsettteil weit aufstand und freien Blick auf ihre Titten gewährte. War ja wohl kaum meine Aufgabe, sie daran zu erinnern … Zum Glück stellten ihre geschwollenen Lippen eine nette Ablenkung dar. Ich stellte mir diese Lippen um meinen Schwanz herum vor.

»Sag mir die Wahrheit, Liam. War die Sache zwischen uns jemals echt?«

Ich sollte ihr sagen, dass alles wahr gewesen war. Liebe auf den ersten Blick, wie bei Romeo und Julia. Sollte ihr sagen, dass ich meinen Club verraten würde, um nur ihr zu gehören.

Aber ich hatte einfach die Nase voll und wollte nicht mehr lügen.

»Ich habe keine Ahnung, was zwischen uns läuft«, sagte ich und wusste dabei nicht mal, ob das stimmte. Als ich Em zum ersten Mal gesehen hatte, war das wie ein Schlag in die Magengrube gewesen. Ich hatte sie sofort vögeln wollen. Das hatte sich nicht geändert, aber jetzt, da sie neben mir auf dem Bett lag, war es mir aus irgendeinem Grund wichtiger, dafür zu sorgen, dass es ihr gut ging, als meinen Schwanz in sie zu stecken. Was auch immer das bedeuten mochte. »Ich weiß nicht, ob ich ›echt‹ definieren kann«, sagte ich. »Aber ich glaube nicht an Liebe, Baby. Ich glaube ans Ficken.«

»Das ist das Traurigste, was ich je gehört habe.«

Ich zuckte mit den Schultern, denn ich hatte gerade meine philosophischen fünf Minuten. Wenn alles im Arsch war, fühlte man sich in gewisser Weise frei – und unsere Lage war auf dem besten Wege dorthin. Rundherum absolute Scheiße. »Nun, ich bin gerade in meiner Hose gekommen, und das passiert nicht alle Tage«, sagte ich ihr. »Du bist verdammt scharf, Baby, ganz egal, was du dir selbst vielleicht einredest, du darfst da einfach nicht daran glauben. Ich weiß echt nicht, wann ich zuletzt so abgegangen bin. Keine Ahnung, was das heißt, aber der Teil war ganz sicher ›echt‹.«

»Hey«, sagte sie, während sie sich auf den Rücken rollte und an die Decke starrte. »Werde ich am Ende tot sein?«

Ich ließ mir die Frage gründlich durch den Kopf gehen. Bei einer Sache war ich mir sicher: Ich würde mich lieber umbringen, als ihr wehzutun – nun ja, körperlich wehzutun. Emotional hatte ich sicher schon beträchtlichen Schaden angerichtet. Aber solange sie noch ihren Daddy anrufen musste, konnte ich es mir nicht leisten, sie in Sicherheit zu wiegen. Diese Anrufe dienten als Motivationsmittel für ihren Dad, und das funktionierte nur über Angst.

Mist.

Dieses Gefühl mochte ich nicht, beschloss ich. Ganz und gar nicht. Die Hälfte der Jacks hielt mich für eine Art Tötungsmaschine, womit sie wahrscheinlich recht hatte. Gebt mir eine Zielperson, und ich neutralisiere sie. Aber dazu hatte ich normalerweise Pistolen oder Messer verwendet … oder bei einer denkwürdigen Gelegenheit ein besonders spitzes Hirschgeweih. Manchmal musste man eben improvisieren. Meist sprach ich nicht viel mit meinen Opfern, und Trost sprach ich ihnen schon gar nicht zu.

Aber aus irgendeinem Grund, über den ich lieber nicht so genau nachdachte, wollte ich, dass sie sich besser fühlte.

»Ich will nicht, dass dir irgendwas Schlimmes geschieht«, sagte ich schließlich. »Ich werde alles tun, was in meiner Macht steht, damit dir nichts passiert.«

»Was ist mit Sophie?«

»Ich habe auch nichts gegen sie persönlich, sondern will nur meinen Bruder zurückhaben. Und zwar lebend.«

Stille senkte sich herab. Ich konnte sie beinahe denken hören.

»Was würdest du für Kit tun?«, fragte ich sie abrupt.

»Was meinst du?«

»Wie weit würdest du gehen, um ihr Leben zu retten?«

Würde sie den Vergleich verstehen? Und begreifen, warum ich für meinen Bruder kämpfen musste?

»Ich würde alles tun, was notwendig ist«, antwortete sie sanft, und ich hörte einen Hauch von Verzweiflung in ihrer Stimme. Ja, sie begriff, worauf ich hinauswollte. Irgendwie war das sogar noch schlimmer. »Ich würde stehlen. Ich würde lügen … Ich würde töten. Einfach alles.«

Wieder wurde es still, gefährlich still. Shit. Ich stützte mich plötzlich auf und rollte mich vom Bett. Ihr Blick folgte mir, als ich durchs Zimmer zum Kleiderschrank ging, ihn öffnete, um meine Tasche herauszuholen und eine saubere Unterhose herauszuziehen. Als ich meine Hose auszog, glaubte ich, sie kurz nach Luft schnappen zu hören, aber womöglich hatte ich mir das eingebildet. Die frische Unterhose zog ich an und mein Shirt aus. Ihre Augen wurden groß, als ich wieder zu ihr zurückkam. Ich wollte ja gern glauben, dass mein Körper sie beeindruckte, aber zum Teufel, wahrscheinlich sah sie sich nur meine Tattoos an, um zu entscheiden, welches sie am meisten hasste.

Ich hatte auf dem Rücken kein Tattoo mit all meinen Clubabzeichen, aber es gab ein paar Devil's-Jacks-Symbole hie und da.

»Du solltest dir was anziehen«, sagte sie.

»Ich brauche Schlaf, verdammt. Warum sollte ich es mir nicht bequem machen?«, sagte ich, denn da war etwas Wahres dran. Offenbar hatte ich all mein Adrenalin über meinen Schwanz verschossen. Obwohl eine zweite Runde ein schöner Abschluss gewesen wäre, hatte ich den Eindruck, dass sie nicht bereit dazu wäre. Ich beugte mich über das Bett und zog sie auf ihre Beine. Dann griff ich nach dem Knopf ihrer Jeans, da sie ohne Jeans meiner Meinung nach bequemer liegen würde, ich aber ziemlich sicher war, dass sie sie selbst nicht ausziehen würde.

In dem Moment versetzte sie mir einen Schlag in die Magengrube, und zwar keinen sehr mädchenhaften.

Verdammt.

Das tat sauweh.

Em starrte mich wütend an und ging langsam rückwärts. Sie hatte ihre Fäuste in Angriffsstellung, balancierte auf ihren Zehen und war ganz offensichtlich bereit, sich zu verteidigen. Echt süß. Aber wenn sie irgendeine Kampfkunst beherrschte, hatte ich in den vergangenen sechs Monaten nichts davon mitbekommen.

Mann, du klingst wie ein verdammter Stalker, du Arsch.

Das war ich vermutlich auch.

»Ich bin froh, dass du es nicht auf meine Eier abgesehen hattest«, bemerkte ich und genoss dabei die Aussicht. Die Brüste standen hervor, gekrönt von harten, rosa Brustwarzen, die mich in Versuchung führen wollten. Shit.

Vielleicht war eine zweite Runde doch noch drin?

»Das nächste Mal reiß ich dir deinen Schwanz ab«, murmelte sie mit halb zusammengekniffenen Augen.

Okay, aus Runde Nummer zwei wurde also erst mal nichts. Die Botschaft war angekommen. Dennoch war die wilde Em verdammt anbetungswürdig. Ein bisschen wie ein wirklich wütendes Mäusebaby.

»Was hattest du eigentlich vor?«, fragte sie nach.

»Ich will schlafen«, erklärte ich ihr. »Du brauchst auch Schlaf. Und bequemer liegt es sich ohne Jeans. Das ist alles, Baby, kein finsterer Plan, um dir die Klamotten vom Leib zu reißen. Wir haben eine heftige Zeit vor uns. Du solltest dich ausruhen, solange es noch geht. Morgen kann weiß Gott was passieren.«

»Mein Dad bringt dich morgen um«, murmelte sie, klang dabei aber nicht wirklich glücklich. Interessant.

»Du klingst fast ein wenig traurig«, sagte ich. »Erzähl mir nicht, dass du beschlossen hast, mich am Leben zu lassen?«

»Fick dich.«

»Ist das eine Einladung?«

Sie wandte sich ab und begann, ihr Oberteil wieder zuzuhaken, was echt schade war. Dann erhaschte ich einen Blick auf den Verband, was mich schnell ernüchterte.

»Hast du Schmerzen?«

»Geht schon«, murmelte sie. »Du schläfst nicht hier drin, oder?«

»Doch«, sagte ich. »Keine Sorge, ich klau dir nicht die Bettdecke.«

Em neigte den Kopf zur Seite.

»Warum bringst du mich nicht in das andere Zimmer zu Sophie?«, fragte sie. »Ich wette, sie hat ganz schön Angst.«

»Und du?«

»Was?«

»Hast du Angst?«

»Blöde Frage, unter den Umständen«, murmelte sie. »Ich schätze, die Sache zwischen uns war eine Lüge, aber glaub bitte nicht, dass ich doof bin, weil ich auf dich einmal reingefallen bin. Ich werde nicht weiter mit dir über unsere Situation reden oder dir irgendwelche Informationen liefern. Und du kannst mich auch nicht zu deiner Unterhaltung wie ein Spielzeug behandeln.«

Schade, schade. Meinem Schwanz hätte die Idee, ein wenig mit ihr zu spielen, eindeutig gefallen … Aber sie hatte recht – das hier war kein Spiel, wir waren keine Freunde, und ich sollte sie nicht mehr durcheinanderbringen als unbedingt nötig.

Dafür schuldete ich ihr Respekt.

»Okay, leg dich hin«, sagte ich ihr ganz offen. »Ich werde dein Handgelenk ans Bett fesseln. Dann werde ich schlafen und du ebenso. Wehr dich nicht, dann werde ich keine Spielchen spielen. Das hier ist nicht verhandelbar.«

Eine Regung zuckte über ihr Gesicht … Enttäuschung? Vielleicht. Oder Resignation.

Auf jeden Fall wusste ich, dass ich ihren Willen gerade wieder gebrochen hatte.

Wie bei so vielen anderen Dingen, die heute Nacht passiert waren, wusste ich nicht, was ich davon halten sollte.

Eine Stunde später lag ich immer noch wach.

Was hatte ich mir nur eingebildet – etwa, dass ich mit Em in meinen Armen einschlafen würde? Sie war ziemlich schnell eingeschlafen, was mich etwas überraschte. *Ich* wusste zwar, dass sie bei mir sicher war – zumindest körperlich –, aber *sie* wusste es ja nicht.

Sie hatte sich geweigert, ihre Klamotten auszuziehen, aber dennoch spürte ich jeden Zentimeter ihres wundervollen Körpers neben meinem, was ehrlich fantastisch war. Natürlich kannte ich Typen, die eine Alte Lady hatten und gerne mit ihr zusammen waren. Das hatte ich nie verstanden. Aber wenn es so wie dieses Gefühl mit Em war, dann war die Vorstellung vielleicht nicht ganz so verrückt.

Ich beschloss, ein kleines Spiel auszuprobieren. Ich würde eine Weile einfach so im Dunkeln liegen, Em in meinen Armen, und so tun, als ob sie meine Alte Lady wäre. So tun, als ob wir in einer Welt lebten, in der ich etwas so Schönes wie sie haben durfte. So tun, als ob ich den Jacks nicht unendlich verpflichtet wäre oder als ob sie keine Reaper wäre.

Im nächsten Moment fing ich mich wieder. Was tat ich hier eigentlich, zum Teufel?

Mann, ich wollte keine Alte Lady – oder zumindest keine wie Em, die ihr Gehirn zum Denken benutzte. Ich würde eine nehmen, die meinen Anweisungen folgte und noch dankbar dafür wäre. Das war zumindest der Plan gewesen, der nun aber in Trümmern lag. Wenn ich mir schon etwas erträumte, warum dann nicht lieber, dass ich sie herumrollte und fickte, bis sie nicht mehr wusste, wo oben und unten war. Sehr hübsch … Es machte Spaß, mir vorzustellen, dass ich in ihr wäre, aber nach einer Weile wurde mein Schwanz ziemlich sauer, dass wir die Fantasie nicht in die Tat umsetzten. Als ich jedoch daran dachte, dass ich nur wenig Wechselklamotten mitgebracht hatte und eine Unterhose schon nass war, hielt ich es für eine gute Idee, ein wenig auf Abstand zu gehen.

Ich schaffte es, aus dem Bett zu kriechen, ohne sie aufzuwecken. Anschließend ging ich nach unten zu Skid, der im Wohnzimmer saß und den Ego-Shooter Halo spielte. Neben ihm stand ein Energydrink, und daneben lag etwas weißes Pulver.

Schätzungsweise war ich nicht der Einzige, der die Nacht durchmachte.

Er legte den Controller beiseite und hob eine Augenbraue.

»Also, was für ein Spielchen spielst du, Kumpel?«, fragte er mich. »Mir kommt hier nämlich was komisch vor. Das kleine Miststück ist bloß ein Mittel zum Zweck, oder?«

»Das weiß ich«, sagte ich in trockenem Ton. »Glaub mir.«

»Vergiss nicht, für welches Team wir spielen. Kelsey hat sich gemeldet. Grass ist stabil. Sie sagt, es sei nicht so schlimm, wie sie bei der Einlieferung dachten.«

»Nichts Neues von Clutch?«

»Nope«, antwortete er.

»Em sagt, Toke handelt auf eigene Rechnung. Die Reapers haben die Kontrolle verloren. Wenn das wahr ist, stecken wir schön in der Scheiße.«

»Glaubst du, sie will dich reinlegen?«

Ich dachte über die Frage nach.

»Die Wahrscheinlichkeit, dass er auf eigene Faust handelt, ist ziemlich groß«, erwiderte ich. »Die ganze Geschichte ergibt keinen Sinn. Wir haben einen Waffenstillstand, die Reapers haben darüber abgestimmt. Die Sache mit Gracie war vor langer Zeit – wenn das hier ein Clubangriff gewesen wäre, hätten sie doch vorher keinen Waffenstillstand vereinbart. Wozu Vergeltung üben, ohne sie als solche zu deklarieren?«

»Das Arschloch hätte Burke nicht besser in die Quere kommen können, selbst wenn wir es mit ihm vorher geplant hätten«, seufzte Skid. »Wenn wir die Sache nicht bald bereinigen, könnte das sein Ende sein. Dann sind wir alle am Arsch.«

Ich sparte mir eine Antwort, denn er hatte ja recht. Die Chance, eine Revolution im Club anzuzetteln, bot sich nur einmal. Mason hatte Burke bereits das Okay gegeben, denn sein Krebs breitete sich weiter aus. Der National President des Devil's Jacks MC pfiff aus dem letzten Loch. Er würde es nicht mehr viel länger verheimlichen können, was bedeutete, dass Burke seinen Plan bald umsetzen musste. Ansonsten wäre alles verloren.

Jetzt war die Gelegenheit gekommen, den Club der Devil's Jacks wieder in seinen ursprünglich beabsichtigten Zustand zurückzuversetzen. Eine Bruderschaft von Bikern. Nicht eine Bande von billigen Gaunern, die sich ihre eigenen Taschen füllen wollten. Wir hatten gehofft, mehr Zeit zu haben, um unsere Position zu stärken, aber wenn der Waffenstillstand hielt, hätten wir die Stimmen, die wir bräuchten. Die Charters im Süden hofften verzweifelt auf Hilfe in ihrem Kampf gegen das Kartell – doch wir konnten ihnen nicht helfen, wenn wir an einer zweiten Front mit den Reapers kämpfen mussten.

»Hey, Kumpel?«, fragte Skid.

»Was?«

»Vielleicht bin ich ja verrückt, aber ich bin mir ziemlich sicher, dass, selbst wenn wir es schaffen, Frieden zu schließen, du dein hübsches Spielzeug da oben nicht behalten kannst.«

»Ja«, murmelte ich und ließ mich auf einen Stuhl fallen. Ich kratzte mich am Bauch und warf einen Blick auf Skids Energydrink. So was bräuchte ich jetzt. »Es ist beschissen.«

Wir verfielen in Schweigen.

»Ist das alles, was du zu sagen hast?«, fragte er. »›Es ist beschissen‹? Wo ist der große Plan? Du bist doch sonst derjenige, der immer alles durchdenkt und sagt, dass wir eine Strategie brauchen.«

»Irgendwie wird's nichts mit dem Plan dieses Mal«, sagte ich. »Glaubst du immer noch, dass wir es schaffen?«

»Dass wir was schaffen? Den morgigen Tag zu überleben? Unsere Chancen stehen sechzig zu vierzig, wenn du mich fragst. Fühl mich gerade optimistisch.«

Ich lachte, weil er wahrscheinlich recht hatte. Aber Em würde ich heil durch die Sache durchkriegen. Niemals würde ich zulassen, dass dieses hübsche Mädchen ins Kreuzfeuer geriet. Ich war mir nicht ganz sicher, warum es mir so wichtig war, für ihre Sicherheit zu sorgen, aber so war es nun mal.

»Morgen treff ich mich mit Hayes«, sagte ich. »Burke überprüft seine Geschichte. Vielleicht können uns unsere Leute im Süden sagen, ob es stimmt, dass er nicht weiß, wo Toke steckt. Nach Ems Reaktion zu schließen halte ich es für ziemlich wahrscheinlich, dass er auf eigene Faust handelt.«

»Woher weißt du, dass sie nicht nur der Parteilinie folgt und dir etwas vormacht?«, fragte Skid. »Ich dachte, wir hätten bereits festgestellt, dass dein Schwanz das Denken übernimmt, sobald es sich um dieses Mädel dreht.«

»Da kannst du recht haben«, gab ich zu. »Aber ich glaube, dass sie die Wahrheit sagt. Laut ihrer Aussage ist Toke seit einer ganzen Woche untergetaucht. Er hat sie auf einer Party letztes Wochenende niedergestochen. Sie hat eine Messerwunde – *irgendjemand* hat sie niedergestochen.«

Das ließ Skid aufhorchen.

»Verdammt«, murmelte er. »Was ist in dem Club nur los, zum Teufel? Hayes passt verdammt gut auf seine Mädels auf, so was lässt er unter keinen Umständen ungesühnt.«

»Genau so ist es«, antwortete ich. »Deshalb will ich die Sache mit dem Waffenstillstand auch noch nicht aufgeben. Wenn sie die Wahrheit sagt, wollen sie ihn ebenso sehr schnappen wie wir. Aber was weiß ich. Kann auch sein, dass sie mich reinlegen will.«

Skid lachte

»Das ist Karma … Hast du sie da oben wenigstens flachgelegt?«

»Die Frage werde ich nicht beantworten.«

Skid musste so sehr lachen, dass er sich an seinem Drink verschluckte.

»Du verdammter Feigling«, murmelte er schließlich. »Sie hat dich schon an den Eiern. Wann hast du zum letzten Mal gefickt? In letzter Zeit hab ich keine aus deinem Zimmer kommen sehen.«

»Die Frage werde ich auch nicht beantworten«

»Glaubst du, dass Prinzessin Em ein Bike hat?«, fragte er mich mit verdächtigem Glitzern in den Augen.

»Keine Ahnung.«

»Find's besser raus. Du wirst hinter ihr auf dem Sitz richtig süß aussehen.«

Ich überlegte, ob ich ihm eine verpassen sollte, aber es schien mir zu anstrengend. Stattdessen zeigte ich ihm den Mittelfinger und griff nach dem Controller.

»Willste spielen?«

»Klar.«

Es fühlte sich gut an, sich ein wenig abzulenken. Für kurze Zeit gelang es mir, so zu tun, als ob wir wieder daheim wären und dies einfach ein ganz gewöhnlicher Freitagabend wäre. Abgesehen davon, dass wir stocknüchtern waren und oben zwei Mädels an die Bettpfosten gefesselt waren.

Na ja, abgesehen davon, dass wir stocknüchtern waren. Hehe.

Nach einer Weile sagte Skid etwas zu mir, ohne mich dabei anzusehen.

»Denk dran, dass du sie nicht behalten kannst.«

»Ich weiß.«

»Wollt nur sichergehen, Kumpel.«

»Keine Sorge. Ich hab meine Befehle.«

»Vergiss nicht – die Jacks stehen an erster Stelle. Magst du sie wirklich so?«

»Mein Gott. Wo sind wir denn hier? In der Show von Oprah Winfrey?«

»Wenn sie dir wirklich was bedeutet, dann musst du gemein zu ihr sein, sodass sie dich fallen lässt und vergisst. Burke wollte, dass sie sich in dich verliebt, aber nach dieser Entführungsscheiße ist wohl jedem klar, dass sie dich abgrundtief hasst.«

Ich schnaubte.

»Wenn man bedenkt, dass sie, nachdem ich sie monatelang angelogen habe, nun an einen Bettpfosten gefesselt ist – glaubst du wirklich, dass ich mir noch mehr Mühe geben muss, um Em zu verletzen? Das scheint mir etwas übertrieben.«

»Du hast Kratzer auf dem Rücken, du Idiot. Sieht aber nicht aus, als wären sie dabei entstanden, als sie sich gewehrt hat. Deshalb ist es keineswegs übertrieben. Du musst sie so sehr verletzen, dass sie nie wieder an dich denken will.«

Ich dachte über seine Worte nach und seufzte.

»Du hast wahrscheinlich recht.«

Wir spielten ein paar Minuten, bevor ich ihn angriff und seine Figur niedermähte. Animiertes Blut spritzte über den TV-Bildschirm.

Skid fing wieder an zu lachen.

»Du bist echt sauer, Kumpel. Oder vielleicht stehen deine Eier auch nur kurz vorm Platzen. Ist nicht meine Schuld, wenn du so ein Feigling bist.«

»Friss doch deine eigene Scheiße.«

»Morgen vielleicht. Heute Abend esse ich eine Pizzatasche. Willst du eine?«

Ich überlegte gründlich.

»Ja, klingt gut.«

Gegen fünf Uhr morgens ging ich wieder nach oben.

Skid machte es sich auf der Couch bequem, spielte weiter und nölte herum, dass er ein wunderbares Bett hergegeben hatte, damit Sophie ihren Schönheitsschlaf bekam. Ein Bett, in dem reichlich Platz für *ihn* und *sie* wäre …

Ich merkte an, dass wenn ich Em nicht bekam, er auch nicht Sophie haben durfte.

Er merkte an, dass ich Em hätte haben können. Ich erinnerte ihn daran, dass Burke Frieden schließen wollte, wozu es vermutlich nicht kam, wenn ich Emmy Lou Hayes vögelte, während sie mit Handschellen an einen Bettpfosten gefesselt war. Wir legten den Streit bei, indem wir einander Arschloch nannten und uns eine Weile wütend anstarrten, was auch zu funktionieren schien.

Nun stand ich wieder oben und blickte auf die schönste Frau, die ich je gesehen hatte, hinunter. Und bevor ich den Raum wieder verlassen würde, musste ich sie zum Weinen bringen.

Ich konnte meinen Blick nicht abwenden.

Sie lag auf dem Bauch und hatte die Bettdecke weggestrampelt. Ein Bein war angezogen, sodass ihr kurviger Arsch ideal zur Geltung kam. Noch besser war, dass ihre Hüftjeans den Bund eines roten Stringtangas nicht ganz bedeckten.

Und da, knapp darüber, prangte ein verdammtes Arschgeweih.

Ich besah es mir näher und versuchte herauszufinden, was genau es darstellen sollte. Irgendein chinesisches Symbol mit Engelsflügeln. Ziemlich furchtbar. Pures Klischee.

Ich fand es wunderbar.

Es erinnerte mich an all die Pornos, die ich gesehen hatte. Weil ich ein böser Bastard bin, wurde mein Schwanz so steif, dass ich mein Blut darin pulsieren fühlte. Ich wollte ihr diese Jeans herunterreißen und ihre Muschi ficken und ihr auf den Arsch hauen. Und zum Abschluss würde ich mitten auf dieses Tattoo abspritzen.

Shit.

Hm. Dafür wäre sie wohl kaum zu haben.

Trotzdem kroch ich wieder zu ihr ins Bett, weil sie noch nicht genug mitgemacht hatte. Ich zog sie an mich und schlang meinen Arm um sie. Ihr Korsett war hochgerutscht und gab den Blick auf einen Streifen Haut an ihrem Bauch frei. Unvermutet streichelte ich sie und fragte mich, wie es sich anfühlen würde, mit meiner Eichel über diese weiche Haut zu fahren. Em wurde unruhig und streckte sich im Schlaf nach vorne, wodurch ihr Arsch in meinen Schoß gedrückt wurde, was zugleich die beste und die schlimmste Empfindung war, die ich je gehabt hatte.

Dann erstarrte sie, und ich hörte, wie sich ihre Atmung änderte.

»Guten Morgen«, sagte ich leise.

»Mist, ich habe nicht geträumt, oder?«, fragte sie mit sanfter Stimme. Sie war nur ein paar Jahre jünger als ich, aber diese Sanftheit erinnerte mich daran, wie unterschiedlich unser Leben verlaufen war.

Verglichen mit ihr war ich ein alter Mann.

»Nein, hast du nicht«, sagte ich zu ihr und roch an ihrem Haar. Blumenduft. »Ich treffe mich heute mit deinem Dad, um herauszufinden, ob er Toke schon aufgespürt hat. Vielleicht können wir die Sache hier beenden, bevor es noch schlimmer wird.«

Sie gab ein leises Geräusch von sich, eine Art hoffnungsloses Stöhnen, das sie jedoch sofort unterdrückte. Shit. Das hatte sie nicht vorgetäuscht. Entweder war Toke wirklich abgehauen, oder die Reapers würden ihn nicht ausliefern, nicht einmal, um zwei ihrer Frauen zu retten. Wenn sich der gesamte Club einig war, konnte Hayes wahrscheinlich nicht viel dagegen tun.

Ich fuhr nochmals über ihren Bauch und sie drückte sich wieder unruhig an mich.

Sehr hübsch. Skids Warnung, dass ich ihr wehtun müsste, ging mir wieder durch den Kopf, aber vielleicht könnte ich sie nur noch ein kleines bisschen länger streicheln. Ich nahm mir vor, dass ich sie nicht wirklich ficken würde, weshalb die Sache ja in Ordnung war, oder?

Der Grund dafür war nicht mein Moralempfinden. Nein, es lag nicht mal daran, dass sie etwas Besseres verdient hatte. Ich war mir nur nicht sicher, dass ich würde von ihr lassen können, wenn ich gespürt hätte, wie ihre enge Möse meinen Schwanz zusammenquetschte.

Kriege waren schon aus ganz anderen Gründen angezettelt worden, und jetzt begriff ich auch, warum. Aber da wir ja schon einmal rumgemacht hatten, nahm ich an, dass noch ein wenig Spielzeit auch nichts mehr ausmachen würde, so auf lange Sicht gesehen … Genau genommen würde es im Nachhinein den Vertrauensbruch sogar noch verschlimmern. Ich würde es nur zu ihrem Besten tun.

Ich ließ meinen Finger zum Knopf ihrer Jeans gleiten.

»Was machst du da?«, murmelte sie mit schläfriger Stimme.

»Ich sorge dafür, dass es dir besser geht.«

Em murmelte irgendwas, was ich nicht verstehen konnte, aber sie hielt mich nicht auf, als ich den Knopf aufmachte. Also zogen meine Finger den Reißverschluss herunter, sodass meine ganze Hand in die Hose fassen konnte.

Sie war bereits feucht.

Sehr schön.

Hatte sie von mir geträumt? Verdammt, vielleicht hatte sie von jemand anderem geträumt. Falls ja, musste ich den Hurensohn so bald wie möglich umlegen. Sie bewegte ihre Beine, als meine Finger ihre Klit ausfindig gemacht hatten und daran vorbei in ihre Öffnung gerutscht waren, um ein wenig der süßen Flüssigkeit aufzunehmen. Dann kehrte ich zurück zu ihrer empfindlichen Stelle und umkreiste sie spielerisch.

»Ich hasse dich.«

»Das weiß ich, Baby«, flüsterte ich. »Du kannst ja so tun, als ob du die freie Entscheidung hättest, wenn du dich damit besser fühlst.«

»Kann ich mich denn entscheiden?«

Ich dachte über ihre Frage nach.

»Wir haben immer die Wahl«, sagte ich schließlich. Aus irgendeinem verrückten Grund stand mir dabei das Gesicht meines Pflegevaters vor Augen – sein Blick, kurz bevor ich ihn tötete.

Was zum Teufel …?

»Werden wir Sex haben?«, fragte sie und durchbrach damit meine verqueren Gedankengänge.

»Möchtest du denn?«

Es war verdammt befriedigend, dass sie darüber nachdenken musste. Dann schüttelte sie ihren Kopf.

»Nein, für mein erstes Mal will ich jemanden Besseren als dich«, sagte sie bestimmt.

War mir auch recht.

»Lass es uns mit einem Kompromiss versuchen«, antwortete ich. »Wie wär's, wenn ich es dir richtig besorgen würde? Ich weiß genau, wie sehr du das möchtest.«

Zur Verstärkung umkreiste ich nochmals ihre Klit, und Em erschauderte.

»Nimm mir die Handschellen ab und zieh deine Hose aus«, verlangte sie.

Ich lachte laut los.

»Wenn du mich dazu verführen willst, dich gehen zu lassen, solltest du das ein wenig unauffälliger tun.«

»Dazu hab ich kein Talent«, sagte sie. »Wie wär's damit … Du willst es mir richtig besorgen, oder?«

»Das hab ich vor.«

»Hättest du dabei gern meine Hand an deinem Schwanz?«

Ich schluckte.

»Was meinst du?«

»Es ist so …«, flüsterte sie. »Ich werde nicht so tun, als ob mein Entkommen nicht höchste Priorität hätte. Aber du kannst selbst spüren, wie feucht ich für dich bin.«

Mein Finger strich über ihre Klit, und sie zuckte wieder zusammen.

»Also«, fuhr sie fort. »Es ist deine Entscheidung – ist es das Risiko wert, herauszufinden, ob ich dich reinlegen will? Ich bin mir sicher, dass ein so großer, böser Biker wie du bestens in der Lage ist, sich gegen mich zu verteidigen. Du hast bereits bewiesen, dass du viel stärker bist als ich.«

Während sie das sagte, wand sie ihren Hintern hin und her, sodass mein Schwanz zwischen diesen knackigen Pobacken zu liegen kam. Verdammt noch mal, es war echt das Risiko wert – und, so überraschend das klingen mag, ich überließ meinem Schwanz diese Entscheidung. Ich bin kein Idiot, denn ich wusste, dass sie mit mir spielte.

Es war mir nur völlig egal.

Ich stand auf und zog mich komplett aus. Zuerst sah Em zu, aber dann, als ich nach meiner Unterhose griff, wich ihr Blick aus. Ich überlegte, ob ich sie anlassen sollte, damit sie sich wohler fühlte. Aber wozu denn, bitte? Ich zog sie runter, krabbelte dann übers Bett und legte mich auf sie. Langsam brachte ich mein Gesicht näher an das ihre und fing ihre Lippen mit den meinen.

Ich gab mich gar nicht erst mit zarten Küssen ab. Mein Schwanz war schon verdammt lange steif, und die Vorstellung, dass sie ihn gleich anfassen würde, war fast nicht auszuhalten. Wahrscheinlich war es gut, dass sie noch immer angezogen war.

Sonst würde ich vielleicht die Kontrolle verlieren und ihn tief in sie hineinstoßen.

Ich wusste verdammt gut, dass *das* aus einer Reihe von Gründen ein Riesenfehler wäre. Unter anderem würden die meisten Leute das als Vergewaltigung betrachten. Zu diesen Leuten würde vermutlich Picnic Hayes gehören, der bereits jetzt genügend Gründe hatte, mich umzubringen.

Dennoch war es nicht die Angst vor ihrem Vater, die dafür sorgte, dass ich mich zurückhielt. Ein kleiner Teil meines Verstands wollte einfach nicht, dass sie im Rückblick die Sache zwischen uns als etwas betrachtete, was unter Zwang geschehen war. Seit wann interessierten mich die Gefühle einer Frau hinterher? Ich nahm an, dass es besser wäre, nicht zu intensiv darüber nachzudenken.

Em wandte nach einer Minute den Kopf ab und schmiegte sich an meinen Hals.

»Nimm mir die Handschellen ab«, flüsterte sie.

Scheiß drauf.

Ich griff nach oben und ließ sie frei, rechnete aber gleichzeitig mit einem Angriff.

Stattdessen spürte ich, wie sie ihre Arme um mich schlang, spürte ihre köstliche Wärme über meinen Rücken bis zu meinem Arsch gleiten.

Fuck, das fühlte sich gut an.

Ich bedeckte ihren Hals mit Küssen und begann dann, die Häkchen des verdammten Korsetts zu öffnen. Es waren bestimmt an die 30 Stück. Ich hatte diese Dinger immer verdammt scharf gefunden, doch jetzt konnte ich es nicht mehr sehen.

»Lass mich machen«, sagte sie leise. Ich blickte in ihre Augen, die sanft und voll Begehren waren. »Roll für einen Moment runter, okay?«

Ich drehte mich zur Seite, woraufhin sie errötete und sich abwandte.

»Ich hab deine Titten schon gesehen, Baby.«

»Für mich ist das eine große Sache, Liam«, erwiderte sie. »Warte einfach kurz, okay?«

»Okay«, sagte ich, während mein Blick ihren Rücken hinunterwanderte. Ich liebte ihr Arschgeweih. Hatten mir schon immer sehr gefallen, obwohl sie unglaublich kitschig waren.

Und es machte Spaß, darauf zu zielen.

»Was bedeutet dein Tattoo?«

Sie seufzte schwer.

»Eigentlich sollte es ›Für immer‹ heißen«, sagte sie. »Meine Schwester und ich haben sie uns machen lassen, kurz nachdem unsere Mom gestorben war – deshalb die Engelsflügel. Es war als Erinnerung an sie gedacht. Zugegeben, wir waren ein bisschen angetrunken, als wir auf die Idee kamen … Es war eine schlimme Zeit für uns. Aber der Typ, der es gemacht hat, war ein verdammter Idiot. Das Zeichen bedeutet nämlich ›Eichhörnchen‹.«

»Shit«, sagte ich, bemüht, nicht laut loszuprusten. *Du sollst nicht lachen über das nackte Mädchen, das im Begriff ist, deinen Schwanz zu berühren.*

»Nun, ich schätze, niemand, der es sieht, kann es lesen. Wie hast du das rausgefunden?«

»Ein College-Semester habe ich in Seattle verbracht«, sagte sie. »Meine Zimmergenossin war Chinesin, und die hat es mir gesagt.«

»Echt beschissen.«

»Dass meine Mom gestorben ist, war schlimmer«, murmelte sie. Sie schien mit ihrem Korsett zu kämpfen, und ich wollte sie gerade fragen, ob alles in Ordnung war, als sie sich umdrehte und mir ein riesiges gebundenes Buch auf den Kopf schmetterte.

Schöner Mist.

Hätte doch nicht meinem Schwanz das Denken überlassen sollen.

KAPITEL FÜNF

Em

Es war nicht gerade die beste Waffe.

Eine Pistole wäre schön gewesen – oder ein Baseballschläger. Vielleicht Pfefferspray.

Ein Messer?

Ich wusste, wie man damit umging. Als ich noch jünger war, hatte mich mein Dad die meiste Zeit wahnsinnig gemacht. Er war überbehütend, bestimmend und ein Kontrollfreak … einfach paranoid. So paranoid, dass er einen Teil seiner Zeit damit verbrachte, seinen Mädels beizubringen, dass man jeden Gegenstand danach beurteilte, ob er sich als Waffe eignete.

Sogar Bücher.

Gott segne Stephen King, denn das Buch, das ich zwischen dem schmiedeeisernen Kopfteil und der Wand entdeckt hatte, war verdammt dick. Offenbar steckte es schon ewig dort hinten, da es völlig eingestaubt war.

Ich fühlte mich keinen Moment lang schuldig, als ich es auf Liams Kopf schmetterte, sondern spürte nur Befriedigung. Ich bildete mir nicht ein, dass mein Fluchtplan grandios war. Die Chancen standen schlecht. Aber wenn ich es schaffte, ihm ordentlich eine zu verpassen, dann würde es mir vielleicht gelingen, ihn so lange außer Gefecht zu setzen, bis ich ihm Handschellen angelegt hatte.

Dann müsste ich mich nur noch um Skid kümmern.

Ich nahm an, dass wahrscheinlich noch mehr Jacks auftauchen würden, wenn wir hier längere Zeit festgehalten wurden. Auf eine bessere Gelegenheit zu warten war ein zu großes Risiko – zumindest sah ich das so.

Das Buch traf Liam mit einem befriedigenden Rumms, sodass er zur Seite fiel. Ich legte mit einem seitlichen Schlag gegen sein Gesicht nach, den er aber mit seinem Arm abwehren konnte.

Trotzdem fiel er noch vom Bett.

Sofort sprang ich hoch und stürzte mich auf ihn, um ihn so fest wie möglich zu kicken. Ich hatte auf seine Eier gezielt, aber er drehte sich in der letzten Sekunde weg und wehrte mich ab. Liam schnellte hoch – recht eindrucksvoll, muss ich zugeben –, und dann war alles vorbei. Er rang mich nieder und presste mich mit seinem ganzen Gewicht aufs Bett. Mit einer Hand packte er meine beiden Hände und zog sie nach oben. Die andere Hand bedeckte meinen Mund und hielt so meinen Kopf fest, damit ich ihm keinen Kopfstoß versetzen konnte.

Meine kleine Rebellion hatte etwa 30 Sekunden gedauert.

Mist.

Liams Gesicht war direkt über mir. Als ich zu ihm aufsah, erwartete ich, Ärger oder Wut über den Verrat darin zu sehen. Stattdessen glitzerten seine dunkel schimmernden Augen vor Lust.

Fuck. Es machte den Bastard auch noch an, mit mir zu kämpfen.

Das durfte ich nicht noch einmal vergessen.

Eines seiner Knie drückte sich zwischen meine Beine und zwang sie auseinander. Dann lag er auf meinem Schoß und … das fühlte sich gut an, scheiße. Manchmal hasse ich mich. Allerdings hasste ich ihn noch mehr, was ja gut war.

»Beim nächsten Mal solltest du einen besseren Plan haben, Baby«, sagte er leise. »Der hier war ziemlich aussichtslos, und du hast riskiert, dass ich sauer werde. Wenn du das beim falschen Typen ausprobierst, kann er dir ernsthaft wehtun.«

Und du hast das nicht vor?, wollte ich fauchen, aber er hielt mir immer noch den Mund zu. Dann presste er seine Hüften gegen die meinen und warf mir dabei einen brennenden Blick zu.

»Fuck, du führst mich echt in Versuchung«, murmelte er. »Du hast keine Ahnung, wie sehr ich jetzt meinen Schwanz in dich stecken möchte. Keine Ahnung!«

Ich starrte ihn wütend an, denn sein Duft, sein Gewicht auf mir, das Adrenalin, das durch meinen Körper rauschte … all das ließ mich die Lust zwischen meinen Beinen spüren. Er war schon zuvor in meinen Träumen aufgetaucht. Als er mich vorhin berührt hatte und ich aufgewacht war, war ich schon scharf auf ihn gewesen. Nun war es noch schlimmer, wirklich unfair, verdammt noch mal!

»Ich lasse dich jetzt sprechen«, sagte er. »Aber denk dran, wenn du schreist, hört dich niemand außer mir und Skid. Oh, und deine Freundin Sophie. Sie kann dir unmöglich helfen. Wenn sie dich schreien hört, ängstigt sie sich jedoch wahrscheinlich zu Tode. Willst du das?«

Ich schüttelte den Kopf, was ziemlich schwierig war. Er nahm seine Hand weg. »Du bist ein Arsch«, murmelte ich.

»Ich weiß, Süße«, sagte er. Er fummelte an den Handschellen herum, und ein paar Sekunden später war ich wieder mit beiden Händen an das Kopfteil des Betts gefesselt. Liam setzte sich rittlings auf mich. Blöd, wie ich war, sah ich nach unten, wo sein steinharter Schwanz aufragte. Es war das erste Mal, dass ich ihn richtig sah.

Wow.

Liam hatte keinen kleinen Schwanz. Er war lang mit roter Spitze und sah gefährlich aus. Oben trat ein wenig Flüssigkeit aus, und ich leckte mir unbewusst über die Lippen. Liam zog scharf die Luft ein, weshalb ich rot wurde und schnell an die Decke starrte.

»Willst du immer noch, dass ich es dir besorge?«, fragte er mit finsterem Lächeln. »Das ist wohl das Mindeste, was ich unter diesen Umständen für dich tun kann.«

Ich wurde noch röter und sparte mir die Antwort. Ich würde ja gerne behaupten, dass das an der ganzen verrückten Situation lag oder weil ich wusste, dass er auf ein »Nein« eh nicht hören würde. Vielleicht stimmte das sogar. Aber irgendwo in einer geheimen, schmutzigen Ecke meiner Persönlichkeit wollte ich es tatsächlich …

Ja, ja, ich geb's ja zu, ich bin völlig durchgeknallt. Aber abgesehen von seinem Verrat und seinem miesen Charakter war Liam einfach scharf – sein Körper machte mich so an, dass ich ihm offenbar kaum widerstehen konnte. Ich würde liebend gerne behaupten, dass ich es total eklig fand, dass es ihn anmachte, mit mir zu kämpfen, doch das wäre ziemlich heuchlerisch.

Es machte mich nämlich auch an.

Lag wohl irgendwie daran, dass er mich überwältigte, dass er mich nicht wie etwas Zerbrechliches behandelte. Liam hatte keine Angst davor, mich zu berühren – im Gegensatz zu jedem anderen Mann, mit dem ich bisher zusammen gewesen war. Seine Finger öffneten schnell die Häkchen meines Korsetts. Meine Brüste quollen hervor und er nahm jeweils eine in jede Hand, drückte sie sanft und bearbeitete die Brustwarzen. Das Gefühl raste durch meinen Körper, der sich hin und her wand. Dann drückte er sie zusammen und betrachtete sie mit starrem Blick.

»Ich würde so gerne deine Titten ficken.«

Ich schnappte nach Luft, und er lachte rau.

»Mann, Em, wenn dir das schon Angst einjagt, willst du garantiert nichts von den anderen kranken Ideen wissen, die mir so durch den Kopf gehen. Was ich mit den beiden hier anstellen würde, wenn du mir gehören würdest …«

Seine Stimme verklang, während er auf meinem Körper nach unten rutschte. Dann erwischten seine Lippen meine Brustwarze und sogen sie tief in den Mund. Ich spürte seine Hand an meiner Seite hinabwandern und in meine Jeans greifen, um sie hinunterzuziehen.

Von meinem Traum war ich immer noch feucht, ganz zu schweigen von seinen Berührungen. Sein Finger glitten leicht in mich hinein, sodass ich aufstöhnte. Shit.

Wie machte er das bloß?

Das war es wohl, was die Leute mit *Chemie* meinten.

Verdammt.

Warum zum Teufel hatte ich meine Zeit damit verschwendet, Painter hinterherzujagen?

Vielleicht weil Painter kein verdammter Kidnapper ist?, merkte der vernünftigere Teil meines Gehirns an. Ein zweiter Finger glitt hinein und sein Daumen begann, um meine Klit zu kreisen. Ich stöhnte wieder und wand mich unter ihm. Er ließ meine Brustwarze los, legte seine Wange zwischen meine Brüste und lachte leise.

»Wie sehr willst du mich jetzt, kleine Emmy?«, flüsterte er spöttisch.

Ich würdigte ihn keiner Antwort.

Seine Finger krümmten sich in mir, drückten gegen die Innenwand, während sein Daumen vor- und zurückglitt. Ich erschauerte, und meine Hüften wölbten sich nach oben. Die aufgestaute Spannung, die sich zu einem Orgasmus steigert, wurde immer größer. Seine Macht über mich war jetzt greifbar.

Shit, ich wollte seinen Schwanz in mir.

»Hasst du mich so sehr, dass ich aufhören soll? Denn ich werde aufhören, Em. Du musst es nur sagen.«

Er hielt in der Bewegung inne, doch meine Hüften wölbten sich flehend nach oben ihm entgegen. Mein Gott. Irgendwas *stimmte nicht* mit mir. Liam lachte nochmals und begann dann, meinen Körper von oben nach unten abzulecken.

»Wie ist das, Baby?«, fragte er, wobei sein Daumen wieder meine Klit bearbeitete. »Fühlt es sich gut an, von einem Devil's Jack scharf gemacht zu werden?«

Es fühlte sich verdammt fantastisch an, aber um keinen Preis wollte ich das zugeben. Das musste ich offenbar auch gar nicht, denn er rutschte weiter nach unten und zog meine Jeans und meinen Slip weit genug herunter, um mit seinem Mund an meine Spalte zu kommen. Sanft blies er darauf und ließ dann seine Zunge über meine empfindlichste Stelle gleiten.

Ich wand mich und schob ihm meine Hüften entgegen. Liam lachte wieder.

»Hör mal«, meinte er. »Du musst nur ein Wort sagen, und ich zieh dir diese Hose aus, leg deine Beine über meine Schultern und zeig dir, was du bisher alles verpasst hast.«

Ich antwortete nicht. Er leckte mich noch einmal und wandte sich dann mit seinen Lippen meiner Klit zu, an der er zart saugte.

»Ich hasse dich«, sagte ich, was aber weniger wie eine Aussage als wie eine Bitte klang.

»Alle hassen mich. Aber nicht alle schmecken so gut wie du, Süße. Was soll's denn nun sein? Tun wir es oder nicht?«

Ich wollte ihm sagen, er solle sich verpissen. Aber eine kleine Stimme in meinem Kopf fiel mir in den Rücken und merkte an, dass der Schaden ja bereits geschehen sei … Warum sollte ich es nicht genießen? Ich hatte mich schon zum Narren gemacht, und das war nicht mehr rückgängig zu machen.

»Kein Sex«, sagte ich.

»Definiere ›Sex‹«, erwiderte er und küsste dabei fast zärtlich meinen Venushügel.

»Du steckst deinen Penis nicht rein.«

»Damit kann ich leben.«

Nur Sekunden später war meine Hose heruntergezogen. Liams Lippen bedeckten meine Muschi, und dann verlor ich jegliches Zeitgefühl. Mich hatte bereits ein anderer Mann geleckt, und es hatte mir gefallen, aber das war gar nichts gewesen im Vergleich zu dieser Teufelszunge. Er wechselte zwischen meiner Klit und meinen inneren Schamlippen hin und her, die Finger tief in mich hineingesteckt, und spielte auf mir, bis ich nicht mehr atmen konnte, geschweige denn sprechen. Der erste Orgasmus traf mich mit aller Wucht. Ich musste mir auf die Innenseite meiner Wange beißen, um nicht zu schreien.

Ich hatte erwartet, dass es damit vorbei wäre, aber er machte einfach weiter, so lange, bis ich nicht mehr sagen konnte, wie viel Zeit vergangen war oder wie oft ich gekommen war. Verdammt, das war wie Geburtstag und Weihnachten zusammen.

Dann ließ er mit einem Stöhnen von mir ab und kniete sich über mich. Seine Augen glühten wild, als er stöhnte: »Leg dich auf den Bauch.«

Hunter

Em umhüllte mich … Ihr Geschmack, ihr Duft, diese kleinen Geräusche, die sie machte, wenn sie kam. Ihre Gegenwart überwältigte mich und trieb mich in den Wahnsinn. In meinem ganzen Leben hatte ich noch nie etwas so sehr gewollt, wie meinen Schwanz tief in ihre Möse zu stecken. Sie zu reiten. Sie zu *besitzen.*

Doch ich konnte es nicht tun.

Nicht, dass ich mir irgendwelche Illusionen gemacht hätte – wenn ich dieses kleine Abenteuer überlebte, würde sie nie wieder ein Wort mit mir reden. Aber ich wollte verflucht sein, wenn ihr erstes Mal darin bestehen würde, in einem alten Clubhaus mit Handschellen an ein Bett gefesselt gefickt zu werden.

Doch ich bin kein Heiliger.

Beim Blick auf Ems herzförmigen Arsch wusste ich, dass es mir da drin auch ziemlich gut gefallen würde. Auch dazu würde es aber nicht kommen. Diese Arschbacken hingegen … damit konnte ich was anfangen. Ich packte ihre Hüften und zog sie auf die Knie. Sie schwankte ein wenig hin und her, weshalb ich ihr schließlich ein Kissen unter den Bauch stopfte. Dann fuhr ich mit meinem Schwanz über ihre Arschspalte und genoss die Wärme darin.

»Nein«, sagte sie schnell, mit Panik in der Stimme.

»Entspann dich, Baby«, sagte ich. »Keinen Schwanz rein, weißt du noch? Ich hab's versprochen.«

Sie blieb dennoch angespannt, als ich ihre Arschbacken um meinen Schwanz herum zusammendrückte. Durch das Anspannen ihrer Muskeln wurde ihr Arsch noch fester, worüber ich mich keinesfalls beschweren wollte.

Langsam begann ich, meinen Schwanz hineingleiten zu lassen und ihn wieder herauszuziehen. Der Lusttropfen, der aus der Eichel quoll, bereitete mir dabei den Weg.

»Das fühlt sich unglaublich an«, murmelte ich. Sie stöhnte leise, so, als ob sie protestieren würde, wenn sie noch die nötige Energie dafür aufbringen könnte. Zum Glück hatte ich sie ganz schön ausgelaugt.

Bei jedem Stoß wurde ich schneller, denn die Enge und Hitze zwischen ihren Arschbacken ließ meinen Schwanz immer steifer werden. Ich hörte auf zu denken und konzentrierte meinen Blick auf dieses chinesische Eichhörnchensymbol. Was für ein verrücktes Mädel, verdammt noch mal. Ich spürte, wie sich meine Eier zusammenzogen, und wusste, dass ich kurz davor stand.

Scheiße, das war so, als ob all meine Pornofantasien plötzlich wahr geworden wären.

Nun, vielleicht nicht ganz wahr. Idealerweise wäre ich jetzt in ihr drin, aber, um ehrlich zu sein … Ihr Arsch um meinen Schwanz fühlte sich besser an als jede Muschi, die ich je gefickt hatte. So ist das vermutlich, wenn du die perfekte Frau gefunden hast.

»Scheiße, Baby«, flüsterte ich. Fürchterliches Begehren zerrte an mir. Ihre glitschige Hitze umfing mich, ihre Beine zitterten unter mir. Ich fühlte mich stark und voll Verlangen.

Dann kam es mir.

Mein Kopf explodierte, als mein Schwanz den Samen herausschoss. Ich ließ ihre Arschbacken los und beobachtete völlig fasziniert, wie mein Samen auf ihrem Tattoo landete.

Mann, Em war echt ein guter Fang.

Ich blieb, wo ich war, und fuhr mit meinen Händen über ihre Seiten, um sie zu beruhigen. Ich hörte, wie sie die Nase hochzog, und fragte mich, ob sie weinte. Wahrscheinlich.

Dann war es jetzt an der Zeit.

Langsam und vorsichtig löste ich mich von ihr, während ich noch ihren Anblick genoss. Ich stand auf und zog meine Jeans an. Dann suchte ich in meiner Hosentasche nach meinem Handy.

Verdammt …

Ich weiß nicht, was schlimmer war – das, was ich gleich tun würde, oder dass ich mich darauf freute. Ich schaltete es ein und öffnete die Kamera. Anschließend stellte ich mich hinter sie und machte drei tolle Aufnahmen ihres vollgewichsten Hinterns.

»Was machst du da?«, murmelte sie leise und streckte sich dabei.

Ich schoss ununterbrochen Fotos und hoffte, dass sie sich umdrehen würde, damit ich ihre Titten ins Bild bekam.

»Erinnerungsfotos«, sagte ich abwesend. »Damit ich den Jungs daheim was zeigen kann. Du siehst aus wie ein verdammter Pornostar. Glaubst du, dass dein Daddy auch eines haben möchte?«

Sie versuchte, sich aufzusetzen, aber die Handschellen waren ihr im Weg. Stattdessen plumpste sie hart auf die Seite – zum Glück mit dem Gesicht zu mir –, und ich begann, Fotos von ihren Titten und ihrer süßen Muschi zu machen, die gerade so zwischen ihren Beinen herausspitzte.

Als ihr Blick dem meinen begegnete, war er voll plötzlichen, entsetzten Begreifens. *Es muss geschehen*, erinnerte ich mich selbst.

Em kreischte unartikuliert ihren Zorn heraus. Dann hob sie ein Bein und kickte gegen die Wand. Ihre Wut war so stark, dass sie das Bett gute 15 Zentimeter über den Boden schob. Ein über der Kommode aufgehängter Spiegel fiel krachend zu Boden und zersprang.

»*Du verdammter Schwanzlutscher! Du elender Bastard!*«, kreischte sie.

Ich machte ein letztes Foto und steckte das Handy weg. Das sollte genügen.

»Nimm's als Lektion, dass man Fremden, die man aus dem Internet kennt, niemals trauen sollte«, sagte ich mit fiesem Grinsen zu ihr. »Ich hol was, um die Spiegelscherben aufzukehren. Sei schön brav, während ich weg bin, sonst bekommst du noch eine Lektion. Es gibt noch Schlimmeres als Fotos, weißt du.«

Ich öffnete die Tür und ging leise hinaus. Sie schrie mir hinterher. Der Klang ihrer Stimme ging mir durch Mark und Bein, als ich die Treppe hinunterrannte.

Skid, der noch immer auf der Couch saß, sah auf und hob eine Augenbraue.

»Will ich das wirklich wissen?«, fragte er.

Ich schüttelte meinen Kopf.

»Nö, hab nur deinen Rat befolgt«, antwortete ich. »Ich hab ihr sehr wehgetan. Das sollte reichen.«

»So ist es richtig, Bruder.«

Ich zuckte mit den Schultern.

»Vermutlich. Ist trotzdem beschissen.«

»Ja, deswegen hör ich normalerweise nicht auf meine Ratschläge«, murmelte Skid. »Bin aber froh, dass du es getan hast. Nun ist sie frei und kann sich jemand anderen suchen. Sie ist raus aus dem Spiel.«

»Ab und zu stelle ich mir vor, wie das Leben außerhalb des Clubs wäre«, gab ich zu und fuhr mir mit der Hand durchs Haar. »Du weißt schon, wenn wir nicht diese ganze Scheiße am Hals hätten. Wenn wir einfach wie normale Leute leben könnten.«

»Das wird nie passieren, brauchst also gar nicht drüber nachdenken«, antwortete Skid. »Mann, du würdest dich zu Tode langweilen. Kannst du dir vorstellen, in einem normalen Job zu arbeiten? Was würdest du denn tun, zum Teufel? Ich weiß, du bist verdammt gut darin, Leute auszukundschaften und sie zu eliminieren …«

»Halt die Klappe, Kumpel.«

Skid lachte.

»Sorry, ich mein nur: Du bist bei allem, was du für Burke erledigst, verdammt gut«, sagte er. »So beim Kaffeeholen und Blumensträußeausliefern. Was du halt so machst. Aber ein normaler Job. Du wärst voll am Arsch. So ist es nun mal.«

»Manchmal hasse ich es einfach.«

»Ja, ich auch. Aber weißt du was? Manchmal ist es auch verflucht geil. Konzentrieren wir uns also darauf, die nächsten ein, zwei Tage zu überstehen. Dann fahren wir wieder nach Hause und sorgen dafür, dass du Sex hast. Sie ist nicht die einzige Muschi auf der Welt.«

»Sprich nicht so über sie.«

Skid schnaubte

»Muschi.«

»Ich hab gesagt, du sollst nicht so über sie reden.«

»Ich hab dich gemeint, Arschloch. Die größte Muschi im ganzen Haus.«

Dieses Mal war es mir die Sache wert, ihm eine Abreibung zu verpassen.

Em

Ich weigerte mich zu sprechen, als Hunter schließlich zurückkehrte. Stattdessen ließ ich meinen Blick genau sechs Zentimeter über seiner rechten Schulter verweilen. Nach ein paar Minuten einseitiger Konversation seufzte er frustriert und führte mich hinüber in Sophies Zimmer.

Sie war genau wie ich an ein Bett gefesselt. Sogar im Schlaf sah sie so fertig aus, wie ich mich fühlte. Shit. Ich hoffte, dass Skid ihr nicht die gleiche »Lektion« verpasst hatte, wie Liam es bei mir getan hatte.

» Geht's dir gut?«, fragte ich sie, nachdem ich mich neben sie auf das Bett gesetzt hatte. Sie öffnete langsam ihre Augen und verzog das Gesicht.

»Ich muss aufs Klo«, flüsterte sie.

Ich sah rüber zu Liam – nein, *Hunter*. Das durfte ich nicht vergessen. Liam war der nette Typ aus meiner Vorstellung. Hunter war der Riesenarsch, der schmutzige Fotos von mir gemacht hatte.

»Kann sie verdammt noch mal aufs Klo gehen?«, fragte ich, ohne meinen Hass zu verbergen.

»Ja«, antwortete er mit ausdruckslosem Gesicht. Als er auf uns zukam, wich ich ihm aus und starrte ihn wütend an, während er die Handschellen an Sophies Arm löste. »Kommt schon. Alle beide.«

Ich packte Sophies Hand und zog sie durch den Flur ins Badezimmer.

»Ich kann nicht glauben, wie blöd ich war«, sagte ich zu ihr. Mir war schlecht. »Ich hab ihn auch noch eingeladen, sich mit mir zu treffen. Ich hab's ihm so leicht gemacht. *Idiot.*«

Sophie ging aufs Klo und wusch sich die Hände. Anschließend füllte sie ihre gewölbten Hände mit Wasser, um zu trinken. Sie schien so ruhig und gedrückter Stimmung zu sein. Ich konnte es nicht begreifen, warum sie nicht wütender war. Zum Teufel, sie *sollte* wütend sein – und zwar auf *mich*. Ich hatte sie schließlich in diese Scheiße reingezogen.

»Hast du irgendeine Ahnung, was mit uns passiert?«, fragte sie. »Skid jagt mir eine Scheißangst ein.«

»Hat er dir wehgetan?«, fragte ich drängend, während ich meinen Blutdruck steigen spürte.

»Nein.«

»Das ist gut«, murmelte ich. »Unsere Lage ist ziemlich beschissen. Toke, er ist der Typ, der mich auf der Party niedergestochen hat, ist völlig durchgeknallt.. Diese Schießerei ergibt für mich keinen Sinn, aber wenn's wirklich so passiert ist, sitzen wir in der Scheiße. Niemand weiß, wo Toke ist, nicht einmal Deke, und er ist schließlich Tokes President. Seit der Party sind alle auf der Suche nach ihm. Mit dem Messer auf mich loszugehen war absolut nicht in Ordnung, und Dad will sichergehen, dass er dafür bezahlt.«

»Shit«, sagte sie mit großen Augen. »Also könnte dein Dad ihnen diesen Toke nicht ausliefern, selbst wenn er es wollte??«

»Ich schätze, so ist es«, erwiderte ich langsam. Ich wünschte, ich könnte die Dinge regeln – für sie, wenn schon nicht für mich. Sophie war eine

Mutter, verdammt noch mal. Wie würde ihr kleiner Junge ohne sie klarkommen? »Er beschützt mich wirklich. Als Toke mich verletzt hat, ist Dad ausgerastet. Wenn Dad ihn finden könnte, hätte er das schon getan. Sieht echt übel aus, Sophie.«

»Glaubst du, sie werden uns wehtun?«, fragte sie mit bleichem Gesicht.

Ich überlegte mir meine Antwort eine Weile, denn ich wollte ihr keine Angst machen, sie aber auch nicht belügen.

»Liam nicht«, sagte ich und glaubte es auch irgendwie. Vielleicht, weil er mich nicht vergewaltigt hatte? »Ich meine, er wird mir nicht wehtun. Ich glaube auch nicht, dass er dir wehtun wird.«

Sie legte den Kopf schräg und sah mich an.

»Dir ist klar, dass er dich die ganze Zeit angelogen hat, oder?«, fragte sie. »Nur weil du ihn gemocht hast, heißt das nicht, dass du ihm vertrauen kannst, Em.«

Ich musste fast lachen, das war echt heftig.

»Oh, das weiß ich. Glaub mir, ich weiß ganz genau, dass ich die Idiotin bin, wegen der wir jetzt hier sitzen.«

»Du bist keine Idiotin«, sagte sie mit Nachdruck. »Er ist ein Lügner, und zwar ein verdammt guter. Es ist nicht deine Schuld, dass er es auf dich abgesehen hatte.«

»Alles okay bei euch?«, rief Hunter durch die Tür.

»Uns geht's wunderbar«, fauchte ich zurück. »Wart gefälligst 'ne Minute, Arschloch.«

Mann, ich hatte größte Lust, ihn umzubringen.

Sophie riss die Augen auf.

»Das klang ziemlich zickig«, zischte sie. »Meinst du, dass das schlau war? Vielleicht versteh ich ja was falsch, aber wollen wir nicht dafür sorgen, dass er bei Laune bleibt?«

Ich schnaubte und dachte an die Fotos.

Hunter war so ein Wichser.

»Scheiß drauf. Ich bin eine Reaper, und ich will verdammt sein, wenn ich vor so einem Wichser von Devil's Jack in die Knie gehe.«

»Nun, ich bin *keine* Reaper«, sagte Sophie mit ruhiger, aber schneidender Stimme. Ich sah sie überrascht an – das war die erste Emotion, die sie seit unserer Ankunft gezeigt hatte. »Und ich würde hier lieber nicht sterben und Noah zum Waisenkind machen, also mach ihn nicht wütend.«

Das nahm mir den Wind aus den Segeln. Scheiße, ich musste mein Gehirn einschalten. Schließlich musste ich dafür sorgen, dass wir hier wieder rauskamen. Und dazu brauchte ich meinen Kopf. Verdammt. Wir machten uns fertig und verließen das Badezimmer.

Hunter wies mit dem Kopf in Richtung von Sophies Schlafzimmer. Ich musste mich sehr zusammenreißen, damit ich ihm ohne Widerrede gehorchte. Aber ich sah Sophies Jungen vor meinem geistigen Auge und erinnerte mich daran, dass ich es clever anstellen musste.

»Legt euch aufs Bett.«

Wir taten, wie befohlen. Zum Glück legte er uns nur an jeweils einer Hand die Handschellen an, was wesentlich bequemer war, als wenn man beide Arme nach oben hatte. Ich versuchte, ihn zu ignorieren, als er sich über mich beugte und mir mit einem Finger über die Wange fuhr.

»Ich bring euch was zum Essen«, murmelte er.

»Ich kauf mir ein knallrotes Kleid, um es auf deiner Beerdigung zu tragen, *Liam*«, zischte ich. Shit. Allmählich musste ich meine Zunge hüten …

»Tatsächlich?«, fragte er. »Pass auf, dass es kurz und weit ausgeschnitten ist, sodass deine Titten zur Geltung kommen.«

»Ich hasse dich.«

»Red dir das nur ein«, murmelte er. Dann ging er aus dem Zimmer und knallte die Tür zu.

Ich schloss meine Augen und versuchte, mir ein rotes Kleid vorzustellen, dass knallig und nuttig genug wäre, um meinen Gefühlen Ausdruck zu verleihen, wenn ich vor seinem Sarg stünde.

Sophie räusperte sich.

»Keine Sorge«, murmelte ich. »Wir kommen hier schon raus, irgendwie werden wir entwischen. Oder die Jungs finden uns.«

Ich fragte mich, ob sie mir glaubte.

Wahrscheinlich nicht. Ich glaubte mir ja selbst nicht.

KAPITEL SECHS

Hunter

Ich klappte zwei Erdnussbutter-Sandwiches zusammen und fühlte mich dabei seltsamerweise schuldig, weil Skid und ich beim Computerspielen die sechs Pizzataschen aufgegessen hatten.

Deshalb waren für die Mädels nur noch Sandwiches und alte Chips übrig.

Warum es mich überhaupt interessierte, was Em aß, weiß ich nicht. So war ich sonst nie – ich machte mir keine Gedanken über Frauen oder sorgte mich um sie. Oder brachte ihnen was zum Essen. Okay, ich kümmerte mich um meine Schwester, aber sie zählte nicht wirklich. Ich schnappte mir ein paar Handvoll Chips, legte sie auf die Papierteller neben die Sandwiches und klemmte mir zwei Wasserflaschen unter den Arm. Em bekam ganz sicher keinen Energydrink. Schließlich musste sie nicht noch mehr austicken …

Als ich ins Zimmer kam, fühlte ich mich noch dämlicher, weil sie offenbar echt hungrig waren.

»Ihr habt zehn Minuten«, sagte ich, während ich ihre Handschellen abnahm. Ich sah Em mit gerunzelter Stirn an und zog dann einen Stuhl vom Schreibtisch zu mir, auf den ich mich rittlings setzte. Beide Mädchen ignorierten mich absichtlich und machten sich wie halb verhungerte Gefangene über das Essen her.

Was sie ja schließlich auch waren.

»In einer Minute rufen wir deinen Dad an«, sagte ich. »Dann weiß er, dass du am Leben bist, und wir finden heraus, ob er Fortschritte gemacht hat.«

Keine Antwort. Meine Laune sank, während sie fertig aßen, denn Em weigerte sich immer noch, mich anzusehen.

»Legt euch wieder hin.«

Zuerst legte ich Sophie die Handschellen an, dann ging ich rüber zu Em. Als ich mich über sie beugte, spürte ich, wie etwas meinen Rücken berührte. Verdammt, gab es hier etwa Spinnen?

Sophie kreischte auf und spuckte mir eine Ladung Blut entgegen. *Was zum Teufel …?!*

»Verdammte Scheiße!«, brüllte ich. Ernsthaft!

Das Miststück spuckte Blut.

»Oh, mein Gott, ist alles in Ordnung?«, kreischte Em, sodass mir fast das Trommelfell platzte. »Hunter, du musst sie zum Arzt bringen!«

Was war hier los? Blut und Speichel rannen über Sophies Kinn, ich war völlig durcheinander. Ihre Augen schimmerten, aber warum, war mir nicht klar. Irgendwas stimmte hier ganz und gar nicht. Leute spien nicht einfach so Blut.

«Wuw mir so leiw«, murmelte sie. »Ich hab mir auf wie Funge gebiffen un bin erfrocken.«

Ich sah wieder meinen Arm an, der mit roten Spritzern übersät war. Das hatte mir gerade noch gefehlt.

»Du willst mich doch verarschen«, murmelte ich. »Was zum Teufel ist mit dir los? Shit, hast du irgendwelche Krankheiten?«

»Meim, ich hab keime Krakheiwem«, murmelte Sophie, wobei ihr ihre Zunge ganz offensichtlich im Weg war. Dann schien sie noch einmal darauf zu beißen. »Aua!«

Gut. Ich hoffte, das verdammte Ding würde ihr rausfallen.

»Ihr macht mich noch wahnsinnig. Ich hol dir ein Stück Eis, an dem du lutschen kannst. Mann, ist das widerlich.«

Ich ging aus dem Zimmer und knallte die Tür zu.

Was kam wohl als Nächstes?

Fünf Minuten später schrubbte ich das Blut und die Spucke von meinem Arm, während ich mein Spiegelbild im Badezimmerspiegel mit gerunzelter Stirn betrachtete. Sophie und Em heckten irgendwas aus. Ich wusste nur nicht, was. War ja eigentlich egal ... inzwischen war mir klar, dass die ganze Situation verdammt beschissen und verfahren war.

Ich hatte Em gebrochen oder es zumindest versucht. Ich hatte Sophie terrorisiert, die absolut nichts getan hatte, um das hier zu verdienen. Bei der Suche nach Clutch waren wir noch keinen Schritt weitergekommen, und Burke war bei der nächsten Wahl im Arsch, wenn wir die Sache nicht geregelt kriegten.

Gleich würde ich Picnic Hayes anrufen. Ich war mir nicht sicher, ob das Treffen mit ihm rein geschäftlich werden würde oder ob ich meiner Exekution entgegenginge.

Schöne Zeiten.

Ich ging in die Küche und wühlte im Tiefkühler herum, bis ich einen Eiswürfel fand, den ich in eine Serviette wickelte und zusammen mit einem Handy, das ich später wegwerfen würde, mit nach oben nahm. Sophie steckte den Eiswürfel, den ich ihr gab, in den Mund.

»Wir rufen jetzt deinen Dad nochmals an«, sagte ich zu Em. »Ich lass dich eine Minute mit ihm reden, dann sehen wir mal, wie es weitergeht.«

»Was ist mit Sophie?«, fragte sie fordernd. »Ruger will sicher mit ihr sprechen.«

»Ruger kann sich ins Knie ficken«, sagte ich ungeduldig.

»Bidde?«, wimmerte Sophie, während rötlicher Speichel über ihr Kinn lief, wodurch sie aussah wie ein Zombie. Ich schätze, sie hätte nicht ekelhafter und erbärmlicher aussehen können, wenn sie ein komplettes Hollywood-Make-up-Team gehabt hätte. »Mein Fohn Noah brauchd ein Medikamend. Ruger weif nichd, wo ef ift. Laff mich fwei Minuden mid ihm reden. Bidde.«

Ich betrachtete sie genau und warf dann Em einen schnellen Blick zu. Beide schienen viel zu dienstbeflissen zu sein.

»Du redest lauter Scheiße «, sagte ich.

»Willst du, dass ein siebenjähriges Kind stirbt?«, fragte Em und funkelte mich an. »Reicht es nicht, zwei Frauen umzubringen? Jetzt musst du auch noch einen kleinen Jungen umlegen? Du bist echt ein richtiger Mann, Liam!«

Meine Güte. Ein paar Fotos von dem nackten Mädel, garniert mit frischer Wichse – und schon machte sie einen Riesenaufstand.

»Hältst du je den Mund?«, fragte ich. Die verfluchte Frau legte es darauf an, mich in den Wahnsinn zu treiben. Dennoch dachte ich über ihre Forderung nach … Wahrscheinlich war es egal. Sollte Sophie doch mit Ruger reden – vielleicht gab sie dann Ruhe. Wenn ich dafür zwei Minuten ohne Blutbad bekam, wäre das denn Eintritt wert.

Ich klappte das Handy auf, tippte die Nummer ein und schaltete den Lautsprecher ein. Wir hörten, wie es klingelte, bevor Ruger ranging.

»Ja?«, fragte er mit gepresster Stimme.

»Hier isd Fofie«, sagte Sophie. Ihre geschwollene Zunge machte ihre Worte noch immer schwer verständlich. »Ich bin hier mid Hunder und Em, fie hören mid.«

Verärgert klappte ich das Handy zu. Vermutlich sollte ich mich nicht darüber wundern, dass sie ihn warnen und ihm mitteilen wollte, dass ich bei ihr war. Aber ich würde ihr das auch nicht durchgehen lassen.

»Keine Spielchen, verdammt«, knurrte ich. »Das war's.«

Sophie nickte und steckte den Eiswürfel wieder in den Mund. Von wegen sie müsste dringend mit Ruger sprechen, um ihn über das Medikament für ihr Kind zu informieren. Da lief eine ganze Menge, und ich bekam nur die Hälfte mit.

Lauter Scheiße.

Ich warf einen Blick rüber zu Em, die mich immer noch böse anstarrte. Soweit ich das beurteilen konnte, hatte sie momentan nur diesen einen Gesichtsausdruck. Keine Ahnung, warum mir das so viel ausmachte. Ich wollte doch, dass sie mich hasste, oder?

»Ich ruf jetzt deinen Dad an«, sagte ich zu ihr. »Sei schön brav, Emmy Lou – oder brauchst du noch eine Lektion?«

Sie zuckte zusammen und sah weg. Ich setzte ein grausames Grinsen auf und hasste mich zugleich, weil ich mir so sehr ein Lächeln von ihr wünschte. Das Telefon klingelte, und dann erklang Hayes' Stimme aus dem Lautsprecher.

»Picnic.«

»Hey, Daddy«, sagte Em. »Uns geht's momentan gut.«

Sie sah zu mir auf, in ihren Augen stand eine unausgesprochene Frage – würde es ihnen auch weiterhin gut gehen?

»Was zum Teufel ist mit Sophie?«, fragte Picnic. »Ruger hat gesagt, dass sie nicht richtig sprechen konnte.

»Sie hat sich auf die Zunge gebissen«, sagte Em. »Keine Sorge, es geht ihr gut. Aber ihr müsst uns hier rausholen.«

»Das wissen wir, Baby«, sagte er mit sanfterer Stimme. »Wir arbeiten dran.«

Ach, wie süß.

Dieser Typ würde mich garantiert umbringen. Ich würde es an seiner Stelle zumindest tun. Vielleicht hätte ich sie doch vögeln sollen, dachte ich ironisch. Wenn ich schon wegen einer Frau sterben würde, wäre es nett gewesen, sie zumindest … Ich beobachtete Em, deren Augen verdächtig schimmerten.

Scheiße, verfluchte.

»Das reicht, Mädels«, sagte ich und nahm ihnen das Handy weg. Ich drehte mich um und ging mit dem Handy am Ohr aus dem Zimmer.

»Hayes«, sagte ich. »Wir müssen reden.«

»Wir reden doch«, sagte er, obwohl ich unterdrückte Wut in seiner Stimme hörte.

»Em sagt, dass du nicht weißt, wo dieses Arschloch Toke steckt«, sagte ich. »Sie sagt, er handelt auf eigene Faust. Stimmt das? Du hast deine eigenen Männer nicht mehr unter Kontrolle?«

»Es ist kompliziert«, antwortete er. »Aber im Großen und Ganzen stimmt das.«

»Das kauf ich dir nicht ab. Ich weiß, dass Em daran glaubt, aber für mich klingt das nach einem Reapers-Spielchen. Du benutzt deine eigene Tochter, um mit mir zu spielen?«

Picnic seufzte.

»Ich wünschte, ich hätte diese Situation besser im Griff, verdammt noch mal. Wir hatten darüber abgestimmt, Tokes Aufnäher einzukassieren, bevor er euren Mann geschnappt hat. Er ist völlig außer Kontrolle.«

Shit … Mein Instinkt sagte mir, dass er mir die Wahrheit erzählte.

»Ich will diesen Waffenstillstand retten«, sagte ich langsam. »Und ich denke, du willst das auch. Aber das funktioniert nur, wenn wir unseren Mann zurückbekommen. Und das muss heute passieren.«

»Ich will die Mädchen zurückhaben. Und zwar unverletzt. Sie haben nicht das Geringste mit dieser Sache zu tun, verdammt.«

»Wir sitzen ganz schön in der Scheiße«, murmelte ich. »Ich möchte ein Treffen, um persönlich mit dir zu reden. Wenn du mich überzeugen kannst, dass du die Wahrheit sagst, und wenn du mir einen Beweis für meinen Club vorlegen kannst, vielleicht finden wir dann noch einen Ausweg. Die Mädchen bleiben bei meinem Bruder – sie sind meine Lebensversicherung.«

»Wo willst du dich treffen?«

»Am Spirit Lake«, sagte ich zu ihm. »Heute Nachmittag, zwei Uhr. Und Hayes? Falls du mich anrührst, sind Sophie und Em tot. Am besten hoffst du, dass ich vorsichtig fahre, denn wenn Skid mich am Ende nicht heil wiedersieht, wird er es an den beiden auslassen. Er ist ein fieser Kerl. Dass es Frauen sind, ist ihm völlig egal.«

Die Stille hing schwer zwischen uns.

»Ich hab dich verstanden«, murmelte er. »Wir werden dort sein und du kannst als freier Mann wieder gehen. Zumindest im Moment. Irgendwann wirst du dafür bezahlen.«

»Das ist mir klar«, sagte ich und merkte, wie meine Mundwinkel sich leicht zu einem Grinsen verzogen. »Obwohl ich zugeben muss, dass du mir nicht halb so viel Angst einjagst wie deine Tochter. Sie ist ein zähes kleines Miststück, oder?«

Wieder Stille.

»Ich überleg noch, wie ich das verstehen soll.«

»Das soll heißen, dass sie keine Angst davor hat, sich zu verteidigen«, sagte ich und fragte mich dabei, ob ich gerade meinen Verstand verloren hatte. Burke schärfte uns immer ein, nie mehr Informationen rauszugeben, als nötig war. Und damit hatte er recht. Ich aber hatte nichts Besseres zu tun, als mit Em zu prahlen oder mich über sie zu beklagen. Was von beiden, wusste ich selbst nicht so recht.

»Du hast sie gut hingekriegt. Sie hat mich ausgetrickst, direkt bevor ich sie schnappen wollte. Ist abgehauen und war schwer einzuholen. Sie ist eine Kämpferin.«

»Fick dich«, sagte Picnic. »Ich bring dich um.«

»Vielleicht, aber nicht heute. Nicht, wenn du sie wiedersehen willst. Ich seh dich um zwei. Bring mit, wen du willst. Aber glaub nicht, dass du mir hinterher folgen kannst. Wenn ich nicht rechtzeitig zurückkomme, drückt Skid ab. Ich überlasse es ihm, wohin er zielt. Tu also besser alles nur Mögliche, um Toke zu finden. Hier steht mehr auf dem Spiel, als dir bewusst ist. Wenn wir nicht aufpassen, lösen wir einen Krieg aus, der unsere beiden Clubs zerstören könnte. Das Kartell wäre begeistert.«

»Leck mich«, antwortete er.

Ich lächelte und legte auf.

Ems Dad war ein zäher Bursche. Obwohl ich es ungern zugab, mochte ich ihn irgendwie.

Em

Shit.

Abgesehen von allem anderen, war es einfach langweilig, eine Gefangene zu sein.

Ich lag neben Sophie auf dem Bett, eine Hand ans Kopfteil gefesselt. Egal, was sonst noch passieren würde, wir waren, Gott sei Dank, wenigstens zusammen. Was wir während des Telefonvorfalls geleistet hatten, war gar nicht übel. Mir war es gelungen, Hunters Multifunktionswerkzeug aus seiner Hosentasche zu klauen, während Sophie ihn durch ihre Blutspuckerei abgelenkt hatte. Ich war echt beeindruckt von ihrer Reaktionsschnelligkeit, die Show war wirklich ekelhaft gewesen. Als sie dann mit Ruger sprach, schnappte ich mir Hunters Geldbörse.

Jetzt lagen beide Gegenstände unter der Matratze versteckt, bereit für unseren Fluchtversuch. Ich war mir nicht sicher, ob die Geldbörse uns irgendwie von Nutzen sein würde, aber das Werkzeug war sein Gewicht in Gold wert. Sicher könnte ich damit die Schlösser an den Handschellen knacken. Schlösserknacken war ein weiteres vergnügliches Hobby, dem Dad zusammen mit uns Mädels nachgegangen war … Außerdem konnte ich ein Auto kurzschließen, auch wenn mir das nur jedes zweite Mal gelang.

Kit schaffte es natürlich immer auf Anhieb.

Der Gedanke an sie brachte mich fast zum Weinen. Ich wollte sie unbedingt noch einmal wiedersehen …

»Wann willst du den Fluchtversuch wagen?«, fragte Sophie im Flüsterton.

Gerade wollte ich antworten, als die Tür aufging und Hunter hereinspaziert kam. Er stellte sich zu mir neben das Bett und betrachtete mich eingehend. Die Behauptung, dass sein Schweigen unangenehm war, wäre verdammt untertrieben.

»Ich werde mich bald mit deinem Dad treffen«, sagte er und sah mir dabei fest in die Augen. Sein Blick hatte etwas Intimes und zugleich Einschüchterndes an sich … Ich wurde rot und fragte mich gleichzeitig, ob mein Erröten in Sophies Augen wie ein »Schuldig«-Stempel auf meinem Gesicht aussah. Jedenfalls *fühlte* ich mich verflucht schuldig – nicht genug damit, dass uns meine Dummheit in unsere jetzige Lage gebracht hatte. Nein, ich hatte auch noch mit dem Feind rummachen müssen. Um ehrlich zu sein, hätte ich die Sache mit dem Sex auch richtig durchgezogen, wenn er mich denn gefragt hätte.

Ich hätte ihm genauso gut den Schlüssel zum Clubhaus der Reapers geben können, wenn ich schon so ein unloyales Miststück war.

Verdammt, jetzt war aber Schluss.

»Em?«, fragte er, und ich blinzelte, als mir klar wurde, dass ich irgendwas nicht mitbekommen hatte.

»Was?«

»Dreh deine Hand um, damit ich an das Schloss rankomme«, wiederholte er mit ruhiger und fester Stimme. »Ich will mit dir reden, bevor ich losfahre.«

Ich tat, was er sagte, und warf Sophie einen Blick zu. Sie biss sich auf die Lippen, denn ganz offensichtlich hatte sie Angst um mich. In so eine Lage zu geraten hatte sie echt nicht verdient.

»Komm«, sagte Hunter, nahm meine Hand und zog mich auf die Beine. Er packte meinen Oberarm und führte mich zur Tür hinaus durch den Flur zu seinem Schlafzimmer.

»Setz dich hin«, sagte er ruhig.

Der einzige Ort, an den ich mich hätte setzen können, war das Bett, das so selige Erinnerungen barg.

»Ich steh lieber.«

»Setz dich auf das verdammte Bett, Em«, knurrte er.

Mir wurde klar, dass er momentan vielleicht äußerlich ruhig schien, aber alles andere als entspannt war. Ich setzte mich. Hunter kauerte sich vor mich, legte die Hände auf meine Knie und sah mir ins Gesicht. Ich wollte nicht von ihm berührt werden und musste mich schwer beherrschen, um ihm nicht ins Gesicht zu schlagen. Aber ich hatte meine Lektion gelernt. Ein Angriff war sinnlos, solange ich kein konkretes Ziel hatte.

»Ich brauche ein paar Informationen von dir«, sagte er. »In einer Stunde treffe ich mich mit deinem Dad. Er muss mir unbedingt die Wahrheit über Toke sagen, und er muss mir zuhören, wenn es um den Waffenstillstand zwischen den Clubs geht. Kannst du mir irgendwas sagen, was mir helfen könnte?«

»Willst du mich verarschen?«, fragte ich mit hochgezogenen Augenbrauen. »Du hast mich bereits benutzt, um meinen Club unter Druck zu setzen. Aber das funktioniert nur einmal, du Arsch. Ich habe dir nichts zu sagen. Nada.«

»Baby, du glaubst, dass Toke außer Kontrolle ist, das weiß ich«, sagte er. Seine Augen blickten mich ernst und starr an. Ich drehte mich weg, denn sein intensiver Blick war mir unangenehm. »Und ich schätze, dass das, was dein Dad behauptet, gar nicht so unwahrscheinlich ist. Aber die Sache ist die … Im Moment wissen nur ein paar Typen aus meinem Club, was hier los ist. Wir können die Geschichte höchstens noch einen Tag geheim halten. Wenn der Rest erst einmal mitkriegt, was los ist, steht uns ein Krieg bevor, den niemand mehr verhindern kann.«

»Fick. Dich.«

Er grinste spöttisch.

»Ums Ficken geht's später, Süße. Jetzt musst du ein braves Mädchen sein und ans Geschäft denken.«

»Mann, du bist so ein Perversling!«

»Ja, da magst du recht haben«, antwortete er grinsend. Dann verblasste sein Grinsen. »Ich erzähl dir jetzt ein paar Sachen, über die wir sonst eigentlich nicht reden. Denn unsere Lage ist verdammt ernst: In meinem Club gibt es zwei Lager. Die eine Seite, zu der ich, Skid und unsere Brüder in Portland zählen, will Frieden schließen mit den Reapers. Wir sind nicht allzu glücklich darüber, wie unsere Beziehung in den letzten Jahren gelaufen ist. Auch wenn ich es nur sehr ungern zugebe – eine Menge Devil's

Jacks sind vom rechten Weg abgekommen. Sie interessieren sich mehr für Geld und Territorien als für Freiheit und Brüderlichkeit. Unser National President ist schwach, Baby. Die Jacks sind außer Kontrolle, und es ist an der Zeit, dass jemand Neues den Club übernimmt und mal ordentlich aufräumt. Bis gestern Abend hatten wir es geschafft, die Dinge so zu ordnen, dass wir die nächste Wahl in unserem Sinne hätten lenken können. Toke hat uns einen Strich durch die Rechnung gemacht.«

Fassungslos hörte ich zu. Sollte das irgendein Trick sein?

»Ich erzähl dir das, weil das unsere letzte Chance ist, Baby«, sagte er ruhig. Offenbar konnte er meine Gedanken lesen. »Wenn die Sache rauskommt, hat Burke, das ist unser Typ, keine Chance mehr bei der Wahl zum President. Wir setzen alles auf den Waffenstillstand mit den Reapers, auf einen deutlichen Richtungswechsel für den Club. Es gibt jedoch andere, die Krieg wollen, und Toke liefert ihnen den Vorwand dazu. Mason, unser alter President, hat so lange durchgehalten, wie es ging, um uns genügend Zeit zu geben, um alles vorzubereiten. Aber er hält nicht mehr länger durch – er hat Krebs. Konnte seit fast einem Monat nicht mehr auf sein Bike steigen. Wenn wir es heute nicht schaffen, dieses Problem zu lösen, ist alles vorbei. Dann haben wir einen Clubkrieg, Baby. Das Kartell wird sich von Kalifornien bis hierher ausbreiten, und wir können sie nicht davon abhalten. Sie werden die Jacks zerstören und dann machen sie sich über die Reapers her.«

Wow. Die Geschichte war viel größer, als ich es mir jemals vorgestellt hätte. Hätte ich doch nur gewusst, was ich tun sollte.

»Ruf meinen Dad an und sprich mit ihm darüber«, flüsterte ich und blickte ihm wieder ins Gesicht. »Vielleicht kann er mit dir zusammenarbeiten. Ich kann dir gar nichts sagen, Hunter. Und selbst wenn, würde ich trotzdem nicht darüber sprechen. Das ist nicht meine Aufgabe.«

»Das kann ich nicht tun«, antwortete er kopfschüttelnd. »Außer du kannst mir sagen, auf wessen Seite er steht. Ist er für Frieden mit den Jacks? Was sind seine Pläne?«

»Ich habe keine Ahnung«, erwiderte ich. Ausnahmsweise war ich dankbar, dass das die Wahrheit war. Wenn ich nichts wusste, konnte ich meinen Club nicht verraten. »Dad erzählt mir nichts über Clubangelegenheiten.«

Meine Worte hingen schwer zwischen uns – Hunter hatte mir gerade viel zu viel über die Clubangelegenheiten erzählt. Er hatte mir vertraut. Warum? Weil tote Mädchen nicht mehr reden können?

»Wirst du mich umbringen?«, fragte ich leise und kleinlaut.

Er hob seine große Hand, legte sie an mein Gesicht und strich mit dem Daumen über meine Wange. Scheiße, weinte ich vielleicht? Verdammter Mist.

»Nein, Süße«, antwortete er mit einem Gesichtsausdruck, den ich nicht lesen konnte.

»Bis du frei bist, ist die Geschichte vorbei. Es ist das Risiko wert, wenn du mir irgendwelche Informationen liefern kannst, die uns die Verhandlungen erleichtern. Ich suche einen Ausweg, Baby.«

Er klang so ehrlich. Scheiße. Warum fiel ich immer wieder darauf rein?

Denk daran, wie er dich benutzt hat und dass er Nacktfotos von dir gemacht hat. Dieser Mann ist böse!

»Warum hast du ursprünglich den Kontakt zu mir gesucht?«, fragte ich, weil ich es einfach wissen musste. Es war wie bei einer Schürfwunde – ich musste einfach an der Kruste kratzen, damit es wieder blutete und wehtat. Wahrscheinlich war ich masochistisch veranlagt … »Wozu diese falsche Freundschaft, dieses Liebesgeplänkel? Ich versteh ja, dass ihr mich ausspioniert habt, aber ich sehe nicht, welchen Vorteil es hatte, eine Art von Beziehung mit mir aufzubauen.«

Er lächelte, aber nicht auf die glückliche Art.

»Wir wollten Frieden«, sagte er. »Ernsthaft, das wollen wir immer noch. Wir werden mit dem Kartell an der Südgrenze unseres Territoriums fertig, wenn wir nicht im Norden mit den Reapers kämpfen. Wenn meine Seite gewinnt, haben wir die nötigen Stimmen, um den National President zu stellen. Das heißt, dass wir den Club wieder auf das richtige Gleis setzen können.«

»Aber was hat das mit mir zu tun?«

»Du solltest den Waffenstillstand besiegeln«, seufzte er. »Nichts Furchtbares. Hättest du dich in mich verliebt und ich wäre dein Alter Mann geworden, dann hätte das deinen Dad dazu gebracht, den Frieden zwischen den Clubs voranzubringen. Er ist vielleicht kein National Officer, aber er besitzt viel Einfluss.«

Ich betrachtete verwirrt sein Gesicht

»Dein großer Plan bestand darin, dass ich deine Alte Lady werde?«, fragte ich. »Wie sollte das auf lange Sicht funktionieren? Wie wolltest du wieder rauskommen aus der Sache? Oder hattest du vor, mich einfach fallen zu lassen, sobald das Kartell besiegt wäre?«

Er runzelte die Stirn.

»Nein«, sagte er. »Der Plan war, dass du dann meine Alte Lady bist.«

Ich schüttelte den Kopf und begann, langsam wieder sauer zu werden.

»Du hast gesagt, das zwischen uns sei nicht echt gewesen«, fauchte ich. »Das hast du ziemlich deutlich gemacht, dass du die ganze Zeit nur mit mir gespielt hast.«

»Nein, ich hab gesagt, dass ich dich ficken wollte«, antwortete er. »Tut mir leid, wenn ich deine Prinzessinnenfantasien zerstören muss, aber man muss eine Frau nicht lieben, um sie zu seinem Eigentum zu machen. Ich hab dir doch schon erklärt, dass ich nicht an Liebe glaube, verdammt. Aber du weißt doch, wie das Clubleben ist, du steckst doch mittendrin. Wir hätten gut zusammengepasst, vielleicht sogar besser als viele andere Paare. Ich hatte mich ehrlich gesagt darauf gefreut. Dass du schlau bist und ich mich gerne mit dir unterhalte, war auch nicht gerade von Nachteil.«

»Und hattest du jemals vor, mich aufzuklären? Oder wolltest du mir die Liebe vorspielen und mich benutzen?«

Er antwortete nicht.

»Ich brauch eine Minute«, sagte ich, überwältigt von diesen neuen Informationen. Ich wusste gar nicht mehr, was ich denken sollte. Hunter war offenbar ein noch größeres Arschloch, als ich gedacht hatte, was wirklich beeindruckend war, wenn man seine bisherigen Leistungen berücksichtigte. Ich merkte, wie er sich vom Boden erhob. Dann sank die Matratze neben mir ein, und sein Arm legte sich um meine Schulter. Als mir die Tränen in die Augen stiegen, schüttelte ich seinen Arm ab. Scheiße, ich hasste es zu heulen, und das Letzte, was ich wollte, war, ihm zu zeigen, wie sehr er mich verletzen konnte.

Leider verriet mich meine Nase – ich musste schniefen.

»Fuck«, murmelte er. Dann zog er mich auf seinen Schoß, während er sich gegen das Kopfteil des Betts lehnte. Seine Arme umschlangen mich, und er drückte meinen Kopf an seine Brust. Es gab kein Halten mehr. Ich brach in Tränen aus. Es fühlte sich gut an. Kathartisch. Alles war schiefgegangen, und dennoch fühlte es sich gut an, dass er mich in seinen Armen hielt – warum das so war, konnte ich beim besten Willen nicht sagen.

Schließlich ließ der Heulkrampf nach und ich riss mich zusammen. Hatte ich eben einen Moment der Schwäche gehabt. So was kommt vor. Das bedeutete nicht, dass ich ihm irgendwelche Informationen über meinen Dad oder meinen Club geben würde. Auch wenn es sich noch so angenehm anfühlte, dass er mir sanft über den Rücken strich.

Endlich sagte ich etwas.

»Du willst mir also ernsthaft erzählen, dass du bereit warst, für alle Ewigkeit mein Alter Mann zu sein, nur um meinen Dad zu diesem Waffenstillstand zu bewegen?«

»Nein.«

Ich setzte mich auf und drehte mich zu ihm um.

»Geht's noch komplizierter?«

»Ich war bereit, dich zu meiner Alten Lady zu machen, damit ich dich ficken konnte, wann immer ich Lust dazu hatte. Damit du in meiner Nähe wärst und wir vielleicht zusammen etwas aufbauen könnten. Außerdem brauchte ich deinen Dad als Unterstützer für diesen Waffenstillstand. Es war ein sehr vielseitiger Plan.«

»Bist du verrückt?«

Er zuckte mit den Schultern, doch sein Gesichtsausdruck war nicht zu deuten.

»Burke wollte ein Druckmittel, und ich wollte dich. Und zwar schon seitdem ich dich zum ersten Mal gesehen habe. Wir haben darüber gesprochen, und so war der Plan. Zumindest bis Toke ausgeflippt ist. Jetzt bricht alles zusammen, weshalb ich in zehn Minuten losmuss, um mich mit deinem Dad zu treffen. Ich versuche nicht nur, Clutch zu retten, sondern unser aller Leben. Ich wünschte, du könntest mir etwas sagen, was mir dabei helfen könnte, verdammt noch mal.«

Ich schüttelte meinen Kopf.

»Ich weiß nichts, Hunter«, sagte ich vorsichtig. »Aber mit einer Sache hast du recht – ich kenne mich mit dem Clubleben aus. Und deswegen würde ich dir nie was verraten, selbst wenn ich es wüsste.«

Er lächelte mich an. Wirklich! Das bestätigte nur meine Theorie, dass er völlig bekloppt war.

»Fuck, ich wusste, dass aus dir eine tolle Alte Lady werden würde. Eine Frau, die ihren Mund halten kann.«

Er beugte sich vor und strich mit seinen Lippen sanft über die meinen, weil er mich noch nicht genug durcheinandergebracht hatte. Ich versuchte, ihn zu ignorieren, aber er knabberte genau richtig, und dieser Kuss war nicht wie unsere anderen Küsse – er war nicht verzweifelt und wild und auch nicht adrenalingesteuert. Nein, der hier war einfach süß und wunderbar und perfekt. Das hier war der Liam, den ich *anfangs* zu kennen geglaubt hatte … Wie konnte das derselbe Typ sein wie derjenige, der diese schrecklichen Bilder von mir gemacht hatte. Ich sog seine Unterlippe in meinen Mund, was ihn aufstöhnen ließ. Dann zog er sie raus und lehnte seine Stirn an die meine.

»Wenn du wirklich meinen Dad auf deine Seite bringen willst, dann nimm mich und Sophie mit«, flüsterte ich. »Bring uns zurück.«

»Dann werde ich sterben.«

Ich lehnte mich zurück.

»Liam, du wirst sowieso sterben«, flüsterte ich. »Aber wenn du uns zurückbringst, verspreche ich dir, dass ich für dich kämpfen werde. Erklär ihnen, warum du es getan hast und was eigentlich los ist.«

»Wir werden alle sterben, Baby«, sagte er. »Manche früher, manche später. Aber ich gebe nicht auf. Es ist egal, ob Toke auf Befehl handelte oder nicht – er trägt immer noch die Reapers-Zeichen. Euer Typ hat angefangen, und im Gegensatz zu ihm schießen wir noch nicht. Uns bleibt immer noch Zeit, um die Sache wieder hinzubiegen.«

Ich wandte mich ab.

»Bringst du mich zurück zu Sophie?«

Er seufzte.

»Sicher.«

Nach meinem Gespräch mit Hunter war ich verdammt durcheinander.

Es war echt beschissen, dass er meine Zukunft geplant hatte, ohne sich auch nur im Geringsten dafür zu interessieren, was ich wollte. Und er bestand immer noch darauf, dass Gefühle in unserer Beziehung nicht von Bedeutung waren.

Ich war mir allerdings nicht sicher, ob ich ihm das abnahm. Denn ich bedeutete ihm ganz offensichtlich etwas. Das wusste ich. Vielleicht nicht auf die romantische, liebevolle Art. Aber er hatte mich in den Arm genommen, als ich weinte, und dieser Kuss war süß und sanft gewesen. Ganz ohne sexuelle Hintergedanken. Eine zynische Stimme in meinem Hinterkopf sagte, das sei nur ein weiterer Versuch gewesen, mich weichzuklopfen, damit ich ihm Informationen lieferte.

Aber nach dem Kuss hatte er mich nichts mehr gefragt.

Es hatte sich eher wie ein Abschiedskuss angefühlt.

Shit.

Ich sah rüber zu Sophie. Wieder waren wir beide mit einer Handschelle an das Kopfteil des Betts gefesselt. Sie fragte mich nicht, was in der Zeit, in der ich mit Liam weg gewesen war, passiert war, was mich sehr erleichterte. Das wollte ich ihr keinesfalls erklären müssen.

»Er wird sich mit Dad treffen«, erklärte ich ihr.

»Warum?«

»Ich vermute, er versucht zu retten, was zu retten ist. Ich glaub, dass ich ihm tatsächlich was bedeute, Soph.«

Sie sah mich an, als ob ich gerade den Verstand verloren hätte.

»Das meinst du nicht ernst. Er will dich vögeln – das versteh ich. Er ist ein Mann und du bist scharf. Aber ein Mann, dem eine Frau etwas bedeutet, entführt sie nicht.«

Das Röhren einer Harley vor dem Haus durchdrang die Stille und wir hörten jemanden wegfahren. Hunter.

»Wenn ich entkomme und Dad herausfindet, dass ich in Sicherheit bin, bringt er ihn sicher um.«

Der Gedanke machte mich traurig. Ja, er war ein Idiot. Und auf jeden Fall ein Lügner, der mich ausgenutzt hatte, und, was am schlimmsten war, er war ausgerechnet ein Devil's Jack.

Aber dieser Kuss …

»Wag es nicht, dir die Flucht noch einmal zu überlegen«, zischte Sophie, die mich durchschaute. »Dieser Typ ist gefährlich, und wir werden schwer verletzt, wenn wir hierbleiben. Wir werden fliehen. Und zwar bald.«

»Ich weiß. Ich wünschte nur …«

»Ich will's nicht hören«, fauchte sie und klang dabei zum ersten Mal verärgert. Das hatte ich vermutlich verdient. Aber ich war fest entschlossen, sie nicht noch einmal im Stich zu lassen. Ich würde uns hier rausbringen, sodass sie zu ihrem Jungen zurückkehren konnte – ganz egal, wie hoch der Preis war. Ich war nicht einfach irgendeine Zweiundzwanzigjährige: Nein, ich war die Tochter eines Reapers, und Sophie gehörte wegen Ruger zu meiner Familie. Sie war meine Schwester und ich trug die Verantwortung für sie.

Ich würde nicht zulassen, dass irgendetwas oder irgendjemand unsere Flucht verhinderte, schon gar nicht ein Mann.

Nicht einmal ein besonders süßer Mann.

Wir warteten eine Stunde, bevor wir loslegten. Ich zog das kleine Multifunktionswerkzeug, das ich ihm gestohlen hatte, hervor und knackte unsere Schlösser in weniger als fünf Minuten. Als wir erst einmal beide frei waren, schlichen wir zum Fenster rüber, um hinauszusehen.

Die Aussicht war nicht ermutigend.

Das Haus stand mitten im Nirgendwo. Rundherum wuchsen Büsche, die aber zu klein waren, um sich dazwischen zu verbergen. Die paar windschiefen Kiefern waren auch nicht viel besser. Zumindest parkten nicht reihenweise Bikes vor der Tür – es deutete also nichts darauf hin, dass sich außer Skid noch andere Leute im Haus aufhielten. Besser als gar nichts.

»Wenn er uns verfolgt, haben wir keine Chance«, murmelte Sophie erschrocken.

»Er wird uns nicht verfolgen«, sagte ich bestimmt. »Wir machen es folgendermaßen: Wir schleichen uns runter und finden heraus, wo er steckt. Dann gehst du zur einen Seite des Hauses raus und ich zur anderen. Ich kann von hier aus eine Hintertür sehen.«

»Und wenn er uns sieht?«

»Diejenige, die er sieht, muss ihn lang genug aufhalten, damit die andere entkommen und Hilfe holen kann«, sagte ich und blickte ihr dabei fest in die Augen. Ich versuchte, meine Zuversicht auf sie zu übertragen, meine Überzeugung, dass sie das, was nötig war, auch tun konnte. »Mit allen Mitteln. Und ich werde diejenige sein, die ihm am nächsten ist.«

»Warum?«

»Weil du ein Kind hast. Abgesehen von allem anderen braucht Noah dich. Mich braucht niemand.«

Das war unglücklicherweise die Wahrheit, auch wenn es wehtat, sie auszusprechen.

Sicher, mein Dad liebte mich, aber ich war keine Mutter.

»Deine Familie, der ganze Club, alle brauchen dich!«, protestierte sie.

»Du weißt, dass ich recht habe«, sagte ich bestimmt und dachte dabei an Noahs kleines Gesicht. Ich hatte ihn nur einmal getroffen, aber er war ein toller Junge. Ein Junge, der eine Mutter verdient hatte. Ich hatte meine verloren, als ich noch in der Schule war. Und ich wollte verdammt noch mal nicht zulassen, dass es Sophies Jungen ebenso erging. »Versuch nicht, nobel oder so zu sein. Wenn nur eine von uns entkommen kann, dann musst du das sein. Lass uns nicht streiten deswegen, okay?«

Sie nickte und wirkte dabei zwar nervös, aber auch entschlossener als zuvor.

»Okay, versprich mir eins«, sagte sie. »Du musst dir ernsthaft Mühe geben zu fliehen. Lass dich nicht erwischen oder so, nur weil du Hunter nicht in Gefahr bringen willst.«

Ich sah sie finster an. Das würde ich doch nie tun … oder? Nein. Ganz sicher nicht. Ich war nicht so blöd, unsere Unversehrtheit zu gefährden, nur weil mich irgendein Arschloch geküsst hatte.

Aber Moment – deswegen waren wir doch überhaupt hier gelandet …

»Wir können eigentlich jetzt aufbrechen«, sagte ich ein wenig ernüchtert. »Ich behalte das Werkzeug – wegen des Messers. Außer du weißt, wie man damit umgeht?«

»Du meinst ›kämpfen‹?«, fragte sie erstaunt. Ich unterdrückte ein ziemlich unangebrachtes Lachen. »Äh, nein. Ich hatte keine Messerkampfkurse in der Schule. Du kannst es ruhig behalten.«

Jetzt musste ich aber lachen.

Gemeinsam schlichen wir den Flur entlang und blieben oben an der Treppe stehen. Meine Fick-mich-High-Heels hielt ich in der Hand. Zum Rennen eigneten sie sich leider nicht. Ganz zu schweigen von dem Höllenlärm, den sie auf dem Holzboden machen würden. Wenigstens hatte Sophie halbwegs vernünftige Schuhe an, niedrige Pseudo-Boots mit weicher Sohle. Ich konnte Skid im Wohnzimmer hören, wo er entweder fernsah oder zockte. Hoffentlich Zweiteres, denn dann wäre er stärker abgelenkt.

»Ich geh zuerst die Treppe hinunter«, flüsterte ich. »Dann wink ich dir zu, wenn du runterkommen sollst. Geh in die Richtung, die ich dir anzeige, je nachdem, wo er sitzt. Zeige ich zurück zum Schlafzimmer, gehst du hoch und legst dir die Handschellen wieder an. Winke ich dich runter, ziehen wir die Sache durch. Wir haben nur eine Chance, ruinier sie also nicht. Ich verlass mich darauf, dass du Hilfe holst, wenn ich ihn ablenken muss.«

»Ich schaff das«, flüsterte sie zurück. »Lass uns aber besser beide abhauen, okay?«

Ich nickte und schlich langsam nach unten. Als ich unten ankam, spähte ich vom Treppenaufgang um die Ecke. Skid saß auf der Couch, mit dem Rücken zu uns. Irgendein lautes Spiel lief auf einem riesigen Flatscreen, Schüsse echoten durchs Zimmer.

Perfekt. Ich winkte Sophie zu mir.

Als sie neben mir stand, berührte ich ihre Hand. Dann zeigte ich auf mich und auf die Vordertür. Diese Route würde ich nehmen. Anschließend deutete ich auf sie und auf die Rückseite des Hauses.

Mit entschlossenem Blick nickte sie knapp.

Okay. Die Zeit zum Handeln war gekommen.

Ich hielt drei Finger hoch und machte einen Countdown. Zwei. Eins.

Sophie schlüpfte an mir vorbei und ging schnell durchs Wohnzimmer in den hinteren Flur.

Skid unterbrach nicht einmal seine Schießerei.

Heilige Scheiße. Sie hatte es geschafft. Ich beschloss, ein paar Minuten zu warten, bevor ich mein Glück an der Vordertür versuchte. Währenddessen sah ich sie mir genau an und erkannte, dass mein Plan schiefgehen konnte.

Die Tür hatte drei Schlösser, zwei davon mit Riegel.

Würde es mir wirklich gelingen, sie ohne Lärm zu öffnen?

Wahrscheinlich nicht. Ein neuer Plan war gefragt … Ich würde noch ein wenig länger warten und dann zur Hintertür gehen.

Aber erst musste ich sichergehen, dass Sophie einen guten Vorsprung hatte.

Leider beendete Skid das Spiel, legte den Controller weg, stand auf und streckte sich. Dann schlenderte er zum Fenster rüber und sah hinaus.

Sophie hatte verdammtes Glück, denn sie lief gerade rechtzeitig vorbei.

Ich zog das Werkzeug raus, klappte das Messer auf und trat von der Treppe ins Zimmer. Skid nahm eine Pistole vom Couchtisch und sah genau in dem Moment hoch, als ich mich auf ihn stürzte. Ich hatte keine Hoffnung, dass ich ihn erledigen könnte. Doch ich musste Sophie genügend Zeit für ihre Flucht verschaffen.

Wenn ich ordentliche Schuhe angehabt hätte, in denen ich laufen konnte, wäre es mir vielleicht sogar gelungen.

Echt Pech, dass ich, als ich mich auf ihn stürzte, mit meinem nackten Zeh am meinem Hosenbeinsaum hängen blieb und hinfiel. Das Messer entglitt mir und schlitterte unter die Couch. Meine High Heels fielen klappernd zu Boden.

Ernsthaft?

Dann stand Skid schon über mir und richtete die Waffe auf meinen Kopf.

Ein schöner Mist. Dad wäre sicher enttäuscht von meiner Vorstellung gewesen … Und Kit? Sie würde Skid in den Arsch treten, um ihn aus dem Weg zu schaffen, sodass sie anschließend mich in den Arsch treten könnte, weil ich so tollpatschig war. Aber das Schlimmste war, dass ich Sophie keinen Vorsprung verschafft hatte.

Wenn ich überlebte, würde ich nie wieder High Heels tragen.

Ich starrte Skid an, der über mir aufragte, und versuchte, mir mein weiteres Vorgehen auszumalen. Er schien nicht allzu glücklich zu sein, was passte. Ich war schließlich auch nicht sonderlich glücklich. Ich musste mir irgendwas einfallen lassen, um ihn aufzuhalten, sonst wäre Sophie am Ende. Nur zu gerne würde ich behaupten, dass mein Entschluss, mich für eine Freundin zu opfern, völlig uneigennützig war. Aber in Wirklichkeit war sie meine größte Chance auf Rettung, jetzt, nachdem ich entdeckt war.

Im Film wäre das der Moment gewesen, in dem ich zurückgewichen wäre, mit den Wimpern geklappert und auf die Macht der Sexualität gesetzt hätte, um ihn abzulenken.

Aber offen gesagt hatte mich meine Sexualität in letzter Zeit nicht gerade weit gebracht. Meinen Instinkten auf diesem Gebiet traute ich nicht mehr recht über den Weg.

Aber meinen Zähnen? *Denen* traute ich alles zu.

Ich drückte mich mit meinen Füßen von der Wand ab, schlitterte wie eine Rakete über den Holzboden auf Skid zu und hoffte schwer, dass er nicht tatsächlich schießen würde. Meine Hände umklammerten seinen Fußknöchel und schoben sein Hosenbein hoch, sodass ich sein Bein mit meinen Zähnen packen konnte.

»Fuck!«, brüllte er, als ich zubiss. »Du verfluchte Fotze!«

Ich ignorierte ihn und biss nur noch fester zu. Er begann, mich zu treten, aber ich hielt mich fest, obwohl ich auf dem Boden hin und her geschleudert wurde, während er wie wild sein Bein schüttelte. Ich hörte zwar, wie er den Hahn spannte, ignorierte es aber. Vielleicht war ich verloren, aber Sophie war in Sicherheit. Tödliche Entschlossenheit keimte in mir auf, und mein Verstand wurde nur noch von einem einzigen Gedanken bestimmt.

Fest in Skids Bein beißen.

Deshalb merkte ich es nicht mal, dass er seine Waffe auf mich richtete.

Der laute Knall eines Pistolenschusses drang durch meinen Nebel, aber ich spürte keinen Schmerz.

Hm, hatte mich wohl nicht getroffen.

Während ich immer fester zubiss, strömte Blut in meinen Mund. Ich fragte mich, ob ich wohl seine Sehne durchtrennen konnte, wenn ich noch kräftiger zubiss. Wahrscheinlich nicht, dazu müsste ich sie vermutlich mit den Zähnen herausreißen …

In dem Moment schoss er noch einmal, und dieses Mal spürte ich den Schmerz ganz deutlich.

Heilige Scheiße.

Ich hatte noch nie so etwas gefühlt – es war wie eine Feuerspur, die über meinen Schenkel verlief. Höllenqualen. Zuerst gelang es mir nicht, meinen Mund zu öffnen. Dann kickte er wieder, und ich flog durch die Luft und knallte mit einem Schrei gegen die Wand. Dort lag ich dann wie betäubt, während ich auf das Blut starrte, das aus meinem Bein quoll.

Moment.

BLUT QUOLL AUS MEINEM BEIN.

Ich presste meine Hände fest auf die Wunde an meinem Oberschenkel. Das fühlte sich genauso wunderbar an, wie es sich anhört.

Scheiße. Heilige Scheiße. Jesus, Maria und Josef!

»Du hast mich angeschossen«, flüsterte ich erschüttert. Keine Ahnung, warum ich so überrascht war.

Skid starrte wütend auf mich herab und schüttelte seinen Kopf.

»Was hast du denn erwartet, du blödes Miststück? Du hast mich *gebissen*, verflucht. Weißt du eigentlich nicht, wie schmutzig ein menschlicher Mund ist. Wahrscheinlich bekomm ich eine Blutvergiftung.«

»Oh, tut mir so verdammt leid, dass dein Knöchel wehtut«, knurrte ich, während mir alles vor den Augen verschwamm. »Ich würde ja gerne ›heile, heile Segen‹ machen, wenn ich nicht so damit beschäftigt wäre, *mein Blut vom Davonfließen abzuhalten*!«

Er hob die Pistole und richtete sie auf mich.

»Was Hunter an dir findet, ist mir echt ein Rätsel«, sagte er. »Hör genau zu. Das war die letzte Warnung. Wenn du dich noch mal mit mir anlegst, schieß ich dir in den Kopf und erzähl ihm, du hättest mich dazu gezwungen. Davon krieg ich auch keine Albträume, glaub's mir. Verstanden?«

Ich nickte, weil mir erst jetzt wieder einfiel, dass man einem Typen mit Pistole besser nicht auf die Nerven ging.

In dem Moment klingelte es an der Türe.

KAPITEL SIEBEN

Skid und ich sahen einander an.

»Halt deinen verdammten Mund«, zischte er.

Das ließ Hoffnung in mir aufkeimen. Er erwartete niemanden … Kam vielleicht jemand, um mich zu retten? Wenn es die Reapers waren – wunderbar. Aber was, wenn irgendjemand zufällig läutete, womöglich ein Kind? Meine Gedanken rasten … Skid würde es vielleicht töten.

Ich konnte nicht einfach hier herumliegen wie ein blutiges Stück Fleisch. Ich musste etwas tun.

»Wer ist da draußen?«, brüllte er.

Keine Reaktion.

Es klingelte wieder.

»Verpiss dich!«, schrie er in Richtung Tür. Ich stürzte mich von hinten auf seine Knie, in der Hoffnung, ihn umzuwerfen. Verblüffenderweise fiel er zu Boden und ließ die Waffe fallen. Wir rangen kurz darum, als es wieder klingelte, dieses Mal mehrfach hintereinander. Ich war nicht annähernd so stark wie Skid, weshalb ich kaum überrascht war, als er mich zur Seite schubste und wieder aufstand. Mein Kopf knallte gegen die Wand, woraufhin der Schmerz in Wellen entlang der Wirbelsäule durch meinen Körper schoss.

»Du bist tot, verdammt noch mal, wenn du nur einen Ton sagst, du Fotze. Ich hab die Nase voll«, zischte Skid.

Er stampfte wutschäumend zur Tür. Dann riss er sie auf und Sophie zog ihm einen Holzstuhl über den Schädel.

Wow, *damit* hatte er wohl nicht gerechnet.

Ich sprang auf, als seine Pistole losging, denn das Adrenalin unterdrückte die Schmerzen in meinem Bein und Kopf. Der Stuhl krachte ein weiteres Mal herab. Skid brüllte und stürzte sich vorwärts. Ich wusste, jetzt kam's darauf an – entweder wir gewannen oder wir starben. Ich griff ihn von hinten an und sprang auf seinen Rücken, wobei ich meine Arme um seinen Hals schlang und ihn mit meinem ganzen Gewicht nach hinten zog. Er schwankte, als ich in sein Ohr biss und wie ein Hund daran zerrte.

Aus dem Augenwinkel sah ich, wie Sophie einen weiteren Stuhl nahm und ihn gegen Skids Beine schmetterte.

Das war nicht mein Plan gewesen.

Keine Zeit zum Nachdenken. Skid schrie, als er vorwärtstaumelte und Gesicht voran von der Veranda auf die Erde fiel. Ich hing nach wie vor auf seinem Rücken, als Sophie sich auf ihn stürzte und auf ihn eintrat. Es gelang ihm, sich auf die Seite zu rollen, was allerdings ein großer Fehler war, da sie nun seine Weichteile direkt vor sich hatte.

Sie kickte ihn wie der Teufel immer wieder in die Eier, sodass nur noch seine kreischenden Schmerzensschreie zu hören waren. Langsamer wurde sie dadurch aber nicht. Wieder und wieder trat sie zu, während sich ihr Gesicht vor Hass verzerrte. Irgendwann bewegte er sich nicht mehr und mir wurde klar, dass er bewusstlos geworden war.

Ob vor Schmerzen oder weil es mir gelungen war, ihm die Luft abzudrücken, weiß ich nicht. Sophie packte die Pistole und gab sie mir. Ich richtete sie keuchend auf Skids blutverschmierten Körper.

»Geh hoch und hol die Handschellen«, gelang es mir zu sagen. »Wir fesseln ihn und rufen dann Hilfe.«

Sophie verschwand, und ich hielt, während sie weg war, die Waffe auf ihn gerichtet und hoffte dabei, dass er nicht aufwachte. Ich war bereit zu schießen – aber das hieß noch lange nicht, dass ich es auch wollte …

Das lag nicht daran, dass ich Angst davor hatte, einen anderen Menschen umzubringen. Natürlich wurde mir bei dem Gedanken schlecht.

Aber ich musste immer an mein Gespräch mit Liam denken und was er über den Waffenstillstand und das Kartell gesagt hatte … Vielleicht hatte er mich angelogen – das war sicher nicht auszuschließen … Aber wenn er die Wahrheit gesagt hatte? Dann würde der Frieden unmöglich zu bewahren sein, falls ich Skid umbrachte. Und dann würde das Kartell früher oder später die Reapers angreifen.

Wir brauchten ihn lebend.

Sophie kehrte mit den Handschellen zurück. Seltsamerweise hatte sie auch ein Bettlaken und ein Messer aus der Küche mitgebracht. Gemeinsam zogen wir Skids schlaffen Körper zu einer Verandasäule und fesselten ihn mit den Handschellen daran.

Ich spürte, wie die Anspannung in meiner Brust nachließ, sah zu Sophie auf und lächelte.

»Du hörst nicht wirklich zu, wenn man dir sagt, dass du wegrennen sollst, oder?«

Sie grinste blöd.

»Offenbar nicht«, sagte sie. »Ich hörte den Schuss und wusste, dass du in Schwierigkeiten steckst. Ich konnte dich einfach nicht alleinlassen – es fühlte sich nicht richtig an.«

»Danke«, sagte ich. »Ich schätze, du hast mir das Leben gerettet. Bin mir nicht sicher, ob er mich umgebracht hätte oder nicht.«

Sie hielt das Bettlaken hoch.

»Soll ich dir das Bein verbinden?«, fragte sie.

Ich warf einen Blick auf mein Bein. Da kam eindeutig noch Blut raus, obwohl nicht mehr allzu viel. Während des Kampfes hatte ich es glatt vergessen. Dem Adrenalin sei Dank.

Doch nun setzte der Schmerz wieder ein.

»Ja, das wäre eine gute Idee«, sagte ich. »Offensichtlich ist es nicht lebensgefährlich, aber wow … ich kann's nicht fassen, dass ich angeschossen wurde.«

Sie sah mich an und legte den Kopf zur Seite.

»Kann ich dir eine verrückte Frage stellen?«

»Natürlich«, erwiderte ich. »Ich glaube, die Förmlichkeiten haben wir inzwischen hinter uns.«

»Wie oft kommt so was vor?«

»Was meinst du?«

»Wie oft werden Leute entführt oder angeschossen oder so? Im Club, meine ich.«

Ich riss die Augen auf.

»Äh, eigentlich nie«, erwiderte ich. »Ich bin sicher, dass schon mal Männer angeschossen wurden. Aber nicht in unserem Chapter, zumindest nicht, dass ich wüsste. Zumindest niemand, der zum Club gehört. Einer der Brüder, Bagger, starb letztes Jahr in Afghanistan. Ernsthaft, das hier ist nicht normal.«

Sie seufzte und schnitt mit dem Messer den Rand des Bettlakens ein. Dann riss sie es in lange Streifen und begann, sie um mein Bein zu wickeln.

»Schön, das zu hören«, murmelte sie mit gerunzelter Stirn. »Aber selbst das eine Mal hier ist schon zu viel. Ich halte das nicht aus. Noah soll kein solches Leben haben.«

»Jetzt ist nicht der richtige Zeitpunkt, um sich darüber Sorgen zu machen«, sagte ich und versuchte, sie zu beruhigen. Ich konnte ein leicht durchgedrehtes Flackern in ihren Augen sehen, eine verspätete Reaktion, jetzt, da wir frei waren. Besser, wenn sie jetzt nicht zusammenbrach, zumindest nicht, bis wir hier wegkamen.

»Ich muss sein Handy finden«, sagte ich zur Ablenkung. »Ich muss Dad anrufen und dafür sorgen, dass er herkommt. Es könnten schon fünfzig Devil's Jacks auf dem Weg hierher sein – was wissen wir denn schon.«

Sophie erschauerte und Tränen stiegen ihr in die Augen. Sie schniefte und fuhr sich mit dem Handrücken über die Nase. Ich wollte sie berühren, doch sie zuckte zurück.

»Entschuldigung«, sagte sie. »Es ist besser, wenn du den Verband anlegst. Ich will ihn nicht berühren, nachdem ich meine Nase angefasst habe.«

Ich lachte.

»Danke. Das wäre ja wohl Pech – ich überlebe die Entführung und Skid, nur um dann von deinem Nasenpopel erledigt zu werden.«

Sie lächelte mich an und begann, mit leicht hysterischem Unterton zu kichern. Schätze, das hatte sie sich verdient.

Auf dem Couchtisch entdeckte ich Skids Handy. Zum Glück war es sein eigenes Telefon und nicht eines der billigen Exemplare, die sie für ihre Geschäfte verwendeten und sofort wegwarfen. Ich schaltete es ein und hatte ein weiteres Mal Glück, denn Skid verwendete keine Pin oder Ähnliches.

Ganz schön blöd von ihm.

Ich scrollte durch seine Nachrichten, fand aber nichts Interessantes.

Anscheinend hatte er vergangene Nacht Sex-Messages mit einem Mädchen namens Kelsey ausgetauscht, die aber wohl nichts mit dem Club zu tun hatte. Seine E-Mails waren geschützt. Oh, und da … perfekt. Google Maps. Ich klickte es an und fand unseren Standort. Das Haus lag in den Hügeln im Spokane Valley. Vielleicht eine halbe Stunde von Coeur d'Alene entfernt. Komisch, eigentlich sollten wir weiter weg sein – der Ort hier fühlte sich an wie eine andere Welt. Wenn sie es natürlich als Basis benutzt hatten, um die Reapers auszuspionieren, durfte es nicht zu weit entfernt sein.

Ich öffnete die Telefon-App und begann, die Nummer meines Dads zu wählen.

Dann hielt ich inne.

Es war kurz nach zwei Uhr nachmittags. Hunter wäre also wahrscheinlich noch beim Treffen mit dem Club. Wenn ich jetzt anrief und ihnen sagte, dass ich in Sicherheit war, würden sie ihn dann töten? Mein Magen verkrampfte sich. Egal, welche Gefühle ich für Hunter empfand – ich wollte nicht, dass er starb. Wie konnte ich ihn beschützen? Ich könnte mit dem Anruf noch etwas warten …

Doch ich hatte keine Ahnung, wie lange das Treffen dauern würde, und wenn ich zu lange wartete, würden vielleicht ein paar Jacks auftauchen.

Und wenn ich ihn warnte?

Diese Option war so unvorstellbar, dass ich mich auf die Couch setzen musste.

Wenn ich ihn warnte, konnte er abhauen. Aber würde ich mit dieser Warnung nicht den Club verraten?

Ja.

Ja, das würde ich tun. Das wäre ein richtiger Verrat, und ich sollte mich schämen, dass ich überhaupt darüber nachdachte. Doch dann stellte ich mir seine weichen, braunen Haare blutverkrustet vor. Sein Körper – verscharrt in einem namenlosen Grab in den Bergen …

Ich würde ihn aus demselben Grund warnen, weshalb ich Skid am Leben ließ, beschloss ich. Das war kein echter Verrat, oder? Dad könnte ihn immer noch später schnappen, aber für den Moment würde ich zum Erhalt des Friedens beitragen.

Das reichte mir als Entschuldigung. Schnell wählte ich seine Nummer, bevor ich es mir anders überlegen konnte. Von der Veranda kam ein kratzendes Geräusch. Als ich durchs Fenster blickte, sah ich, wie Sophie einen Stuhl heranzog und sich hinsetzte. Würde sie den Reapers jemals verzeihen, dass sie in diese Sache hineingeraten war? Armer Ruger. Die Beziehung zu ihr war eh schon schwierig, und diese Geschichte würde sie sicher nicht verbessern.

»Skid?«, fragte Hunter mit angespannter Stimme. »Ich bin im Meeting. Habe gerade erfahren, dass sie Toke gefunden haben. Clutch lebt, aber ist ziemlich angeschlagen.«

»Ich bin nicht Skid«, sagte ich leise und mit klopfendem Herzen. »Wenn du überleben willst, darf dein Gesicht keine Regung zeigen. Hör mir zu.«

Für kurze Zeit war es still.

»Ich hör dir zu.«

»Sophie und ich haben nun hier im Haus das Sagen. Skid lebt, aber das kann sich ändern, wenn jemand versuchen sollte, uns zu schnappen, bevor Dad uns abholt. Falls du vorhast, irgendwelche Freunde anzurufen, lass es besser bleiben. Verstanden?«

»Ja.«

»Sobald ich aufgelegt habe, gehe ich für zehn Minuten ins Bad und kümmere mich um ein paar Kratzer, die ich abbekommen habe«, fuhr ich fort. »Dann ruf ich Dad an und erzähl ihm alles. Wenn du überleben willst, solltest du dann besser schon weg sein.«

Wieder Schweigen. »Warum tust du das?«

»Ich weiß es nicht«, sagte ich. *Mist.* »Um den Frieden zu bewahren. Verschwinde einfach, okay?«

»Okay.«

Ich legte auf und ging raus.

»Ich geh kurz ins Bad und richte mich ein wenig her. Alles okay da draußen? Geht's dir gut?«

Sie nickte.

»Lass die Tür auf, damit du mich schreien hörst, falls irgendwas ist.«

»Mach ich.«

Das Bad lag zwischen Wohn- und Esszimmer. Als ich in den Spiegel blickte, musste ich lachen. Ich sah aus wie eine Wahnsinnige. Meine Haare standen wirr ab, ich hatte Waschbäraugen, und auf meiner Wange bildete sich allmählich ein blauer Fleck.

Oh, und Skids Blut war mir übers Kinn gelaufen und war dort getrocknet. Ich fand, es verlieh mir eine besondere Note.

»Mann, bist du sexy«, flüsterte ich kichernd. Ich wusch meine Kratzer aus. In einer Schublade entdeckte ich Zahnpasta, die ich mit dem Finger auf den Zähnen verteilte, weil ich immer noch den Geschmack von bösem Bikerfußknöchel im Mund hatte. Zehn Minuten später zog ich meine lächerlichen Schuhe an und humpelte raus zu Sophie, mit dem Handy in der erhobenen Hand.

»Der Idiot hat Google Maps installiert«, sagte ich ihr. »Ich weiß genau, wo wir sind. Ich ruf Dad an, damit er uns abholt.«

»Das sind gute Neuigkeiten«, antwortete sie. »Er hat sich kein bisschen bewegt. Glaubst du, er hat innere Verletzungen?«

Ich zuckte mit den Schultern, weil mir das echt egal war. Er war am Leben. Das reichte wohl.

»Selbst wenn, können wir nichts daran ändern. Die Männer sollen sich um ihn kümmern.«

Ich wählte Dads Nummer, und er meldete sich.

»Picnic.«

»Hey, Dad? Ich bin's«, sagte ich und gab mir Mühe, mich zusammenzureißen. Ich merkte, dass meine Hand zitterte. Der Schock vielleicht. Mein Bein fühlte sich taub an.

»Oh, Emmy«, sagte er mit erleichterter Stimme. »Gott, ich kann's nicht fassen, dass du es bist. Geht es dir gut? Fuck, Hunter, dieser Wichser, ist gerade losgefahren. Der hat vielleicht ein Glück.«

Nun, da wollte ich nicht widersprechen.

»Uns geht es gut«, sagte ich. » Aber wir könnten ein Taxi brauchen.«

Dad lachte ungläubig.

»Du bist entführt worden und das ist alles, was du zu sagen hast? Seid ihr entkommen? Wo seid ihr?«

»Ich schick dir unsere Position«, erklärte ich ihm. »Hier ist nur ein Typ namens Skid. Er ist ein Devil's Jack. Wir haben ihn verprügelt und jetzt ist er mit Handschellen an die Veranda gefesselt.«

»Heilige Scheiße. Bin echt stolz auf dich, Mädel. Gibt es irgendwelche Zeugen, muss ich da was wissen?«

»Nein, es ist alles in Ordnung«, sagte ich ihm. »Aber bring besser den Transporter mit. Wir brauchen ein wenig Ladefläche.«

Ich gab ihm die Adresse und legte auf. Als ich aufsah, merkte ich, dass Sophie mich beobachtete. Sie stand ein wenig unter Schock, fand ich, und die Pistole in ihrer Hand zitterte. In einer Minute würde ich die Wache übernehmen, doch vorher musste ich noch eine Sache erledigen.

»Sie werden in zwanzig Minuten hier sein«, sagte ich ihr. »Haben sich echt gefreut, dass wir uns gemeldet haben.«

»War Hunter bei ihnen?«, fragte sie.

Ich schluckte.

»Nein, das Treffen war schon vorbei. Wir haben ihn um fünf Minuten verpasst, schätze ich. Er hat echt Glück.«

Sophie hob eine Augenbraue, und ich starrte herausfordernd zurück. Würde sie meine Story anzweifeln? Nein, sie tat es nicht. Ich ging die Verandatreppe hinunter, ließ das Handy auf den Boden fallen und stampfte mit meinem spitzen Absatz darauf. Das Glas zersplitterte und knirschte unter meinen Tritten.

»Was zum Teufel tust du da?«, wollte Sophie wissen. »Warum hast du das gemacht?«

»GPS«, sagte ich, was nicht stimmte. Ich wollte nur nicht, dass mein Dad entdeckte, dass ich Hunter angerufen hatte. »Ich will nicht, dass uns die Devil's Jacks damit verfolgen können. Und hierlassen können wir es auch nicht.«

»Was, wenn wir es noch mal brauchen?«

»Das wird nicht passieren. Dad und Ruger werden uns finden. Mach dir keine Sorgen. Morgen um die Uhrzeit wird uns das alles wie ein böser Traum vorkommen, so als ob es nie wirklich geschehen wäre. Ich will gar nicht darüber reden oder darüber nachdenken. Verstanden?«, fragte ich betont deutlich.

»Verstanden«, antwortete sie mit halb zusammengekniffenen Augen. Ich wartete darauf, dass sie noch etwas sagen würde, aber das tat sie nicht, weshalb sie in meiner Wertschätzung noch ein Stückchen stieg. Auch wenn sie das Leben in einem Motorradclub nicht nachvollziehen konnte – von schwesterlicher Verbundenheit verstand sie offenbar eine ganze Menge.

Manchmal mussten Schwestern einfach den Mund halten und es gut sein lassen.

Und jetzt war eindeutig ein solcher Moment gekommen.

Als Dad und die anderen Brüder schließlich ankamen, fühlte ich mich total erschöpft. Das Adrenalin war abgebaut, und mein ganzer Körper war zerschlagen und steif. Der kleine Ringkampf mit Skid hatte seinen Teil dazu beigetragen. Jetzt stand ich auf der Veranda und sah zu, wie mein Vater Skids Körper mit dem Fuß umdrehte. Ich versuchte, ganz cool zu bleiben, aber eigentlich wollte ich mich nur in seine Arme kuscheln und ein Jahr lang schlafen. Doch ich war kein kleines Mädchen mehr …

»Er hat geblutet, aber nicht allzu viel«, sagte ich, während ich mir den Nacken massierte. »Weiß nicht, ob er wegen einer Kopfverletzung bewusstlos wurde oder weil Sophie ihn auf Teufel komm raus in die Eier getreten hat.«

Dad grunzte und kam dann die Stufen zur Veranda herauf. Er hielt seine Hand auf, um die Pistole in Empfang zu nehmen, die ich immer noch umklammerte. Ich gab sie ihm, und er legte einen Arm um meine Schulter und zog mich an sich.

Plötzlich fühlte ich mich wieder sicher.

Ich sah hinunter auf die Brüder, die auf den Hof kamen. Ruger. Horse. Duck … Painter. Ich hatte sie noch nie so ernst erlebt. Bam Bam, ein großer Mann, der mit meiner Freundin Dancer verheiratet war, betrachtete Skid nachdenklich. Mein früherer Schwarm stand mit gequältem Blick daneben. Er sah irgendwie anders aus. Älter. Was ihm gut stand, stellte ich distanziert fest. Äh.

»Wie wollen wir es machen?«, fragte Bam. Ich wusste natürlich, was er eigentlich sagen wollte. Er wollte wissen, ob sie Skid medizinisch versorgen lassen oder ihn gleich begraben sollten. Ich wappnete mich und nahm einen tiefen Atemzug, denn ich wusste, dass mein Job noch nicht erledigt war.

»Nicht vor den Mädchen«, murmelte Dad. Da wusste ich seine Antwort. Wenn es nach Dad ginge, war Skid ein toter Mann. »Ruger, du und Painter, ihr nehmt die Mädels und bringt sie in Sicherheit. Sagt dem Arzt Bescheid. Er kann euch im Clubhaus treffen. Wir räumen hier auf.«

Ich schüttelte meinen Kopf.

»Bring ihn nicht um. Wenn du das tust, wird es noch mehr Kämpfe geben.«

»Hier geht es um Clubangelegenheiten, Em«, sagte mein Dad leise. Was so viel hieß wie – *geh nach Hause und sei ein braves Mädchen. Überlass den Männern das Denken.*

Plötzlich kotzte es mich an.

Ich war wegen ihrem Mist entführt worden und sollte nun nicht mal erfahren, warum ich beinahe gestorben wäre. Ich hatte mich selbst befreit, und zwar ohne ihre Hilfe, und jetzt sollte ich einfach nicken und nett lächeln?

Fuck.

Ich stellte mich auf die Zehen und flüsterte in Dads Ohr.

»Hunter hat mir vom Waffenstillstand und vom Kartell erzählt. Wenn du diesen Typen umlegst, werden wir alle darunter leiden. Ich weiß, dass du sauer bist, Dad, aber wir müssen an den Club denken. Bitte. Denk an mich und Kit – ich will nicht in ständiger Angst leben.«

Er erstarrte.

Ich machte einen Schritt zurück und sah mit bittendem Blick zu ihm auf. *Lass nicht dein Ego diese Entscheidung treffen.*

Mit angespanntem Kiefer schüttelte er seinen Kopf. Verdammt. Ich verschränkte die Arme und verwandelte meine Bitte in eine Forderung, die ich durch Starren unterstrich. Das war doch mal wieder typisch, verdammt – der Stolz des Königs wurde verletzt, und wir sollten nun alle in den Krieg ziehen? *Wenn irgendjemand diese Entscheidung treffen sollte, dann waren das ich und Sophie.*

Dad hielt meinem Blick lange stand, seufzte aber schließlich.

»Okay, wir nehmen ihn mit und werfen ihn irgendwo raus, wo er gefunden wird«, sagte er. »Schau, ob du etwas findest, womit wir ihn verbinden können, Bam.«

Die Erleichterung durchströmte mich. Ich umarmte ihn fest.

»Du tust das Richtige, Daddy«, flüsterte ich.

»Das war eine Clubangelegenheit, meine Kleine. Du solltest dir darüber keine Gedanken machen. Das ist meine Aufgabe.«

Seine Worte trafen mich und ich erstarrte. Schließlich war ich kein kleines Kind mehr, dem man einen Lutscher gab und das man dann zum Spielen schickte.

Moment, wo kam *das* denn plötzlich her?

Dad sagte nichts, was er nicht schon tausend Male zuvor gesagt hätte, aber aus irgendeinem Grund wurde ich dieses Mal richtig sauer. *So fühlt es sich also für Kit an*, wurde mir auf einmal klar. Jetzt verstand ich ihr Bedürfnis zu rebellieren. Dieses Gefühl mochte ich nicht. Ganz und gar nicht. Ich warf einen Blick hinüber zu den Brüdern. Niemand achtete auf uns. Perfekt.

»Daddy, ich hab dich lieb, aber seitdem ich gekidnappt und an ein Bett gefesselt wurde, ist das hier keine Clubangelegenheit mehr«, sagte ich ruhig, sodass meine Stimme nur für meinen Vater zu hören war. »Dadurch wurde es zu *meiner* Angelegenheit. Ich versuche immer noch herauszufinden, was eigentlich passiert ist und was das alles zu bedeuten hat. Denn ich habe das Recht, mir über Dinge, die vielleicht mein Leben zerstören, Gedanken zu machen.«

Er sah mich an und runzelte die Stirn.

»Lass uns später darüber reden, Kleine.«

So, so. Diesen Ton kannte ich. »Später« hieß »nie«.

Ich seufzte, weil ich für den Moment all meine Möglichkeiten ausgeschöpft hatte. Das war in Ordnung – ein solches Gespräch führte man sowieso nicht vor Publikum. Dennoch war ich entschlossen. Ich würde nicht wieder in mein altes Leben zurückkehren, als wäre nichts geschehen.

Alles hatte sich verändert.

Ich war damit aufgewachsen, dass die Männer mir schon sagten, was zu tun sei. Und was war dabei herausgekommen? Ich hatte meine Freundinnen stehen gelassen und war Hunter einfach so in diese Gasse gefolgt. Verdammt naiv und blind.

Von nun an würde ich meine eigenen Entscheidungen treffen, und Dad würde einfach damit klarkommen müssen.

KAPITEL ACHT

Eine Woche später

Ich hatte recht gehabt.

»Wir reden später darüber« hieß »Wir reden gar nicht darüber«.

Allerdings war Dad an den Tagen nach meiner Rettung nicht oft da, das muss man fairerweise sagen. Er sagte mir nicht, wo er hinging, aber ich nahm an, dass er sich um die Sache mit Toke und den Devil's Jacks kümmerte. Ich hoffte nur, dass er sich nicht endgültig um sie »gekümmert« hatte. Von mir wurde natürlich erwartet, schön zu Hause zu bleiben und alles zu vergessen.

Früher war das in Ordnung gewesen. Aber jetzt nicht mehr.

Nicht, dass ich Dad direkt darauf ansprach oder mir den Weg zu einem Clubtreffen freiboxte, um herauszufinden, wie die Lage war – nein, damit würde ich gar nichts erreichen. Aber die ganze Situation bestätigte nur das Gefühl, das ich seit dem Tag, an dem ich gemeinsam mit Sophie Skid fertiggemacht hatte, in mir spürte. Nämlich, dass es höchste Zeit für Emmy Lou Hayes war, aus Coeur d'Alene abzuhauen.

Ich musste erwachsen werden und mein eigenes Leben führen.

Die erste Herausforderung bestand darin, herauszufinden, wo ich leben wollte. Ich wusste, dass ich bei Kit unterkommen konnte, aber sie hatte nur ein kleines Apartment an ihrer Schule in Olympia. Es war nicht fair, sie da so mit reinzuziehen, fand ich. Nein, ich wollte meinen eigenen Weg gehen. Zumindest hatte ich etwas Geld gespart … Da ich bei meinem Vater gewohnt hatte, waren meine Ausgaben ziemlich gering gewesen. Ich hatte mich bereits für diesen Kosmetikkurs in Portland beworben. Es war eine tolle Schule, doch ich war mir nicht sicher, ob ich das Risiko eingehen wollte, in derselben Stadt wie Hunter zu leben. Andererseits war es eine Stadt und kein Dorf. Ich würde ihm ja nicht ständig über den Weg laufen. Wahrscheinlich sogar nie.

Ich wusste sogar, wo er wohnte, und konnte ihm deshalb aus dem Weg gehen.

(Ja, okay, ich hatte ihn online ein wenig gestalkt. Ich hatte immer noch seine Geldbörse, weswegen ich mich vermutlich schuldig fühlen sollte. Stattdessen benutzte ich seine Kreditkarte dazu, mir wirklich süße Lingerie zu bestellen. Ich gab nicht genügend aus, um ihn zu ruinieren, aber leiden sollte er ruhig ein bisschen, dafür reichte es schon. Oh, dabei habe ich noch »Als Geschenk einwickeln« und »Lieferung bis zum nächsten Morgen« angeklickt. Warum auch nicht? Nur weil ich sein Leben gerettet hatte, hieß das noch lange nicht, dass ich ihm alles andere verziehen hatte.)

Mir online Geschenke zu kaufen war mein Shoppingersatz, denn Dad hatte leider dafür gesorgt, dass ich rund um die Uhr bewacht wurde. Und als ob das nicht schon schlimm genug wäre, hatte sich Painter auch noch zu meinem persönlichen Schutzengel aufgeschwungen, der die Wache übernahm, wenn Dad nicht da war. Ich konnte es nicht fassen, dass ich mal in den Kerl verknallt gewesen war – jedes Mal, wenn er das Zimmer betrat, sah ich ihn vor meinem geistigen Auge eine Hure auf dem Waschtisch vögeln.

Liam hatte recht gehabt. Ich verdiente definitiv etwas Besseres. Trotz meiner Feindseligkeit bestand Painter darauf, mich jeden Morgen zur Arbeit zu fahren und mit mir zu Mittag zu essen. Danach fuhr er mich wieder nach Hause und blieb dann einfach da. Nachts schlief er auf der Couch oder in Kits altem Kinderzimmer.

Das Ganze ein »sehr eigenartiges Arrangement« zu nennen wäre noch gewaltig untertrieben gewesen.

Deshalb verbrachte ich sehr viel Zeit in meinem Zimmer. Dort war ich auch am Freitagabend, genau eine Woche nach dem ersten Treffen mit Hunter. Ich hatte den Fernseher an und spielte irgendwas online, als eine private Nachricht aufpoppte.

LIAM: Hey, Em.

Ich blinzelte. Ich hatte ihn doch blockiert. Wie zum Teufel war es ihm gelungen, zu mir durchzudringen?

LIAM: Bist du da?

Ich betrachtete das Fenster, das aufgepoppt war. Sollte ich antworten? Was sollte ich sagen? Direkter Angriff, entschied ich. Denn schließlich ließ mich seine Nachricht ja ganz cool und verursachte mir auch keine Gänsehaut. Gänsehaut war verboten.

ICH: Wie konntest du mich kontaktieren? Ich habe dich blockiert.

LIAM: Wahrscheinlich ist es besser, wenn ich nicht all meine Geheimnisse verrate. Wie geht es dir?

ICH: Bestens. Heute hat noch niemand Nacktfotos von mir ohne meine Erlaubnis gemacht.

LIAM: Den Kommentar hab ich wahrscheinlich verdient. Trägst du gerade eines von den Höschen, die du mit meiner Karte gekauft hast?

Ich kicherte, schaffte es dann aber, das Kichern zu unterdrücken. Hätte mir gerade noch gefehlt, dass Painter reingeplatzt kam, um nach mir zu sehen. Und warum lachte ich überhaupt? Dennoch hätte ich gerne Hunters Gesicht gesehen, als ihm klar wurde, dass ich sein Geld ausgab …

ICH: Ja. Ich trage einen mitternachtsblauen Push-up-BH und einen passenden Stringtanga, weil ich mich gerade fertig mache für ein Date. Ich mag meinen neuen Freund sehr, weil er keine Leute entführt.

LIAM: Ein Date? Ich bin mir ziemlich sicher, dass du heute wieder mit Painter zu Hause festsitzt. Bitte sag mir nicht, dass Painter dein Date ist. Hass mich, so viel du willst, aber was Besseres als Painter findest du allemal.

Mir blieb die Luft weg. Woher wusste er, dass Painter hier war?

ICH: Stalkst du mich wieder?

LIAM: Nur heute Nacht. Ich muss mit dir reden. Versprochen, zum allerletzten Mal, dann lass ich dich in Ruhe. Du hast mir das Leben gerettet. Lass mich dir erzählen, was ich weiß, dann musst du dir keine Sorgen mehr machen. Ich weiß, dass dein Dad dir nichts erzählt hat, aber du verdienst es, Antworten auf deine Fragen zu bekommen.

Ich starrte auf den Bildschirm. Für wie blöd hielt er mich eigentlich? Ich sollte den Computer ausschalten. Aber ich war auch neugierig … Schließlich hatte ich für dieses Arschloch meinen Club verraten. Nun wollte ich hören, was er zu sagen hatte.

ICH: Dann red schon.

LIAM: Nicht online. Kannst du rauskommen?

Ich erstarrte wieder. Scheiße. Das meinte er doch nicht ernst, oder? Beim Blick auf mein Fenster sah ich erleichtert, dass die Jalousien ganz geschlossen waren. Von außen konnte man vielleicht erkennen, dass das Licht an war, aber man konnte nicht reinsehen.

ICH: Warum sollte ich so blöd sein, das zu tun?

LIAM: Weil du neugierig bist. Bring eine Pistole mit, falls du dich dann besser fühlst. Aber komm raus und rede mit mir – ich verspreche dir, dass dir keine Gefahr droht. Pass bloß auf, dass dir Painter nicht folgt. Das Letzte, was wir jetzt brauchen, ist eine weitere verfahrene Situation.

Da hatte er sich aber verdammt getäuscht. Ich würde sicherlich nicht persönlich mit ihm reden. Stattdessen schaltete ich meinen Laptop aus, legte ihn aufs Bett und schnappte mir die Fernbedienung. Natürlich würde ich nicht rausgehen. Das wäre wirklich idiotisch. Ich fasste an mein Bein und fuhr leicht über die noch immer nicht ganz verheilte Schusswunde. Trotz all des Bluts hatte Skids Kugel keinen wirklichen Schaden angerichtet. Es war lediglich eine Fleischwunde. Aber selbst Fleischwunden taten höllisch weh. Ich fragte mich, ob Hunter jemals angeschossen worden war, und verspürte das dringende Bedürfnis, rauszumarschieren und ihm zu zeigen, wie schmerzhaft ein Streifschuss tatsächlich war.

Ich konnte sehr gut zielen.

Um mich abzulenken, zappte ich durch die Kanäle. Es kam natürlich nichts Spannendes. Nur irgendeine schräge Reality Show über eine Frau, die sich für ein Eichhörnchen hielt. *Das Leben mit Cara* oder so ein Scheiß. Mein Handy vibrierte. Noch eine Nachricht von Hunter …

LIAM: Komm raus und triff dich mit mir. Es besteht keine Gefahr. Vergiss nicht – ich hab dich nur gekidnappt, um das Leben meines Bruders zu retten. Vielleicht habe ich dir Angst eingejagt, aber ich hätte dich nie verletzt. Ich weiß, dass ich kaputtgemacht habe, was da auch immer zwischen uns gerade begonnen hatte, und ich weiß, dass ich das nicht wieder ungeschehen machen kann. Das heißt aber nicht, dass ich dich nicht vermisse.

Ich ließ mein Handy fallen und legte mich wieder hin. Der Wecker neben mir zeigte ein Uhr nachts an. Eigentlich sollte ich das Licht ausschalten und schlafen gehen. Mein altes Ich hätte genau das getan. Aber ich konnte nicht aufhören, über seine Worte nachzudenken. Zwischen uns war etwas gewesen – etwas Gutes. Denn trotz all dem, was zwischen unseren Clubs vorgefallen war, hatte ich stundenlang mit diesem Mann telefoniert, wir hatten uns Witze und Geschichten erzählt. Wir hatten gemeinsam gelacht, und da waren echte Gefühle im Spiel gewesen.

Es machte mich auch wütend, mich daran zu erinnern. Er hatte das kaputtgemacht, was daraus hätte werden können. *Dafür sollte er bezahlen.* Ich stand auf und zog eine alte Jogginghose an. Ein Kapuzenshirt und meine pinken Lieblings-Converse machten mein Outfit komplett.

Ja, ich weiß. Sexy.

Ich hatte ein Déjà-vu, als ich auf Zehenspitzen die Treppe hinunterschlich, vorbei an Painter, der auf der Couch schlief, während der Fernseher im Dunkeln flimmerte. Im Esszimmer legte ich einen Zwischenstopp ein und holte mir eine kleine Pistole, die hinter einem Teller im Geschirrschrank versteckt war. Der Schrank war voller Zeug, das meine Mutter gesammelt hatte – Sachen, die wir nie verwendeten, aber die wir um nichts in der Welt weggeworfen hätten.

Ich überprüfte die Waffe, um zu sehen, ob sie geladen (allerdings!) und einsatzbereit (und wie!) war. Dann steckte ich sie in die Tasche meines Kapuzenshirts zu meinem Handy und schlich mich zur Hintertür raus.

Wir hatten Vollmond. Als ich mich vom Haus entfernte, bemerkte ich überrascht, was für eine schöne Nacht es war. Die Grillen zirpten rundherum, und die Sterne bedeckten den ganzen Himmel, überstrahlt von der Helligkeit des Mondes.

Mit aufmerksamem Blick sah ich mich um. Niemand zu sehen, aber ich wusste ja, wie hinterhältig Hunter und Skid sein konnten. Fest umklammerte ich die Waffe. Und jetzt?

Mein Handy vibrierte wieder.

LIAM: Ich bin hinter der Schlafbaracke.

Ich sah hinüber zu dem kleinen Gebäude, das sich unter den Bäumen verbarg. Früher hatte es die Farmarbeiter beherbergt. Das Land war schon vor Jahren aufgeteilt und verkauft worden, aber die alten Farmgebäude standen noch. Kit und ich hatten darin gespielt, und jetzt lagerte mein Dad Zeug darin, das er im Lauf der Jahre gesammelt hatte. Ich befühlte nochmals die Pistole, da der leichte Schmerz in meinem Bein mich ständig daran erinnerte, dass dieses Arschloch im Grunde für den Schuss verantwortlich war. War es an der Zeit, es ihm zurückzuzahlen?

Ich konnte mich nicht recht entscheiden.

Hunter

Ich hörte Em, bevor ich sie sah. Sie stolperte im Dunkeln über irgendwas und begann zu fluchen. Süß. Dann blickte sie um die Ecke des Gebäudes. Ihr Gesicht lag im Schatten, ihr Ausdruck war unergründlich.

»Hier hinten«, rief ich leise. Ich lehnte an der Wand und hielt meine Hände hoch, damit sie sehen konnte, dass ich nichts Böses im Schilde führte.

Ausnahmsweise.

Na so was.

Ich wollte nur herausfinden, wie es ihr ging und ob sie über den Waffenstillstand Bescheid wusste. Nein, das war eine dreiste Lüge. Ich wollte sie einfach nur sehen. Basta. Gut möglich, dass sie mich gleich erschießen würde, was ich ihr nicht mal übel nehmen konnte. Das änderte nichts daran, dass ich ihr unbedingt nahe sein wollte. Selbst wenn es ihr nur darum ging, mir ihren Hass persönlich zu zeigen.

Außerdem traute ich Hayes wirklich zu, dass er ihr nichts über die aktuelle Lage erzählt hatte. Sie sollte nicht das ganze Jahr über Angst vor Rachefeldzügen der Jacks haben. Skid war allerdings nicht gerade ein großer Fan von ihr … Aber er wollte den Waffenstillstand ebenso sehr wie der Rest von uns. Außerdem hatte sie ihren Club davon abgehalten, ihn umzulegen. Er war zwar die meiste Zeit bewusstlos gewesen, doch daran konnte er sich noch erinnern.

Leider war noch immer nicht klar, wer der neue Boss der Jacks werden würde. Mason, unser momentaner President, hatte sich etwas erholt. Die Ärzte gaben ihm noch einige Monate. Ich war der Ansicht, wir sollten die Wahl durchziehen, weil wir gerade die nötigen Stimmen hatten. Aber Burke zögerte. Er hatte das Gefühl, dass er nicht die volle Unterstützung des Clubs hatte, solange Toke am Leben war.

Damit hatte er vielleicht sogar recht.

Die gute Nachricht war, dass Clutch wahrscheinlich irgendwann wieder völlig gesund würde, obwohl Toke sein Bein mit einem Baseballschläger bearbeitet hatte. Letztendlich hatte ihn keiner der beiden Motorradclubs gefunden. Irgendein barmherziger Samariter hatte ihn durch die Wand eines Hotelzimmers hindurch stöhnen gehört und hatte die Bullen gerufen. Sie waren hineingestürmt, um Clutch zu retten, und hatten Toke gleich festgenommen, als er vom Essenholen zurückkam.

»Liam?«, fragte Em mit kühler Stimme durchs Dunkel.

Mann, ich liebte es, wenn sie meinen Namen sagte. Niemand sonst nannte mich Liam. Es fühlte sich wie etwas Besonderes an, wenn sie den Namen aussprach. Traf mich direkt am Schwanz, was nicht so ideal war, weil es heute nicht darum ging, sie auszuziehen.

Konnte gut sein, dass das nie wieder passieren würde.

»Hier drüben«, rief ich leise. Sie kam auf mich zu, zog eine kleine Pistole und richtete sie auf mich. Natürlich hatte sie mich beim Wort genommen. Das verdammte Ding sah aus wie eine Spielzeugpistole.

Ich hätte mein Bike darauf verwettet, dass es keine war.

»Haben dir meine Geschenke gefallen?«, fragte ich.

Sie sah mich verständnislos an.

»Das Zeug, das du mit meiner Kreditkarte gekauft hast«, fuhr ich mit gehobener Augenbraue fort. Ich konnte es immer noch nicht fassen, dass sie mich wie ein Taschendieb beklaut hatte. Obwohl ich sauer war, bewunderte ich sie auch dafür. »Ich habe sie übrigens sperren lassen. Keine Shoppingtouren mehr.«

Sie lächelte, und eine Welle der Lust rollte über mich hinweg.

Fuck, ich hatte ganz vergessen, wie schön sie war. Ich wollte sie um meinen Schwanz spüren und hören, wie sie meinen Namen schrie. Wie machte sie das bloß? Eine Möse war eine Möse. Aber Em … Mann. *Denk an was Abtörnendes*, sagte ich zu mir. *An Nacktschnecken. Fußpilz. Skid.*

»Entschuldigung«, sagte sie unbeschwert, in einem Ton, der durchblicken ließ, dass sie es keinesfalls bedauerte. »Ich schätze, du könntest mich bei den Bullen anzeigen.«

Ich musste lächeln. *Bullen*. Ja, das war allerdings abtörnend genug.

»Du hast es dir wohl verdient«, gab ich zu.

»Oh, ich hab mir noch viel mehr verdient«, sagte sie und zielte dabei weiterhin mit der Waffe auf mich. »Du hast mich entführt, du hast mich verarscht, und dann hast du Nacktfotos von mir gemacht. Um das wieder auszubügeln, braucht es schon mehr als hübsche Höschen.«

»Das geb ich zu«, sagte ich in Hinblick auf die Fotos. Ich bereute vielleicht alles andere, aber die Fotos bereute ich ganz und gar nicht. »Gibt es irgendwas, wodurch ich das wiedergutmachen kann? Noch ein paar Sachen von Victoria's Secret wären für mich ganz in Ordnung, aber ich bin offen für Vorschläge.«

»Weißt du, während der letzten Woche habe ich mir viele Gedanken darüber gemacht. Und ich lande immer wieder bei derselben Idee … Wie wäre es, wenn ich dir in die Eier schießen würde? Das wäre doch gerecht, oder?«

Ich riss die Augen auf. Em lachte sanft. Dann wedelte sie drohend mit der Waffe wie eine Bibliothekarin, die in der Bücherei mahnend mit dem erhobenen Zeigefinger wackelt, um jemanden zum Schweigen zu bringen.

»Hey, du hast schließlich gefragt«, sagte sie. »Ich geh jetzt wieder rein.«

»Nein, warte«, sagte ich schnell und hob eine Hand. »Ich muss dir eine Menge erzählen. Über die Lage zwischen unseren Clubs.«

Sie runzelte die Stirn.

»Warum sollte ich dir trauen?«

Ich zuckte mit den Schultern.

»Du musst mir nicht trauen«, sagte ich. »Aber ich verdanke dir mein Leben. Danke für den Anruf übrigens.«

Sie zuckte zusammen.

»Keine Ahnung, wovon du sprichst.«

»Okay, na ja, nehmen wir mal an, du *hättest* etwas für mich getan, rein theoretisch natürlich. Dann würde ich dir gerne sagen, wie dankbar ich dir dafür bin«, sagte ich sanft. »Ich würde dir auch gerne erklären, wie es um den Waffenstillstand steht, damit du dich sicher fühlen kannst.«

Ich schob meine Hand Richtung Hosentasche. Sie streckte ihre Arme aus und ging in Schussstellung.

»Ich hol mir nur was zum Rauchen raus«, sagte ich ihr. »War 'ne verdammt harte Woche, könnte was vertragen. Willst du auch was?«

Sie schüttelte ihren Kopf, aber als ich den Joint herausholte, merkte ich, dass sie sich etwas entspannte.

»Na komm schon, setz dich hin«, sagte ich. »Halte deine Pistole weiter auf mich gerichtet, wenn dich das glücklich macht. Aber lieber wäre es mir, wenn du es nicht tätest. Bei meinem Glück fällt dir eine Spinne oder so auf den Kopf, und das verdammte Ding geht los.«

»Sind wir ein bisschen sexistisch veranlagt?«, fragte sie stirnrunzelnd. »Die arme kleine Em hat Angst vor Spinnen. Kann nicht mit ihrer Waffe umgehen. Machst du dir Sorgen, dass ich vergessen habe, auf welcher Seite es knallt?«

Ich fing an zu lachen. Ja, ich lachte so sehr, dass ich anfangs nicht mal sprechen konnte. Die ganze Zeit starrte sie mich an, senkte aber auch ihre Pistole.

»Baby, ich hätte Skid mal beinahe in den Arsch geschossen, weil eine Spinne auf mich gefallen ist, als ich eine Waffe in der Hand hatte«, gelang es mir schließlich zu sagen. »Das Viehzeug macht mich echt panisch. Sie haben acht Beine, das ist doch nicht normal, hey.«

Sie legte ihren Kopf zur Seite und auf ihrem Gesicht breitete sich ein Lächeln aus.

»Es ist echt schwierig, dich ernst zu nehmen, wenn du Angst vor Spinnenhast«, murmelte sie.

Verdammt, ich liebte den Klang ihrer Stimme. Wenn ich jemals allein auf Toke treffen würde, würde ich ihn mit meinen eigenen Händen erwürgen. Nicht wegen dem, was er Clutch angetan hatte – nein, ich war ihm noch etwas schuldig, weil er meine Chance versaut hatte, dieses tolle Mädchen zu ficken.

Sie stand jetzt etwas entspannter, hielt aber die Waffe nach wie vor in der Hand. Dann kam sie zu mir rüber, setzte sich etwas von mir entfernt hin und kauerte sich gegen die Barackenwand. Ich zündete den Joint an und nahm einen Zug. Der herb schmeckende Rauch glitt durch meine Kehle in meine Lungen. Es war kein wirklich heftiges Teil, aber ich fand, dass ich mir ein kleines bisschen Entspannung verdient hatte.

»Also, was wolltest du mir erzählen?«, fragte sie.

Ich nahm noch einen Zug und legte dann meine Arme auf meine Knie.

»Nun, die Bullen haben Toke eingesackt«, sagte ich. »Das wusstest du wahrscheinlich.«

»Nö«, murmelte sie. »Ich hatte schon vermutet, dass sich die Lage beruhigt hat, da wir ja offensichtlich nicht im Kriegszustand sind. Aber niemand hat mir diese Vermutung bestätigt.«

»Du klingst ein wenig angespannt. Bist du sicher, dass du nicht mal ziehen willst?«

»Nein, ich will dir lieber in die Eier schießen.«

»Das sagst du jetzt schon zum zweiten Mal«, erwiderte ich langsam. »Allmählich glaub ich, dass das gar kein Scherz ist?«

Sie lächelte mich an. Nicht auf die nette Art.

»Nein, ist kein Scherz. Wie gesagt, ich hab die ganze Woche über diese Geschichte nachgedacht. Nur weil ich nicht kreische und brülle, heißt das noch lange nicht, dass ich dir vergeben habe.«

Ich betrachtete ihr Gesicht, um herauszufinden, wie ich weitermachen sollte. Ich nahm noch einen langen Zug und genoss das wolkige Gefühl in meinem Kopf. Bis heute ist das die einzige Erklärung für das, was ich als Nächstes tat.

»Okay, lass uns einen Kompromiss schließen«, sagte ich, während ich langsam aufstand. »Geschossen wird nicht, aber du darfst mir einen Tritt geben, wenn du mir dann verzeihst. Ich schätze, die Sache zwischen uns ist vorbei, aber ich will nicht, dass du mich hasst. Das ist mir wichtig.«

Ihre Augen leuchteten im Mondlicht auf.

»Meinst du das ernst?«, fragte sie und kam langsam auf die Beine.

Ich zuckte mit den Schultern.

»Ich weiß, dass ich es verdient habe«, gab ich zu. »Wahrscheinlich hab ich noch viel mehr verdient. Tu's einfach, damit ich's hinter mir habe. Sonst überleg ich's mir noch mal.«

Ich legte meinen Joint zur Seite. Ich schätze, insgeheim glaubte ich nicht, dass sie es tatsächlich tun würde … Ich meine, in einem Film wäre sie so gerührt von meiner Geste, dass sie sich sofort in meine Arme stürzen würde.

Em war allerdings ein anderes Kaliber.

Sie kickte mich mit einem kräftigen Tritt voll in die Eier. Ihre pinken Converse trafen mich hart. Verdammt hart. Ein höllischer Schmerz explodierte in meinem Schritt, ich fiel zu Boden und biss mir auf die Lippe, damit ich nicht wie ein Baby losjammerte. Mann, was für ein Miststück. Dann wurde es noch schlimmer, als sie anfing, mich auszulachen.

»Wow, das hat sich echt gut angefühlt.«

»Mann, ich kann's nicht fassen, dass du das getan hast«, ächzte ich, während ich immer noch Sternchen vor meinen Augen sah. Ich konnte es echt nicht glauben, verdammt. Und ich hatte es auch noch zugelassen. Ich hätte einfach das nette Reapers-Arschloch da drin bitten sollen, mich zu erschießen, dann wäre die Sache vorbei gewesen.

Nach ein paar Minuten gelang es mir, mich wieder aufzurichten. Em lehnte an der Wand, rauchte entspannt meinen Joint und hatte die Waffe auf ihrem Knie aufgestützt. Wäre ja irgendwie sexy gewesen, wenn ich in meinen Eiern auch nur irgendwas außer höllische Schmerzen hätte spüren können.

Das Gute daran war, dass ich mir ausnahmsweise keine Sorgen über einen Steifen im falschen Moment machen musste.

»Oh, ich habe sogar vor, noch was Lustigeres zu tun«, sagte Em mit süßer Stimme. »Es ist so wunderbar, wie du dich in Schmerzen windest, dass ich mir echt überlege, auch noch auf dich zu schießen.«

Sie hob die Pistole und zielte direkt auf mich.

Fuck. Ich hatte die Situation völlig falsch eingeschätzt. Sie hielt meinem Blick lange stand, zog nochmals langsam am Joint und blies dann einen Rauchring aus. *Einen verdammten Rauchring.* Irgendwo in meinem Hinterkopf hörte ich die Titelmelodie von *Zwei glorreiche Halunken.* Liam »Hunter« Blake war im Begriff, von einem Klischee erschossen zu werden.

Dann platzte Em mit einem Lachen heraus.

»Deine Miene gerade eben war das Wundervollste, das ich in meinem Leben je gesehen habe. Du wirst mir nie wieder Angst einjagen.«

Ich sank erleichtert zusammen, als sie die Waffe sinken ließ und mir den Joint reichte. In der Hoffnung, meinen Adrenalinpegel damit etwas zu senken, nahm ich einen tiefen Zug.

»Du kannst echt ein fieses kleines Miststück sein, wenn du es darauf anlegst«, murmelte ich. »Mann, Em. Du solltest echt aufhören, mit Waffen zu spielen.«

»Danke für das Kompliment«, sagte sie. »Und jetzt kannst du mir die Geschichte erzählen, derentwegen du hergekommen bist.«

Ich schüttelte langsam meinen Kopf und versuchte nachzudenken. Es war etwas schwierig, sich zu konzentrieren, während Schmerz, Adrenalin und ein seltsames, surreales Gefühl des Stolzes auf sie mich durchströmten.

Sie gäbe eine unfassbar schrecklich-scharfe Alte Lady ab.

»Toke ist momentan in Schutzhaft im Clackamas County Jail«, sagte ich langsam. »Noch hat niemand mit ihm gesprochen. Ich schätze, wenn die Reapers Kontakt zu ihm hatten, erzählen sie es uns nicht. Sie haben wesentlich mehr zu verlieren als wir.«

»Was ist mit deinen Freunden?«, fragte sie. »Die, die er angeschossen hat?«

»Alles in Ordnung. Das heißt: Sie wurden zwar tatsächlich verletzt, und Clutch muss erst einmal auf Reha. Dein Typ hat ihn ganz schön fertiggemacht …«

»Nicht mein Typ«, unterbrach sie mich. »Er hat mich aufgeschlitzt, erinnerst du dich?«

Oh, und wie ich mich erinnerte. An den Anblick ihres halb nackten Körpers, ihrer fantastischen Titten direkt vor mir, die förmlich darum bettelten, berührt zu werden. Mein Schwanz zuckte, und ich bewegte mich, um mich bequemer hinzusetzen.

Das waren gute Neuigkeiten … Schön, dass in der unteren Abteilung noch alles funktionierte.

»Wie steht es denn nun zwischen den Clubs?«, fragte sie. »Gilt der Waffenstillstand wieder?«

»Ja«, antwortete ich. »Picnic und Burke haben ihn ausgehandelt. Ich weiß nicht, was du deinem Dad erzählt hast, aber er hat die Durchsetzung des Waffenstillstands unterstützt. Das sind gute Neuigkeiten für uns alle. Es bedeutet, dass wir uns wieder aufs Bike setzen und einfach leben können, anstatt uns zu bekämpfen. Wenn du einem Jack begegnest, musst du keine Angst vor ihm haben.«

»Ja, das sind wirklich tolle Neuigkeiten.«

Schweigen senkte sich herab, und Em rutschte ein wenig näher heran, um mir den Joint zu geben. Langsam entspannte ich mich und dachte über Ems kleine Machtdemonstration nach. Immer noch durchzuckte mich ab und an der Schmerz, aber je mehr ich darüber nachdachte, desto lustiger erschien mir die Situation.

»Du hast mich echt in die Eier getreten«, sagte ich und verdrehte die Augen.

»Ja, hat sogar Spaß gemacht.«

»Vielleicht ist dir das nicht klar, aber normalerweise geben sich die Leute ziemlich Mühe, mich nicht zu verärgern. Wenn ich sauer werde, passieren schlimme Dinge.«

»Die schlimmen Dinge passieren auch, wenn *ich* sauer werde. Das solltest du besser nicht vergessen.«

Ich schnaubte, und gegen meinen Willen stahl sich ein Lächeln auf mein Gesicht. Wir saßen noch eine Weile schweigend nebeneinander. Die Nachtluft war ein wenig frisch, sodass ich gern eine Decke gehabt hätte. Oder Ems warmen Körper, der sich an den meinen presst. Nach einiger Zeit rutschte ich nach unten, legte mich ins Gras und sah hinauf zu den

Sternen. Ausnahmsweise dachte ich mal nicht die ganze Zeit an Sex, obwohl sie neben mir war. Auch mal ganz hübsch zur Abwechslung.

»Wirklich schön hier draußen«, sagte ich schließlich. »Du hattest echt Glück, dass du an so einem Ort aufgewachsen bist.«

Ich hörte, wie sie sich bewegte und neben mich ins Gras legte. Nicht zu nahe – wir berührten uns nicht. Aber doch so, dass ich ihren einzigartigen, blumigen Duft riechen konnte, der sie ständig begleitete.

»Wo bist du aufgewachsen?«, fragte sie.

»In der Hölle«, sagte ich knapp.

Wir schwiegen wieder.

»Ich vermisse dich, Em.«

Sie antwortete nicht. Ich gähnte, als gerade etwas Dunkles über uns hinwegflog. Dann kam noch ein zweiter dunkler Schatten.

»Was ist das?«, fragte ich.

»Fledermäuse.«

»Ernsthaft?«

Sie lachte.

»Nö, ich erzähl dir hier Lügen über Fledermäuse, Liam.«

Mann, ich liebte es, wenn sie meinen Namen sagte. Ohne nachzudenken griff ich nach ihr und zog sie an mich. Sie erstarrte.

»Entspann dich«, flüsterte ich. »Dir wird nichts passieren.«

Sie rückte kurz von mir ab, seufzte dann aber und schmiegte ihren Kopf an meine Schulter, wo sie sich langsam entspannte. Es war großartig, sie in der Dunkelheit einfach nur so im Arm zu halten.

»Weißt du, dass du mit einer Sache unrecht hattest?«, sagte sie nach einiger Zeit.

»Womit denn?«

»Ich würde ganz im Gegenteil eine beschissene Alte Lady abgeben.«

»Wie kommst du darauf?«, fragte ich neugierig.

»Nun, unter anderem habe ich die Angewohnheit, die Feinde meines Clubs zu warnen, damit sie abhauen können, bevor sie getötet werden«, sagte sie langsam. »Das wirst du doch niemandem verraten, oder? Dad würde mir das nie verzeihen.«

»Natürlich nicht«, sagte ich mit fester Stimme. »Du hast mir das Leben gerettet. Das würde ich dir nicht antun. Verdammt, ich will vermeiden, dir *irgendwie* wehzutun. Ich hätte heute Nacht nicht kommen sollen, aber ich wollte, dass du erfährst, dass alles vorbei ist.«

Blödsinn. Ich hatte sie sehen wollen. Und berühren. Den Duft ihrer Haare riechen.

»Ich kann nur schwer einschätzen, was du tun wirst«, sagte Em. »Du hast mir etwas Wichtiges beigebracht – den Typen, die man online kennenlernt, kann man nicht vertrauen. Erinnerst du dich?«

Ich zuckte zusammen.

»Ach, die Sache … es tut mir leid. War echt scheiße.«

»Aber mich zu umwerben, um dann meinen Vater zu manipulieren, wäre in Ordnung gewesen?«

»Na ja, um ehrlich zu sein, hab ich es auch gemacht, um mit dir zu schlafen. Es ging nicht nur ums Geschäft.«

Sie schnaubte leise. Nicht verärgert, sondern eher ein ersticktes, überraschtes Lachen, das ihr ausgekommen war.

»Wirst du diese Bilder löschen?«, fragte sie schließlich nüchtern. »Ich will nicht, dass sie in Umlauf sind. Du schuldest mir etwas – ich habe deinen Arsch gerettet, ich habe Skid gerettet und auch euren kostbaren Waffenstillstand.«

Da hatte sie eindeutig recht. Aber diese Bilder würde ich unter keinen Umständen löschen. Sie waren die Krönung meiner Wichsfantasien.

»Ich werde sie entfernen«, log ich. Scheiße, wenn das die schlimmste Lüge für heute wäre, könnte ich glatt einen Rekord aufstellen.

»Woher weiß ich, dass du die Wahrheit sagst? Was weiß ich denn schon? Vielleicht hast du sie schon an deinen ganzen Club gemailt.«

»Nö, wenn ich das getan hätte, hätte sich das bei deinem Club auch schon rumgesprochen«, erklärte ich ihr. »Meine Brüder könnten der Versuchung nicht widerstehen, sie deinem Dad zu schicken. Ich kümmere mich drum. Du musst keine Angst haben, dass du sie jemals wieder zu Gesicht bekommst.«

»Okay«, stimmte sie mit schleppender Stimme zu. Mir wurde bewusst, dass sie gerade am Einschlafen war. Ich hielt völlig ruhig. Nach ein paar Minuten hörte ich ein sehr sanftes und extrem weibliches kleines Schnarchen.

Nicht vergessen: Gras haut Em um.

Mein anfängliches Grinsen ließ schnell wieder nach, als mir klar wurde, dass mir diese Information in Zukunft wohl kaum nützen würde. Höchstwahrscheinlich würde ich sie nach dieser Nacht nie wieder sehen. Im besten Fall würde der Frieden anhalten, und ich würde sie in ein paar Jahren bei einem Clubtreffen auf der anderen Seite des Lagerfeuers sehen. Dann hätte sie einen Alten Mann … damit müsste ich dann einfach zurechtkommen. Außer, wenn es dieser Schwanzlutscher Painter wäre. Ich mochte den Typen nicht. Mein letzter Gedanke vor dem Einschlafen war, dass ich ihn umlegen müsste, wenn ich ihn jemals mit Em zusammen sähe.

Eine andere Lösung gab es nicht.

Em

Vogelgezwitscher weckte mich. Auf meiner rechten Seite war mir eiskalt, denn ich lag auf dem … Boden. Mein Rücken dagegen fühlte sich warm an und über meinem Körper lag schwer der Arm eines Mannes.

Was zum Teufel?

Dann fiel mir wieder alles ein.

Liam. Hunter. Wie auch immer er hieß. Er hatte sich gestern Nacht draußen mit mir getroffen. Ich hatte ihn in die Eier getreten – eine Erinnerung, bei der es mir gleich wieder warm ums Herz wurde. Dann hatten wir geredet und geraucht, und es war eigentlich alles gar nicht so schlecht gelaufen. Shit. Das war wahrscheinlich verkehrt gewesen. Aber obwohl der Boden unter mir kalt und feucht war, fühlte ich mich in seinen Armen wunderbar geborgen. Sein Bizeps eignete sich perfekt als Kopfkissen.

Igitt. Ich hatte auf seinen Arm gesabbert.

Vorsichtig griff ich in Hosentasche und zog mein Handy heraus. Fünf Uhr dreißig, früher Morgen. Mir wurde klar, dass ich wieder ins Haus musste. Painter war zwar nicht mein Boss oder so, aber als Spion meines Vaters machte er sich verdammt gut. Ganz langsam glitt ich unter Hunters Arm hervor. Dann stand ich über ihm und betrachtete ihn ein letztes Mal. Wie viele andere Menschen wirkte auch er im Schlaf jung und unschuldig. Sicher, er war immer noch ein großer Mann mit starken Muskeln und scharfen Kanten. Aber sein Gesicht schien nun viel weicher. Sein Kinn war von dunklen Stoppeln bedeckt, sein fast schwarzes Haar hing ihm über die Augen.

Außerdem trug er seine Devil's-Jack-Kutte – ich sah ihn heute zum ersten Mal darin.

Stand ihm echt gut. So, wie ihm einfach alles gut stand. Er war so ein verdammt hübscher Hurensohn, dachte ich wehmütig. Und wahrscheinlich würde ich ihn nie wieder sehen. Ich konnte mich nicht davon abhalten, darüber nachzudenken, was hätte sein können.

Ich zog noch einmal mein Handy hervor und machte ein paar Fotos. Er hatte schließlich wesentlich schlimmere von mir gemacht. Dann ging ich vorsichtig um die Baracke herum zurück zum Haus. Ich fühlte mich wie ein Teenager, der sich nach einem Date wieder reinschleicht. Was gar keine so schlechte Beschreibung war – denn vor dem Haus stand Dads Bike. Er musste irgendwann im Lauf der Nacht heimgekommen sein, obwohl es mir ein Rätsel war, wie ich den Lärm seiner großen Harley überhören hatte können.

Oh. Ich war ja völlig bekifft gewesen. Upps.

Behutsam öffnete ich die Türe und schlich mich an Painter vorbei die Treppe hoch. In meinem Zimmer zog ich Handy und Pistole hervor und legte beide auf mein Nachtkästchen, bevor ich unter die Decke kroch. Am

Montag würde ich die Leute von der Kosmetikschule anrufen, beschloss ich. Einfach mal nachfragen, ob ich zum Beginn des nächsten Quartals für die Kurse nach Portland kommen könnte

Für eine Stadt musste ich mich ja entscheiden. Nicht, dass ich Liam je wiedersehen würde …

TEIL ZWEI

KAPITEL NEUN

Coeur d'Alene, Idaho

Sechs Wochen später

Em

Ich sah mir die Playlist an, die ich auf meinem Handy zusammengestellt hatte, und lächelte.

Dann drückte ich auf Abspielen.

Der Bass dröhnte durch den vorderen Teil des Hauses und brachte die Fenster zum Klirren. Dads Zimmer war im hinteren Anbau, weshalb es dort nicht *zu* laut sein würde. Nur laut genug, um die Auswirkungen eines Katers deutlich zu verschlimmern, falls man denn das Pech hatte, unter einem zu leiden.

Die Chancen, dass es derjenigen, die gestern Nacht hysterisch kichernd (die endlosen Sexgeräusche waren wohl noch nicht genug) mit ihm nach Hause gekommen war, ordentlich schlecht ging, standen recht gut. Gestern hatte der Club eine Halloweenparty gefeiert. Ich hatte mich für ein klassisches Kostüm entschieden – den Playboy Bunny (zu Ehren von Bridget Jones), dessen Wirkung recht zufriedenstellend gewesen war. Painter war ständig um mich rumgeschlichen, wofür ich noch vor sechs Monaten einen Mord begangen hätte. Aber jetzt? Konnte er sich verpissen.

Sie konnten sich alle verpissen.

Die Männer, meine ich. Ich hatte genug von Leuten mit Penissen, besonders von Bikern mit Penissen: Liam (er war seit seinem nächtlichen Besuch wie vom Erdboden verschluckt, soweit ich das beurteilen konnte). Painter (der mich nur wollte, wenn er mich nicht haben konnte). Mein Dad (igitt).

Ich wollte eine Kampagne für das Recht der Frauen, ihren Vibrator zu heiraten, anstoßen. Bisher hatte ich Unterschriften von … nun ja, vor allem von Maggs gesammelt. Bolt, ihr Alter Mann, hätte demnächst die Möglichkeit, vorzeitig aus der Haft auf Bewährung entlassen zu werden. Aber sie glaubte nicht daran, dass sie ihn tatsächlich freilassen würden. Er würde keine Straftat gestehen, die er nicht begangen hatte. Wir wussten alle, dass er unschuldig war. Wir wussten sogar, dass die DNA-Untersuchung ihn rehabilitieren würde.

Aber den Staat davon zu überzeugen, die DNA endlich testen zu lassen, war eine ganz andere Sache. Die Chancen standen nicht gut.

Maggs hatte sich wie ein Gefangener in einen orangen Overall gekleidet und erklärt, dass das ihrer momentanen Vorstellung einer Schlampe entsprach. Dass sie Overalls mit Sex assoziierte, da die einzigen Gelegenheiten, bei denen sie Sex hatte, während der seltenen Besuchszeiten für Eheleute waren.

Ich überprüfte die Lautstärkeregler und stellte die Musik ein klein wenig lauter. Das hintere Schlafzimmer wurde nicht wirklich zugedröhnt – aber ein wenig flotte Tanzmusik war doch ideal zum Aufwachen und um in Schwung zu kommen, oder? Und nicht nur das – es erschien mir als ein Gebot der Höflichkeit, einen leckeren Brunch für sie zuzubereiten.

Ein neuer Song begann, und ich hörte Geräusche aus dem hinteren Teil des Hauses. Zu erraten, wer jeweils aus Dads Schlafzimmer rauskam, war echt Glückssache. In meiner Fantasie stellte ich mir vor, dass er mal eine Frau über dreißig mitbrächte. Aber bisher hatte ich kein Glück gehabt. Vermutlich war es wieder einmal ein Mädel, mit dem ich auf der Highschool gewesen war.

Eigentlich sollte ich mir ihren Ausweis zeigen lassen, um zu überprüfen, ob sie volljährig waren.

Es war nicht immer so gewesen. Nach Moms Tod machte Dad eine düstere Phase durch – ein zorniger Löwe, der durchs Haus strich und gelegentlich gegen Dinge trat, die ihm im Weg waren. Im ersten Jahr hatte ich ihn nie mit einer Frau zusammen gesehen. Aber danach? Als ob er einen Schalter umgelegt hätte: Jetzt vögelte er alles, was ihm über den Weg lief, sogar mehr als Ruger vor Sophie, und das wollte was heißen. Genauso gut konnte ich Dads »Freundin« willkommen heißen, sagte ich mir heuchlerisch. Nach einer langen, harten Nacht würde sie hungrig sein.

Ich begann, Pfannkuchenteig zu verquirlen, und sang bei jedem neuen Song laut mit.

Nach dem dritten Song war die Pfanne heiß und der Teig fertig.

Nach dem sechsten hatte ich ein Dutzend Pfannkuchen gebacken. Außerdem hatte ich ein Hämmern aus dem hinteren Teil des Hauses vernommen sowie ein hohes Quieken. Sein jüngstes Partymitbringsel klang wie ein Ferkel, urteilte ich ungnädig.

Wie nicht anders zu erwarten, kannte ich das Mädchen, das in die Küche marschierte. Wieder eine, mit der ich zur Schule gegangen war. Echt eklig.

Ich beobachtete sie, während ich einen Schluck Kaffee trank. Dann hob ich meine Tasse und bot ihr wortlos ebenfalls Kaffee an. Sie schüttelte ihren Kopf, zuckte jedoch bei der Bewegung zusammen. Ich schluckte eine weitere Ladung Koffein hinunter und verbarg mein höhnisches Grinsen.

Nachdem ich die Tasse abgestellt hatte, goss ich einen Schöpflöffel mit verquirltem Ei in die Bratpfanne. Hinter mir erklang ein Würgen, als sie Richtung Badezimmer stürzte. Ein paar Minuten später spazierte Dad in die Küche. Er trug lediglich seine Flanellpyjamahose und lehnte sich, ohne etwas zu sagen, gegen das Küchenbuffet, während ich ihm kommentarlos eine Tasse Kaffee reichte.

Er nahm einen Schluck.

»Hast du heute schon was vor?«, fragte er.

Er erkundigte sich nicht nach dem Mädchen und beschwerte sich auch nicht über die laute Musik.

Das tat er nie.

Insgeheim hatte ich die Theorie, dass es ihm gefiel, wie ich in der Früh erst einmal seine Frauen aus dem Haus scheuchte. So, wie man den Hund rausließ oder die Mülltonne zum Bordstein karrte. Es gehörte zu den vielen kleinen Dingen, die ich für ihn tat, um ihm das Leben angenehmer zu gestalten. Als Gegenleistung hielt er mich von Dates ab und versuchte, mein Leben bis ins Kleinste zu kontrollieren.

Das erschien mir nicht wirklich fair, darüber musste ich unbedingt mit ihm reden.

Ich holte tief Luft und beschloss, dass der Augenblick gekommen war.

»Ich habe tatsächlich heute etwas vor«, sagte ich.

»Was denn?«, fragte er.

Als ein lautes Kotzgeräusch im Badezimmer ertönte, zuckten wir beide zusammen.

»Sie hat echt Klasse, Dad.«

Ein schmerzerfüllter Ausdruck huschte über sein Gesicht.

»Ja, du hast völlig recht. Also, was hast du vor?«

»Du weißt doch, dass ich mich erkundigt habe, wie ich meinen Abschluss als Kosmetikerin machen kann. Ich habe einen Kurs gefunden, und sie haben mich angenommen. Ich mag die Arbeit als Nageldesignerin, aber dieser Kurs würde mich wirklich voranbringen.«

»Das ist schön«, sagte er und lächelte mich an. »Ich habe zwar keine Ahnung, worum es geht, aber wenn es dich glücklich macht, dann tu es.«

»Die Sache ist die …«, sagte ich und holte tief Luft. »Der Kurs findet in Portland statt.«

Ich wappnete mich für die Explosion, die nun kommen musste. Er enttäuschte mich nicht.

»Was zum Teufel denkst du dir eigentlich dabei?«

»Ich habe mich bei der Hochzeit mit Cookie unterhalten«, sagte ich. »Sie hat Platz für mich und könnte eine kleine Mieteinnahme gut gebrauchen. Seit Baggers Tod fühlt sie sich einsam. Sie liebt Portland, aber es würde ihr helfen, wenn sie eine Freundin bei sich hätte.«

»Erzähl mir doch keinen Scheiß, Kleine«, murmelte er. »Hier geht es doch um Hunter. Was zum Teufel hat er mit dir angestellt? Du musst mit mir darüber reden.«

Ich schüttelte meinen Kopf. Er war ständig hinter mir her gewesen, damit ich ihm erzählte, was passiert war, als ich mit Liam allein gewesen war. Aber ich war noch nicht dazu bereit, wäre es vielleicht nie. Zwar schienen sich meine Gefühle täglich zu wandeln, doch eine Sache wusste ich sicher: Sollte ich jemals den Drang verspüren, über meine Erlebnisse zu sprechen, dann würde ich mir sicher nicht Dad als Gesprächspartner aussuchen.

»Nein, hier geht es um mich«, sagte ich bestimmt. »Es ist an der Zeit für mich, eigene Wege zu gehen. Ich liebe Portland, ich liebe Cookie, und ich muss raus aus Coeur d'Alene.«

Er wandte seinen Blick ab, während sich sein Gesicht verdüsterte.

»Wenn es nicht um Hunter geht, dann geht es um Painter, oder? Willst du weg von ihm? Ich weiß, dass er gestern ständig hinter dir hergeschlichen ist. Ich kann dafür sorgen, dass er dich in Ruhe lässt, Baby.«

»Nein«, wiederholte ich. »Das ist Teil des Problems. Jeder glaubt, dass es um die Männer in meinem Leben geht oder um den Club. Aber das stimmt nicht. Es geht um *mich*. Ich hab dich lieb, aber ich bin fast dreiundzwanzig Jahre alt. Ich brauche mehr Freiraum – es ist höchste Zeit.«

»Ich möchte, dass du glücklich bist«, sagte er langsam. »Und ich kann sogar verstehen, dass du ausziehen willst. Aber Portland ist die falsche Stadt.«

»Komm mir nicht damit«, sagte ich zu ihm. »Der Waffenstillstand mit den Devil's Jacks hält. Deke und die Brüder werden vor Ort für mich da sein. Du musst die Tatsache akzeptieren, dass ich erwachsen bin und auf mich aufpassen kann. Ich verspreche dir – wenn ich Hilfe brauche, melde ich mich. Aber du kannst mich nicht in Watte packen und im Keller aufbewahren. Kit wohnt alleine und es geht ihr gut. Jetzt bin ich an der Reihe.«

»Nun, wenn du wirklich willst …«, sagte er schließlich. Er schüttelte seinen Kopf. »Mir gefällt das nicht. Und übrigens gefällt es mir auch nicht, dass Kit ausgezogen ist und nun alleine wohnt.«

Ich lächelte, weil ich wusste, dass ich ihn rumgekriegt hatte.

»Es wird alles gut gehen, Dad. Ich liebe …«

»Oh, ich kann's nicht fassen, wie sehr mir der Kopf wehtut«, stöhnte meine ehemalige Klassenkameradin, als sie mit leicht grünem Gesicht in die Küche stolperte.

So grün wie das Innere einer Gurke.

Das warme Gefühl, das ich gerade noch für Dad empfunden hatte, kühlte sich merklich ab. Warum, bitte schön, vögelte er einfach mit solchen Frauen herum? Mom würde ihn abknallen, wenn sie sehen könnte, dass er so einen Scheiß machte. Sie würde ihn nicht aus Eifersucht umbringen, sondern ihm einen Gnadenschuss verpassen.

»Meinst du, du könntest vielleicht die Musik leiser drehen?«, wimmerte sie.

Ich schüttelte voll falschem Mitgefühl meinen Kopf und brüllte dann: »Find die Fernbedienung nicht!«

Als sich ihr ganzer Körper schüttelte, fühlte ich mich doch etwas schuldig. Auch wenn mich die Situation anekelte, empfand ich jetzt Mitleid mit ihr, was wiederum meinen wunderbar selbstgerechten Trotzanfall ruinierte.

»Oh, da ist sie ja«, murmelte ich. Ich nahm mein Handy und schaltete die Musik aus, während ich hoffte, dass mir endlich ihr Name einfiel.

»Kenn ich dich irgendwoher?«, fragte sie.

Ich verkniff mir einen Seufzer. Zumindest war ich nicht die Einzige mit beschissenem Gedächtnis.

»Wir sind zusammen zur Schule gegangen«, sagte ich. »Leider hast du letzte Nacht meinen Dad gefickt, deswegen dachte ich, ich mach dir besser was zum Frühstücken. Sieh es einfach als Trostpreis an.«

Auf ihrem Gesicht machte sich Verwirrung breit, und mein Trotzanfall ebbte endgültig ab. Wen interessierte es schon, ob mein Dad Zwanzigjährige vögelte. Zumindest heiratete er sie nicht.

»Willst du Kaffee?«

»Nein, danke«, sagte sie. Sie sah stirnrunzelnd hinüber zu dem schweigenden Mann, der uns beobachtete. »Ist sie echt deine Tochter?«

Er nickte, und ich sah einen Funken Humor in seinen Augen glitzern.

»Das ist irgendwie unheimlich«, sagte sie und sah von einem zum anderen.

Er zuckte mit den Schultern.

»Soll ich dich nach Hause bringen?«

Sie schien zu überlegen: Offenbar waren die Zahnräder in ihrem Gehirn ein wenig eingerostet.

»Äh, ja«, sagte sie. »Das ist wahrscheinlich eine gute Idee.«

»Vanessa!«, trompetete ich los, weil ich stolz darauf war, dass mir ihr Name wieder eingefallen war.

Als sie zusammenzuckte, wurde mir bewusst, dass ich gebrüllt hatte. »Entschuldigung, ich konnte mich nicht mehr daran erinnern, und als es mir dann einfiel …«

Sie sah mich einfach nur mit diesen großen Waschbäraugen an, wie man sie nach einer Party hat. Erst da fiel mir ihr »Kostüm« auf. Es war ein superkurzes, superenges kleines Kleid, auf dessen Vorderseite irgendwas komisch Oranges angebracht war. Auf jeder der Brüste befand sich ein grüner Puschel.

»Was zum Teufel ist das?«, fragte ich sie. »Ich meine, was stellst du dar?«

»Ich bin eine sexy Karotte.«

Ich warf meinem Dad einen Blick zu und schüttelte langsam den Kopf. Er sah mir nicht in die Augen.

»Ich hol nur schnell meine Sachen«, sagte Vanessa nervös. »Das ist echt zu schräg für mich.«

»Gute Idee«, sagte Dad zu ihr. »Wir fahren in fünf Minuten.«

Sie stolperte wieder aus dem Zimmer.

»Ernsthaft? *Sexy Karotte?«*

Er zuckte mit den Schultern.

»Mir ist nicht aufgefallen, wie jung sie ist. Letzte Nacht sah sie älter aus.«

»Das glaubst auch bloß du.«

»Bist du dir sicher mit dieser verdammten Portland-Geschichte?«, fragte er, da er offenbar kein Interesse daran hatte, seinen Karottenfetisch zu diskutieren, was mich allerdings auch nicht wunderte.

Er nahm Frauen nicht allzu ernst. Genau genommen war das seine Entschuldigung, wenn er wieder einmal einen meiner Freunde vergrault hatte. Er wollte nicht, dass ich bei jemandem wie ihm landete. Doch dazu war es wohl zu spät. *Verdammter Liam.*

»Ich bin mir sicher. Hab schon alles in die Wege geleitet. Ich werde diese Woche im Salon kündigen und am Samstag dann ausziehen. Es wäre nett, wenn du mich mit dem Transporter hinfahren könntest, um mir beim Einzug zu helfen.«

Er seufzte und rieb sich den Nacken.

»Du bist erwachsen«, sagte er schließlich. »Du kannst tun, was du willst. Aber was ist mit Painter? Bist du dir ganz sicher, dass das vorbei ist? Den Jungen hat's bös erwischt.«

Ich hob eine Augenbraue.

»Painter hat mich zurückgewiesen und fünf Minuten später eine Schlampe im Badezimmer gefickt«, sagte ich trocken. »Ich hab genug von Painter. Schon seit einer ganzen Weile. Das ist auch kein Geheimnis, selbst wenn er mir in letzter Zeit ständig nachläuft. Er will nur das haben, was er nicht kriegen kann.«

Sein Blick verdunkelte sich.

»Es war der falsche Abend, Kleine.«

»Das war es doch immer«, fauchte ich. »Ich glaube, dass ich was Besseres kriegen kann.«

Dad nickte nachdenklich.

»Okay«, antwortete er. »Hey, Emmy?«

»Ja?«

»Du triffst die richtige Entscheidung«, sagte er. »Wegen Painter, meine ich.«

Ich erstarrte. Damit hatte ich jetzt nicht gerechnet.

»Was? Ich dachte, du wolltest immer, dass ich mit einem Reaper zusammen bin?«

»Das stimmt ja auch«, erwiderte er. »Aber Painter hat nie um dich gekämpft. Er hat mich nie herausgefordert, nie gefragt, ob er ein Date mit dir haben kann, nichts dergleichen. Du verdienst einen Mann, der um dich kämpft, Kleine. Vergiss das nicht, in Ordnung?«

Wow. Das hatte ich wirklich nicht erwartet. Ich merkte, dass mir die Tränen in die Augen stiegen, und warf mich in seine Arme. Er hielt mich ganz fest, legte sein Kinn auf meinen Kopf und streichelte sanft über meinen Rücken.

»Vergiss nicht«, sagte er. »Du und Kit – ihr könnt immer nach Hause kommen. Ich will nicht, dass du gehst. Es ist einfach perfekt, wenn du hier bist, aber ich schätze, du wirst in Portland schon zurechtkommen. Gib dich nur nicht mit zu wenig zufrieden. Such dir eine Beziehung, wie Mom und ich sie hatten.«

»Painter ist definitiv zu wenig«, murmelte ich.

»Ja«, sagte Dad. »Er ist jetzt mein Bruder, und ich steh zu ihm. Aber ich habe deine Mom nie betrogen. Mir war nie danach. Du brauchst einen Mann, dem es ebenso geht. Such so lange nach ihm, bis du ihn findest.«

»Ich hab dich lieb, Daddy«, flüsterte ich.

»Ich weiß.«

»Hey, hast du irgendein Raumspray?«, jammerte Vanessa in schrillen Tönen. »Ich hab Bierschiss. Dein Badezimmer stinkt höllisch.«

Verdammt. Ich war nicht die Einzige, die sich was Besseres suchen sollte.

»Du hast einen neuen Tiefpunkt erreicht, Dad«, flüsterte ich. Seine Brust hob sich unter lautlosem Gelächter.

»Ja, das muss ich zugeben. Scheiße, was hab ich mir nur dabei gedacht?«

»Tja, da solltest du mal drüber nachdenken ...«, sagte ich und löste mich von ihm, um in sein Gesicht zu sehen. Er lächelte auf mich herab, und um seinen blauen Augen, die ich von ihm geerbt hatte, zeichneten sich winzige Lachfältchen ab. »Ein Schritt nach vorn? Junges Gemüse ist selten sexy. Taugt auch als Lebensmotto.«

»Ich werd dran denken.«

Portland, Oregon

Zwei Wochen später

»Ausweis?«, fragte der Türsteher.

Kit verdrehte die Augen und zog ihre kleine Plastikkarte raus. Er betrachtete sie gründlich, bevor er sie ihr zurückgab. Dann überprüfte er meinen Ausweis und ließ uns schließlich die Stufen runter in die Bar gehen.

Es war mein erstes komplettes Wochenende in Portland, und Kit war von Olympia runtergekommen, um meine neu gewonnene Freiheit mit mir zu feiern. Angefangen hatten wir mit einem Abendessen im Restaurant Kennedy School, zusammen mit Cookie und ihrer Tochter Silvie. Danach war Cookie nach Hause gefahren. Wir verlegten unsere Party in den Pearl District auf der anderen Seite des Flusses und machten uns auf die Suche nach der perfekten Absturzkneipe. Als ich mich in dem dunklen unterirdischen Raum umsah, war ich mir ziemlich sicher, dass wir sie gefunden hatten. Die Musik war laut, das Publikum gemischt, und rund um den Billardtisch hingen ein paar Typen ab, denen ich auf meiner »Den würd ich nehmen«-Skala eine Sieben bis Acht geben würde, wobei Liam ein glatte Zehn wäre.

Der Bastard.

Wie konnte er es wagen, im Mondlicht den netten Süßen zu spielen und dann abzuhauen und nie wieder was von sich hören zu lassen? Okay, ich hatte ihn in die Eier getreten … jedes Mal, wenn ich daran dachte, musste ich lächeln.

»Weiß Dad, dass du einen gefälschten Ausweis hast?«, fragte ich, als wir die Bar betraten.

Kit grinste.

»Natürlich«, antwortete Kit. »Er hat ihn mir gegeben.«

Ich blieb abrupt stehen.

»Scheiße, nie im Leben.«

»Doch«, erwiderte sie. »Direkt nachdem ich während meiner Highschool-Zeit mit einer schlechten Fälschung geschnappt wurde. Er hat mir gesagt, dass er nicht will, dass ich verhaftet werde oder in Schwierigkeiten gerate. Deshalb bräuchte ich was Vernünftiges.«

»Das ist so was von unfair«, murmelte ich. »Mir hat er nie einen gegeben.«

»Hast du ihn danach gefragt?«

Ich schüttelte meinen Kopf.

»Nein, ich schätze, dass ich gar nicht auf die Idee gekommen bin … ich meine, ab einem bestimmten Zeitpunkt hat er mich manchmal was im Club oder daheim trinken lassen. An Bars hab ich gar nicht gedacht.«

»Nun, das ist der Unterschied zwischen dir und mir«, sagte sie. »Ich bin immer auf der Suche nach neuen Methoden, um in Schwierigkeiten zu geraten. Du bemühst dich immer, so unauffällig wie möglich zu sein, sodass dich keiner bemerkt.«

Da hatte sie recht. Man konnte es sogar an unserer Kleidung sehen. Ich hatte ein einfaches schwarzes Top an. Es hatte einen leichten Ausschnitt, aber es stach in einer Bar oder einem Tanzclub nicht gerade heraus.

Kits Outfit dagegen … war etwas anderes.

Sie hatte sich heute für Vintage entschieden. In dem Look stylte sie sich schon eine ganze Weile. Ihr Haar war schwarz gefärbt und so kunstvoll frisiert, dass es eindeutig nach Bettie Page aussah. Sie trug eine enge, schulterfreie rote Bluse, passend zum knallroten Lippenstift, und zeigte ihre Tattoos. Dazu hatte sie hautenge Caprihosen an, die irgendwie altmodisch und zugleich nuttig wirkten. Ihr komplettes Outfit war einzigartig und zog die Blicke auf sich. Außerdem entsprach es keinem aktuellen Modetrend oder angesagten Stil.

So war Kit schon immer gewesen – sie verfolgte gnadenlos ihren eigenen Weg und kümmerte sich nicht um die Meinung der anderen. Ich liebte es.

Ich liebte sie.

»Ich liebe dich«, sagte ich zu ihr und umarmte sie.

Sie kicherte.

»Du bist betrunken.«

»Du aber auch!«

»Aber noch nicht betrunken genug«, entgegnete sie. »Holst du mir einen Wodka Red Bull? Ich geh mir mal die Nase pudern.«

Als ich auf unsere Drinks wartete, dachte ich über meine Schwester und ihre einzigartige Einstellung zum Leben nach. Die Nase pudern – bitte schön. Wer sagte denn so was? Das gehörte alles irgendwie zu ihrer Vintage-Persönlichkeit, die bei ihr alles andere als künstlich wirkte.

Das musste man erst mal hinbekommen.

Ich nahm die Drinks und entdeckte einen freien Tisch weiter hinten. Die Tischplatte war etwas klebrig, ebenso die gepolsterte Bank an der

Wand. Im Halbdunkel konnte ich nicht allzu viel sehen, was vielleicht gar nicht so schlecht war. Wenn es in einer Bar klebrig ist, hofft man besser darauf, dass die Ursache ein ausgeschütteter Drink war.

Mein Handy vibrierte.

PAINTER: Wie ist es in Portland?

Aber sicher. Als ob ich mit dem blöden Painter reden wollte. Ich griff nach meinem Drink und stürzte ihn schnell runter.

Kit rutschte neben mir auf die Bank und blickte mich fragend an.

»Geht's uns gerade nicht so gut?«, fragte sie.

Ich schob ihr mein Handy rüber, und sie nahm es in die Hand, um die Nachricht zu lesen.

»Ah, der tolle Painter.«

Dann begann sie zu tippen. Es dauerte eine Minute, bis ich begriff, was sie da tat. Gerade als ich mir das Handy schnappen wollte, lachte sie und drückte auf Senden.

»Du Miststück!«, schrie ich.

Sie lachte und gab es mir wieder zurück

ICH: Was glaubst du wohl, du Trottel. Du hast dir eine andere besorgt, deshalb werde ich es dir niemals besorgen.

»Wow, das ist ganz schön hart«, sagte ich beeindruckt. »Er wird ziemlich sauer auf mich sein.«

»Du hast gesehen, dass er im Bad ein Mädchen gefickt hat, und zwar gleich, nachdem er dich zurückgewiesen hatte«, sagte sie in aller Klarheit. »Da steht es ihm wohl kaum zu, sauer zu sein. Und dir kann es doch egal sein. Du willst nichts mehr von ihm.«

»Ja, aber ich muss ihn immer noch sehen, wenn ich nach Hause fahre.«

»Na und?«, fragte sie. »Du bist in Gedanken immer noch in Coeur d'Alene. Du lebst jetzt in Portland, Baby. Prost!«

Sie reichte mir ihren Drink, und ich kippte den auch noch runter

»Ich glaub, ich bin betrunken«, sagte ich nach ein paar Minuten.

Sie beugte sich vor und sah mir wie eine Wahrsagerin tief in die Augen.

»Wirklich betrunken oder nur zum Teil?«

»Nur zum Teil«, antwortete ich. »Aber definitiv nicht nüchtern.«

»Hervorragend«, verkündete sie. »Dann reden wir jetzt über Liam.«

Ich schwankte.

»Ich hätte dir nie von ihm erzählen sollen.«

»Wahrscheinlich«, stimmte sie mir zu. »Aber du hast es getan, also ist es nun zu spät. Hast du seit dieser Nacht hinter der Baracke noch einmal was von ihm gehört?«

»Nein«, sagte ich. »Ich weiß nicht recht, ob ich deswegen sauer sein soll oder nicht. Schließlich hat er mich immer wieder angelogen, das weiß ich. Aber ich vermiss ihn trotzdem. Das ist doch beschissen.«

Sie neigte ihren Kopf zur Seite und dachte nach.

»Ziemlich beschissen. Aber so ist das eben, wenn man sich trennt.«

»Du musst erst mit jemandem zusammen sein, bevor du dich trennen kannst.«

Kit fing an zu lachen.

»Was ist los?«

»Du und Liam oder Hunter oder wie auch immer du ihn nennen willst … ihr hattet definitiv eine Beziehung. Ihr habt wochenlang jeden Tag miteinander gesprochen. Du hattest Telefonsex, und du hattest fast echten Sex mit ihm, selbst wenn er nicht tatsächlich seinen Schwanz reingesteckt hat. Er hat dich reingelegt, und dann hat er dich besucht, um dir zu sagen, dass du nicht mehr in Gefahr bist. Das klingt mehr nach Beziehung als das, was ich mit diesem Idioten hatte, mit dem ich verlobt war. Na ja, abgesehen vom Sex. Davon hatten wir mehr. Aber was ich eigentlich sagen will, ist, dass du dich gerade erst von jemandem getrennt hast. Natürlich denkst du dann an ihn.«

Ich dachte über ihre Worte nach. Sie hatte gar nicht so unrecht.

»Weißt du, ich glaube, jetzt fühl ich mich ein bisschen besser«, sagte ich. »Nicht mehr wie eine komplett Verrückte.«

»Hast du ihn gegoogelt, seit es passiert ist?«, fragte sie.

»Natürlich«, sagte ich. *Ach nee.* »Ich habe mir sein Haus und so auf Google angeschaut. Habe seine Geldbörse durchsucht. Von der Unterwäsche hab ich dir ja schon erzählt. Aber ich habe online nicht viel gefunden. Sein Profil ist verschwunden, und ansonsten habe ich nichts über ihn entdecken können. Keine Ahnung, wie viel von dem, was ich über ihn wusste, überhaupt real war.«

»Wir brauchen noch mehr Alkohol«, sagte sie mit einem Blick auf unsere leeren Gläser.

Ich dachte über ihre Aussage nach und nickte dann ernst.

»Ich muss pinkeln.«

»Tu das«, sagte Kit ebenso ernst. »Verirr dich aber nicht. Ich hole Nachschub. Als deine Schwester muss ich dafür sorgen, dass du in der nahen Zukunft nicht nüchtern wirst.«

Ich stand schwankend auf und merkte, dass keinerlei Gefahr bestand, in Bälde nüchtern zu werden. Auf dem Weg zur Toilette kam ich an den Jungs vorbei, die Billard spielten. Einer von ihnen nahm Blickkontakt auf, und ich lächelte ihn an. Ja, ein wenig Abstand zum Club war echt cool. Ich konnte mit ihm flirten und musste mir keine Sorgen machen, dass er plötzlich abhauen würde, weil irgendein Anwärter anfing zu knurren.

Es dauerte eine ganze Weile, bis ich es zur Toilette und wieder zurück geschafft hatte. Ich wusste nicht recht, warum, aber womöglich hatte ich mich in der Nähe des Billardtischs verlaufen. Kit saß an unserem Tisch und wartete auf mich. Sie tippte wie wild auf meinem Handy herum, das vor ihr lag.

Shit, warum hatte ich es nicht mitgenommen?

Oh. Betrunken.

»Okay, Folgendes«, sagte sie, als ich zurückkam. »Ich habe seinen Namen in deinen Kontakten von Liam zu Hunter geändert. Es verwirrt mich, auf beide Namen zu achten. Er meint übrigens …«

Sie reichte mir das Handy, während ich sie verständnislos anstarrte.

»Hab's schon gelesen«, sagte sie. »Hier, ich hab dir einen Drink geholt.« Sie schob mir das Glas rüber und blickte dann vielsagend auf mein Handy.

Ich sah auf das Display.

ICH: Hey. Was machst du gerade?

HUNTER: Em? Heilige Scheiße. Wie geht's dir? Ich mach gar nichts. Kann es kaum fassen, dass du mir 'schreibst.

ICH: Hab mich gefragt, wie's dir geht, ob du vielleicht an mich denkst?

Ich sah auf und warf Kit einen tödlichen Blick zu. Warum hatte ich sie nicht ertränkt, als wir beide noch klein waren und ich es hätte tun können, ohne mir große Gedanken über die Folgen zu machen?

»Was zum Teufel hast du getan?«

»Ich hab ihn angeschrieben«, antwortete sie vergnügt. »Ich habe das Gefühl, dass die Sache noch nicht abgeschlossen ist. Lass es uns hinter uns bringen, und dann suchen wir jemanden für dich, der dich entjungfert, damit du … dein Leben leben kannst.«

Den letzten Teil sagte sie viel zu laut, denn der Typ einen Tisch weiter drehte sich um und starrte uns an. Er lächelte mich an und zuckte mit dem Kinn, wie das die Typen immer machen.

»Du musst aufhören, so laut zu reden«, zischte ich ihr zu. Als mein Handy vibrierte, sah ich schnell aufs Display.

HUNTER: Ich denke ständig an dich

Mein Herz blieb kurz stehen. So, so, das war ja interessant.

Kit versuchte, sich das Handy zu schnappen, doch ich stopfte es vorne in meine Hose. Ha! Ich grinste sie triumphierend an, bis sie ihr eigenes Handy rausholte. Sie drückte auf eine Taste und plötzlich fing meines an zu vibrieren.

Oh, *wow.*

Es fühlte sich verdammt gut an – das war echt nicht in Ordnung.

»Ich habe viel zu viel Alkohol getrunken«, sagte ich. »Ich glaube, ich verwandle mich in eine Sexbesessene.«

»Kann ich dich auf einen Drink einladen?«, fragte der Typ vom Nebentisch.

»Nein!« Ich schnappte Kits Arm und begann, sie wegzuziehen.

»Was tust du da?«

»Wir müssen schnellstens hier raus«, murmelte ich. »Tanzen gehen oder so.«

Die Sache lief aus dem Ruder. Ein typischer Ausgehabend mit meiner Schwester.

Zwei Stunden später fand ich mich in einem Taxi wieder, auf dem Weg zu Hunters Haus.

Wie es, nachdem ich Kit aus der Bar gezerrt hatte, dazu hatte kommen können, dass wir jetzt meinen ehemaligen Kidnapper verfolgten, wusste ich auch nicht. Eigentlich bin ich ein ziemlich vernünftiger Mensch.

Aber zu meiner Verteidigung muss ich sagen, dass sie mir Shots gekauft hatte.

Und weil Kit ein fieses Miststück ist, ließ sie den Taxifahrer etwa eine Straße vor Hunters Adresse anhalten, sodass wir uns anschleichen konnten. (In diesem Moment erschien mir das durchaus sinnvoll, ich schwör's. *Shots*, sag ich nur!) Wir schlichen auf Zehenspitzen wie zwei gewöhnliche Einbrecher den Gehweg entlang, was wesentlich glaubwürdiger gewesen wäre, wenn wir dabei nicht hysterisch gekichert hätten und herumgestolpert wären. Zwei Häuser vor unserem Ziel merkten wir, dass bei Hunter wohl eine Party im Gange war.

Selbst während einer Party nahm er sich die Zeit, »meine« Nachricht zu beantworten!

Irgendwo tief in mir – in dem Teil meiner Persönlichkeit, der zu dumm zum Leben ist – fand ich das wirklich süß. An dem Punkt musste ich mir geistig eine Ohrfeige versetzen! Geht's noch? Kidnapper. Nacktfotos.

Endlose Orgasmen …

Nein. Nicht daran denken.

Wir blieben hinter einem riesigen Rhododendronbusch stehen und beobachteten durch die Blätter hindurch das Haus. Leute strömten durch die Eingangstür und laute Musik dröhnte herüber. Hunter lehnte in einer Ecke der altmodischen Veranda an der Brüstung und sah auf den Garten hinunter. Es war eines dieser alten Häuser, die so typisch für Portland sind – hoch und schmal stand es auf seinem lang gezogenen Grundstück. Beinahe viktorianisch, aber mit weniger Verzierungen, so, als ob die Erbauer sich den Zuckerbäckerstil nicht ganz hätten leisten können. Die Veranda neigte sich leicht nach vorne; eine steile Treppe führte aus dem Garten zu ihr empor. Obwohl es schon spät im Jahr war, blühten die baumgroßen Büsche rund ums Haus noch.

Hunter sah regungslos zu, wie eine Gruppe Mädels auf das Haus zustakste. Ein großes Ding mit riesigen Brüsten versuchte, mit ihm zu sprechen, und ich merkte, wie sich alles in mir anspannte. Aber er ignorierte sie, und eine Minute später folgte sie den anderen Mädchen ins Haus.

»Mann, ist der scharf«, flüsterte Kit. »Kein Wunder, dass du von ihm besessen bist.«

»Ich bin nicht besessen.«

»Egal«, sagte sie. »Aber verdammt … das Mädel sah so aus, als ob sie nur auf einen Wink gewartet hätte, um vor ihm auf die Knie zu gehen und es ihm so richtig … Nicht viele Männer könnten da widerstehen. Schick ihm 'ne Nachricht!«

»Und was soll ich ihm sagen?«

»Frag ihn, was er gerade macht«, zischte sie.

»Das hast du ihn schon gefragt!«

»Oh, stimmt, hab ich ganz vergessen. Frag ihn, ob er noch was Interessantes vorhat.«

Ich zog mein Handy aus meiner Jeans und begann zu tippen, was gar nicht so einfach war, weil meine Daumen immer wieder die falschen Tasten erwischten.

ICH: Hast du nch was Interssantes vor? Ihc bin mit meiner Schwster unterwegs.

Wenige Sekunden später griff Hunter in seine Hosentasche, zog sein Handy raus und warf einen Blick darauf. Als er lächelte, schmolz ich dahin, weil er einfach fantastisch aussah. Er begann, mir zu antworten, doch dann kam ein schönes Mädchen mit leuchtendrotem Haar raus und schlang ihre Arme um seine Taille.

Ich wartete darauf, dass er sie wegschob oder unterkühlt ignorierte, so wie die Riesentitte von vorhin.

Stattdessen umarmte er sie ebenfalls. Sie sagte etwas zu ihm, was ihn zum Lachen brachte. Dabei wurde sein Gesichtsausdruck so zärtlich, dass ich hätte kotzen können. Bastard. *Verdammter Schwanzlutscher.* Hunter beugte sich rüber und flüsterte ihr ins Ohr. Im Spaß versetzte sie ihm einen Schlag auf den Bauch.

»Ich finde, wir sollten ihn umbringen«, zischte Kit. »Mit dieser Schlampe um die Taille sieht er nicht mal mehr halb so süß aus.«

Zustimmend nickte ich.

Als er das Mädchen auf die Stirn küsste, lachte sie wieder. Dann löste sie sich von ihm und ging zurück ins Haus. Hunter wandte sich wieder seinem Handy zu, und kurz darauf erhielt ich eine Nachricht.

HUNTER: Nö, hab nichts Bestimmtes vor. Häng nur mit meinen Mitbewohnern rum. Mann, tut das gut, von dir zu hören, Em. Ich vermiss dich. Wie geht es dir?

Als ich Kit die Nachricht zeigte, knurrte sie nur.

»Ganz schön dreist«, murmelte sie. »Hast du gesehen, wie sie miteinander umgehen? Das ist keine frische Geschichte, die beiden sind ein *Paar.* Er verarscht dich. Entweder das oder er fickt sie, während er an dich *denkt.* Weiß nicht, was beschissener ist.«

»Ich weiß«, sagte ich mit grimmiger Stimme. Mein Gott, warum hatte ich an diesen Typen nur so viel Energie verschwendet? Warum zum Teufel überraschte es mich, dass er mit einer Schlampe rummachte, direkt nachdem er mir eine Nachricht geschickt hatte?

Hunter war kein netter Typ.

Das hatten wir doch schon.

Ich sollte mich einfach wegschleichen. Heimgehen, bevor es noch peinlicher für mich wurde. Doch als ich ihn mir nackt mit dem Rotschopf vorstellte, explodierte mein Kopf.

Ich kam aus meinem Versteck hinter dem Busch hervor und marschierte über den Rasen. Vermutlich entdeckte er mich sofort, denn er hatte denselben Überwachungsblick wie mein Dad. Er behielt gerne alles im Auge, um mögliche Gefahren rechtzeitig zu erkennen. Wenn man bedachte, was für ein *Riesenarsch* Hunter war, wünschten ihm wahrscheinlich unzählige Leute den Tod. Jede Wette.

Und ich war die neue Königin dieses besonderen Clubs.

Ich drängelte mich durch die Gruppe von Leuten, die unten an der Treppe standen, und marschierte direkt auf ihn zu. Der Ausdruck überraschten Schrecks auf Hunters Gesicht war verdammt befriedigend.

»Em, was zum Teufel tust du hier?«, fragte er und sah sich dabei schnell im Garten um. Vielleicht rechnete er mit einer Reapers-Armee, die hinter mir herkam. Nun, ich hatte vielleicht keine Brüder dabei, aber dafür hatte ich Kit. Unter gewissen Umständen konnte sie furchteinflößender als ein Dutzend wütender Biker sein.

»Du *vermisst* mich also?«

»Äh, ja«, sagte er, während er mich wie einen Alien betrachtete. »Woher kommst du auf einmal? Ich dachte, du wärst in Coeur d'Alene.«

»Nur weil du mich irgendwo zurücklässt, heißt das noch lange nicht, dass ich auch dortbleibe«, zischte ich. »Ich bin kein Hund, Hunter. Ich hör nicht aufs Wort.«

Seine Augen wurden schmal, als er mich ansah.

»Du bist völlig besoffen, oder?«

»Und was, bitte schön, geht dich das an …?«

»Scheiße, lass uns woanders hingehen«, murmelte er. »Du brauchst Wasser oder so. Den Rest können wir später klären.«

»Warum, willst du mich etwa verstecken?«, antwortete ich schnippisch. »Hast du Angst, dass ich jemandem begegnen und es ein wenig unangenehm für dich werden könnte?«

Er schüttelte langsam seinen Kopf.

»Nein, ich schätze nur, dass du dir morgen wünschen wirst, weniger Zeugen gehabt zu haben«, sagte er. »Ich wette auch, dass du höllische Kopfschmerzen haben wirst. Lass uns ein Wasser holen und vielleicht ein Aspirin. Dann können wir reden, okay?«

»Scheiß auf das Reden. Ich hab sie *gesehen*, du Wichser.«

»Wen?«

Ich legte meinen Kopf zur Seite und lächelte höhnisch. Glaubte er wirklich, er könnte mich reinlegen?

»Vor zwei Minuten hab ich dich mit deiner Freundin gesehen, Liam. Du hast sie geküsst, scheiße noch mal. Tu nicht so, als ob du mich nicht einfach nur benutzen wolltest.«

»Eifersüchtig?«, fragte er, während sich langsam ein sexy Grinsen auf seinem Gesicht ausbreitete.

»Grins sie nicht so an, du Arsch«, sagte Kit hinter mir. Wie immer stand sie hinter mir. Ich hätte sie umarmen können. Zumindest ein Mensch würde mir immer zur Seite stehen.

»Baby, das Mädchen war meine *Schwester*«, sagte Liam mit vorsichtiger, fast sanfter Stimme. »Kelsey. Glaub mir, sie interessiert sich nicht für mich. Nicht auf diese Weise.«

Ich erstarrte.

»Deine Schwester?«, fragte ich. Dabei lichtete sich der Nebel in meinem Kopf gerade so weit, dass mir klar wurde, dass ich *vielleicht* zu weit gegangen war … »Du hast mir gesagt, dass du keine Familie hättest, dass du in einer Pflegefamilie aufgewachsen wärst.«

»Sie ist meine Pflegeschwester«, sagte er. *Shit.* Ich fühlte mich absolut bescheuert. »Wir haben über zehn Jahre zusammengelebt, ich hab sie praktisch aufgezogen.«

»Ich hab gesehen, wie sie dich angeschaut hat«, knurrte Kit. »Das war kein schwesterlicher Blick.«

»Könntest du das noch ein wenig lauter sagen?«, wollte eine neue Stimme wissen. Als ich mich umwandte, entdeckte ich den besagten Rotschopf, der uns, die Hände in die Hüften gestemmt, wütend anstarrte. »Das klingt nämlich so, als ob du sagen wolltest, dass ich meinen Bruder ficken möchte. Was ziemlich fies ist, selbst wenn es eine Schlampe wie du sagt.«

Kit stellte die Borsten auf wie ein zorniges Stachelschwein. Eine Sekunde lang dachte ich, sie würde sich zischend und spuckend quer über die Veranda auf den Rotschopf stürzen.

»Hör auf, Kels«, sagte Hunter mit schneidender Stimme. »Das ist Em, und das ist ihre Schwester. Glaub mir, ich bin froh, dass sie eifersüchtig auf dich ist. Das heißt, dass ich ihr nicht scheißegal bin.«

»Du bist mir egal«, murmelte ich, doch Hunter lachte.

»Dieses Miststück hat dich fertiggemacht …«, fing Kelsey an, aber Hunter unterbrach sie.

»Hör auf. Zieh deine Krallen ein, ich bin nämlich einfach nur froh, dass sie da ist.«

Kit knurrte, und ich trat schnell zwischen sie und Kelsey. Moment. Sollte das hier nicht *mein* Auftritt sein. Ahhhhh …..

»Das ist eine Sache zwischen mir und Hunter«, sagte ich zu Kit. »Danke für deine Unterstützung, aber jetzt musst du es gut sein lassen.«

»Mannomann«, murmelte Kit, wandte sich ab und fuhr sich mit der Hand durchs Haar. »Ich brauch ein Bier.«

Kelsey schaute sie aus halb zusammengekniffenen Augen an. Hunter legte ihr die Hand auf die Schulter und drückte ein wenig fester zu. Was vermutlich eher unangenehm war.

»Benimm. Dich.«

»Du kannst mit hinters Haus kommen, wir haben ein Fass«, würgte sie nach einer langen Pause in immer noch feindseligem Ton hervor. »Soll der Idiot doch mit seiner heißgeliebten Em reden, vielleicht hört er dann endlich auf, rumzujammern. Ich hab echt genug von diesem Scheiß.«

Sie drehte sich um und stiefelte zurück ins Haus. Kit warf mir einen Blick zu. *Alles in Ordnung bei dir?*, fragte sie lautlos. Mein Schulterzucken interpretierte sie als »Ja«. Ich war mir nicht sicher, ob alles in Ordnung war, aber ich vermutete, dass wir nichts erreichen würden, wenn wir weiterhin auf der Veranda mit Kelsey herumstritten.

»Komm, lass uns einen Kaffee trinken gehen«, sagte Hunter. »Ein paar Straßen weiter gibt es ein Diner. Danach bring ich dich heim.«

»Nein, lass uns hierbleiben. Ich brauch noch einen Drink.«

Mit diesen Worten wandte ich mich zum Haus um, doch er hielt mich am Arm fest.

»Ich will nicht, dass du da reingehst.«

»Warum nicht?«, fragte ich. »Du kannst mir nicht erzählen, dass ich dort in Gefahr bin. Du hast gerade deine Schwester reingehen lassen.«

»Es ist nicht wirklich gefährlich«, antwortete er vernünftig. »Aber da gehen ein paar Sachen ab, die du besser nicht mitbekommen solltest.«

»Mein Dad ist der President eines Motorradclubs«, fauchte ich. »Oder hast du das vergessen? Denn wenn ich mich recht erinnere, war das der ursprüngliche Grund, warum du den Kontakt zu mir gesucht hast. Ich hab in meinem Leben schon eine ganze Menge mitbekommen.«

Hunter seufzte und fuhr sich mit der Hand durchs Haar. Es war gewachsen seit unserem letzten Treffen. Leider erinnerte ich mich nur zu gut daran, wie es sich angefühlt hatte, als ich ihm mit den Fingern durchs Haar gefahren war.

Eine Welle der Lust durchfuhr mich. Ich biss mir auf die Backe. Gottverdammt. Warum musste er nur so schön sein?

»Glaub mir, ich hab nicht vergessen, wer du bist«, sagte er. »Es würde mein Leben wesentlich vereinfachen, wenn du niemand Besonderes wärst. Ich würde dich einfach ficken, und dann wär's vorbei.«

KAPITEL ZEHN

Geschockt starrte ich ihn an.

»Ich weiß ja, dass Typen solche Dinge *denken*«, sagte ich langsam. »Aber dir ist doch klar, dass du sie nicht laut aussprechen solltest, oder?«

Er seufzte.

»Em, ich mag dich wirklich. Das hatten wir ja schon. Ich mag dich so sehr, dass ich keine Spielchen mit dir spiele, okay? Das heißt, dass ich dir keinen romantischen Scheiß erzähle.«

Oh. Ich wusste nicht recht, wie ich das finden sollte. Einerseits wollte ich nicht, dass er mich anlog. Andererseits gefiel mir seine Ehrlichkeit auch nicht. Denn dadurch konnte ich kaum mehr so tun, als ob das hier nicht völlig durchgeknallt wäre.

»Also, lass uns alles ganz nüchtern betrachten«, sagte ich. »Du willst mich ficken, aber ich bedeute dir nichts. Ich will dich ficken, und glaub mir, jedes Mal, wenn du den Mund aufmachst, bedeutest du mir weniger.«

»So ungefähr sieht's aus«, murmelte er.

»Wir sollten es tun.«

»Entschuldigung?«

»Lass es uns tun«, sagte ich mit wachsender Begeisterung. »Ficken. Vögeln. Bumsen. Ich weiß, dass du es draufhast. Und es ist höchste Zeit, dass ich es hinter mich bringe. Lass uns da reingehen und es miteinander treiben. So, wie man ein Pflaster abreißt.«

Ich grinste ihn vergnügt an, da ich ziemlich zufrieden mit mir war. Es war ein toller Plan.

»Du verarschst mich doch!«, sagte er und schloss dabei seine Augen. »Das ist gottverdammter Irrsinn. Em, du musst schleunigst nach Hause. Und zwar jetzt.«

»Du weist mich ab?«, fragte ich mit hochgezogenen Augenbrauen. »Aber in der Bar warst du ganz eindeutig bereit dazu, und garantiert hast du mir auch nichts vorgemacht, als du mich ans Bett gefesselt hattest. Bin mir ziemlich sicher, dass ich mir das nicht eingebildet habe.«

»Ja, Em. Ich weise dich ab.«

»Nun, dann fick dich doch, du Arsch. Oh Moment, genau das willst du ja nicht, oder?«, sagte ich gereizt und sah an ihm vorbei. Die Eingangstür hatte sich geöffnet, und ich konnte im Haus Mädchen tanzen sehen. Ein paar von ihnen hatten nicht allzu viel an. Interessant. »Wenn du so langweilig bist, dann seh ich mir die Party mal näher an.«

Ich drückte mich an ihm vorbei und ging ins Wohnzimmer, wo ich mich neugierig umsah. Wenn Hunter so ein Idiot war, würde ich jemanden anderen suchen, mit dem ich Spaß haben konnte.

Zwar bin ich in einem Motorradclub aufgewachsen, weshalb mich die Party nicht völlig schockte. Aber Dad hatte mich immer rausgeworfen, bevor es im Arsenal zu wild zuging. Ziemlich gemein von ihm. Doch ich habe reichlich Fantasie und hatte diverse Geschichten über wilde Clubpartys gehört. Geschichten, die offenbar so ziemlich der Wahrheit entsprachen. *Echt cool.*

An der Wand hing ein langes Plakat mit der Aufschrift »Willkommen daheim, Clutch«. Direkt darunter stand ein mit goldenem Stoff bedeckter Liegestuhl, daneben ein Minikühlschrank. An einer Lehne war eine kunstvolle Halterung für Fernbedienungen angebracht. Ich beachtete jedes nebensächliche Detail, denn mein Blick wagte nicht, das anzusehen, was sich *auf* dem Liegestuhl abspielte.

Ein Mann mit einer Devil's-Jack-Kutte und einem riesigen Grinsen im Gesicht hatte sich zurückgelehnt. Ich konnte nicht feststellen, ob er so grinste, weil er die halb nackte Stripperin beobachtete, die sich an der Stange in der Mitte des Raumes abmühte, oder weil zwei splitternackte Mädels auf der Couch eine Neunundsechzigernummer abzogen oder vielleicht weil ihm ein Mädchen gerade einen Blowjob verpasste. Was auch immer es war – Clutch (ich nahm an, dass es Clutch war) war in allerbester Stimmung.

Zumindest kannte ich jetzt wenigstens den Anlass für diese Party.

Ich spazierte durchs Zimmer, das voller biertrinkender Typen und rummachender Pärchen war, und oh … was war das denn? Da hing ein riesiger Plasma-Fernseher, auf dem Pornos liefen.

»Em«, rief Hunter mit warnender Stimme. Ich ignorierte ihn. Das hier war viel zu interessant. An das Wohnzimmer schloss sich ein Esszimmer an. Fräulein Riesentitte lag auf dem Tisch, während ein Mann mit haarigem Hintern sie inmitten der Zuschauer fickte. Ich neigte meinen Kopf und betrachtete ihn interessiert. Der hätte echt ein Waxing vertragen können.

Dann stand auf einmal alles auf dem Kopf.

Hunter hatte mich gepackt und über die Schulter geworfen, was nicht gerade die bequemste Stellung für eine Frau war, die die ganze Nacht gesoffen hatte. Ich musste schwer an mich halten, ihm nicht über den Rücken zu kotzen, weshalb ich ihn lieber schlug und verlangte, heruntergelassen zu werden.

»Mein Gott«, murmelte er, als er durch die Küche marschierte und dann die Treppe hochstieg. Oben ging er in ein Zimmer und legte mich auf einem ungemachten Bett ab. Alles drehte sich vor meinen Augen. Ich versuchte, mich auf die Zimmerdecke zu konzentrieren, wo etwas schwach grün schimmerte.

Was war das da oben nur?

Dann fing ich an zu lachen.

»Was zum Teufel …?«, fragte Hunter mit den Händen in den Hüften und einem frustrierten Gesichtsausdruck.

»Da ist ein leuchtendes Einhorn an deiner Decke«, sagte ich ehrfürchtig. Aber war es echt? Ich schloss meine Augen, rieb sie und öffnete sie dann wieder.

Half nichts. Es war noch immer da. Heilige Scheiße.

Ich setzte mich auf.

»Ist da oben wirklich ein leuchtendes Einhorn, das uns beobachtet?«, fragte ich etwas beunruhigt. »Ich sehe nämlich eines. Genau da oben.«

Ein Lächeln glitt über sein Gesicht, als er sich aufs Bett setzte und an das Kopfteil anlehnte.

»Ja, da oben ist tatsächlich ein Einhorn«, sagte er. »War wohl ein Kinderzimmer, bevor wir das Haus übernommen haben. Schätze, jemand hat es für das Kind dort oben hingemalt.«

Nun, das waren ja gute Neuigkeiten. Ich war vielleicht betrunken, halluzinierte aber zumindest noch nicht.

»Warum übermalst du es nicht?«

»Kelsey gefällt es«, sagte er. »Im Grunde mag ich es auch ganz gern. Wir hatten ein paar beschissene Pflegefamilien, aber bei einer Familie war es ziemlich gut. Die Frau hatte einen richtigen Einhorntick, die waren überall. Das Einhorn da oben erinnert mich an sie.«

»Habt ihr noch Kontakt zu ihr?«

»Sie ist tot«, sagte er knapp. »Starb einen Monat, nachdem sie uns aufgenommen hatte. Herzinfarkt oder so. Wir hatten verdammtes Glück, dass sie uns danach nicht trennten. Sogar leibliche Geschwister werden auseinandergerissen. Es war echt ein Wunder.«

Ich dachte an Mom und Dad – wie glücklich ich als Kind gewesen war. Ich vermisste Mom so sehr. Und auch wenn mich Dad in den Wahnsinn trieb, liebte ich ihn doch. Er war immer für mich da. Immer.

Ich rollte mich auf die Seite, kuschelte mich an ihn und legte meinen Kopf auf seine Brust. Dann hob ich meine Hand und strich ruhelos über die muskulöse Fläche.

»Was hältst du also davon?«, fragte ich.

»Wovon?«

»Vom Ficken natürlich. Weißt du noch? Ich bin kein kleines Mädchen, das du beschützen musst, Hunter. Ich weiß, was ich will. Leg dich einfach hin und entspann dich. Es ist nicht persönlich. Ich leih mir nur kurz deinen Schwanz aus.«

Er schwieg.

»Du bist echt ganz schön betrunken, Em. Ich denke, wir sollten morgen darüber reden. Wenn du dann immer noch Interesse hast, bin ich jederzeit bereit.«

Ich stützte mich auf, um mich auf seine Brust zu lehnen und ihn böse anzustarren.

»Wenn du mich nicht auf der Stelle fickst, geh ich runter und finde jemanden, der es tut«, drohte ich. »Ich meine es ernst. Ich hab genug von diesem jungfräulichen Prinzessinnenscheiß.«

Sein Gesicht wurde hart.

»Das lass ich nicht zu.«

Ich versuchte, mich aufzusetzen, aber er schlang seine Arme um meine Taille und hielt mich fest. Dann rollte er sich mit mir herum, bis ich unten lag und er eines seiner Beine zwischen die meinen geschoben hatte. Ich spürte seinen Schwanz an meinem Bauch und lächelte. Das war gut – für einen Augenblick hatte ich befürchtet, dass sein Interesse nachgelassen hätte. Ich versuchte ihn zu küssen, aber er lehnte sich mit finsterem Blick zurück.

»Also *ernsthaft*?«, fragte ich. »Ich fasse also zusammen: Du hast ein betrunkenes Mädchen in deinem Bett, das Sex mit dir haben will. Du hast ihr klargemacht, dass du nicht an Liebe oder einer Beziehung interessiert bist. Das betrunkene Mädchen findet das in Ordnung. Bist du sicher, dass du tatsächlich ein echter Biker bist? Irgendwas passt hier nämlich nicht zusammen, Liam.«

Seine Gesichtszüge wurden weich.

»Sag das noch mal.«

»Bist du sicher, dass du tatsächlich ein echter Biker bist?«, fragte ich.

Er schüttelte den Kopf und grinste.

»Nein, meinen Namen. Liam.«

»Liam«, sagte ich und ließ mir den Namen auf der Zunge zergehen. »Liam. Liam. Fick mich, Liiiiiiam.«

»Gott, ich liebe es, wenn du das sagst. Niemand außer dir nennt mich so, Em.«

»Das klang ja fast süß«, sagte ich und verengte die Augen. »Aber wir spielen keine Spielchen. Ich weiß, dass du nicht süß bist, also hör auf, so zu tun.«

Er legte seine Stirn auf die meine.

»Ich hätte nie gedacht, dass ich dich jemals wiedersehe«, sagte er ruhig. »Ich sorge dafür, dass jetzt nichts schiefgeht.«

»Vielleicht sollte ich es dir besorgen?«

Sein Gesicht verzog sich fast wie im Schmerz, seine Hüften bewegten sich vor und zurück. Eine Minute lang dachte ich, ich hätte ihn endlich. Dann küsste er meine Nasenspitze und rollte sich von mir runter. Er hielt mich an seiner Seite fest und schnappte sich mit seiner freien Hand die Fernbedienung vom Nachtkästchen. Der auf einer ramponierten Kommode stehende Fernseher ging flimmernd an.

»Ich sag dir was. Wir hängen eine Weile zusammen ab. Wenn du wieder nüchtern bist und es immer noch willst – kein Problem. Mein Schwanz gehört dir«, sagte er. »Bis dahin schauen wir fern. Magst du *Top Gear*?«

»Natürlich«, sagte ich, während ich versuchte, nicht zu gähnen. Ich sah hinauf zum Einhorn. Das hinterhältige Biest schien mir zuzuzwinkern. Ich beschloss, meine Augen ein wenig auszuruhen, weil sie offenbar nicht richtig funktionierten. Fünf Minuten später war ich tief und fest eingeschlafen.

Ich war tot.

Nur Tod und Verdammnis konnten derartig schreckliches Leid erklären.

Entsetzlich und unbeschreiblich helles Sonnenlicht attackierte mich. Ich versuchte, meine Augen mit meinem Arm zu bedecken. Unglücklicherweise berührte ich dabei meinen Kopf, woraufhin Schmerzwellen ihn durchzuckten und zum Explodieren brachten.

Ich hörte, wie die Tür geöffnet wurde.

»Guten Morgen«, sagte Hunter fröhlich. »Ich hab dir Kaffee mitgebracht.«

Ich war doch nicht tot, wurde mir klar, als ich versuchte, mich an vorige Nacht zu erinnern. Blitzartige Erinnerungsfetzen tauchten auf. Stripperinnen. Ein leuchtendes Einhorn. Briten, die sich über Autos unterhielten …

Oh mein Gott.

Ich hatte einen Eifersuchtsanfall gehabt und verlangt, dass Hunter Sex mit mir haben sollte. Dann war ich in seinen Armen eingeschlafen. *Kit.* Das war alles Kits Schuld. Sie hatte die teuflischen Shots bestellt. Sie hatte darauf bestanden, Hunter zu stalken. Zum Teufel, sie hatte ihm die erste Nachricht geschickt.

Meine Schwester würde dafür bezahlen.

»Willst du eine Aspirin?«, fragte Hunter.

Langsam öffnete ich meine verklebten Augenlider. Er stand mit nassen Haaren und schimmernder Haut vor mir und strahlte die Vitalität eines frisch geduschten Mannes aus. Verdammnis über ihn und seine Nüchternheit.

»Aspirin wäre toll«, sagte ich und setzte mich wacklig auf. Die Bettdecke rutschte herunter, und ich merkte, dass ich nur BH und Höschen anhatte.

»Mist«, sagte ich und schnappte mir das Bettlaken.

»Ist ja nicht so, dass ich sie noch nicht gesehen hätte«, sagte Hunter in vernünftigem Ton. »Ich habe dich letzte Nacht ausgezogen, damit du es bequemer hast. Außerdem hattest du anscheinend Alkohol über dein Shirt geschüttet. Es roch ein wenig komisch.«

Natürlich, sagte ich mir mit einem innerlichen Seufzer. Weil besoffen sein und mich zum Idioten machen noch nicht genug war. Nö. Ich musste auch noch stinken. Wortlos griff ich nach dem Kaffee. Ich nahm einen Schluck von der dunklen, bitteren Flüssigkeit, die wie eine Wunderdroge meine Kehle hinunterrann. Schon fühlte ich mich wieder menschlicher – erstaunlich, was ein wenig Koffein so ausmacht.

Hunter setzte sich neben mich aufs Bett.

»Glaubst du, du überlebst es?«, fragte er.

Ich dachte sorgfältig über die Frage nach.

»Ich bin mir nicht sicher«, gab ich zu. »Abgesehen von meinen körperlichen Leiden bin ich mir ziemlich sicher, dass ich die vergangene Nacht nie wieder ungeschehen machen kann. Tut mir leid, dass ich mich wie ein Freak aufgeführt habe.«

Er lachte.

»Ja, ist ja schließlich nicht das erste Mal, dass ich jemanden sehe, der sich sturzbesoffen zum Affen macht«, sagte er. »Nicht, dass ich etwas dagegen gehabt hätte, dass du mich so angemacht hast. Aber was zum Teufel hatte das zu bedeuten? Du bist sonst ganz anders.«

»*Kit*«, sagte ich, wobei ihr Name wie ein Fluch klang. »Das war alles ihre Idee. Fürs Protokoll: Sie ist diejenige, die dir die erste Nachricht geschickt hat. Meine Schwester spinnt. Ich bin mir nicht mal sicher, dass sie ein Mensch ist.«

Ich nahm gerade noch einen Schluck, als es mir dämmerte: Ich hatte meine Schwester betrunken auf einer Party allein gelassen, auf der es gesellschaftlich akzeptabel war, Frauen in aller Öffentlichkeit auf Tischen zu vögeln.

»Geht es ihr gut?«, fragte ich, von plötzlicher Panik erfüllt. »Hast du Kit gesehen?«

»Alles in Ordnung«, sagte er. »Sie ist mit Kelsey unten in der Küche. Sie machen Frühstück für die ganzen Zurückgebliebenen. Ich schätze, sie sind gestern Abend dicke Freundinnen geworden – jetzt bilden sie so was wie eine unheilige Allianz.«

Ich erschauderte.

»Darauf hat die Welt gerade noch gewartet. Hab ich dich heute Nacht wirklich gefragt, ob du mich fi … äh, ob du Sex mit mir haben willst?«

»Ja«, sagte er mit selbstzufriedenem Grinsen. »Jetzt wäre ich übrigens dafür zu haben. Aber gestern Abend warst du viel zu fertig. Wir hätten beide keinen Spaß gehabt.«

»Wow, ein echter Gentleman«, murmelte ich. »Vögelt keine betrunkenen Mädchen. Warst du auch Schülersprecher?«

Er lachte.

»Glaub mir, gestern hätte keiner von uns was davon gehabt. Außerdem bin ich nicht nekrophil veranlagt. Du warst so fertig, dass ich immer wieder nervös wurde und nachgesehen habe, ob du noch atmest.«

»Igitt.«

»Hey, war ja nicht meine Schuld. Ich war nüchtern, vergiss das nicht! Du bist diejenige, die diese Shots gekippt hat.«

Oh, daran erinnerte ich mich. Lebhaft sogar.

»Ich fühle mich, als ob irgendwas in mir abgestorben wäre.«

»Das ist bestimmt deine Leber«, sagte er hilfsbereit, während er mir eine Haarsträhne hinters Ohr strich. »Ich seh mal nach Clutch und dann unterhalten wir uns. Mach's dir gemütlich. Das Bad ist auf der anderen Seite des Flurs. Ach übrigens, Em …«

»Ja?«

»Die Spielregeln haben sich letzte Nacht geändert, zumindest für mich. Ich habe dich bis gestern in Ruhe gelassen. Aber du bist zurückgekommen, das heißt, dass du nun sozusagen Freiwild für mich bist. Ich will nicht mehr länger der brave Junge sein.«

Ich warf ihm einen misstrauischen Blick zu und zog mir die Bettdecke über den Kopf, denn ich war noch nicht bereit, über all das nachzudenken. Dann hörte ich, wie er aus dem Zimmer ging. Verdammt. Warum hatte er keine Verdunkelungsvorhänge hier drin? Nach einiger Zeit öffnete sich die Tür wieder.

»Sorry«, murmelte ich. »Ich steh gleich auf, hab nur ein wenig gedöst …«

»Keine Sorge«, sagte eine Stimme. Nicht die von Hunter, aber eine, die ich nur zu gut kannte. Ich spähte unter der Bettdecke hervor.

Skid.

»Was hast du vor?«, fragte ich und warf nervöse Blicke umher. Er schloss die Tür hinter sich und sperrte sie langsam und mit einem deutlichen Klicken ab. Anschließend lehnte er sich mit verschränkten Armen gegen die Tür.

»Wir müssen uns unterhalten«, sagte er mit kalter Stimme.

»Du darfst mir nicht wehtun«, sagte ich schnell und hoffte, dass das die Wahrheit war. »Hunter wird ziemlich sauer sein, wenn du irgendwas machst.«

Er lachte rau.

»Du bist mir egal, deswegen will ich dir auch nicht wehtun«, sagte er. »Was geschehen ist, ist geschehen. Du hast dich verteidigt, und ich habe versucht, meinen Bruder vor einem wahnsinnigen Reaper-Arsch zu retten. Wir sind quitt und vergessen die Sache, zumindest, was dich angeht. Nein, mir geht es um etwas anderes.«

Ich neigte meinen Kopf zur Seite und war mir nicht sicher, ob ich ihm glauben sollte. Aber was hätte ich tun sollen? Ich schätze, ich hätte nach Hunter rufen können. Doch Skid kam nicht näher, und ich war neugierig geworden.

»Was ist los?«

»Du musst Hunter in Ruhe lassen. Du hast keine Ahnung, wie sehr du sein Leben ruinierst. Ich will, dass du aufstehst, dir deine Schwester schnappst und verschwindest.«

Ich sah ihn aus schmalen Augen an.

»Warum sollte ich das tun?«, fragte ich, obwohl ich bis gerade eben sowieso fast vorgehabt hatte abzuhauen. Aber ich mochte es gar nicht, wenn mir jemand sagte, was ich tun soll.

»Bedeutet er dir auch nur ein klein wenig?«, fragte Skid, während er mich offen und ehrlich ansah. »Falls ja, musst du die Sache beenden. Für dich ist es ein Spiel, aber dieses Spiel wird ihn zerstören. Du bist wie ein Geschwür in seinem Kopf, das ihn innerlich auffrisst. Wie viel weißt du über seine Vergangenheit?«

»Ich weiß, dass er bei Pflegefamilien aufgewachsen ist ...«, sagte ich, da ich nicht zugeben wollte, wie wenig er mir erzählt hatte.

»Er hat *niemanden*«, sagte Skid mit deutlicher Betonung. »Es gibt nur ihn, Kelsey und die Devil's Jacks. Wir sind seine Familie, seine Arbeit, sein Heim. Wir sind alles für ihn. Wenn er so weitermacht, wird er irgendwann der President des Clubs, eines funktionierenden Clubs, ohne all die Scheiße, durch die wir uns die vergangenen Jahre durchgekämpft haben. Eine Beziehung mit dir würde das alles ruinieren. Er müsste sich zurückziehen. Zwar dürfte er im Club bleiben, aber wenn er mit einer Reaper zusammen ist, vertraut man ihm nicht mehr.«

Ich starrte ihn an.

»Das ist völlig unfair und viel Sinn ergibt das auch nicht. Ihr Typen hattet doch sogar geplant, dass wir zwei zusammenkommen sollen. Ich bin der Klebstoff, der den Waffenstillstand sichert oder so eine Scheiße. Wieso hat sich das auf einmal alles geändert?«

Skid schnaubte.

»Ja, das war wunderbar, solange du ihm völlig egal warst«, sagte er. »Aber es ist ziemlich offensichtlich, dass die Sache jetzt tiefer geht. Er hat Clubangelegenheiten mit dir besprochen – ich weiß, dass er es getan hat, spar dir also die Mühe, es zu leugnen. Und wenn er dir einmal was erzählt hat, wird er es wieder tun. Es geht einfach nicht, dass unser Sergeant at Arms der Tochter von Picnic Hayes Geheimnisse anvertraut. Sobald er mit dir schläft, ist seine Zukunft im Arsch, daran ist nicht zu rütteln.«

Ich lehnte mich zurück und dachte nach. Wow.

»Er wird wirklich ein National Officer?«, fragte ich. »Das ist ... Ist er nicht zu jung dafür?«

»Bei den Jacks ändern sich gerade so einige Dinge. Er ist einer der Männer, die hinter diesen Neuerungen stecken. Bald gibt es Wahlen, und die werden so laufen, wie ich es gesagt habe. Außer du ruinierst es.«

»Mist«, murmelte ich. Ich setzte mich auf, wobei ich vorsichtig die Bettdecke festhielt. »Dir ist klar, dass ich keine Ahnung habe, was zwischen ihm und mir los ist. Ich bin mir nicht mal sicher, ob es schon ein *Wir* gibt.«

»Genau«, sagte Skid. »Bist du bereit, sein Leben zu zerstören, nur um es herauszufinden? Wenn er dir etwas bedeutet, wäre das nämlich ein ganz schön beschissenes Verhalten. Und erzähl mir nicht, dass er dir nichts bedeutet. Ich hab dich gestern Abend gesehen. Dein Kopf ist genauso durcheinander wie seiner.«

Ich starrte die Wand an und versuchte, seine Worte zu verdauen. Mein Kater machte die Sache nicht leichter.

»Kann ich dich etwas fragen?«, sagte ich schließlich.

»Klar.«

»Warum bist du dir so sicher, dass ihr mir nicht trauen könnt?«

Er sah mich lange an, abschätzend.

»Weil du deinen eigenen Club belogen hast.«

»Ich hatte keine Ahnung, dass Hunter ein Devil's Jack …«, begann ich, doch er hielt eine Hand hoch, um mich zu unterbrechen.

»Nicht das«, sagte er mit kalter Stimme. »Später, im Haus. Du hast ihn angerufen und ihm gesagt, dass er verschwinden soll. Mitten in dem Treffen mit deinem Dad. Spar dir die Mühe, es abzustreiten. Du hast schließlich mein verdammtes Handy für den Anruf verwendet.«

Mir blieb die Luft weg

»Ich hab dein Handy zerstört.«

Ein dunkles, zynisches Grinsen kroch über sein Gesicht.

»Lass mich raten, dein Dad zahlt die Rechnungen deines Handys?«

Ich antwortete nicht. Das stimmte zwar, aber ich würde es jetzt sicher nicht zugeben.

»Ich habe ein Online-Anrufprotokoll«, sagte Skid langsam und überdeutlich, als ob er mit einem Idioten sprechen würde. Offenbar tat er genau das. »Ich konnte die Nummer und die Uhrzeit sehen, Em. Ich weiß, was du getan hast. Ich kann es beweisen.«

Oh, fuck … Er könnte mich fertigmachen. Und das würde er auch tun. Ich sah es an seinem Blick. *Verdammt noch mal.*

»Du hasst mich also, weil ich sein und dein Leben gerettet habe?«, fragte ich. Ich fühlte mich wie ein in die Enge getriebenes Tier. »Ich bewahrte den Frieden zwischen unseren beiden Clubs, Skid. Das war kein Verrat, sondern hat uns alle gerettet.«

»Ich hasse dich überhaupt nicht«, antwortete er. »Ich bin dir dankbar. Ich liebe Hunter – er ist mein Bruder. Wenn du das nicht getan hättest, wäre er jetzt tot. Was glaubst du, warum ich nichts gesagt habe? Aber kannst du mir in die Augen sehen und mir versprechen, dass du nicht auch dasselbe für deinen Dad tun würdest? Sagen wir mal, du wärst Hunters Alte Lady. Würdest du anrufen, um das Leben deines Dads zu retten, wenn du wüsstest, dass wir ihn vielleicht umlegen wollen? Denn dieser Waffenstillstand hält womöglich nicht ewig. Möchtest du die Wahl treffen müssen?«

Der Gedanke durchfuhr mich wie ein Blitz. *Natürlich würde ich meinen Dad retten.* Vermutlich stand mir der Gedanke ins Gesicht geschrieben. Skid lächelte mich traurig an.

»Du wärst immer in einem Loyalitätskonflikt, Em«, sagte er beinahe mitfühlend. »Unser Sergeant at Arms sollte nicht mit einer Frau zusammen sein, die nicht zu hundert Prozent hinter den Jacks steht. Nicht, wenn er so dumm war, sich in sie zu verlieben.«

»Du glaubst, er ist in mich verliebt?«, fragte ich, während mein Herz zuerst voll Hoffnung schneller schlug und dann zerbarst.

»Ich glaube, er ist irgendwas«, antwortete er mit einem Schulterzucken. »Ich weiß nicht, ob ›Liebe‹ das richtige Wort dafür ist. Ich bin mir nicht sicher, ob er so lieben kann, wie du es dir vorstellst. Aber du bedeutest ihm so viel, dass sein Urteilsvermögen davon beeinflusst wird. Ich weiß, dass er zu dir nach Hause gefahren ist und dir Dinge erzählt hat, die du nicht hättest hören dürfen. Das reicht schon aus, um die Sache hier und jetzt zu beenden. Wenn dir Hunter etwas bedeutet, wenn du willst, dass er eine Zukunft hat, dann musst du dieses Haus verlassen und nie wieder zurückkommen.«

Ich wollte ihm widersprechen, aber mir fiel einfach nichts ein, was ich sagen konnte.

Skid hatte recht.

»Also los«, sagte ich zu ihm, während mir übel wurde. »Lenk Hunter ab oder so. Ich schnapp mir meine Klamotten und verschwinde mit Kit. Ich will ihn aber nicht sehen. Ich bin mir nicht sicher, ob ich das schaffen würde.«

»Ich kümmere mich darum«, sagte er. »Er soll mir hinten im Hof helfen. Wir müssen das Fass umstellen und aufräumen. Du hast fünfzehn Minuten.«

Acht Minuten später raste ich praktisch die Straße runter, im Schlepptau Kit, die mir wie ein trauriger, verwöhnter Welpe folgte.

»Warum mussten wir gehen?«, jammerte sie. »Ich mag Kelsey. Wir hatten Spaß zusammen. Sie ähnelt mir sehr – ich glaube, wir könnten Freundinnen werden.«

»Ich sag's dir, wenn wir daheim sind«, murmelte ich, den Blick immer nach vorn gerichtet. Wenn ich nicht losheulen wollte, durfte ich nicht an Hunter denken oder gar die Sache jetzt erklären.

Manchmal ist es echt beschissen, wenn man das Richtige tut.

Hunter

Ich starrte auf mein leeres Bett und biss die Zähne zusammen.

Ich hatte sofort gewusst, dass etwas nicht stimmte, als Skid und ich zurück in die Küche gekommen waren. Kelsey stand allein am Herd, buk Pancakes und fluchte leise vor sich hin.

»Ihr«, sagte sie, als sie sich zu uns umdrehte und uns wütend anstarrte. Sie drohte uns mit ihrem hellroten Pfannenheber und wedelte damit hin und her, da sie sich offenbar nicht für ein Ziel entscheiden konnte. »Ihr habt sie verschreckt.«

»Wen?«, fragte ich.

Skid seufzte

»Es ist meine Schuld«, sagte er. »Ich habe zu Em gesagt, dass sie verschwinden und dich in Ruhe lassen soll.«

»Was?«, fragte ich entgeistert. Ich warf einen Blick rüber zu Kelsey, die mit den Schultern zuckte. »*Fuck*.«

Ich nahm zwei Treppenstufen auf einmal, was völlig unnötig war, da Em nicht mehr da war. Auf dem Bett fand ich jedoch einen Zettel.

Liam – es tut mir so leid. Die ganze Sache war ein großer Fehler. Ich bin dir nicht böse bin und hoffe, dass für dich und deinen Club in Zukunft alles super läuft. Bitte denk daran und pass auf dich auf. Em

Ich ließ den Zettel fallen und stürzte zum Fenster, um es aufzuschieben und hinauszusehen.

Nichts zu sehen.

Scheiße. Verdammte Scheiße.

Dann umklammerte ich das Fensterbrett, bis meine Knöchel weiß hervortraten, und überlegte, wie ich Skid am besten umbrachte. Schnell stand mein Entschluss fest. Ich würde ihn totschlagen. Und zwar sofort. Unten in der Küche fand ich ihn. Er und Kelsey starrten sich wütend an. Wortlos packte ich ihn, drehte ihn herum und versetzte ihm einen Schlag ins Gesicht. Er stolperte und ich schlug wieder zu, sodass er gegen den Kühlschrank krachte und zu Boden fiel. Obendrauf standen Schnaps- und andere Flaschen, die nun wie Dominosteine umkippten. Einige prallten am Dielenboden ab, andere zerbrachen. Scharfer Alkoholgestank füllte die Küche.

»Was hast du nur getan, zum Teufel?«, brüllte ich ihn an. »Mit wem ich vögle, ist meine Sache! Nicht deine. Und auch nicht die des Clubs. Halt dich gefälligst aus meinem Leben raus, *Bruder*.«

Er hielt abwehrend seine Hände hoch und wollte ganz offensichtlich nicht kämpfen. Ich zerrte ihn auf die Beine und schlug wieder zu. Blut spritzte ihm aus der Nase und in seinen Augen konnte ich erkennen, dass er sich in dem Moment entschloss, sich doch zu wehren.

Ich bin mir nicht sicher, wie lange die Sache dauerte.

Doch ich erinnere mich noch genau daran, dass wir von der hinteren Veranda taumelten, durchs Gebüsch und auf den Rasen, und all das, während wir unablässig aufeinander einprügelten. Als es vorbei war, standen Clutch, Grass, Kelsey und ein paar Frauen, die noch von der Party übrig waren, alle auf der Veranda und sahen uns zu.

Clutch und Grass hatten gewettet, da war ich mir ziemlich sicher. Ich beschloss, dass mir der Sieger einen Drink schuldig war, weil ich Skid ordentlich fertiggemacht hatte … Aber als ich ihn schließlich k.o. und hilflos im Dreck liegen sah, nahm mein Gehirn wieder die Arbeit auf. Ich sah zu unserem Publikum hinauf und runzelte leicht schwankend die Stirn. Skid hatte auch ein paar gute Treffer gelandet. In meinem Kopf drehte sich alles – ich hatte vermutlich eine Gehirnerschütterung.

»Verschwindet«, knurrte ich. »Das hier ist privat.«

Grass trieb sie zurück ins Haus, obwohl Kelsey darauf zu bestehen schien, draußen zu bleiben. Er beendete die Diskussion, indem er sie hochhob und reintrug, während sie ihn mit einer Salve aus Hieben mit dem Pfannenwender belohnte.

Ich brach auf dem Boden zusammen und starrte ausdruckslos in den bewölkten Himmel.

»Bist du okay?«, fragte ich Skid.

Er drehte sich stöhnend um.

»Ja«, murmelte er. »Ich musste es tun, Kumpel.«

»Du musstest gar nichts tun.«

»Sie ist nicht gut für dich«, sagte er. »Em ist kein kleines Püppchen, das du kontrollieren kannst. Sie hat für dich ihren eigenen Club angelogen, was verdammt romantisch zu sein scheint, bis du dir klarmachst, dass sie diese Art von Loyalität auch den Reapers gegenüber empfindet. Du könntest ihr nie vertrauen. Und wenn du es trotzdem tätest, könnten wir dir nicht mehr vertrauen.«

»Deswegen ist es immer noch nicht deine Entscheidung«, sagte ich langsam. »Du hast es also rausbekommen, schätze ich?«

»Anrufprotokoll«, sagte er knapp. »Keine Sorge. Werd es niemandem zeigen. Das schulde ich ihr wohl, da sie deinen armen Arsch gerettet hat. Aber im Ernst – die Wahlen stehen an. Falls du dich nicht zurückziehen willst, kannst du nicht mit ihr zusammen sein.«

»Das ist mein Problem«, sagte ich ihm.

»Nein, es ist auch ein Problem des Clubs«, sagte Skid ernst. »Burke braucht als rechte Hand einen Mann, dem er vertrauen kann, und wir alle wissen, dass du das bist. Aber ich bin *deine* rechte Hand, Kumpel. Es ist mein Job, dafür zu sorgen, dass du mit den Gedanken bei der Sache bist, was zur Zeit nicht der Fall ist.«

Ich zeigte ihm den Mittelfinger und legte meinen Arm über die Augen.

»Niemand weiß von diesem Anruf«, sagte ich. »Das ist kein Thema.«

»*Ich* weiß Bescheid«, antwortete Skid ruhig, aber bestimmt. »Und sollte es jemals eine Gefahr für unseren Club darstellen, werde ich ihr Geheimnis nicht länger für mich behalten. Es ist nichts Persönliches, Bruder. Ich habe im Grunde nichts gegen das Mädel, auch wenn du vielleicht was anderes vermutest. Aber ich kann nicht zulassen, dass sie dir zu nahe kommt.«

Ich seufzte. Fuck.

»Die Sache ist noch nicht vorbei«, sagte ich ihm. »Ich gebe sie nicht auf.«

»Gibst du dann dein zukünftiges Amt als National Officer auf?«, fragte Skid. »Denk gut drüber nach, Kumpel. Du kannst nicht beides haben.«

Ich antwortete nicht – die vergangenen acht Jahre hatte ich damit verbracht, mich zu beweisen und Burke zu zeigen, dass ich der Mann war, auf den er sich in einem Kampf verlassen konnte.

Ich war nicht bereit, alles, was ich mir erarbeitet hatte, wieder aufzugeben.

Shit. Skid hatte recht.

Ich hatte ein Problem.

KAPITEL ELF

Eine Woche später

Em

Ich konnte nicht atmen.

Etwas Schweres drückte mir auf die Brust, zerquetschte meine Lunge. Etwas Böses, wurde mir klar. Ein Dämon, den es nach meiner Seele dürstete? Ich schwebte in dem dunklen Raum zwischen Schlaf und Wachsein und durchlebte voll Schrecken, wie meine schlimmsten Träume zum Leben erwachten.

»Im Schrank sind Geisteraffen …«, flüsterte eine sanfte, seltsam hohe Stimme in mein Ohr. Das Adrenalin schoss durch mich hindurch, und ich setzte mich abrupt auf, sodass ein vierjähriger Teufelsbraten von meiner Brust kullerte.

»Aua!«, quäkte Silvie, die vom anderen Bettende aus mit einem verletzten Gesichtsausdruck zu mir hochstarrte. »Ich hab Angst vor Geisteraffen. Hol sie raus.«

Oh, verdammt. War die Nacht schon vorüber? Ich warf einen Blick auf die Uhr. Zweifellos, es war sieben Uhr morgens. Mist. Nun, zumindest nervte Silvie mich und nicht Cookie. Die Frau arbeitete entschieden zu viel – sie hatte es verdient, mal einen Tag auszuschlafen.

»Sorry, Kleine«, sagte ich und breitete die Arme aus. Silvie krabbelte über die Bettdecke in meine Arme und kuschelte sich an mich. »Was ist jetzt mit diesen Geisteraffen?«

»In meinem Schrank«, sagte sie mit großen Augen. »Die wollen mich fressen.«

»Geisteraffen gibt es nicht«, sagte ich bestimmt. »Wie kommst du darauf?«

»Cody«, flüsterte sie.

Ich hätte es wissen müssen. Obwohl ich erst seit zwei Wochen hier wohnte, hasste ich bereits Cody Weathers, einen fünf Jahre alten Satansbraten, der mit Silvie in den Kindergarten ging. Seine Eltern setzten ihn einfach vor den Fernseher, wo er sich einfach alles ansah. Anschließend füllte er Silvies kleinen Kopf mit unglaublichem Mist und mit Geschichten, die ihr Angst einjagten.

Am schlimmsten war, dass er es nicht mal aus Gemeinheit tat. Soweit ich das beurteilen konnte, war Klein-Cody ernsthaft verliebt in unsere Silvie.

»Cody hat keine Ahnung«, sagte ich. »Würde ich dich anlügen, wenn es um Geisteraffen geht?«

Sie neigte den Kopf zur Seite, sah mich an und schüttelte ihn dann mit ernstem Gesicht.

»Lass uns zusammen in den Schrank schauen«, sagte ich. »Ich zeig dir, dass keine Gefahr besteht, und anschließend versprühen wir sicherheitshalber ein wenig von meinem Anti-Monster-Spray.«

Wir krabbelten aus dem Bett. Sie hielt meine Hand, während ich mir eine Dose Raumspray mit Vanilleduft schnappte, die ich genau für diesen Zweck besorgt hatte. Dann gingen wir durch den Flur. Aus der Küche hörte ich Stimmengemurmel – offenbar hatte Cookie Gesellschaft. Der erste Todestag ihres Mannes Bagger, der in Afghanistan gefallen war, rückte näher. Alles in allem hielt sie sich ganz gut, was eigentlich hieß, dass es ihr nicht wirklich prächtig ging, sondern dass sie zumindest noch nicht zusammengebrochen und gestorben war.

Cookie beeindruckte mich sehr.

»Die Affen waren da«, sagte Silvie und zeigte ängstlich auf den Schrank.

Ich schaltete das Licht an, ging zur Schranktür und öffnete sie.

»Keine Geisteraffen zu sehen«, erklärte ich, während ich gründlich alle Ecken durchsuchte, da ich wusste, dass es ihr wichtig war. Ich sah sogar hinter den Klamotten nach, die auf den Bügeln hingen.

Es war nicht das erste Mal, dass ich Silvies Schrank nach Monstern absuchen musste.

»Spray«, verlangte sie.

Ich sprühte den kleinen Schrank innen gründlich mit Raumspray ein.

»So, geschafft«, sagte ich. »Geisteraffen oder andere Wesen können jetzt sicher nicht mehr hier rein.«

»Danke«, flüsterte Silvie und schlang ihre Arme um meine Beine.

»Gern geschehen«, murmelte ich, während ich ein Gähnen unterdrückte. Shit, ich brauchte dringend einen Kaffee. »Lass uns frühstücken.«

»Mommy ist in der Küche und redet mit Onkel Deke.«

Interessant.

So viel zum Ausschlafen für Cookie.

»Onkel Deke« kam häufig zu Besuch. Er war der President des Portland-Chapters der Reapers und kümmerte sich um Cookie, seit sie aus Coeur d'Alene hergezogen war. Ich konnte nicht sagen, ob er sich nur liebevoll um die Witwe eines Bruders sorgte oder ob da noch mehr war.

Falls ja, hatte Cookie das sicherlich noch nicht bemerkt.

Als ich reinkam, saßen sie mit zwei Kaffeetassen am Küchentisch. Auf der Arbeitsfläche stand eine Schachtel mit Donuts.

Ich kannte Deke nicht allzu gut. Ein großer, breit gebauter Bursche, wahrscheinlich um die dreißig, was allerdings schwer einzuschätzen war. Vor dem Club war er bei den Marines gewesen, das wusste ich. An einem Arm hatte er schwere Verbrennungen erlitten, weshalb sich nun Narben über den ganzen Arm zogen, die nur die Hand frei ließen. Manche Typen würden die Narben verstecken. Doch Deke hatte ich noch nie in einem langärmligen Shirt gesehen.

»Sind die Donuts für jemand Bestimmten?«, fragte ich, als ich auf die Box zusteuerte.

»Bedien dich«, antwortete Deke. Er und Cookie schwiegen und ich fragte mich, worüber sie wohl gesprochen hatten.

»Silvie, mein Baby, komm, wir gehen dich anziehen«, sagte Cookie. Sie lächelte mich an, doch ihr Lächeln konnte ihre immerwährende Traurigkeit nicht überdecken. Sogar ihre Haare schienen sich seit Baggers Tod verändert zu haben. Die wilden, roten Korkenzieherlocken wirkten irgendwie kraftlos.

Sie nahm Silvies Hand und ging mit ihr hinaus, sodass ich allein mit Deke zurückblieb.

»Wie läuft's bei dir?«, fragte er.

Ich zuckte mit den Schultern und lächelte.

»Kommt die Frage von dir oder von meinem Dad?«

»Ist eher 'ne Höflichkeitsfrage von mir«, sagte er mit ausdruckslosem Gesicht. »Du weißt, dass wir für dich da sind, wenn du uns brauchst, aber ich habe Besseres zu tun, als den Babysitter zu spielen. Bin aber froh, dass jemand hier bei Cookie ist.«

»Ja, ich bin auch froh, dass ich hier bin«, sagte ich. »Sie hilft mir sehr. Sobald mein Kurs anfängt, werde ich nicht mehr oft arbeiten können. Deshalb ist es wichtig, die Kosten so gering wie möglich zu halten. Eine Win-win-Situation für uns beide.«

Mein Handy vibrierte in meiner Hosentasche und ich zog es raus, während ich ihm einen entschuldigenden Blick zuwarf.

»Sag Cookie noch einen Gruß von mir«, sagte er im Aufstehen.

Ich nickte und sah dann auf mein Handy.

HUNTER: Wie geht's dir?

Shit. Ich sah zu Deke rüber, aber er achtete gar nicht auf mich. Gut, denn ich war mir sicher, dass mein Schuldbewusstsein mir ins Gesicht geschrieben stand und er es bemerkt hätte, wenn er mich angesehen hätte.

ICH: Gut. Ich dachte, wir wollten das nicht mehr tun.

Ich hatte Hunter seit der Party bei ihm mindestens einmal täglich gesagt, dass er aufhören sollte, mich zu kontaktieren. Wahrscheinlich war es falsch von mir, aber jedes Mal, wenn er sich trotzdem meldete, spürte ich die Aufregung in meinem ganzen Körper.

HUNTER: Ach, ja ... da war doch was. Ich muss dich sehen.

ICH: Skid hatte recht. Ich will dir nicht alles kaputtmachen.

HUNTER: Skid weiß nicht alles. Die Sache ist komplizierter. Aber dieses Problem muss *ich* lösen.

ICH: Nein.

HUNTER: Heute Abend?

ICH: Ich pass heute Abend auf Silvie auf.

HUNTER: Dann ruf mich an, sobald sie schläft.

ICH: Ich überleg's mir.

Ich überlegte es mir tatsächlich. Den ganzen Tag lang, während ich in Cookies Café aushalf. Ich dachte weiter darüber nach, während ich Silvies Abendessen zubereitete (Makkaroni mit Fertigsoße, schmecken echt toll) und während sie badete (denn das Zeug kleckert ganz schön). Nachdem wir nach Geisteraffen gesucht hatten, erklärte ich das Kinderzimmer für monsterfrei, bevor ich sie ins Bett brachte. Dann ging ich ins Wohnzimmer und schaltete den Fernseher ein, während ich immer noch überlegte, ob ich Hunter anrufen sollte.

Besser nicht.

Garantiert nicht.

Stattdessen rief ich Kit an.

Sie ging nicht ran. Keine große Überraschung, wenn man bedachte, dass es Freitagabend war. Kit zählte nicht wirklich zu den Mädchen, die am Wochenende zu Hause blieben. Und sie hatte letzten Dienstag in einem ihrer Kurse einen neuen Typen kennengelernt. Kit zählte auch nicht zu den Mädchen, die erst mal abwarteten, weshalb ich gewettet hätte, dass sie ihn gerade ordentlich rannahm.

Um zehn Uhr dreißig schaltete ich den Fernseher aus und zog mir ein Top und Shorts an, bevor ich ins Bett schlüpfte. Ich überlegte, ob ich noch lesen sollte.

Dann schnappte ich mir mein Handy und schickte Hunter eine Nachricht.

ICH: Was geht?

HUNTER: Bin daheim, häng rum. Clutch hat ein paar Mädels eingeladen. Sagt, man muss das Leben feiern oder so nen Scheiß. Schätze, er will nur so oft wie möglich Sex haben, solange er ihn noch aus Mitleid bekommt.

ICH: Armer Typ.

HUNTER: Hm. Was machst du?

ICH: Bin im Bett. Silvie schläft und Cookie ist bei einer Freundin. Sie kommt nicht viel raus. Hab ihr deshalb gesagt, dass sie mal nen freien Abend braucht.

HUNTER: Wie gehts ihr?

ICH: Ich denke gut. Mir gefällt es bei ihr. Fühlt sich gut an, wie eine Erwachsene behandelt zu werden.

HUNTER: Ich werd dich wie eine Erwachsene behandeln ... Rufst du mich an?

Hunter

Ich starrte auf mein Handy und fragte mich, ob sie es tun würde. Ich hatte mir vorgenommen, sie zuerst anrufen zu lassen. Natürlich hatte ich mir auch vorgenommen, sie zuerst eine Nachricht schicken zu lassen. Der gute Vorsatz hatte aber nicht lange vorgehalten.

Mein Handy klingelte.

Perfekt, einfach perfekt.

»Hunter?«

Ihr Flüstern erklang sanft und fragend in der Dunkelheit.

Heilige Scheiße, sie klang so weich und hübsch. Mein Schwanz wurde ja schon hart, wenn wir nur eine Nachricht austauschten. Und wenn ich ihre Stimme hörte?

Wurde er so hart, dass er wehtat.

»Hey«, sagte ich und ließ mich zurück aufs Bett fallen. Vor meiner Tür hörte ich Stimmen und leise Musik. Aber nicht so laut, dass man es durchs Telefon hören konnte. Das fehlte mir gerade noch, dass sie mitbekam, was unten vielleicht gerade für eine Scheiße ablief. »Nenn mich Liam.«

»Hi, Liam«, sagte sie.

Verdammt. Was hatte dieses Mädchen nur an sich?

»Fuck, Em. Die Gespräche mit dir haben mir gefehlt. Du bist also im Bett?«

»Ja«, sagte sie.

Ich spürte, wie sich meine Eier zusammenzogen. Deshalb griff ich nach unten und drückte meinen von der Jeans bedeckten Schwanz mit dem Handballen, die Berührung war süß und schmerzhaft zugleich. Diese Fotos von ihr machten mich jedes Mal scharf, aber sie waren nichts im Vergleich zu ihrer Stimme. Heiser und süß, nur für mich.

Mann, ich wollte rüberfahren und sie ficken, bis sie schrie. Nein, falsch. Ich wollte sie hier haben, bei mir. In *meinem* Bett. Auf meinem Schwanz. Sollte nicht so kompliziert sein, das in die Wege zu leiten. Ich hatte dem Club fast ein Jahrzehnt meines Lebens geopfert. Hatte mich nie beschwert, mich nie gedrückt. Ich hatte schreckliche Dinge für die Devil's Jacks getan. Würde sie auch weiterhin tun.

Im Gegenzug wollte ich nur eine einzige Sache. Ein Mädchen. Natürlich musste es ausgerechnet das Mädchen sein, das mit einem Telefonanruf einen verdammten Krieg auslösen konnte …

Trotzdem würde ich sie nicht aufgeben.

»Ich habe keine Lust mehr auf diese Scheiße«, murmelte ich. »Ich möchte dich morgen gerne sehen. Ich hol dich ab, und wir fahren mit dem Bike raus. Es könnte so was wie ein Date sein, verdammt.«

Sie lachte.

»Hat man heutzutage noch Dates?«

»Scheiße, keine Ahnung«, gab ich zu. »Ist nicht mein Ding.«

»Du bist also ein Typ, der die Frauen zuerst vögelt und dann abserviert?«, fragte sie in neckendem Tonfall.

»Ja, aber ich servier sie glücklich ab«, antwortete ich und rieb mit meiner Hand wieder über meinen Schwanz. Ich stellte mir ihre Lippen um ihn herum vor, wodurch sich meine Hüften spontan nach oben wölbten. Beinahe hätte ich laut aufgestöhnt. Verdammt. Ich konnte nicht denken.

»Ich weiß nicht, was ich dazu sagen soll«, antwortete sie sanft. »Ich weiß nicht, Liam. Ich würde gerne … aber ist das eine gute Idee?«

Ich lachte auf – sie hatte ja keine Ahnung, wie schlecht diese Idee war.

»Nein, wahrscheinlich nicht«, sagte ich. »Warum erzählst du mir nicht stattdessen, was du gerade anhast? Das schadet niemandem.«

Ich hörte, wie sie die Luft anhielt. Würde sie antworten?

»Ich habe ein pinkes Trägerhemdchen an, mit pink-grauen Pyjamashorts«, sagte sie. »Fühlt sich komisch an, darüber zu reden. Hätte ich sagen sollen, dass ich sexy Dessous von Victoria's Secret trage?«

»Ich kann mir nichts vorstellen, das schärfer aussehen würde als das, was du gerade beschrieben hast«, antwortete ich. Und genau so meinte ich es auch. Ich hatte mir hundertmal auf die Nacktfotos von ihr einen runtergeholt – ja, ich weiß, wie gruselig das ist, nein, es interessiert mich nicht, was andere denken –, aber es war verdammt geil, wie sie von ihrem kleinen pinken Hemdchen erzählte. Em war kein Covermodel oder so, doch sie hatte hübsche Kurven, ohne überladen zu wirken. Ihre Titten waren einfach perfekt für mich. Ich stellte sie mir gerade vor, ein wenig auseinander, da sie auf dem Rücken lag, während die Brustwarzen sich wie kleine Gipfel unter dem weichen Stoff ihres Tops erhoben.

Ich wollte sie in meinen Mund saugen und mit ihnen spielen, bis sie schrie. Vielleicht auch hineinbeißen, wenn ich nach einer Stunde, in der ich ihre enge Möse gefickt hatte, endlich kam. Ich zog den Reißverschluss meiner Jeans runter und ließ meinen Schwanz heraus. Dann nahm ich ihn fest in meine Hand.

»Was hast *du* an?«

»Jeans, ein altes T-Shirt. Nichts Besonderes.«

»Du siehst ziemlich besonders in Jeans aus«, flüsterte sie. Dann kicherte sie komisch. »Mann, ist das kitschig. Ich kann nicht fassen, dass ich so was gesagt habe.«

»Das Kompliment nehme ich trotzdem an«, antwortete ich grinsend.

»Ich bin bei so was einfach nicht gut. Wir haben zwar schon früher nachts geredet, aber das war bevor … du weißt schon.«

Sie wollte es nicht sagen, und ich wollte sie sicher nicht daran erinnern, was sie wegen mir durchgemacht hatte.

»Wir machen doch gar nichts«, sagte ich und rieb langsam an meinem Schwanz rauf und runter. Ich drückte ihn fest und beobachtete, wie an der Spitze etwas Flüssigkeit hervorperlte. »Wir sind einfach zwei Freunde, die sich unterhalten, okay?«

»Okay«, sagte sie. »Aber zuerst muss ich etwas wissen.«

»Frag mich«, sagte ich und hoffte sehr, dass ich ihre Frage beantworten konnte.

»Liam, versteckst du irgendwo noch eine Alte Lady? Ich weiß, dass ich kein Recht habe, dich das zu fragen, aber …«

Damit hatte ich nicht gerechnet. Was zum Teufel? Das hatte ich jetzt davon, dass ich sie in Ruhe gelassen hatte. Hatte ihr jemand so einen Scheiß eingeredet?

»Nein, verdammt – wie kommst du auf so was?«

»Nun, du sagst, du stehst nicht auf Beziehungen, aber das sagen viele Typen, wenn sie einfach nur Sex haben wollen«, antwortete sie mit nervöser Stimme. »Und dann stellt sich heraus, dass sie schon mit jemandem zusammen sind und nur ein bisschen Extraunterhaltung suchen. Was weiß denn ich, du könntest genauso gut verheiratet sein und zehn Kinder haben. Du hast mich schon zuvor angelogen. Außerdem kenne ich ein paar Brüder, die mehr als eine Frau haben.«

Ich hustete.

»Wenn ich verheiratet wäre und zehn Kinder hätte, würde ich nicht mit dir telefonieren. Ich würde mir eine Kugel in den Kopf jagen, verdammt.«

Sie lachte.

»Das heißt also ›Nein‹, oder?«

»Definitiv ›Nein‹«, sagte ich. »Ich habe mit einigen geschlafen, dafür schäme ich mich nicht. Und ich habe dich für meinen Club angelogen. Aber ich muss Mädchen nicht austricksen, um Sex zu haben.«

»Mich erwarten also keine unangenehmen Überraschungen?«, fragte sie.

»Nein, alles offen und ehrlich«, antwortete ich in der Hoffnung, dass sie mir glauben würde. Mein Handy piepte – noch ein Anruf –, aber ich ignorierte es.

»Wie soll es weitergehen mit uns beiden?«, fragte sie. »Hat sich irgendwas verändert? Oder sollen wir besser auflegen und es beenden, bevor es schlimmer wird?«

Ich überlegte mir meine Antwort gründlich.

»Ich weiß es nicht«, erwiderte ich, und ausnahmsweise war es die Wahrheit. »Du willst, dass ich ehrlich bin, deshalb werde ich es auch sein. Ich weiß nicht, was zwischen uns vorgeht, weil wir keine Gelegenheit hatten, es herauszufinden. Du bist anders als jede andere Frau, mit der ich zusammen war. Ich rede mit dir sogar gerne über Sachen, die nichts mit Sex zu tun haben. Aber ich kann nicht so tun, als ob mein Hauptgedanke nicht das Ficken wäre. Schon allein von deiner Stimme bekomm ich einen Steifen. Ich nehme, was ich kriegen kann. Und wenn es nur ein Telefonanruf ist. Also bitte nimm mir das nicht, okay?«

Einen Moment lang sagte sie gar nichts.

»Ich hab gerade meine Hand in meine Shorts geschoben«, flüsterte sie. Ich schwöre, dass in dem Moment mindestens ein halber Liter Blut aus meinem Gehirn nach unten schoss. »Ich weiß noch, wie es sich angefühlt hat, als du an meinen Brustwarzen gesaugt hast. Ich will über deinen Bauch lecken.«

Mein Körper spannte sich an und meine Finger glitten über meinen strammen Schwanz, um den Lusttropfen zu finden. Ich umfasste meine Eichel und begann, mir langsam und kräftig einen runterzuholen.

Ja, genau das brauchte ich jetzt.

»Berühr deine Klit«, sagte ich ihr, während meine Stimme immer tiefer wurde. »Bist du schon feucht?«

»Ja«, sagte sie. »Ich fühl mich echt komisch ... als ob ich eine Hure wäre oder so, weil der Club ...«

»Du bist keine Hure. Und denk nicht an den Club. Ich will nicht, dass du an jemand anderen denkst, wenn du dich berührst, verstanden. Denk an mich und daran, was ich mit dir anstellen werde, sobald ich die Gelegenheit dazu habe.«

»Und das wäre?«

»Ich werde meine Finger tief in deine Muschi stecken, bis sie schön feucht sind. Dann spiele ich vielleicht mit deiner Klit.«

Ich hörte, wie sie die Luft anhielt.

»Ich tu es gerade«, sagte sie. »Was ist mit dir?«

»Ich habe meinen Schwanz rausgeholt und hol mir einen runter, während ich deine Stimme höre«, sagte ich ihr offen und ehrlich. »Meine Eier sind so verdammt hart, dass sie sich anfühlen, als ob sie in einem Schraubstock steckten. Und ich stell mir immer wieder vor, wie heiß und schlüpfrig du dich jetzt anfühlen würdest, wenn ich in dir wäre.«

»Oh«, flüsterte sie. Sie hielt wieder den Atem an. »Du bist besser als mein Vibrator, weißt du das?«

Die Vorstellung, wie sie diesen Vibrator benutzte, tauchte vor meinem geistigen Auge auf, sodass ich nicht mehr sprechen konnte. Ich spürte, wie sich meine Eier zusammenzogen. Meine Hand packte meinen Schwanz so fest, dass es beinahe wehtat.

Beinahe.

»Wie geht's dir?«, fragte ich und versuchte, langsamer zu machen.

»Gut«, flüsterte sie.

»Erzähl's mir.«

»Ich reibe meine Klit, mit je einem Finger links und rechts«, erklärte sie mir. »Zuerst rauf und runter, und dann bewege ich sie ich ein wenig hin und her. Mit der anderen Hand spiele ich an meinen Brustwarzen herum. Jetzt bist du dran.«

Ich bewegte meine noch einmal fest auf und nieder, sodass sich meine Hüften nach oben wölbten. Verdammt, ich war schon kurz davor. Normalerweise konnte ich das stundenlang machen, aber irgendwas an Em brachte mich völlig durcheinander.

»Mann, ich wünschte, ich könnte so was besser beschreiben«, murmelte ich. »Ganz ehrlich, Em. Ich bin kurz davor, alles abzuschießen. Wenn ich mir vorstelle, wie du es dir selbst machst, fühlt es sich an, als ob ich gleich einen Herzinfarkt bekommen würde.«

»Willst du, dass ich aufhöre?«, fragte sie in fast scherzhaftem Ton.

Mein Schwanz zuckte und meine Eier zogen sich fest zusammen. Shit shit *shit.*

»Wenn du aufhörst …«, begann ich zu sagen, als plötzlich meine Zimmertür aufkrachte.

»Was zum …?«, brüllte ich, setzte mich auf und ließ das Handy los, das krachend auf den Boden fiel.

»Schwing deinen Arsch hier raus«, sagte Skid mit grimmiger Stimme.

Ich beschloss, ihn zu erschießen.

Aus diesem Grund ließ ich meinen Schwanz los und griff nach der Pistole, die auf dem Nachtkästchen lag.

Doch er hielt eine Hand hoch.

»Hörst du nun auf zu telefonieren?«, fragte er mit einem deutlichen Blick.

Ich konnte nicht denken – all mein Blut befand sich momentan in meinem Schwanz. Meine Eier zogen sich fest zusammen, und mir wurde klar, dass ich gleich ziemliche Schmerzen haben würde.

»Liam, bist du o.k.?«, hörte ich Ems Stimme, die hoch und blechern aus dem Handy drang.

Ich griff nach dem Handy und riss mich zusammen.

»Alles in Ordnung, Baby«, sagte ich, während ich Skid wütend anstarrte. Er schüttelte seinen Kopf und fuhr sich mit dem Finger über die Kehle. »Ich muss allerdings los. Skid braucht meine Hilfe bei irgendwas. Ich ruf dich später noch mal an.«

»Warte …«, sagte sie, doch ich legte auf.

»Die Sache ist hoffentlich verdammt wichtig«, sagte ich zu meinem Clubbruder. »Du hast echt ein beschissenes Timing.«

»Sie ist wichtig«, sagte er. »Pack deinen Joystick wieder weg und komm schnellstens runter. Wir stecken in ernsthaften Schwierigkeiten.«

Unter Schmerzen ging ich die enge Treppe zum Wohnzimmer runter. Das verdammte Haus war unverkennbar hundert Jahre alt. Es tat höllisch weh, als ich den Reißverschluss meiner Jeans hochzog. Ich beschloss, dass ich, falls ich mal wieder Informationen aus jemandem herauskitzeln musste, den Wichser mit Em telefonieren lassen würde, um dann das Gespräch abzuwürgen und ihn zu zwingen, seine Hose anzuziehen.

Wie meistens am Freitag hatten wir Gesellschaft. Es war keine offizielle Party gewesen, aber Skid und die anderen Jungs hatten ein paar Schlampen eingeladen. Zwar war es nicht wie in einem echten Clubhaus, aber immer noch besser als gar nichts. Zwei der Mädchen waren inzwischen nackt und machten auf der Couch miteinander rum. Eine andere lag besinnungslos auf dem Boden und aus der Küche hörte ich lautes Lachen.

Eine typische Nacht also.

Es war allerdings nicht normal, dass die Mädels keine Zuschauer hatten. Sie zogen echt eine tolle Show ab, und es widersprach allem, woran die Clubbrüder glaubten, eine Live-Mädels-Show zu verpassen.

»Hier unten«, rief Skid.

Ich folgte seiner Stimme die Kellertreppe hinunter. Es war ein feuchtes Loch, das aber ganz praktisch war. Zum Ausräuchern, Lagern von Sachen, Waschen oder für die denkwürdige Nacht, in der dieses Hippiemädchen hier unten eine schräge Geisterbeschwörung abgezogen hatte …

Außerdem hielten wir hier unsere Clubtreffen, die »Gottesdienste«, ab. Wir waren zwar kein echtes Chapter oder so, hatten aber dieselbe Funktion. Deshalb gab es offizielle Meetings und ab und an eine Abstimmung.

»Will hoffen, dass das echt ’ne große Sache ist«, murmelte ich, während ich hinunterstieg. Clutch lag auf der abgefuckten Couch neben der nur manchmal funktionierenden Waschmaschine und dem Trockner und stützte sein krankes Bein auf der Armlehne ab. Grass lief vor sich hin brabbelnd auf und ab, während Skid an der Waschmaschine lehnte und mit den Fingern ungeduldig gegen das alte Metall trommelte.

»Ich hab Neuigkeiten«, sagte Grass, wobei eines seiner Augen zuckte. Fuck, hatte er was eingeworfen? Ich hatte ihm gesagt, dass damit Schluss sein musste, aber schließlich hatten wir ein paar heftige Wochen hinter uns. Er blieb stehen und rieb gedankenverloren und krampfhaft sein Kinn.

Ja, er hatte was eingeworfen. Toll, als ob wir noch etwas bräuchten, worüber wir uns Sorgen machen konnten.

»Toke ist tot«, sagte Skid.

Ich warf ihm einen scharfen Blick zu.

»Wie ist das passiert?«

»Sie haben ihn heute Morgen entdeckt«, antwortete er. »Obwohl er noch in Schutzhaft ist, war seine Kehle durchgeschnitten. Es gab keine offizielle Erklärung. Hat sich nur rumgesprochen – Picnic hat Burke angerufen.«

Ich hob die Augenbrauen.

»Ist das dein Ernst?«

»Wird noch verrückter«, fuhr er fort. »Die Reapers wollen wissen, wie wir das geschafft haben. Burke hat ihnen irgendeinen Scheiß erzählt, um uns Zeit zu verschaffen, damit wir Nachforschungen anstellen können. Er will wissen, ob du was in die Wege geleitet hast. Hast du irgendwelche Spielchen gespielt, ohne es dem Rest von uns zu sagen?«

Ich neigte meinen Kopf zur Seite und merkte, wie sich etwas Dunkles in mir zusammenbraute.

»Mir gefällt dein Ton nicht, Bruder«, sagte ich langsam und deutlich. »Erstens habe ich gar nichts getan – und selbst wenn es so wäre, dann wäre das eine Sache zwischen mir und Burke. Zweitens, warum spricht Burke mit dir und nicht mit mir?«

Skid grinste mich schief an.

»Er hat dich ja zuerst angerufen. Du bist nicht rangegangen. Was war denn wichtiger als ein Anruf von deinem Vice President? Da ich dich am Telefon mit raushängendem Schwanz gefunden habe, solltest du dir besser gut überlegen, was du ihm erzählen willst.«

Shit. Ich schloss meine Augen, schüttelte meinen Kopf und rieb mir die Schläfen.

»Mann, Skid«, fauchte Grass mit hoher, zittriger Stimme. »Hör auf, dich wie ein kleines Miststück zu benehmen. Bist du vielleicht eifersüchtig?«

Wir sahen ihn beide überrascht an. Grass warf eindeutig frustriert die Hände hoch und schien noch zappeliger als zuvor zu sein. Er war auch noch nicht fertig mit seiner Rede. »Was will Burke von uns?«, wollte er wissen. »Ich wette, die Reapers haben Toke erledigt. Er hat sie reingelegt, und jetzt versuchen sie, uns die Schuld zuzuschieben. Es ist ein Vorwand, um den Waffenstillstand zu beenden.«

»Das ergibt doch gar keinen Sinn«, stieß Skid wütend hervor. »Mann, Grass. Du musst aufhören mit dem Zeug, es macht dich paranoid. Die Reapers wollen genauso Frieden wie wir. Sie *brauchen* keinen Vorwand, um in den Krieg zu ziehen. Wenn sie kämpfen wollen, schießen sie einfach los. Sie hätten Toke natürlich umlegen können – der Arsch hat schließlich seinen eigenen Club verraten, wäre ja keine große Überraschung. Aber ich glaube nicht, dass sie sich dann bei uns gemeldet hätten, wenn das der Fall wäre.«

»Red nicht mit mir, als ob ich ein Idiot wäre!«

»Haltet das Maul, verdammt noch mal!«, brüllte ich. Die zwei Männer zuckten zusammen. »Scheiße, wir sind hier doch nicht im Kindergarten! Skid, wollte Burke, dass wir irgendwas unternehmen?«

Skid starrte mich finster an.

»Nein«, gab er zu. »Aber er sagte, wir sollten wachsam sein. Bis wir wissen, wer Toke umgebracht hat und warum, müssen wir davon ausgehen, dass es einen neuen Mitspieler gibt.«

»Das Kartell?«, fragte Clutch. »Glaubst du, sie haben die nötigen Kontakte so hoch im Norden, um einen Schlag in Schutzhaft durchzuziehen?«

Wir erstarrten alle. Shit. Das war kein beruhigender Gedanke.

»Okay, wir müssen davon ausgehen, dass es jemanden in der Nähe gibt, den wir nicht kennen, der aber dazu in der Lage ist«, sagte ich langsam. »Wir brauchen mehr Sicherheitsmaßnahmen. Behaltet euch gegenseitig im Blick, achtet aufeinander, und ab sofort tragen alle ihre Waffen. Grass, sobald du nicht mehr Dinge siehst, die nicht da sind, möchte ich, dass du dafür sorgst, dass es in Clutchs Transporter einen Platz gibt, der auch bei Kontrollen nicht gefunden wird, okay? Wir können keine Verletzung der Bewährungsauflagen riskieren. Braucht sonst jemand Hilfe dabei, sein Bike entsprechend auszustatten?«

»Alles unter Kontrolle«, seufzte Skid. »Sorry, Hunter. Wollte mich nicht aufführen wie ein Arsch.«

»Schon in Ordnung«, murmelte ich und fuhr mir mit der Hand durchs Haar.

Mann, was für eine Nacht.

»Ich hasse Portland, verdammte Scheiße«, verkündete Grass plötzlich. »Hier ist es wie in der Hölle, nur kalt. Es regnet die ganze Zeit, so, als ob wir unter Wasser leben würden. Und jetzt sollen wir uns auch noch Sorgen machen wegen des Kartells? Das einzig Gute an unserem Umzug nach Norden war, dass wir ihnen entkommen sind.«

»Wir machen unseren Job«, erinnerte ich ihn. Meine Stimme kühlte merklich ab, während ich in den Vollstreckermodus wechselte. Ich hatte genug von dem Scheißgeschwätz. »Burke braucht uns hier – da waren wir uns alle einig. Hör also auf zu jammern. Er will klare Informationen, und das bedeutet, dass wir in Portland bleiben, bis er uns abberuft.«

Skid verschränkte die Arme und stellte sich wortlos an meine Seite. Gott, manchmal wollte ich ihn umbringen, aber das musste ich ihm lassen – der Club kam bei ihm immer an erster Stelle. Und das hieß in diesem Fall, die Disziplin aufrechtzuerhalten. Bei ihm wurde es nie persönlich.

Grass sah mich wütend an, hielt aber den Mund. Er wusste verdammt gut, dass ich recht hatte. Er wusste auch, dass ich an ihm in Sekundenschnelle ein Exempel statuieren würde, falls es nötig war. Nettigkeiten konnten wir uns nicht erlauben, denn der Club war gespalten und die Wahlen standen vor der Tür.

»Gibt's ein Problem?«, fragte ich Grass direkt. Er hielt meinem Blick noch einen Moment lang stand, schüttelte dann aber den Kopf. Ich sah hinunter auf Clutch und merkte, dass ich für diese Scheiße viel zu nüchtern war.

»Alles in Ordnung bei dir?«

»Ja«, antwortete er. »Das Bein tut scheißweh, aber ich werf ein paar Pillen ein, dann wird's schon gehen.«

»Weichei«, zog ihn Skid auf und verdrehte die Augen. »Ist schon zwei ganze Monate her, dass dich Toke gefoltert hat. Jammerst du immer noch?«

Clutch ließ ein ersticktes Schnauben hören und schüttelte den Kopf. Die Spannung ließ nach und plötzlich war wieder alles in Ordnung. Zum Glück hatten wir Skid – die lange Zeit ohne Verbündete in dieser mit Wasser vollgelaufenen Stadt zerrte an unseren Nerven. Doch immer, wenn wir uns an die Gurgel sprangen, ging er dazwischen und richtete uns wieder auf. Der Mann hatte echt ein Talent, wenn er nur wollte.

Ich zeigte den Jungs den Mittelfinger und stieg wieder die Treppe hoch.

Die Mädels auf der Couch waren eingeschlafen, und in der Küche war auch niemand zu sehen. Mit dem Fuß rollte ich das Mädchen auf dem Boden aus dem Weg, schnappte mir ein Bier, ließ mich auf den Stuhl fallen und schaltete den Fernseher an.

Pornos. Natürlich.

Klar, dass ich daran denken musste, wie sich Em selbst berührte. Ich überlegte, ob ich sie zurückrufen sollte, entschied mich aber dagegen, da es schon spät und die Stimmung auch nicht mehr die Richtige war. Außerdem war ich mir nicht sicher, ob ich es ertragen könnte, wenn sie mich mit ihrer heiseren sexy Stimme wieder Liam nannte. Meine Eier taten verdammt weh, was keineswegs angenehm war.

Ein paar Minuten später humpelte Clutch herein und setzte sich auf die Couch neben die Mädchen. Gemeinsam sahen wir einer Rothaarigen mit riesigen Implantaten dabei zu, wie sie auf dem großen Bildschirm in den Hintern gefickt wurde.

»Shit«, sagte Clutch nach ein paar Minuten. »Pornos in HD sind echt Scheiße. Sind das eingewachsene Haare?«

Ich verschluckte mich an meinem Bier, und er grinste mich an.

»Idiot.«

KAPITEL ZWÖLF

Em tauchte in meinen Träumen auf.

Ihre eisblauen Augen, umrahmt von dicken, dunklen Wimpern, blickten zu mir auf, während sie aufmerksam die Spitze meines Steifen leckte und ihn dann langsam in ihren Mund einsog. Ich wusste, dass sie nicht allzu viel Erfahrung hatte, aber sie machte das wie eine Professionelle, verdammt.

Ihre Hand umfasste meinen Schaft, und ich wölbte mich ihr entgegen.

Fuck, das Warten hatte sich gelohnt.

Dann nahm sie ihn noch tiefer in ihren Mund und überraschte mich damit völlig.

Woher zum Teufel wusste sie, wie man das machte?

Plötzlich verspürte ich den Wunsch, den Besitzer des Schwanzes, an dem sie es geübt hatte, umzubringen. Ihre Zunge schnellte zitternd über die Unterseite meiner Eichel, sodass ich meine aufkommenden Mordpläne sofort wieder vergaß. Ich erstarrte, meine Eier waren hart und bereit zu explodieren, aber mein Hirn begann, irgendetwas an der Sache komisch zu finden.

Was stimmte hier bloß nicht?

Em sog ihn fest ein, summte tief in ihrer Kehle, während sie sich immer schneller auf und ab bewegte. Ihre andere Hand griff zwischen meine Beine und rollte meine Eier mit ihren Fingern hin und her. Ich war kurz vorm Kommen, weshalb ich nach unten griff, um ihren Kopf zu berühren und sie so zu warnen.

Moment. Ems Haare waren nicht kurz.

Aber ihr Mund war so verdammt heiß und feucht. Shit. Ich konnte nicht mehr denken. Ich hätte nie gedacht, dass sie so viele Tricks kannte. In meinem Hinterkopf begann eine Stimme wieder über Mord nachzudenken. Meine Em war nicht mehr so unschuldig, und wer immer ihr das beigebracht hatte, würde bezah…

Ich verlor den Gedanken, als ich abspritzte und die Welt explodierte.

Heilige Scheiße, das hatte ich echt gebraucht.

Moment. Die Lippen an meinem Schwanz waren kein Traum.

Adrenalin schoss durch meinen Körper, und ich öffnete meine Augen.

»Was zum Teufel?«, fragte ich, während ich nach unten sah und eine der beiden Muschileckerinnen von letzter Nacht entdeckte, die gerade genüsslich meinen Samen von ihren Lippen leckte. Wie von der Tarantel gestochen sprang ich auf und versetzte ihr einen Schlag mit dem Handrücken, der sie mit einem Krachen vom Bett warf.

»Was zum Teufel ist mit dir los? Verdammte Fotze!«

Sie hielt ihre Wange und sah zu mir auf, wobei ihr Tränen in die Augen stiegen.

»Hat es dir nicht gefallen?«, flüsterte sie verwirrt.

Ihre Pupillen waren so winzig wie Stecknadelköpfe, und auf ihrem Arm entdeckte ich verdächtige Einstichspuren. Ich hatte wohl Glück gehabt, dass sie mir einen geblasen hatte, anstatt meine Geldbörse zu stehlen oder mich abzustechen. Nein. Moment. Die Geldbörse zu stehlen wäre definitiv besser gewesen …

Wenn ich so was bei einem Mädchen gemacht hätte, würde mich jeder einen verdammten Vergewaltiger nennen.

Verfluchte Junkies.

»Mir soll es gefallen, wenn irgendeine Fremde in mein Zimmer schleicht und meinen Schwanz ablutscht, ohne zu fragen?«, wollte ich wissen. »Du fasst mich ohne meine Erlaubnis nicht an, du Miststück. Wenn das ein Kerl bei dir gemacht hätte, würdest du schon längst ›Vergewaltigung‹ schreien. *Verdammt.*«

Ich schwang meine Beine aus dem Bett. Sie kippte nach hinten um und kroch dann wie eine Krabbe von mir weg. Ich fuhr mir mit der Hand durchs Haar, um mich zu konzentrieren.

Shit, Em hatte mich völlig durcheinandergebracht, sodass ich dumme Fehler beging. Männer wie ich schliefen nicht mit offener Tür. Normalerweise schlief ich auch nicht so tief – wer in mein Zimmer eindrang, lernte meine Waffe kennen, ohne Entschuldigung.

Doch diese Fixerin hatte es nicht nur ins Zimmer geschafft, sie war sogar in meinen Traum über Em eingedrungen.

Fuck.

Das Miststück kam wieder auf die Beine und stürzte aus dem Zimmer, was verdammt gut war. Wenn sie mir das nächste Mal über den Weg lief, würde ich sie durch eine Mauer werfen.

Dann wurde es mir plötzlich klar.

Seit wann wurde ich sauer, wenn mir eine Frau einen Überraschungs-Blowjob verpasste?

Mein Handy summte irgendwo zwischen dem Bettzeug. Ich wühlte mich hindurch, um es zu finden. War es denn schon Früh?

Da war es ja. Es war sechs Uhr morgens. Ich hatte ganze zwei Stunden geschlafen, bevor Prinzessin Leckischnecki hereingekommen war, um mich wach zu küssen. Als ich nach meinen Nachrichten sah, fragte ich mich, wer zum Teufel mir so früh eine Nachricht schickte. Mist. Burke. Seine Worte waren kurz und knapp.

BURKE: Wir haben ein Problem. Ruf mich an.

Das war ja wunderbar – genau das hatte mir noch gefehlt am frühen Morgen.

Aber ich entdeckte auch eine Nachricht von Em, die sie geschickt hatte, während ich unten mit Clutch Pornos geguckt und Bier getrunken hatte.

EM: Hey, ich denk an dich. Hoffe, dass alles in Ordnung ist. Schade, dass du wegmusstest. Ebenso schade, dass ich die Sache alleine beenden musste …

Und schon rührte sich mein Schwanz wieder – das morgendliche Weckmanöver hielt nicht lange vor. Ich zog meine Hose an und ging schnell über den Flur ins Klo, um zu pinkeln. Dann zog ich ein Wegwerfhandy raus und rief Burke an.

»Was ist los?«, fragte ich ihn in der Hoffnung, dass er nicht »Krieg mit den Reapers« sagen würde. »Geht's um Toke? Waren wir das?«

»Nein«, sagte Burke. »Völlig mysteriös, der Angriff. Ich wünschte, wir hätten hier oben solche Möglichkeiten. Nicht, dass ich mich über die Nachricht aufgeregt hätte … Aber wir haben ein größeres Problem. Jemand hat gestern Abend auf Mason ein paar Nahschüsse abgegeben, im Haus seiner Alten Lady.«

»Fuck«, murmelte ich. Das war eine ernste Angelegenheit. »Ist er okay?«

»Ja, er lebt«, sagte Burke. »Aber das ist der Wendepunkt – er ist erledigt. Er sagt, dass er so lange wie möglich durchgehalten hat. Doch er will im Kreise seiner Familie sterben und nicht mitten in einem Krieg.«

»Shit.« Wenn Mason zurücktrat, hieß das, dass Burke als momentaner Vice President nun die Leitung als National President übernehmen würde. Doch er wäre kein gewählter President. Dazu kam noch, dass der Club wegen des Waffenstillstands mit den Reapers gespalten war und die Brüder uneins waren, in welche Richtung wir gehen sollten …

»Ich frage mich, ob das aus der Gruppe kam«, überlegte ich. »Schwierige Situation für dich. Wegen der Geschichte mit Toke ist die Lage eh schon angespannt. Und die Reapers haben die Finger am Abzug. Du musst den Club übernehmen, während wir einem Krieg ins Auge sehen. Solange du nicht gewählt bist, ist deine Position wacklig.«

»Könnte sein«, sagte Burke. »Mag mir gar nicht vorstellen, dass einer von unseren Leuten das getan haben könnte. Leider sind manche unserer Brüder heutzutage nicht mehr viel wert.«

»So isses«, sagte ich. Der verdammte Club flog uns sozusagen um die Ohren. »Es könnte natürlich auch das Kartell gewesen sein.«

»Oder die Reapers.«

Eine Minute lang herrschte Stille.

»Drake wird als VP einspringen«, sagte Burke. »Das bedeutet, dass ich einen Sergeant at Arms brauche. Ich weiß, dass wir auf die Wahl warten wollten, aber das ist dein Moment, mein Sohn. Ich brauche dich morgen in Salem. Die Officers versammeln sich, und wir geben dann deine Position bekannt.«

Ich merkte, wie ich schwankte.

Auf diesen Moment hatte ich verdammt lange gewartet … aber scheiße, es war der falsche Zeitpunkt. Die Beziehung zu Em war noch völlig offen, abgesehen von all den anderen Sachen.

»Okay«, sagte ich langsam. »Und danach?«

»Bleibst du in meiner Nähe«, sagte er. »Die nächste Zeit lassen wir Skid und die anderen Jungs in Portland. Ich will, dass immer noch jemand vor Ort ist. Das ist jetzt vielleicht sogar noch wichtiger. Pack deine Sachen. Wir reisen mit leichtem Gepäck. Ich schätze, die nächsten Wochen werden interessant. Bring Skid mit, wenn du runterkommst, verstanden?«

»Ja«, sagte ich, während ich noch versuchte, das Ganze zu begreifen. Dann legte ich auf und seufzte, als ich mich wieder aufs Bett fallen ließ. Ich brauchte mehr Schlaf. Zuerst würde ich schlafen, und anschließend würde ich darüber nachdenken, was verdammt noch mal ich tun sollte.

Ich schickte Em keine Nachricht.

Denn ich hatte eh keine Ahnung, was ich ihr sagen sollte.

Em

Ein Schwall Wasser traf mich ins Gesicht.

Ich schrie und fiel aus dem Bett, nur um meine Schwester, die Hexe, hysterisch lachend neben mir stehen zu sehen.

Nicht vergessen: Cookie sagen, dass sie Kit nie wieder ins Haus lassen soll.

»Du bist ein Miststück«, murmelte ich, während ich mir das Gesicht mit dem Bettlaken abtrocknete.

»Das ist wahr«, sagte sie nachdenklich. »Aber das Miststück ist hier, um mit dir shoppen zu gehen. Ich brauche eine neue Handtasche.«

»Gibt's in Olympia keine Geschäfte?«

»Doch«, sagte sie. »Aber keine Schwestern. Ich finde es so toll, dass du jetzt in der Nähe wohnst – das ist wie damals in der Highschool!«

»Damals warst du auch schon ein Miststück.«

Sie nahm mein Handy in die Hand.

»Oohhh«, sagte sie. »Was ist letzte Nacht passiert? Ich sehe hier ein langes Telefonat mit Hunter und dann eine Nachricht, in der steht, dass du ›die Sache alleine beenden‹ musstest. Willst du mir erklären, was das zu bedeuten hat?«

Ich kletterte aus dem Bett, zog mein Hemdchen aus und warf es in ihre Richtung. Es landete auf ihrem Kopf, wo es ihre Haare nasstropfte, was sie allerdings gar nicht zu bemerken schien.

»Wir haben uns eine Weile unterhalten«, sagte ich. »Dann musste er weg. Wie spät ist es?«

»Fast Mittag«, sagte sie abwesend. »Dass ich dich mit Wasser überschüttet habe, war also völlig gerechtfertigt. Wie hätte ich dich sonst aufwecken sollen?«

»Manche Leute versuchen es mit Worten.«

»Langweilige Leute. Willst du duschen, bevor wir gehen? Ich brauch wirklich 'ne Handtasche. Wir gehen shoppen, dann kommen wir wieder hierher und richten das Abendessen für Cookie her. Anschließend nehmen Kelsey und ich dich zum Tanzen mit.«

»Kelsey?«

»Hunters Schwester«, sagte sie. »Wir sind in Kontakt geblieben. Nimm's mir nicht übel, aber ich glaube, dass ich mehr mit ihr gemeinsam habe als mit dir. Sie steht in Verbindung mit ihrem inneren Miststück und hat keine Angst davor, sich das, was sie haben will, zu nehmen.«

»Davor hab ich auch keine Angst.«

»Das kann ich sehen«, sagte sie und hielt dabei grinsend wie ein Kobold mein Handy hoch. »Ich bin wirklich stolz auf dich. Du solltest ihn jetzt anrufen.«

Sie drückte auf einen Knopf und reichte mir mein Handy, das bereits anklingelte. Ich warf ihr einen giftigen Blick zu, doch es war zu spät, um aufzulegen. Er würde es merken, dass ich angerufen hatte. Ich konnte also genauso gut einfach weitermachen. Leider ging er nicht ran.

»Hey, ich bin's«, sagte ich mit einem Seitenblick auf Kit. »Wollte nur wissen, ob es dir gut geht. Wir hören uns später.«

Ich legte auf.

»Gut«, sagte Kit. »Du hast deinen Zug gemacht. Jetzt lässt du das Handy hier, während wir shoppen gehen. So kannst du nämlich nicht rangehen, falls er zurückruft.«

»Warum?«

»Du willst schließlich nicht *zu* interessiert erscheinen«, erwiderte sie umsichtig. »Du hast nicht nur gestern Abend mit ihm gesprochen, sondern hast ihm eine Nachricht geschickt und nochmals angerufen.«

»*Ich* hab *nicht* angerufen«, betonte ich.

»Das weiß er doch nicht. Willst du noch duschen, bevor wir gehen? Sorry, aber du siehst scheiße aus.«

»Ich bin mir nicht sicher, ob es mir gefällt, dass ich jetzt in deiner Nähe wohne.«

»Du liebst mich aber – leugne es nicht.«

Unglücklicherweise stimmte das.

Sechs Stunden später fuhren wir wieder vor Cookies Haus vor, das Auto vollgepackt mit chinesischem Take-away und drei neuen Handtaschen. Zwei für Kit und eine für mich. Nicht, dass ich eine neue Handtasche gebraucht hätte, aber es wäre grob unhöflich gewesen, gar nichts zu kaufen, oder?

»Entschuldige, dass wir nichts mehr kochen«, sagte ich, als ich zur Tür reinkam. »Uns ist irgendwie die Zeit davongelaufen. Ich hoffe, dass Take-away auch in Ordnung ist.«

Cookie saß mit Silvie lesend auf der Couch und sah bei meinen Worten hoch.

»Solange ich nicht kochen muss, ist es mir völlig egal, woher das Essen kommt«, sagte sie. »Silvie, hilf mir, den Couchtisch frei zu räumen. Lass uns hier picknicken. Das klingt doch gut, oder?«

Silvie fand die Idee toll, und fünf Minuten später öffneten wir die Schachteln mit dampfend heißem Essen.

»Wohin geht ihr Mädels heute Abend?«, fragte Cookie.

»Nur in die Stadt«, sagte Kit. »Wir treffen uns mit einer Freundin und gehen ein bisschen tanzen oder so.«

»Seid vorsichtig«, sagte Cookie. »Deke erzählt, dass es ein wenig unruhig ist.«

»Hat er dir was Genaueres gesagt?«, fragte ich.

»Nein«, antwortete sie. »Aber wenn es etwas Ernstes wäre, würden sie uns schon Bescheid sagen. Betrinkt euch besser nicht zu sehr, okay?«

Wir versprachen es ihr, während wir die letzten Reste aufaßen. Dann brezelten wir uns in meinem Zimmer auf. Plötzlich wurde mir klar, dass ich den ganzen Nachmittag nicht auf mein Handy geschaut hatte. Ich wühlte in meinem Bett herum und schaltete es ein, als ich es gefunden hatte.

Hunter hatte allerdings nicht zurückgerufen.

Nein, er hatte nur eine kurze Nachricht geschickt.

HUNTER: Tut mir leid, dass ich gestern Abend wegmusste. Ich melde mich später bei dir. Viel los im Moment.

»Das klingt nicht besonders aufregend«, sagte Kit und biss sich nachdenklich auf die Lippe. »Er sollte dich eigentlich inzwischen nicht mehr aus den Augen lassen.«

»Nun, er hat doch gesagt, dass er viel zu tun hat.«

»Kein Mann hat so viel zu tun, dass er keine Zeit für Sex hat«, antwortete sie mit wissender Stimme. »Wo wir gerade darüber reden: Genau das wirst du heute Abend tun. Ich bin fest entschlossen.«

»Was?«

»Sex haben. Bevor wir heute Abend aus dem Tanzclub rausgehen, suchen wir jemanden für dich, mit dem du schlafen kannst. Wenn Hunter ein Stück vom Kuchen abhaben will, soll er sich gefälligst hinten anstellen.«

»Hab ich da auch noch ein Wörtchen mitzureden?«, fragte ich und verdrehte die Augen.

»Hast du das jemals?«

Kit machte ihre Drohung wahr. Zehn Minuten nach unserer Ankunft im Tanzclub hatte sie schon sechs verschiedene Typen ausgewählt, die sie für wert befunden hatte, mit mir das Bett zu teilen. Ich zeigte ihr den Mittelfinger und holte mir ein Bier. Ich hatte keine Lust, mit irgendeinem in einer Bar aufgesammelten Arschloch zu schlafen. Doch als die Stunden verstrichen und Hunter nicht von sich hören ließ, wurde ich allmählich sauer. Vorige Nacht hatte ich noch Telefonsex mit ihm gehabt und jetzt kam auf einmal nichts mehr? Zwar schuldete er mir nichts. Das wusste ich. Aber die Tatsache, dass ich keinerlei Recht darauf hatte, verärgert zu sein, ärgerte mich nur noch mehr.

Ich trank noch ein Bier.

Eine Stunde später stieß Kelsey zu uns. Sie war definitiv ein kleines Raubein, aber ich mochte sie einfach. Sie ähnelte Kit in so vielen Dingen, dass es fast schon unheimlich war. Die beiden zusammen auf der Tanzfläche – und die Männer konnten einpacken.

Nicht, dass ich mich nicht auch recht wacker geschlagen hätte.

Ich hatte nicht vor, jemanden mit nach Hause zu nehmen, aber nach einer Weile entdeckte ich einen süßen Typen, mit dem ich mich unterhalten konnte. Er hieß Devon, war groß und ganz gut gebaut. Außerdem roch er ziemlich gut, wenn er seine Arme um mich schlang. Seinem Aussehen nach war er eher der Typ Schwiegersohn, also in jeder Hinsicht das genaue Gegenteil von Hunter. Kit hielt zustimmend die Daumen hoch. Kelsey dagegen betonte, dass ihr Bruder den Typen fertigmachen könnte, ohne es überhaupt mitzukriegen.

Ich sagte zu Kelsey, dass Hunter nicht da sei, weshalb er gar niemanden fertigmachen könne. Sie zeigte mir den Stinkefinger, und ich beschloss, dass sie sich ins Knie ficken konnte, zusammen mit ihrem doofen Bruder, der mich nicht zurückrief, nachdem er schon mitten im Telefonsex aufgelegt hatte. Zum Glück war Devon eine gute Ablenkung. Wir tanzten, redeten und tranken, und Stück für Stück kam heraus, dass er eine ebenso beschissene Nichtbeziehung hatte wie ich.

Nun, vielleicht nicht *ganz* so beschissen. Ich hab ihn zwar nicht gefragt, aber soweit ich wusste, war er in keine Entführung verwickelt gewesen.

Aber davon abgesehen, lief es bei uns beiden ähnlich.

Das machte ihn zum perfekten Partner für diesen Abend, und Kit ließ mich deshalb auch in Ruhe. Kelsey warf mir natürlich weiterhin finstere Blicke zu, was mir aber völlig egal war. Ich mochte sie, war aber sicher nicht auf der Suche nach einer neuen besten Freundin. Sobald ich Devon als »ungefährlich« eingestuft hatte, entspannte ich mich und genoss seine Gesellschaft, während Fräulein Knatschig hinter mir weiterbockte. Wir tanzten fast bei jedem Lied, und Devon fand nichts, was ich tat, zu dämlich.

Um fair zu sein, muss man sagen, dass er sich selbst etwas dämlich benahm und dazu so lustig war, dass ich irgendwann nicht mehr aufhören konnte zu lachen. Ernsthaft. Ich hatte einen riesigen Lachanfall und konnte nicht mehr aufhören. Und er machte noch immer verrücktere Tanzbewegungen, es war einfach unglaublich.

»Hör auf damit«, japste ich und hielt mir den Bauch. »Ich kotz gleich, wenn du nicht aufhörst.«

Er hörte auf. Ziemlich abrupt.

»Oh mein Gott, du bist einfach zu schräg«, kicherte ich. Doch er lachte mich nicht an, lächelte nicht mal oder so. Ich neigte den Kopf zur Seite.

»Was ist los?«, fragte ich.

»Dein Freund geht jetzt nach Hause«, sagte eine tiefe, wohlbekannte Stimme hinter mir. »Richtig?«

Devon nickte und verschwand dann, ohne sich auch nur zu verabschieden.

Wie unhöflich. Ich drehte mich langsam um und entdeckte Hunter hinter mir. Seine Schwester stand blöd grinsend neben ihm.

»Was zum Teufel machst du denn hier?«

»Ich hab dich gesucht«, sagte er. »Ich hab versucht, dich zu erreichen, aber du bist nie rangegangen. Dann hab ich mit Kelsey telefoniert, und sie hat mir gesagt, dass du hier bist.«

Ich kniff die Augen zusammen und sah Kelsey an, die nicht mal versuchte, unschuldig auszusehen.

»Du hattest den ganzen Tag Zeit, mich anzurufen«, sagte ich mit in die Hüften gestützten Händen zu Hunter. »Nun hab ich mir was anderes vorgenommen. Heute Abend bin ich mit meiner Schwester unterwegs. Die Familie steht an erster Stelle.«

»Kit ist vor einer halben Stunde mit irgendeinem Typen abgezogen«, sagte Kelsey selbstzufrieden. »Sie hat dir eine Nachricht geschickt, um dir Bescheid zu geben, und ich musste ihr versprechen, dafür zu sorgen, dass du sicher nach Hause kommst.«

Ich riss die Augen auf und holte schnell mein Handy hervor. Es stimmte, da waren ein verpasster Anruf und eine Nachricht von Kit. Ich entdeckte auch drei verpasste Anrufe und zwei Nachrichten von Hunter.

Upps.

Vermutlich hatte ich es auf lautlos gestellt anstatt auf Vibrationsalarm.

»Was zum Teufel denkt sie sich dabei?«, murmelte ich. »Kit ist übergeschnappt. Hunter, tut mir leid, dass ich deine Nachrichten nicht bekommen habe. Aber ich darf auch alleine weggehen und meinen Spaß haben. Du hattest auch kein Recht, Devon zu verscheuchen.«

»War ziemlich leicht, ihn zu verscheuchen«, sagte Hunter in trockenem Ton. Dann wurde er ernst. »Em, ich muss dringend mit dir reden. Meinst du, wir können woanders hin?«

Ich wollte ihm eigentlich sagen, dass er sich davonscheren konnte. Er hatte mich hängen lassen und dann den ganzen Tag nicht zurückgerufen … Aber an seinem Gesicht konnte ich ablesen, dass es um etwas Wichtiges ging. Mein kleiner Trotzanfall war deshalb vielleicht unangebracht.

Deke hat gesagt, dass es momentan etwas unruhig ist.

Fuck.

»Ja, lass uns woanders hingehen«, sagte ich. Wir schnappten uns unsere Sachen und brachten Kelsey zu ihrem Auto. Mit Kit würde ich später noch ein Wörtchen reden, beschloss ich, während ich sie per SMS auf den neuesten Stand der Dinge brachte. Ich wusste, es war nicht das erste Mal, dass sie mit irgendeinem neuen Bekannten abgezogen war, doch sie musste echt etwas vorsichtiger sein. Ich liebte meine Schwester sehr, aber trotz ihrer starken Persönlichkeit und Lebhaftigkeit hatte sie einen Hang zur Selbstzerstörung.

Das machte mir manchmal Angst.

»Mein Bike ist da drüben«, sagte Hunter und nahm meine Hand, während Kelsey losfuhr. Er zog mich in Richtung einer Gasse, und ich folgte ihm.

»Was ist los?«, fragte ich mit einem komischen Gefühl im Magen. »Offensichtlich stimmt irgendwas nicht. Geht es um uns? Um ein Clubdrama? Ich schwöre hoch und heilig – wenn du mich noch mal entführst, lass ich zu, dass sie dich dieses Mal umbringen.«

Ich sagte es wie im Scherz, aber ich machte keine Witze. Nicht wirklich. So eine Scheiße würde *nicht* mein neuer Lebensstil werden.

»Ich muss morgen weg«, sagte Hunter und bog in die Gasse ein. Sie war dunkel, und ich konnte zwar Leute hören, aber auf dem schmalen

Weg zwischen den Gebäuden nichts sehen. Wieder stieg dieses komische Gefühl in mir auf. Ich versuchte, meine Hand frei zu bekommen, doch er ließ mich nicht los.

Fuck.

Ich blieb stehen und rammte meine Absätze in den Boden.

»Ich geh nirgendwohin, bis du mir nicht sagst, was los ist«, sagte ich. Schnell sah ich mich um, um meine Möglichkeiten einzuschätzen, die nicht besonders erfolgversprechend waren. Der schmale Durchgang war dunkel, und ein Müllcontainer blockierte den Blick auf die Straße.

Toll. Marschierte ich gerade wieder in eine Falle?

»Clubangelegenheiten«, sagte er und zog erneut an meiner Hand. Doch ich weigerte mich weiterzugehen. »Em, ich tu dir nichts. Mein Bike ist auf der anderen Seite dieses Häuserblocks, und ich dachte mir, der Durchgang hier wäre schneller als der Weg außenherum.«

Ich sah ihm ins Gesicht und versuchte herauszufinden, ob er mich reinlegen wollte. Sein Gesicht lag im Dunkeln, sodass er aussah wie ein klassischer Bösewicht aus einem Comicheft.

»Ich ruf ein Taxi«, sagte ich abrupt und griff nach meinem Handy.

»Verdammt«, murmelte Hunter, packte mich um die Taille, hob mich hoch und trug mich zwei Schritte bis zur Mauer. Er schubste mich dagegen und griff in meine Haare, die er festhielt, um mich ungestört küssen zu können und mir keine Chance zum Weglaufen zu geben.

Er küsste mich hart und drang mit seiner Zunge in meinen Mund ein. Als ich seine Zunge spürte, wäre ich am liebsten gestorben, so fantastisch fühlte sich das an. Mit der anderen Hand schob er mein Shirt hoch und anschließend meinen BH, bevor er meinen Busen mit seiner gewölbten Handfläche bedeckte und seine Hüften gegen meinen Bauch presste.

Was auch immer gerade Hunters Leben auf den Kopf stellte – eine Sache war sicher: Er war nach wie vor daran interessiert, mit mir Sex zu haben.

Natürlich war *das* nie unser Problem gewesen. Sein Mund riss sich von meinem los, während wir beide nach Luft schnappten und einander anstarrten. Dann griff er mit seinen Händen unter meinen Arsch, hob mich hoch und schlang meine Beine um seine Taille. Mein kurzer Rock rutschte über meine Oberschenkel nach oben, was mir aber egal war.

Völlig egal.

Mich interessierte nur dieses unglaublich fantastische Gefühl, das sein jeansbedeckter Schwanz auslöste, der sich gegen mein Höschen presste. Er fing an, ihn langsam hin und her zu bewegen, was mich schon beim letzten Mal wahnsinnig gemacht hatte. Mein Kopf fiel zurück und schlug gegen die Backsteinmauer. Morgen würde ich da wahrscheinlich eine Beule haben.

Das war mir völlig egal.

Ich schlang meine Arme um seinen Hals und presste mich ihm entgegen. Ich wollte ihn unbedingt in mir spüren. Mein Gott, ich wollte diesen Mann wirklich. Und es war nicht nur der Sex. In dem Moment erkannte ich, dass ich echt am Arsch war, denn in meinem ganzen Leben hatte sich noch nie etwas so richtig angefühlt wie seine Umarmung – und das hatte nichts mit Sex zu tun.

Na ja, vielleicht ein kleines bisschen …

»Hast du ein Kondom?«, fragte ich atemlos.

Hunter hörte nicht auf, rhythmisch und hart mit den Hüften zu stoßen, und knurrte zugleich. Echt.

»Ja. Aber es sollte nicht so sein. Fuck, Em. Du verdienst etwas viel Besseres als das, was ich dir bieten kann.«

»Jetzt fick mich schon.«

Er erstarrte, keuchte und setzte mich dann stöhnend ab. Ich zog mein Höschen aus und stopfte es in die kleine Handtasche, die an meiner Schulter hing. Hunter riss seine Hose auf und ich sah ihm fasziniert dabei zu, wie er ein Kondom überstülpte.

Dann griffen seine Hände nach meinen Oberschenkeln und schoben meinen Rock hoch, während er mich wieder anhob. Mann, er war so stark, dass ich gar nichts zu wiegen schien. Ich fühlte seinen Schwanz an meiner nackten Haut, als ich meine Beine um ihn schlang und sein Steifer wie seidener Stahl gegen meine Öffnung drängte. Dann presste er meinen Rücken gegen die Wand und stieß zu.

Ich schrie.

Heilige Scheiße. Ich hatte erwartet, dass Hunter beim ersten Mal langsam vorgehen würde … (Obwohl ich eigentlich auch ein Bett erwartet hatte und nicht eine düstere Gasse.)

Stattdessen stieß er richtig zu, und ich spürte ihn bis hinauf zu meiner Kehle. Nochmals schrie ich, bevor ich mich vorbeugte und ihn seitlich in den Hals biss. Sein Schwanz zuckte in mir, und er stöhnte. Dann begann er, sich zu bewegen.

Ich habe keine Ahnung, wie ich meine Gefühle beschreiben soll. Hunter hielt sich nicht zurück. Ich nahm ihn ganz in mich auf und wusste, dass ich am nächsten Morgen verdammt wund sein würde. Aber das war mir völlig egal. Die Dehnung, die sein Schwanz tief in mir bewirkte, und der Schmerz, den seine sich in meine Arschbacken grabenden Finger verursachten?

Ich liebte es einfach.

Mein Körper war eine wilde Mischung aus Lust, Sehnsucht und Begehren, die alle viel zu lange in mir getobt hatten. Es war mir völlig egal, dass nicht mal zehn Meter entfernt Leute die Straße entlanggingen. Ich konnte den Gestank aus dem Müllcontainer riechen, ich konnte einen Streifen sternenübersäten Himmels über uns zwischen den Gebäuden sehen. Doch all dies erhöhte nur die Intensität des Moments. Ich fühlte mich wie losgelöst von der Welt, gefangen in einem Moment, der ewig dauern würde.

Objektiv betrachtet dauerte die Sache nicht allzu lang.

Hunters Schwanz fuhr bei jedem Stoß über meine Klit, und er hielt nur inne, um sich so in mich zu bohren, dass ich fast den Verstand verlor. Dann zog er sich wieder zurück und stieß erneut zu. Seine Eichel versuchte, sich durch meinen Gebärmutterhals zu bohren, ich schwör's, so tief drang er ein.

Das war zu viel.

Ich schrie, als ich kam und ihn tief in mir umklammerte, während ich meine Fingernägel in seine Lederkutte grub.

Heilige Scheiße.

Hunter stöhnte und stieß noch vier Mal zu. Dann kam er auch, unter heftigem Fluchen. Ich konnte es nicht fassen, dass uns niemand hörte oder nachsah, was wir da taten. Selbst wenn jemand gekommen wäre, hätte mich das nicht interessiert.

Ich hatte es getan.

Ich hatte es endlich getan, wurde mir unter Ekstase bewusst, während mir Tränen übers Gesicht rollten. Es war mir völlig egal, dass mein Rücken aufgeschürft war oder dass ich eine Woche lang komisch gehen würde. Ich bereute nichts, nicht eine Sekunde lang.

»Nun, das war ziemlich gut«, sagte ich schniefend nach einer Minute.

Hunter stöhnte und ließ mich runter.

»Schön, dass es den Erwartungen entsprach«, antwortete er ironisch. Er beugte sich herab und küsste mich auf die Nasenspitze.

Ich löste mich von ihm, zog meinen Rock runter und suchte nach meinem Höschen. Seltsamerweise war ich jetzt verlegen.

»Äh, kannst du dich umdrehen, sodass ich mich anziehen kann?«, fragte ich.

Hunter sah mich mit komischem Gesichtsausdruck an.

»Nein.«

Das war eine klare Antwort. Ich beschloss, dass es wichtiger war, diese Gasse zu verlassen, als unsere postkoitalen Grenzen zu erkunden. Deshalb zog ich mein Höschen mit so viel Würde an, wie ich unter den gegebenen Umständen aufbringen konnte. Hunter nahm meine Hand und zog mich an sich. Seine Hand griff wieder in meine Haare, dieses Mal auf sanfte Weise, und er küsste zärtlich meine wunden Lippen.

»Das war verdammt unglaublich, Baby.«

»Ja, ich weiß«, sagte ich mit dümmlichem Grinsen, während ich ihn mit meinen noch immer tränengefüllten Augen ansah. Ich muss ausgesehen haben wie ein Clown.

Hunter gab mir einen Klaps auf den Po.

»Hey, werd nicht frech«, murmelte er. »Ich bin noch nicht fertig mit dir.«

Leider *war* er fertig, denn ab diesem Moment ging alles schief.

KAPITEL DREIZEHN

Hunter

Ems Handy klingelte zuerst.

Wir waren gerade am Bike angekommen, als der erste Anruf kam. Sie holte es aus ihrer Handtasche und warf stirnrunzelnd einen Blick auf die Nummer.

»Es ist Dad«, murmelte sie. »Ich frag mich, ob er einen Radar hat, der ihn informiert, wenn ich etwas getan habe, was ihm nicht gefällt?«

Sie leitete den Anruf auf ihre Mailbox um und lachte mich an, als ob wir ein kleines Geheimnis hätten, was ja auch der Fall war. Dann klingelte das Handy nochmals. Dieses Mal war es Cookie.

»Shit«, fluchte Em. »Meinst du, er hat sie angerufen?«

»Geh ran«, riet ich ihr, da mir unwohl bei der Sache war. Der heutige Abend war viel zu gut verlaufen – wir waren reif fürs Chaos. Sie nickte und ging ran. Ich wusste, dass was Schlimmes passiert war, weil sie nach Luft schnappte und schwankte. In dem Moment klingelte mein eigenes Handy. Burke.

»Ja?«, fragte ich.

»Wir haben ein ernstes Problem«, sagte er. »Mason ist tot.«

»Fuck«, sagte ich, während ich Em genau beobachtete. Sie hatte begonnen, nervös auf und ab zu gehen. »Mir war nicht klar, dass er dem Ende schon so nahe war.«

»Es war nicht der Krebs, der ihn erledigt hat«, antwortete Burke mit grimmiger Stimme. »Jemand hat ihn sozusagen in seinem Schlafzimmer mit ein paar Schüssen exekutiert. Seine Alte Lady hat ihn gefunden. Zum Glück war sie nicht im Haus, als es passiert ist.«

»Er war allein?«, fragte ich verblüfft. Mason hätte nicht allein sein dürfen, selbst wenn er bald zurücktreten wollte.

»Nein«, sagte Burke. Er machte eine Pause, und mir wurde übel, denn nach derartigen Pausen kommt selten etwas Gutes. »Zwei Brüder waren bei ihm, Tucker und Dob. Sie glauben, dass Tucker überleben wird. Dob war schon tot, als sie ihn gefunden haben.«

»Fuck«, murmelte ich. Ich sah rüber zu Em, die hektisch eine Nummer wählte. Was auch immer bei ihr los war – etwas Gutes war es sicher auch nicht. »Was kann ich für dich tun?«

»Fahr zurück zum Haus und verbarrikadiert euch«, sagte er. »Wir haben noch drei weitere Berichte von anderen Clubhäusern, bei denen es Schießereien gegeben hat, allerdings ohne Verletzte. Das war nicht nur ein Anschlag, das war eine Kriegserklärung.«

»Krieg gegen wen?«

»Reapers oder Kartell«, sagte er.

Em schien mit jemandem am Telefon zu streiten. Sie war so verdammt hübsch, dass ich sie sofort wieder nehmen wollte. Auf der Stelle. Verdammt. Ich hoffte mit aller Macht, dass ich mich nicht gegen ihren Dad stellen musste.

»Wir werden's rausfinden, dann schlagen wir gnadenlos zurück. Komm morgen wie geplant runter, aber mit extra Sicherheitsmaßnahmen, damit nichts passiert«, sagte Burke.

»Verstanden«, erwiderte ich und legte auf.

Em redete immer noch.

»Dad, ich weiß nicht, wo Kit ist«, sagte sie. »Wenn ich es wüsste, würde ich es dir sagen. Verdammt noch mal, ich weiß auch, dass das kein Spiel ist. Ruf sie immer wieder an, und ich werde dasselbe tun. Früher oder später wird sie schon auf ihr Handy schauen. Sie würde uns nicht absichtlich beunruhigen, aber sie ist vermutlich gerade beschäftigt.«

Sie schwieg wieder und sah mich kurz an.

»Sie ist mit Sex beschäftigt, Dad«, murmelte sie. »Nein, ich fahre jetzt direkt heim. Schick niemanden, um mich abzuholen. Ich habe jemanden, der mich heimbringt.«

Erneut schwieg sie, während sich mein Magen verkrampfte. Wenn die Reapers dahintersteckten, hätten sie Em doch wohl zuerst in Sicherheit gebracht, bevor sie loslegten. Picnic würde seine Mädchen nie in Gefahr bringen, entschied ich. Und ich konnte mir nicht vorstellen, dass die Reapers so eine große Sache ohne ihn durchziehen würden.

Es musste also das Kartell sein.

»Ich bin mit jemandem zusammen«, sagte Em gerade. »Er kann mich heimbringen. Echt, es ist wirklich sicher. Er wird mich beschützen.«

Sie erwiderte meinen Blick. Dann holte sie tief Luft und beantwortete die Frage, die ich nicht hören, mir aber verdammt gut vorstellen konnte.

»Ich bin mit Hunter zusammen, Dad«, sagte sie.

Es schoss kein Feuer aus dem Handy, was mich etwas überraschte. Stattdessen hörte ich Gebrüll und sah, wie sich Ems Gesicht anspannte.

»Komm damit klar«, fauchte sie. »Er wird mich beschützen und mich heimfahren. Aber nur, wenn du versprichst, dass die Typen bei Cookie ihm nichts tun werden. Sonst gehe ich in ein Hotel … Ich werde mich in Sicherheit bringen, dir aber nicht sagen, wo ich bin. Du kannst mich nicht benutzen, um ihn zu finden oder zu verletzen.«

Mir wurde es eng in der Brust, und einen Moment lang konnte ich nicht atmen. So etwas wie Besitzerstolz erfüllte mich. Ich wollte sie mir schnappen, sie fest küssen und dann an einer anderen Wand ficken. Oder so ziemlich an jedem anderen Ort der Welt – die Liste meiner Fantasien war fast endlos. Sie brummte frustriert und legte auf.

»Zu Hause steht es momentan nicht so gut«, sagte sie mit leiser Untertreibung. »Ich will nicht nerven, aber ich schätze, wir sollten ein Hotelzimmer nehmen.«

Normalerweise hätte ich das für eine fantastische Idee gehalten. Aber diese Nacht war nicht normal. Sie musste unter Bewachung stehen. Im Moment waren die Reapers die beste Wahl, wenn es um Bewachung ging, so sehr ich es auch hasste, das zuzugeben.

»Gib mir dein Handy.«

Sie schüttelte ihren Kopf.

»Em, gib mir dein verdammtes Handy«, knurrte ich. »Ich weiß nicht, was bei euch los ist, aber in der vergangenen Stunde wurden ein paar von meinen Brüdern niedergeschossen. Zwei von ihnen sind tot. Ich habe keine Zeit, mit dir zu diskutieren oder dir ein verdammtes Hotel zu suchen, wenn du eigentlich bei deinem Club sein solltest. Ich will dich in Sicherheit bringen, damit ich mir keine Sorgen um dich machen muss.«

»Wir haben heute Nacht einen Bruder in Boise verloren«, sagte sie langsam. »Dad will, dass ich mich verschanze. Sie glauben, dass es die Jacks waren, Liam …«

Als sie meinen Namen aussprach, spürte ich wieder dieses Ziehen in der Brust. Wenn ich nun zurückblicke, glaube ich, dass ich genau in jenem Moment meine Entscheidung getroffen hatte. Ich würde sie nicht wieder hergeben. Nie wieder. Lieber würde ich sterben.

»Die Jacks waren es nicht«, erklärte ich ihr. Über »uns« würden wir später reden müssen. Ich brauchte Zeit, um nachzudenken, und ich wollte sie endlich von der Straße wegbringen. Ausnahmsweise war ich mit Hayes einer Meinung. »Bitte, Em. Lass mich mit ihm reden.«

Sie schüttelte langsam ihren Kopf, reichte mir aber das Handy. Ich drückte auf Rückruf.

»Baby, wir haben keine Zeit zum Streiten«, sagte Picnic.

»Hier spricht Hunter.«

Schweigen.

»Was machst du mit meiner Tochter?«, wollte er mit eisigem Ton wissen. Seine Stimme verriet nichts, aber er musste wirklich Angst um seine Kinder haben. Letztes Mal, als wir miteinander telefoniert hatten, hatte ich gedroht, sie umzubringen. Verdammt, ich wusste genau, warum er mich nun hasste. Manchmal hasste ich mich sogar selbst.

»Ich versuche, sie an einen sicheren Ort zu schaffen«, sagte ich mit fester Stimme. Sie wirkte nicht bedrohlich, zeigte aber auch keine Schwäche. »Ich denke, der beste Platz, zumindest für heute Nacht, ist bei den Reapers, aber ich brauche mehr Informationen. Bei uns sind zwei Leute tot. Wenn ihr es nicht wart, dann wäre jetzt der richtige Zeitpunkt, um mir das zu sagen. Meine Brüder wollen sicher Blut sehen.«

Wieder Schweigen. Dann fing Picnic an zu sprechen.

»Wir waren es nicht. Auch bei uns hat es einen Toten gegeben. Zwei liegen auf der Intensivstation. Jemand hat auf vier Clubhäuser Nahschüsse abgegeben, darunter in Portland. Würdest du mir vielleicht erklären, was du und deine Brüder heute Abend so getrieben habt?«

Ich hab's mit deiner Tochter in einer abgefuckten Gasse an einer Mauer getrieben.

Wahrscheinlich wäre es besser, das jetzt nicht zu erwähnen.

»Die Jacks stecken nicht hinter dieser Sache. Es ist das Kartell. Ganz sicher. Außer du weißt noch von einer anderen Truppe, die sauer auf uns ist. Denn heute Nacht hat jemand unseren National President exekutiert. Und es gibt Brüder, die bereits mit dem Finger auf euch zeigen.«

»Verflucht noch mal …«, sagte Picnic langsam. Wir schwiegen, während wir das Ganze verarbeiteten. »Spielst du Spielchen mit mir?«

»Scheiße, ich wünschte echt, es wär ein Spiel«, sagte ich. Ich griff nach Em und zog sie an mich, während ich zugleich die Straße nach möglichen Gefahren scannte. Ich wollte sie nicht länger hier im Freien haben. »Ich will sie nach Hause bringen. Das geht aber nur, wenn du mir freies Geleit zusicherst. Verdammt, ich lasse sie doch nicht ohne Schutz in ein Hotel gehen. Wenn ich sie nicht zu euch bringen kann, wird sie hier bei mir bleiben.«

»Ist sie freiwillig bei dir?«

»Ja«, antwortete ich.

»Shit«, murmelte er. Dann seufzte Picnic. »Töchter sind ein Fluch. Die andere geht nicht mal ans Telefon … Zumindest ist Em jetzt bei dir in Sicherheit, obwohl ich es hasse, das zuzugeben. Auf Kit trifft das nicht zu.«

»Wir sind hier im Freien«, sagte ich ungeduldig zu ihm. »Das Kartell dürfte eigentlich nicht wissen, wo ich bin, aber hier auf der Straße rumzustehen fühlt sich nicht besonders angenehm an. Sag mir, wo ich sie hinbringen soll.«

»Bring sie zu Cookie«, sagte Picnic. »Ich ruf Deke an, er wird dafür sorgen, dass du ohne Probleme rein- und wieder rauskommst.«

Wurde aber auch langsam Zeit, verdammt.

»Hunter?«

»Ja?«

»Danke, dass du sie beschützt. Wenn du sie sicher nach Hause bringst, sehe ich das als persönlichen Gefallen an.«

Ich merkte, wie sich ein grimmiges Lächeln auf meinem Gesicht ausbreitete. Er würde mir nicht danken, wenn er auch nur die leiseste Ahnung hätte, was ich vor fünfzehn Minuten mit seinem kleinen Baby angestellt hatte … oder was ich mit ihr anstellen würde, sobald ich sie alleine in einem Zimmer mit Bett vorfand. Klein-Emmy stand eine Weltreise in der nahen Zukunft bevor.

Ich schüttelte meinen Kopf, um die Bilder daraus zu vertreiben. Verdammt.

»Deine Dankbarkeit brauche ich nicht«, sagte ich zu Picnic. »Was ist mit Kit. Du erreichst sie nicht?«

»Sie geht nicht ans Telefon«, murmelte er. »Em sagt, dass sie mit irgendeinem Typen losgezogen ist, aber sie weiß nicht, wie er aussieht. Fuck, Kit macht mich wahnsinnig. Ziemlich wahrscheinlich, dass dieser Arsch mit der ganzen Sache gar nichts zu tun hat, aber ich werde erst beruhigt sein, wenn wir sie gefunden haben.«

»Meine Schwester hat den Typen gesehen«, sagte ich. »Soll ich ihr sagen, dass sie dich anrufen soll?«

»Dafür wäre ich dankbar.«

Ich legte auf und gab Em das Handy wieder zurück. Ihre Augen waren schreckgeweitet.

»Wie lief es?«, fragte sie.

Ich zuckte mit den Schultern.

»Schwer zu sagen. Nicht so schlecht wie befürchtet. Er sagt, dass ich dich ohne Gefahr heimbringen kann, und das glaub ich ihm auch. Es ist ihm wichtiger, dich in Sicherheit im Haus zu wissen, als mich umzubringen. Lass uns fahren.«

Ich schwang ein Bein über mein Bike, und sie sprang hinter mir auf. Als echter Motorradclub-Spross dachte sie erst gar nicht darüber nach, ob sie mit ihrem kurzen Rock aufsteigen sollte. Ich kickte den Anlasser, und wir fuhren los.

Em

Cookies kleiner Vorhof stand voller Motorräder. Aber wirklich *voller* Motorräder. Die Hälfte aller Brüder aus Portland musste hier sein, was kein gutes Zeichen war.

Hunter bestand darauf, mich bis zur Tür zu bringen, obwohl zwei Anwärter im Hof standen und ihn scharf beobachteten. Theoretisch war das ungefährlich. Dad hatte ja versprochen, vorher anzurufen und dafür zu sorgen, dass alle über Hunters Kommen Bescheid wussten … Aber mit einem Devil's Jack in eine Reapersfestung zu marschieren fühlte sich an, als forderte man sein Schicksal heraus.

Deke öffnete die Tür höchstpersönlich. Er und Hunter waren ungefähr gleich groß, doch Deke war breiter gebaut. Als ich sie so zusammen sah, wurde mir bewusst, wie ähnlich sie einander waren. Nicht vom Aussehen her … Nein, es war eher ihre Haltung, auf lässige Weise gewaltbereit und mit ausdruckslosen Gesichtern. Im Lauf der Jahre hatte ich Gerüchte über Deke gehört. Sie besagten, dass er Leute, die dem Club Ärger machten, verschwinden ließ. Ich betrachtete Hunter mit anderen Augen, da mir bewusst wurde, dass er mir nie wirklich gesagt hatte, was er für die Jacks tat.

Sorgte er auch dafür, dass Leute verschwanden?

»Danke, dass du sie heimgebracht hast«, sagte Deke und griff nach meinem Arm. Hunter hielt seinem Blick stand, nahm dann mein Kinn und drehte meinen Kopf zu sich herum. Er beugte sich vor und küsste mich, langsam und ausgiebig. Dieser Kuss hatte nichts mit Sex zu tun. Nein, hier ging es darum, sein Revier zu markieren.

Dad würde *explodieren.*

»Sie ist hier, weil ihr auf sie aufpassen werdet«, sagte Hunter. »Ich weiß nicht, was dir Picnic erzählt hat, aber wir haben heute Nacht ebenfalls Probleme. Ich schätze, dass wir alle von denselben Leuten angegriffen wurden.«

»Vielleicht«, sagte Deke mit kaltem Blick. »Wenn ich herausfinde, dass du hinter der Sache steckst, wirst du keinen schnellen Tod haben, Junge.«

Heilige Scheiße. Deke konnte einem echt *Angst einjagen.*

»Gute Nacht, Em«, sagte Hunter und ignorierte die Drohung des Portland-Presidents. Er beugte sich vor und flüsterte mir ins Ohr. »Ich ruf dich später an. Vielleicht nicht gleich, aber mach dir keine Sorgen.«

Dann wandte er uns den Rücken zu und ging zurück zu seinem Bike. Seine Bewegungen wirkten beinahe großspurig. Als ob er Deke verspotten wollte. Der Portland-President zog mich ins Haus und schloss die Tür hinter uns. Ich wollte durchgehen in die Küche, aber er blockierte den Flur.

»Weiß dein Dad, dass du mit dem Feind fickst?«

Ich schluckte, blieb aber standhaft.

»Ich bin erwachsen, Deke. Was ich tue, ist meine Sache.«

Er verschränkte seine Arme und starrte mich an. Sein Gesichtsausdruck wirkte fast angeekelt.

»Du bist eine verzogene Göre«, sagte er offen. »Du und deine Schwester, ihr seid beide verwöhnt. Bisher war mir das egal, weil du weder mein Kind noch meine Alte Lady bist.«

Ich schnappte nach Luft.

»Doch die Sache ist die …«, fuhr er fort. »Wenn du irgendwas – irgendwas – tust, womit du Cookie und Silvie in Gefahr bringst, dann bring ich dich eigenhändig um. Verstehen wir uns?«

So hatte noch nie jemand mit mir gesprochen. Ich wusste, dass ich meine Augen weit aufgerissen hatte. Und ich hatte keine Ahnung, was ich erwidern sollte.

»Em!«, rief Cookie, als sie ins Wohnzimmer gerannt kam. Ihr Gesicht war gerötet, als ob sie geweint hätte. Sie drückte sich an Deke vorbei, um mich fest in die Arme zu nehmen. »Ich kann es nicht fassen, was hier gerade passiert. Als Picnic angerufen hat, weil er dich nicht erreichen konnte, war ich völlig geschockt.«

»Es ist alles in Ordnung«, sagte ich, während ich Deke über ihre Schulter hinweg ansah. Sein Gesicht war immer noch ausdruckslos. Hatte ich mir das, was er gerade gesagt hatte, nur eingebildet? »Jetzt bin ich in Sicherheit. Aber wir haben noch nichts von Kit gehört.«

Cookie trat einen Schritt zurück.

»Scheiße«, murmelte sie. »Ich hatte gehofft, dass sie sich inzwischen gemeldet hat. Weißt du irgendwas über den Typen, mit dem sie weggegangen ist? Dein Dad ist nervös. Er denkt, dass es vielleicht einer von denen war … wer auch immer die sind. Die Typen haben bei der Schießerei im Clubhaus eine Leitung getroffen, weshalb dort alles unter Wasser steht. Deshalb bleiben die Jungs alle über Nacht hier.«

»Es waren nicht die Devil's Jacks«, sagte ich bestimmt, denn ich glaubte daran. Hunters schockierter Gesichtsausdruck war zu echt gewesen.

»Wir wissen nicht, wer es war«, sagte Deke. »Und darüber brauchst du dir jetzt auch keine Gedanken zu machen. Leute werden wegen vorschneller Schlussfolgerungen getötet. Wir werden es herausfinden und uns dann darum kümmern. Em, du versuchst weiterhin, deine Schwester zu erreichen, okay? Cookie, du gehst am besten ins Bett. Egal, was für Dramen sich heute Nacht noch abspielen, Silvie wird trotzdem im Morgengrauen aufwachen und ihre Mama brauchen.«

»Was ist mit dem Geschäft?«, fragte ihn Cookie. »Morgen früh muss ich den Laden aufsperren. Ich hab eine Babysitterin, die zu mir kommt.«

Deke schüttelte langsam seinen Kopf.

»Ruf entweder jemanden an, der für dich einspringt, oder ich schick einen der Jungs, um einen Zettel an die Tür zu hängen.«

Ein seltsamer Ausdruck trat auf Cookies Gesicht.

»Ich bin eine Geschäftsfrau, Deke«, sagte sie. »Ich kann nicht einfach einen Tag zusperren.«

»Morgen kannst du das aber«, sagte er. »Bis wir wissen, was los ist, bleibst du hier, wo es sicher ist und wo meine Jungs auf dich aufpassen können.«

Cookie verschränkte mit misstrauischem Gesicht die Arme.

»Ich bin keine Alte Lady mehr«, sagte sie langsam. »Genau genommen gehöre ich gar nicht mehr zum Club. Nur weil ihr nach mir seht, heißt das noch lange nicht, dass ich ein Ziel bin. Oder zumindest war ich keines, bis jeder hier sein Bike auf meinem Rasen geparkt hat und ihr mein Haus zum neuen Hauptquartier erkoren habt.«

»Hör mir gut zu«, sagte Deke leise. »Du gehörst zu uns, und das wird auch so bleiben. Aber ich kann es mir nicht leisten, zu viele Männer zu deiner Bewachung abzustellen. Das bedeutet, dass du und Silvie an einem Ort sein müsst, an dem ihr sicher seid, damit ich mich auf das, was getan werden muss, konzentrieren kann. Entweder findest du jemanden, der für dich einspringt, oder der Laden bleibt geschlossen. Deine Entscheidung.«

Er drehte sich um und ging weg, während wir ihm hinterherstarrten.

»Was für eine beschissene Nacht«, murmelte Cookie.

»Aber echt«, antwortete ich mit gedämpfter Stimme. »Ich glaube, ich versuch es noch einmal bei Kit. Wirst du tun, was er sagt?«

Sie nickte langsam und sah mich nachdenklich an.

»Im Moment schon. Sie haben Swinger in Boise erschossen. Er war ein Freund von Bagger, weißt du. Unser Trauzeuge.«

Ich bemerkte, dass sie abwesend ihren Ehering am Finger drehte.

»Ich geh schlafen«, sagte sie plötzlich. »Aber sag mir Bescheid, wenn du was von Kit hörst, okay?«

»Okay.«

Hunter

Die Fahrt nach Salem runter am nächsten Morgen war verdammt kalt. Am Rand von Portland hatte es angefangen zu regnen. Nicht stark, aber genug, um die Fahrt komplett zu versauen. Irgendein Arsch in einem Hummer-Geländewagen schubste Skid fast vom Freeway. Hätte beinahe ein böses Ende genommen, da wir beide die Finger am Abzug hatten und verflucht paranoid waren.

Fast hätten wir den Wichser erschossen.

Als wir vor dem Clubhaus in Salem anhielten, parkten gut fünfzig Bikes davor. Ich hatte gewusst, dass viele Officers kommen würden, aber das hier waren mehr als erwartet.

Vermutlich eine Folge des Krieges.

Skid und ich stellten unsere Bikes in die Reihe. Er sah rüber zu den Anwärtern, die Wache hielten, und gab mir dann mit einer Handbewegung zu verstehen, dass wir noch warten sollten, bevor wir reingingen.

»Kelsey sagt, dass du letzte Nacht mit Em zusammen warst?«, fragte er.

Ich wurde zornig.

»Ich hab Kelsey um sechs Uhr morgens ins Flugzeug gesetzt. Hab sie in ihrer Wohnung abgeholt. Sie landet erst in einer Stunde. Wann zum Teufel hast du mit ihr gesprochen?«

Er sah mich nur an, und ich biss die Zähne zusammen.

»Ich wusste es«, murmelte ich. »Sie verdient was Besseres als dich.«

»Es geht dich nichts an«, sagte er.

»Was ich mit Em mache, geht dich auch nichts an.«

»Das ist was anderes. Wenn ich Kelsey ficke, ist das nur für mich gefährlich. Und ich bin mir sicher, dass du mich nicht umbringen wirst, außer wenn ich sie schwängere oder so … aber diese Scheiße mit Em gefährdet den ganzen Club, Kumpel. Du musst reingehen und es Burke erzählen.«

»Halt mir keine Vorträge, du Arsch. Das ist mir klar. Oder willst du behaupten, dass ich nicht weiß, was zu tun ist?«

»Solange der Club an erster Stelle steht«, sagte Skid. »Burke braucht uns. Denk dran.«

»Glaub mir, das vergess ich nicht«, fauchte ich. »Und tu meiner Schwester nicht weh.«

Skid schnaubte.

»Darüber würde ich mir an deiner Stelle keine Sorgen machen.«

»Was zum Teufel soll das wieder heißen?«

»Frag sie doch«, murmelte Skid. »Glaub mir, sie ist in diesem Fall nicht das Opfer.«

Die Atmosphäre im Clubhaus war so düster, wie ich es noch nie erlebt hatte. Burke saß im hinteren Teil und sprach mit mehreren Chapter-Presidents. Er warf mir einen Blick zu, als ich hereinkam, und winkte mich zu sich. Mir wurde klar, dass jetzt der Moment für eine Entscheidung gekommen war.

Ich konnte es genauso gut jetzt hinter mich bringen.

»Ich muss kurz mit dir reden, Burke.«

Er neigte nachdenklich seinen Kopf zur Seite. Dann nickte er.

»In meinem Büro«, sagte er. Er stand auf, und ich folgte ihm durch den Flur, während ich mich fragte, was die nächsten zehn Minuten bringen würden. Bei Burke wusste man das nie so genau. Er war wie ein Vater für mich gewesen … aber er hatte mich auch das Töten gelehrt.

Er konnte es sich nicht leisten, Gnade walten zu lassen, besonders jetzt nicht.

»Mach die Tür zu«, sagte er und lehnte sich zurück. »Was gibt's?«

»Es geht um Emmy Hayes«, sagte ich offen, da ich vermutete, dass es sinnlos wäre, nicht gleich mit der Sprache rauszurücken. »Ich hab sie letzte Nacht gefickt und bin mir ziemlich sicher, dass ich es in der nahen Zukunft wieder tun werde. Hoffentlich regelmäßig.«

Er beobachtete mich mit kaltem Blick, wie eine Schlange. Manchmal fragte ich mich, warum mir Burke vor vielen Jahren geholfen hatte, Jim umzubringen. Damals dachte ich, er hätte uns gerettet, weil er dem Leiden zweier Kinder nicht länger zusehen konnte. Rückblickend war ich mir nicht mehr so sicher.

Burke war uns immer zehn Schritte voraus. Hatte er einen zornigen Teenager gesehen und beschlossen, dass der Junge ihm irgendwann nützlich sein könnte? Hatte er die Gelegenheit gesehen, einen für den Club wertvollen Neuzugang formen zu können? Ich würde es wahrscheinlich nie erfahren.

»Du warst gestern Nacht mit ihr zusammen?«

»Ja«, sagte ich, während ich seinem Blick standhielt. »Deshalb bin ich auch überzeugt, dass uns das Kartell angegriffen hat. Ich habe direkt nach den Anschlägen mit Picnic gesprochen. Er hatte keine Ahnung, dass ich mit ihr zusammen gewesen war, und ihm blieb keine Zeit, sich eine Geschichte auszudenken. Er gab sich cool, aber der Mann hat sich vor Angst um seine Kinder fast in die Hose gemacht – er hatte so viel Angst, dass er mir freies Geleit zusicherte, damit ich sie nach Hause bringen konnte. Ihre dämliche Schwester war übrigens noch immer verschollen.«

»Interessant«, sagte er, ohne zu verraten, was er dachte. »Ich weiß noch, als wir diese Sache geplant haben, dachtest du, dass es in Ordnung wäre, mit ihr zusammen zu sein … unter ganz speziellen Umständen. Diese Umstände haben sich verändert, offenbar bist du emotional involviert, was für meine Pläne nicht so günstig ist. Wie ernst ist es dir?«

»Ziemlich ernst«, gab ich zu. »Ich weiß noch nicht, was aus uns wird, aber ich werde sie nicht kampflos aufgeben.«

Wir schwiegen. Ich hielt seinem Blick stand und weigerte mich, meine Aussage abzumildern oder zurückzunehmen.

»Ich will, dass du mit den anderen redest«, sagte er schließlich. »Erklär ihnen deine Beziehung zu ihr, deine Pläne und wie sie sich vom ursprünglichen Vorhaben unterscheiden. Ich will nicht, dass man das gegen mich verwenden kann. Natürlich zerstört das für dich jegliche Aussicht auf eine Führungsposition, zumindest für den Moment.«

»Ich verstehe.«

Ja, ich verstand es. Doch es tat trotzdem weh.

»Dennoch kann sich etwas Gutes aus der Sache entwickeln«, sagte Burke nachdenklich. »Ich will, dass du auch über Hayes' Reaktion sprichst und erklärst, warum sie die Kartell-Theorie stützt. Wir haben ein paar Hitzköpfe dabei, die gerne einen Vergeltungsschlag gegen die Reapers planen würden. Sie wollen nicht glauben, dass das Kartell die nötige Reichweite für einen derartigen Angriff hat.«

»Du glaubst also, dass es das Kartell war?«

»Ich bin mir sogar sicher«, sagte er mit grimmiger Stimme. »Ich habe mich mit Shade, dem President der Reapers, getroffen. Er ist ein guter Mann. Das hier ist nicht sein Stil. Aber die anderen wollen das nicht akzeptieren. Sie wollen lieber einen anderen MC beschuldigen, als zuzugeben, dass wir wirklich Krieg gegen das Kartell führen müssen.«

Ich nickte, denn er hatte recht. Gegen die Reapers zu kämpfen war auf eine seltsame Art ungefährlich, beinahe gemütlich. Wir kannten die Regeln und wussten, was wir voneinander zu erwarten hatten.

»Wie schon gesagt, durch diese Sache sind deine Chancen, bei den Jacks aufzusteigen, gleich null«, fuhr Burke fort. »Du bleibst also in Portland. Irgendwann will ich dort ein Chapter aufziehen, vorausgesetzt, wir können die Reapers dazu bringen, sich zurückzuziehen. Deke ist immer noch ziemlich sauer wegen seiner Nichte und die Toke-Geschichte hat es nicht besser gemacht. Wenn es so weit ist, kannst du dich noch mal für eine Führungsposition anstellen. Bis dahin erwarte ich, dass du dich nach wie vor für delikate Aufträge bereithältst. Du musst dir allerdings einen normalen Job suchen. Ich sorge dafür, dass du noch immer deinen Beuteanteil erhältst, wenn es was zu verteilen gibt. Aber die anderen werden es nicht akzeptieren, dass ein Mann auf der Gehaltsliste steht, der mit dem Feind schläft. Und noch sind sie der Feind, zumindest in den Köpfen der meisten Jacks. Haben wir uns verstanden?«

Ich dachte an Em und nickte. Sie war das Opfer wert – vorausgesetzt, es wurde was aus uns beiden. Shit … es ging alles so schnell. Mein Gesicht musste meine Gedanken widerspiegeln, denn Burke hielt inne.

»Wie sicher bist du dir dieses Mädchens?«, fragte er.

Ich dachte über die Frage nach, wollte aber nicht sofort antworten. Es wäre schön, zuerst eine engere Bindung zu Em aufzubauen und etwas mehr Zeit mit ihr zu verbringen …

»Nicht so sicher, wie ich es gerne hätte«, gab ich schließlich zu. »Wir haben es noch nicht offiziell bekannt gegeben, und ihr Dad hasst mich. All ihre Leute hassen mich. Aber gestern Abend hat sie sich für mich eingesetzt, das ist auch was wert. Sie hat sogar ihrem Vater gesagt, dass wir den Abend zusammen verbracht haben. Das bedeutet, dass wir es zumindest probieren können – Gott hasst Feiglinge.«

Burke schnaubte.

»Du bist ein Idiot«, sagte er rundheraus. »Ob du's glaubst oder nicht, ich kann es verstehen, dass jemand für eine Frau alles aufgibt. Wirklich. Aber alles für ein Mädchen aufzugeben, das du kaum kennst? Ich sag dir das, weil mir etwas an dir liegt – du bist ein Volltrottel. Du kannst froh sein, dass ich dich brauche, um die anderen davon zu überzeugen, dass die Reapers nicht hinter den Anschlägen stecken. Wenn wir den Waffenstillstand nicht aufrechterhalten können, hat das Kartell schon gewonnen.«

»Hoffentlich hören sie auf mich«, murmelte ich.

»Schadet sicher nichts, dass du alles wegwirfst, um es ihnen zu sagen«, sagte Burke leichthin. »Andererseits ist dein Urteilsvermögen natürlich ganz offensichtlich angegriffen, das gleicht sich also wieder aus.«

Ich zuckte mit den Schultern.

»Kann ich dich was fragen?«, sagte ich. Burke war fast so was wie ein Vater für mich, aber mir war nur allzu klar, dass ich ihn im Grunde gar nicht kannte.

»Fragen kannst du«, sagte er.

»Wenn du mich nicht wegen der Geschehnisse letzte Nacht bräuchtest, um den Club davon zu überzeugen, dass es nicht die Reapers waren – würdest du trotzdem erlauben, dass ich sie bekäme?«

Burke ließ ein humorloses Lachen hören.

»Romeo und Julia sind gestorben, mein Sohn. Das ist die einzige Antwort, die du brauchst.«

KAPITEL VIERZEHN

Em

Um vier Uhr morgens rief Kit endlich an.

»Was zum Teufel ist denn los?«, wollte sie wissen. Ausnahmsweise klang kein unbeschwertes Lachen in ihrer Stimme durch. »Ich hab gerade auf mein Handy gesehen – darauf sind ungefähr hundert Nachrichten. Ich will wissen, was mir blüht, bevor ich Dad anrufe. Meinst du, ich soll noch ein paar Stunden warten, bis er wach ist?«

»Du solltest keinesfalls warten«, sagte ich mit leiser Stimme zu ihr. Das Haus war voller Leute, und ich wollte niemanden aufwecken, wenn es nicht unbedingt nötig war. Wir waren alle erschöpft. »Jemand hat gestern Nacht versucht, Shade in Boise zu erschießen. Swinger ist tot. Und nicht nur das: Es wurde auch auf einige Clubhäuser geschossen, unter anderem in Portland. Alle haben Angst, dass du gekidnappt wurdest oder gar ermordet oder so.«

»Oh mein Gott. Ich rufe sofort Dad an.«

Sie legte auf, und ich ließ mich wieder aufs Bett fallen, die Augen von einem Arm bedeckt. Was für ein Riesenhaufen Scheiße. Zehn Minuten später klingelte mein Telefon wieder.

»Du warst letzte Nacht mit Hunter zusammen!?«, fragte Kit mit fassungsloser Stimme. »Dad hat erzählt, dass er dich heimgebracht hat. Was ist los, zum Teufel? Offenbar herrscht verkehrte Welt, seitdem ich flachgelegt wurde.«

»Ja, ich war mit Hunter zusammen.«

»Willst du mir nicht ein paar Details erzählen?«

»Ich bin mir nicht sicher, ob ich selbst die Details kenne. Wir hatten Sex, aber bevor wir über irgendwas reden konnten, fingen unsere Handys an, wie wild zu klingeln, und unsere Welt brach völlig auseinander. Er hat mich heimgebracht und ist dann weggefahren. Hoffentlich meldet er sich heute bei mir.«

»Ich sage das wirklich ungern, aber hast du dir überlegt, dass er dich vielleicht nur wieder benutzt?«, fragte sie leise. »Ich weiß, dass ich diejenige bin, die dich letztes Wochenende zu seinem Haus geschleift hat … aber da dachte ich nicht, dass es gefährlich wäre. Jetzt sterben Menschen. Das ist eine schlimme Geschichte, Em, und Dad meint, dass die Devil's Jacks dahinterstecken könnten. Er will, dass wir nach Hause kommen.«

»Hunter benutzt mich nicht«, sagte ich bestimmt. »Du hast nicht gesehen, wie er letzte Nacht reagiert hat. Er war total schockiert. Ihr President wurde auch angegriffen. Er ist tot, und ein weiterer Jack ist gestorben. Sie wurden schlimmer getroffen als wir.«

»Verkackte Scheiße. Das ist doch Dünnschiss hoch zwei.«

Dagegen ließ sich nichts einwenden.

»Wo bist du?«, fragte ich. »Ich nehme an, dass Dad dir gesagt hat, dass du zu Cookie kommen sollst? Ich schätze, wir graben uns hier erst mal ein. Das Portland-Clubhaus hat einen Wasserschaden. Niemand wurde verletzt, aber eine der Kugeln hat ausgerechnet eine Wasserleitung getroffen. Echt schräg.«

»Deke schickt gerade jemanden zu mir, um mich zu holen. Bin nicht sicher, ob ich es morgen in die Schule schaffe. Dad will sich um so was wie eine Befreiung wegen eines familiären Notfalls kümmern. Nächste Woche sind Thanksgiving-Ferien, das verschafft mir ein wenig Luft. Ich hatte eigentlich geplant, erst am Mittwoch vor dem Feiertag nach Hause zu kommen, aber selbst wenn ich morgen wieder in die Schule gehe, werde ich mit dem Gongschlag abhauen. Ich weiß, das klingt nicht nach mir, aber ich will bei Dad sein, Em. Dieser Mist macht mir echt Angst, und mir gefällt die Vorstellung, dass er alleine ist, ganz und gar nicht.«

Ich schnaubte.

»Dad ist nie allein.«

»Du weißt, was ich meine«, antwortete sie. »Bisher warst immer du da, um ihn im Auge zu behalten. Ich weiß, er ist ein großer böser MC-President, aber wir wissen beide, wie einsam er sein kann. Warum glaubst du, dass er all diese Loserinnen nach Hause schleift, um mit ihnen zu schlafen?«

»Weil er scharf auf sie ist«, sagte ich geradeheraus. Manchmal ist die Wahrheit nicht schön. »Ich gehe nicht zurück. Ich bin ihm gerade zum ersten Mal seit Jahren entkommen, und er wird diese Sache als Vorwand benutzen, um uns dortzubehalten. Du weißt, dass er das tun wird.«

»Du bist keine Sklavin, weißt du. Du kannst gehen, wann du willst.«

»Oder ich kann hierbleiben. Sie haben nicht auf Frauen geschossen, und wenn es für Cookie sicher genug ist, ist es das auch für mich. Ich will lieber in Portland bleiben und mein Leben weiterführen. Ich werde keine dummen Risiken eingehen, aber ich lasse mich auch nicht für alle Ewigkeit einsperren.«

»Deine Hormone vernebeln dir dein Gehirn«, sagte sie schroff. »Dir geht es doch um Hunter. Aber er ist nur ein Typ, Em. Davon gibt's Tausende im ganzen Land. Ein Schwanz ist ein Schwanz.«

»Es geht mir nicht nur um Hunter, Kit. Okay, ich geb's zu, vielleicht ein bisschen. Aber ich habe auch hart dafür gekämpft, endlich rauszukommen. Ich bin nicht wie du, ich bin nicht unabhängig und stark … Wenn ich nach Hause gehe, bleibe ich vielleicht dort – und das will ich nicht.«

»Wir reden noch mal, wenn ich dort bin«, seufzte Kit. »Sie fahren gerade vor. Irgendwie tut mir der Kerl leid, mit dem ich die Nacht verbracht habe. Er wollte mir Frühstück machen, und ich lasse ihm jetzt nur einen Zettel mit einer Nachricht da. Es wäre sinnlos, ihn aufzuwecken.«

Ich schnaubte.

»Du bist eine Schlampe.«

»Wahrscheinlich«, antwortete sie. In ihrer Stimme klang wieder ein Hauch ihres sonnigen Gemüts mit. »Aber er ist scheiße im Bett. So ist es besser. Bis bald.«

Um neun Uhr morgens werkelten wir in der Küche, und es duftete köstlich. Cookie und ich buken eine Riesenportion Pancakes, während Kit Obst aufschnitt. Deke und die Brüder hielten im Wohnzimmer Kriegsrat, weshalb wir die Schiebetür zwischen Küche und Wohnzimmer geschlossen hatten, damit sie sich in Ruhe unterhalten konnten. Silvie saß am Tisch, malte und sang dabei ein komisches, nie enden wollendes Lied über eine Pizza-Fee.

Ich musste ständig auf mein Handy sehen. Noch keine Nachricht von Hunter. Ich war nicht besonders überrascht – ich nahm an, dass er im Moment ebenfalls Kriegsrat hielt, und hoffte, dass er dabei in Sicherheit war.

»Ich denke, Kit hat recht«, sagte Cookie gerade. »Du solltest mit ihr heim nach Coeur d'Alene fahren. Falls aus der Sache mit Hunter etwas wird, spielen ein paar Wochen keine Rolle und es klappt auch noch, nachdem wir begriffen haben, was hier passiert.«

»Ich fahr nicht heim«, sagte ich bestimmt. »Auszuziehen war hart, echt hart … Ich will nicht wieder in alte Gewohnheiten verfallen. Es gefällt mir zu gut in Coeur d'Alene, und der Club hat mich eingelullt. Hier bin ich glücklicher, und ich glaube nicht, dass ich daheim sicherer wäre. Eigentlich hab ich mich noch gar nicht entschieden, ob ich an Thanksgiving nach Hause fahre. Vielleicht hab ich was anderes vor.«

Cookie und Kit warfen sich einen Blick zu.

»Du weißt, dass ich sehr für Sex bin«, begann Kit vorsichtig.

Cookie ließ ein Geschirrtuch in ihre Richtung schnalzen.

»Kleine Ohren hören mit.«

»Entschuldigung. Ich finde es toll, dass du und Hunter nun eine *Beziehung* habt«, fing Kit nochmals an. »Aber du baust dir Luftschlösser, Schwester, was nicht besonders klug ist.«

»Wenn ich groß bin, werde ich in einem Schloss leben«, verkündete Silvie.

»Viel Glück dabei«, murmelte Cookie. »Wenn ich das Geschäft noch einen Tag zusperre, dann werden wir uns nicht mal ein Haus leisten können.«

»Ist das Geld wirklich so knapp?«, fragte ich verwundert.

Sie schüttelte stirnrunzelnd ihren Kopf.

»Nein, aber du weißt, was ich meine. Ich bin nur frustriert, weil sich Deke für meinen Chef zu halten scheint. Nein, danke, ich bin lieber Einzelunternehmerin.«

Ich kicherte.

»Biker spinnen einfach«, sagte Kit und verdrehte die Augen. »Führen sich auf wie Neandertaler oder so. Ich versprech euch, mich werdet ihr nie mit einem erwischen. Das Leben ist zu kurz, um einem Mann die Führung zu überlassen.«

»Und dennoch versuchst du, mich zu überreden, zurück nach Coeur d'Alene zu fahren. Dir ist schon klar, dass die ganze Gegend bikerverseucht ist?«

Sie öffnete ihren Mund, um mit mir zu streiten, doch in dem Moment klingelte Cookies Handy, und wir erstarrten alle. Was war geschehen? Cookie sah aufs Display.

»Es ist Maggs«, sagte sie mit nervösem Gesicht zu uns, als sie ranging.

»Hey, Süße … Was ist los?«

Sie hörte eine Minute lang zu, während ihre Augen größer und größer wurden. Dann schrie sie los und hüpfte auf und nieder. Nur Sekunden später riss Deke die Küchentür auf und kam mit der Waffe in der Hand hereingestürmt. Cookie brach in Tränen aus und ein breites Grinsen ließ ihr Gesicht erstrahlen.

»Bolt kommt nach Hause!«, schrie sie. »Er kommt auf Bewährung raus. Ein verdammtes Wunder. Sie lassen ihn echt nach Hause gehen!«

Kit und ich schrien los und fielen uns in die Arme. Deke ließ sich erleichtert gegen den Türrahmen fallen, und ich sah ihn zum ersten Mal in meinem Leben lächeln.

»Wurde auch langsam Zeit, dass wir mal gute Neuigkeiten bekommen«, sagte er. »Fuck. Damit habe ich nicht gerechnet. Idaho gibt nie Bewährung, wenn sich einer nicht schuldig bekennt.«

»Lass mich mit Maggs sprechen«, verlangte ich.

Cookie lachte und reichte mir das Handy.

»Maggs! Ich kann's nicht fassen! Wann hast du es erfahren?«

»Er hat mich am Freitagnachmittag angerufen, aber ich musste ihm versprechen, dass ich noch nichts erzähle«, sagte sie. »Es hat mich fast umgebracht, euch Mädels nichts zu erzählen. Doch heute Früh habe ich seine Erlaubnis erhalten. Ich schätze, es gab noch irgendeine Sache, die er zuerst erledigen wollte, bevor es bekannt wurde. Keine Ahnung. Die Anhörung war vor zwei Wochen, aber man erfährt die Entscheidung nicht sofort … Wir haben nicht damit gerechnet. Er will nichts gestehen, und ihr wisst ja, wie das dann normalerweise läuft. Eigentlich sollen sie lediglich seine Führung während der Haft beurteilen, aber die verdammte Kommission für bedingte Haftentlassungen tut, was sie will.«

»Wie hat er das nur geschafft?«, fragte ich fassungslos.

»Ich weiß es nicht«, sagte sie, offenbar unter Tränen. »Ich weiß es einfach nicht. Ist mir aber auch egal. Mir reicht es, dass er nach Hause kommt. *Endlich.* Jetzt muss ich los. Ich muss ein paar Telefonate erledigen und habe eine Menge zu tun. Natürlich gibt es eine große Party. Ihr kommt alle her zum Feiern, oder?«

»Natürlich«, sagte ich. »Oh mein Gott, natürlich komm ich!«

Dann wollte Kit das Handy haben. Ich sah aus dem Augenwinkel, wie Cookie Deke umarmte, während noch mehr Brüder in die schon fast volle Küche drängten.

Gott sei Dank.

Das hatten wir wirklich gebraucht.

Später am Abend meldete sich Hunter bei mir. Mir war nicht bewusst gewesen, wie nervös ich war, bis seine Nachricht aufpoppte. Kits Worte hatten an mir genagt und Zweifel gesät.

HUNTER: Wie geht es dir? Kann nicht anrufen, keine Privatsphäre.

ICH: Gut. Noch immer daheim. Kit hat sich heute am frühen Morgen gemeldet. Es geht ihr gut. Dad möchte mich natürlich wieder in CDA haben. Kit versucht, eine Schulbefreiung zu bekommen.

HUNTER: Hast du vor zu gehen?

ICH: Hab ich einen guten Grund, hierzubleiben? Wir hatten beschlossen, uns voneinander fernzuhalten, aber dann war da die Sache mit letzter Nacht ... Ich weiß nicht, was zwischen uns läuft.

Ich wartete atemlos auf seine Antwort. Wir hatten nicht über unsere Zukunft gesprochen oder darüber, wie wir zueinander standen. Es war nie ein Geheimnis gewesen, dass er Sex mit mir haben wollte, aber so dumm, daran zu glauben, dass das etwas bedeutete, war ich nicht.

Doch ich hoffte es. Bevor alles den Bach runtergegangen war und er mich gekidnappt hatte, hatten wir jeden Tag miteinander gesprochen. Wir hatten gemeinsam über Witze gelacht, und ich hatte das Gefühl gehabt, ihm alles erzählen zu können. Wir waren zwar nicht an einem Ort zusammen gewesen, aber das hieß nicht, dass wir nicht viel Zeit miteinander verbracht hätten ... Das musste doch auch was wert sein, oder?

Hunter hatte immer noch nicht geantwortet. Shit. Hatte ich Familie und Freunde wegen eines One-Night-Stands verärgert? Einen schrecklichen Moment lang dachte ich, ich müsste mich übergeben.

Dann vibrierte mein Handy wieder.

HUNTER: Sorry. Hier geht lauter Scheiße ab. Ich hoffe doch sehr, dass du einen guten Grund hast, um in Portland zu bleiben ... Ich hab gerade meinem ganzen Club erzählt, dass ich dich zu meiner Alten

Lady machen will ... Skid kann sich ins Knie ficken und sich seine beschissenen Gründe, weshalb wir nicht zusammen sein sollten, sonst wohin stecken. Hoffentlich war das nicht umsonst?

Ich seufzte, als die Anspannung plötzlich nachließ. Okay, ich hatte mir das zwischen uns nicht nur eingebildet. Dann begriff ich erst, was er gesagt hatte – er hatte dem ganzen Club verkündet, dass ich seine Alte Lady werden würde. Heilige Scheiße, das war so gut wie ein Heiratsantrag!

ICH: Ich hab fast einen Herzinfarkt bekommen wegen dir. Eine Minute lang dachte ich, ich wäre nur ein One-Night-Stand gewesen. Alte Lady. Das ist ein großer Schritt ... aber die Idee gefällt mir ...

HUNTER: Garantiert kein One-Night-Stand. Wir müssen Zeit miteinander verbringen, damit wir reden können. Die ganze Sache hier ist Wahnsinn.

ICH: Aber echt ... Ha. Mein Alter Mann, wow.

HUNTER: Du hast es erfasst. Was dachtest du denn, was aus uns werden würde? Nimm's mir nicht übel, Em: Es wäre viel zu gefährlich und verrückt, mit dir nur wegen Sex zusammen zu sein. Verdammt. Ich will eine richtige Beziehung. Bist du auf meiner Seite?

Es dauerte eine Minute, denn ich fragte mich schon, ob ich vielleicht den Verstand verloren hatte. Wahrscheinlich. Ganz sicher. Auch egal.

ICH: Ja, bin ich. Mein Dad wird womöglich versuchen, dich umzubringen.

HUNTER: Er kann's versuchen. Wir lassen uns was einfallen.

ICH: Bist du sicher, dass dein Club damit einverstanden ist? Es erscheint mir alles so unwirklich.

HUNTER: Begeistert sind sie nicht, aber sie werden darüber hinwegkommen. Übrigens, ich werde ein paar Tage nicht daheim sein. Ich muss jetzt los, aber ich versuch, dich anzurufen, wenn es irgendwie geht. Mach dich aber nicht verrückt, wenn du nichts von mir hörst. Momentan ist ständig irgendeine Scheiße am Laufen.

ICH: Sorg dich nicht um mich. Pass auf dich auf.

HUNTER: Du auch. Selbst wenn vieles noch unklar ist, ich bin auf jeden Fall bei dir, Em. Daran darfst du nicht zweifeln, okay? Egal, was passiert oder was du hörst ... Versprichst du mir das?

ICH: Ich versprech es. xoxo.

Etwas schwindlig im Kopf legte ich mein Handy hin. Hunters Alte Lady. Wow. Ich wusste, dass meine Freundinnen Marie und Sophie mit dem Ausdruck so ihre Probleme gehabt hatten, da sie nicht wirklich verstanden, wie wichtig das Ganze war. Aber ich war in einem Motorradclub aufgewachsen – ich wusste genau, was Hunter mit seiner Frage meinte. Wenn er mich seine Alte Lady nannte, hatte das noch mehr zu bedeuten, als wenn er mir einen Ehering angesteckt hätte. Es hieß, dass er gegenüber seinem Club die Verantwortung für mich und all meine Handlungen übernahm. Für mich, die Tochter eines Reapers-MC-Presidents, und das, obwohl seine Brüder und mein Vater schon Feinde gewesen waren, bevor ich geboren wurde.

Hunter hatte sein Leben in meine Hände gelegt.

Im wahrsten Sinne des Wortes.

Montagnachmittag saß ich mit Cookie am Küchentisch und spielte mit ihr Rommé. Hunter hatte sich nicht noch einmal gemeldet, und ich hatte meine Schwindelgefühle und die erste Aufregung inzwischen überwunden. Jetzt war mir nur langweilig.

»Ich mag nicht mehr ausmalen«, verkündete Silvie. »Ich will in den Park gehen.«

»Ich auch«, murmelte Cookie. »Aber wir müssen heute zu Hause bleiben, Baby. Warum gehst du nicht in dein Zimmer und suchst dir ein Buch aus? Ich komme dann bald zu dir und lese es dir vor. Ich will nur kurz mit Em reden.«

»Okay.«

Silvie hüpfte vom Stuhl und rannte aus dem Zimmer. Cookie beugte sich über den Tisch zu mir rüber.

»Ich werde noch verrückt«, bekannte sie leise.

»Zumindest hat das Geschäft wieder geöffnet«, antwortete ich, in dem Versuch, sie aufzumuntern. Der Versuch war nicht besonders erfolgreich. Ich wurde auch allmählich verrückt.

»Im Moment«, murmelte sie. »Aber sie können sich nicht um das Lager oder um Bestellungen kümmern, selbst wenn jemand an der Bedientheke steht. Ich überlege, ob ich Deke zum Gehen auffordern soll. Der Wasserschaden im Clubhaus ist schließlich ihr Problem und nicht meines. Ich finde, die ganze Mannschaft sollte ausziehen.«

Ich riss die Augen auf.

»Ernsthaft?«

»Ja«, sagte Cookie mit einem Blick in Richtung Wohnzimmer. »Ich bin eine Gefangene in meinem eigenen Haus. Weißt du, was die Sache noch schlimmer macht? Es ist nicht einmal mein Kampf. Ich gehöre nicht mehr zum Club. Bagger ist tot, und ich bin seit fast einem Jahr alleine. Deke hat kein Recht, hier aufzutauchen und mich wie Clubeigentum zu behandeln, verdammt noch mal. Ich war vielleicht Baggers Eigentum, aber das ist lange vorbei. Er kommt schließlich nicht wieder.«

»Ich weiß nicht, was ich sagen soll … Ich wusste gar nicht, dass du so zum Club stehst.«

Sie seufzte, schüttelte ihren Kopf und warf ihre Karten hin.

»Tu ich auch nicht«, sagte sie, während sie sich mit der Hand durch ihre Locken fuhr. »Oder vielleicht doch. Ich weiß es nicht. Ich habe es nur so satt, in meinem Haus eingesperrt zu sein, während ich eigentlich ein Geschäft führen sollte. Ich hab keinen Sex und jünger werde ich auch nicht. Weißt du, Bagger ist erst vor elf Monaten gestorben, aber er war die zehn Monate davor schon im Einsatz. Ich war die ganze Zeit allein, Em. Oder zumindest fühlt es sich so an … Ich hab keine Lust mehr, die brave Alte Lady zu sein, die stark bleibt und an den Mann denkt, der sich mehr für seinen verfluchten Krieg als für seine Familie interessiert hat.«

Ich starrte sie mit großen Augen an, weil ich keine Ahnung hatte, was ich sagen sollte. Nicht die geringste Ahnung. Als ich hörte, wie sich jemand räusperte, blickte ich auf und sah Deke im Türrahmen stehen.

»Äh, hi, Deke«, sagte ich.

»Scheiße«, sagte Cookie und wandte ihren Kopf, um ihn finster anzustarren. Sie stand auf und ging raus, wobei sie sich ohne ein Wort an dem großen Biker vorbeidrückte.

Sehr seltsam.

Deke schritt langsam auf den Tisch zu, stützte seine Hände darauf und beugte sich vor, sodass sein Gesicht nur wenige Zentimeter von meinem entfernt war.

»Was hatte das denn zu bedeuten, zum Teufel?«, fragte er mit eisiger Stimme.

Meine Güte, gab's bei dem eigentlich auch einen Schalter, den man auf »Nicht angsteinflößend« stellen konnte?

»Ich hab keine Ahnung«, flüsterte ich. »Ernsthaft. Wir saßen hier und haben einfach nur Karten gespielt, als sie plötzlich anfing zu reden. So etwas hat sie meines Wissens noch nie zuvor gesagt. Ich hatte keine Ahnung …«

Nachdem ich verstummt war, nickte Deke und setzte sich dann mir gegenüber hin. Er verschränkte die Arme und betrachtete mich wie ein Insekt. Ich hoffte sehr, dass ich mir nicht in die Hosen machen würde, denn er jagte mir eine Heidenangst ein, ernsthaft.

»Wir müssen reden.«

»Okay?«

»Dein Dad will, dass du nach Hause kommst«, sagte er. »Du hättest gestern mit Kit mitfahren sollen.«

»Ich geh nicht heim. Coeur d'Alene tut mir nicht mehr gut.«

»Hör zu, kleines Mädchen«, erklärte mir Deke mit kalter, nüchterner Stimme. »Hunter benutzt dich. Ich weiß, die Idee gefällt dir nicht. Verletzt deine Gefühle oder so ein Scheiß. Aber das sind die Fakten: Dieser

Club – dein Club – wird angegriffen. Wir wissen nicht sicher, ob die Jacks dahinterstecken, aber eine Sache wissen wir sicher: Als sie beim letzten Mal eine Bresche in unserer Festung gesucht haben, haben sie dich ausgewählt. Du bist schon einmal auf Hunters Tricks reingefallen. Er ist ein überführter Lügner, der sich nichts dabei denkt, eine Frau zu benutzen, um seine Ziele zu erreichen. Hältst du es nicht für einen sehr großen Zufall, dass er zufällig bei dir war, genau in der Nacht, in der alles zusammenbrach? Die Jacks könnten versuchen, uns in ihrem eigenen Interesse gegen das Kartell aufzuhetzen. Könnte genauso gut sein, dass er dich benutzt, um uns zu überzeugen, dass sie ebenfalls Opfer sind. Dann könnten sie überraschend einen hinterhältigen Angriff starten.«

»Was ist mit ihrem President?«, hakte ich nach. »Zwei ihrer Männer sind *tot*, Deke.«

»Das behaupten sie«, antwortete er, während er sich zurücklehnte. »Aber die Bullen erzählen nur, dass zwei Männer erschossen wurden. Wir wissen, dass ihr Club gerade auseinanderzubrechen droht. Ihr Vice President, Burke, hat den Club übernommen, aber es gibt keine Garantie, dass er den Laden zusammenhalten kann. So sehe ich die Sache zumindest. Könnte genauso gut sein, dass die Jacks die zwei Männer umgelegt haben, weil sie ihre Gründe hatten. Ein Machtkampf.«

Ich schüttelte meinen Kopf.

»Du hast sein Gesicht nicht gesehen«, sagte ich. »Es war echt, Deke. Er hatte keine Ahnung.«

»Sagt das Mädchen, das fast drei Monate mit einem Devil's Jack online gesprochen hat, ohne auch nur die leiseste Ahnung zu haben, dass sie reingelegt wird. Streng dein Hirn an, Em. Mach dich nicht noch einmal zum Idioten. Fahr heim und vergiss, dass du ihn jemals getroffen hast.«

Ich stand mit Bedacht auf, blinzelte meine Tränen weg und verließ die Küche so würdevoll, wie es mir möglich war. Ich stimmte Cookie zu – Deke musste verschwinden.

Ich mochte ihn überhaupt nicht.

Dienstag

ICH: Ich habe es satt, hier eingesperrt zu sein. Sie lassen uns nichts machen. Nicht mal Kit ist in Coeur d'Alene so eingesperrt!!!

HUNTER: Es wurde schließlich auch nicht das Clubhaus in Coeur d'Alene beschossen. Der Ort liegt weiter nördlich. Das ist nicht dasselbe. Aber ich versteh dich – morgen bin ich wieder in der Stadt. Wollen wir uns dann sehen?

ICH: Aber sicher.

HUNTER: Ich kann dich wahrscheinlich heute Abend anrufen. Ich kann mich hier nie zurückziehen, aber ich vermisse dich, verdammt, und will deine Stimme hören. Muss immer an deinen sexy Mund denken und wie er wohl aussieht, wenn du meinen Schwanz lutschst.

ICH: Äh ...

HUNTER: Keine Sorge, zuerst kümmere ich mich um dich, Baby ... Und hinterher auch noch mal. Ich kann es nicht erwarten, bis ich dir alle Klamotten ausziehen kann und dich nackt in meinem Bett habe. Dann lass ich dich wahrscheinlich einen Monat lang nicht mehr raus.

ICH: Nun, wenn das so ist ... Ok :-)

Mein Handy klingelte um zehn Uhr abends. Ich hatte fast schon die Hoffnung aufgegeben, dass er noch anrufen würde. Als er sich dann endlich meldete, war ich so aufgeregt, dass ich beinahe aus dem Bett gefallen wäre.

»Hey«, sagte ich, wobei ich versuchte, nicht zu eifrig zu klingen. »Wie geht's dir?«

»Bin erschöpft«, sagte er. »Ich bin jetzt ein paar Mal nach Kalifornien und wieder zurück gefahren. Auch wenn ich es nur ungern zugebe – vielleicht ist es an der Zeit, das Bike für den Winter einzumotten. Ich hasse den Winter in Oregon.«

Ich lachte.

»Dabei ist es noch nicht mal Winter, und hier ist es zumindest wärmer als in Coeur d'Alene«, sagte ich. »Dort hat es letzte Nacht zum ersten Mal geschneit, sagt Kit. Sie will wissen, ob ich zu Thanksgiving heimkomme.«

»Was hast du gesagt?«

»Ich habe noch keine Pläne«, sagte ich vorsichtig. Es gab so viel, worüber wir noch nicht gesprochen hatten, weil wir keine Zeit dafür gehabt hatten. Wir hatten auch beide keine eigene Wohnung. Wollte er die freien Tage mit mir verbringen? Ich las mir immer wieder unsere Nachrichten durch, um mir klarzumachen, dass ich keine Halluzinationen hatte. »Ich wollte erst mal sehen, wie sich die Dinge entwickeln, und kann es kaum erwarten, dich wiederzusehen.«

»Das beruht auf Gegenseitigkeit, glaub mir«, murmelte er. »Mann, ich habe mich den ganzen Tag darauf gefreut, mit dir zu reden. Und jetzt, da ich endlich meine Ruhe habe und dich anrufen kann, bin ich zu erschöpft, verdammt noch mal. Sorry, Baby.«

»Mach dir keine Gedanken«, sagte ich. »Warum lässt du mich nicht reden, und du hörst einfach zu?«

»Das klingt gut.«

»Ich habe viel an dich gedacht«, sagte ich zögernd. »Und darüber, was ich tun will, wenn wir endlich wieder zusammen sein können. Es soll etwas ganz Besonderes werden, deshalb habe ich ein bisschen recherchiert.«

»Oh, tatsächlich?«, fragte er. Obwohl er noch immer müde klang, hörte ich da noch etwas anderes heraus. »Hast du an einem anderen Mann ›recherchiert‹?«

Ich lachte laut los.

»Ja, weil es hier so viele Männer gibt. Reapers zählen nicht, besonders nicht die nervigen. Nein, ich habe beschlossen, mir ein Buch runterzuladen, um ein paar Ideen zu sammeln.«

»Klingt interessant«, murmelte er. »Was für Ideen?«

»Nun, du weißt ja, dass ich nicht gerade massenweise Erfahrung habe«, sagte ich. »Ich hab mir also überlegt, dass es gar keine dumme Idee wäre, ein Handbuch zu lesen, wenn ich die Sache, also Sex, richtig machen will. Ich habe mir *Wild Thing* besorgt. Da steht interessantes Zeug drin. Wusstest du zum Beispiel, dass die meisten Männer wesentlich empfindlicher am oberen Teil ihres Penis sind als am unteren?«

»Ich habe zwar keine landesweite Umfrage gemacht, aber das Ergebnis überrascht mich nicht«, sagte er in amüsiertem Ton.

»Nun, deshalb ist es so wichtig, dass ich, wenn ich dich endlich für mich alleine habe, zuerst den oberen Teil mit der Eichel ausgiebig erforsche. Ich glaube, es ist das … hm, lass mich schnell in meinen Unterlagen nachsehen. Das Frenulum? Du weißt schon, das kleine …«

Er fing an zu lachen.

»Baby, zwei Dinge musst du wissen. Verwende erstens nie das Wort klein, wenn du über meinen Schwanz redest, okay? Und verwende zweitens nicht das Wort ›Frenulum‹. Niemals. Nicht, dass es nicht sexy wäre, wenn du das Wort mit deiner Stimme aussprichst. Aber irgendwie blockiert es das, was ich mir in meinem Kopf auszumalen versuche.«

Ich runzelte die Stirn. Als wir das letzte Mal Telefonsex hatten, hatte er die Führung übernommen. Die Sache war nicht so einfach, wie ich es mir vorgestellt hatte.

»Okay, also, in dem Buch heißt es, ich soll mir reichlich Zeit nehmen, um diese Einbuchtung unten zu erkunden. Ich habe mir zum Beispiel überlegt, dass ich zuerst mit meiner Zunge einmal rundherum fahre, damit ich mir einen Gesamteindruck verschaffen kann.«

»Das klingt gut«, sagte er mit gesenkter Stimme.

»Ich habe eine Theorie«, sagte ich. »Laut meinem Buch bevorzugen es manche Männer, dass die Frau ihre Zunge schmal macht und nur mit der Spitze arbeitet. Anderen wiederum gefällt es, dass die Frau mit der ganzen Zungenfläche über die Unterseite des Schwanzes fährt, während sie die Eichel in ihren Mund saugt.«

Er räusperte sich lautstark.

»Ja, das wäre auch in Ordnung.«

Ich glaubte zu hören, wie er seinen Hosenreißverschluss öffnete, und hoffte, dass ich recht hatte. Ansonsten wäre ich vielleicht verlegen gewesen, da ich meine Hand gerade in meine Schlafanzugshorts schob.

»Meine Theorie lautet folgendermaßen«, fuhr ich fort. »Das Buch sagt, dass man am besten nachfragen soll, um die Vorlieben herauszubekommen. Ist ja auch sehr effizient, finde ich. Aber ich denke auch, dass es echt Spaß machen würde, ein wenig zu experimentieren und dann selbst zu entscheiden. Du weißt schon, eine randomisierte Testreihe, bei der ich genügend Daten sammeln kann?«

»Du bringst mich noch um«, stöhnte er. »Weniger Daten, Baby. Dafür mehr lecken.«

»Warte eine Sekunde. Ich hol schnell meinen Vibrator, bevor ich weitermache.«

»Fuck.«

»Genau darum geht es.«

Ich drehte mich herum, holte meinen verlässlichen Zauberstab hervor und stellte ihn auf niedrigste Stufe. Für den Anfang sollte es nur ganz leicht sein.

»Ich mache mir ein wenig Sorgen wegen deiner Größe«, sagte ich. »In meinem Buch steht, dass ich deinen Schwanz von oben bis unten ablecken soll, bis du ordentlich feucht bist. Dann umfasse ich den Schaft unten mit meiner Hand, sodass du nicht aus Versehen zu tief hineinrutschen kannst. Glaubst du, das könnte funktionieren?«

»Kann nicht schaden, es mal auszuprobieren«, murmelte er. »Fuck. Ich liebe deine Stimme, Baby. Hast du den Vibrator schon im Einsatz?«

»Mhmm …«, flüsterte ich. »Ich halte ihn gerade an meine Klit, zum Aufwärmen sozusagen. Ich stelle mir vor, wie es sein wird, dich zum ersten Mal zu schmecken. Ich bin ein bisschen nervös. Bevor ich ihn in den Mund nehme, werde ich zuerst diesen kleinen Schlitz oben ein wenig untersuchen, okay? Um deinen Lusttropfen zu kosten? Ich schätze, so eine kleine Kostprobe vermittelt mir eine gute Vorstellung, denn ich bin mir noch unsicher, ob ich es runterschlucken soll oder nicht.«

»Baby, mir ist das völlig egal, ob du es runterschluckst oder nicht«, sagte er mit angespannter Stimme. »Solange du nicht aufhörst zu reden.«

Ich lachte und genoss das Gefühl der Macht.

»Ich glaube, ich werde meinen Vibrator jetzt ein wenig aufdrehen. Gerade lasse ich ihn auf und nieder gleiten, zuerst über meine Klit und dann entlang meiner Schamlippen. Aber ich fühle mich echt leer und wünschte, du wärst hier, Hunter. Ich werde nie vergessen, wie es sich angefühlt hat, als du deinen Schwanz zum ersten Mal in mich gestoßen hast. Es tat ein bisschen weh, aber es war auch toll. Weißt du, dass ich immer noch ein bisschen wund bin?«

»Ich habe noch nie etwas so Tolles gespürt wie deine Möse um meinen Schwanz, das ist echt wahr, verdammt.«

»Gute Neuigkeiten: Bald wirst du das wieder spüren. Eigentlich wäre es schön, wenn du es gleich jetzt spüren könntest.«

»Warum steckst du dir nicht einen Finger rein, um zu sehen, was sich so tut?«, fragte er.

Ich stützte das Handy neben mein Ohr an das Kissen und folgte dann seinen Anweisungen. »Nun, zunächst mal bin ich schon ziemlich feucht«, murmelte ich und schloss meine Augen. »Ich schätze, dass es mich anmacht, dir einen zu blasen. Bin ich deswegen eine Schlampe?«

»Nur im positiven Wortsinn. Kannst du hören, wie ich mir einen runterhole? Ich schwöre dir, dass ich so schnell wichse, dass es sich anhört, als ob ein Güterzug durchfahren würde.«

Oh shit. Das ging mir durch und durch. Ich steckte noch einen Finger hinein und tastete nach meinem G-Punkt. Wie gewöhnlich kam ich nicht hin. Zum Glück war mein Vibrator als Ersatz schnell zur Hand.

»Ich spüre ein Prickeln und Ziehen im ganzen Körper«, sagte ich. »Ich bin noch nicht so weit, aber bald hab ich es geschafft. Ich will dein Gewicht auf mir spüren …«

Ich schnappte nach Luft, weil der Vibrator eine besonders empfindliche Stelle gefunden hatte. Meine Muskeln verkrampften sich und meine Hüften zuckten.

»Ich komm gleich, Hunter.«

»Liam«, murmelte er. »Nenn mich Liam. Fuck, ich will in dir sein. Shit. Oh *fuck* …«

»Liam«, stöhnte ich, während sich mein Rücken nach oben wölbte. »Heilige Scheiße. Ich kann es kaum erwarten, es wirklich mit dir zu treiben.«

Ich hörte sein raues und angespanntes Stöhnen.

»Ich komme«, sagte er. »Fuck. *Fuck.*«

Er stöhnte ins Handy. Ich stellte mir seine Hand an seinem Schwanz vor und wie der Samen hervorspritzte. Schnell begann ich, meine Finger immer wieder fester hineinzustoßen und mir vorzustellen, dass es seine wären. Alle Muskeln spannten sich an, und dann wölbten sich meine Hüften nach oben, während ich explodierte.

»Ahhh …« Ich lag bewegungslos da und keuchte ins Handy. Es dauerte ein paar Minuten, bis ich mich erholt hatte.

»Du bist ziemlich gut im Telefonsex«, brummte er nach einer Weile leise.

»Danke«, flüsterte ich. »Du fehlst mir.«

»Du mir auch. Es tut mir leid, Baby, aber ich bin echt verdammt müde. Und das Wichsen hat die Sache auch nicht besser gemacht.«

»Geh schlafen. Ich werde immer noch in Portland sein, wenn du zurückkommst. Versprochen.«

Mittwochmorgen

HUNTER: Echt beschissen, dass ich dir das sagen muss, aber ich bin wieder in Kalifornien. Ich dachte, ich würde es heute schaffen, aber jetzt muss ich doch noch was erledigen.

ICH: Ist schon okay. Ich versteh's ja :(

An diesem Abend sah ich nervös zu, wie Cookie lautstark mit Geschirr in der Küche hantierte. Ich wollte ihr meine Hilfe anbieten, hatte jedoch ein wenig Angst vor ihr. Sie murmelte die Worte »Männer« und »Kontrolle« vor sich hin und dass sie wieder arbeiten müsse.

Ich verstand ihren Frust.

Soweit ich das sagen konnte, tat sich da draußen rein gar nichts.

Deke wollte uns nichts erzählen, aber Kit hatte daheim an Türen gelauscht. Anscheinend waren die Reapers uneins, wer für die Überfälle verantwortlich war. Eine ganze Reihe von Männern dachte, dass es das Kartell aus dem Süden war. Doch sie konnten auch nicht völlig ausschließen, dass es die Jacks waren.

Bisher hatten sie noch keine stichhaltigen Beweise gefunden, die belegten, wer hinter den Angriffen steckte. Bis das feststand, blieben eine Menge Fragen unbeantwortet, und die Jacks standen unter Verdacht. Hatte Hunters Club den Waffenstillstand gebrochen? Sollten wir zurückschlagen?

Das konnte niemand sagen.

Deshalb ließ Deke Cookie nicht in ihr Geschäft. Auch mich wollte er nicht zur Arbeit gehen lassen, was nicht so tragisch war, weil ich eh nur als Aushilfe bei Bedarf gearbeitet hatte. Aber sie merkte, dass der Laden ohne sie den Bach runterging, was Deke völlig egal zu sein schien.

Die gute Nachricht war, dass die Jungs wieder in ihrem Clubhaus waren, was bedeutete, dass nicht mehr das ganze Haus voll mit Bikern war. Der Wasserschaden musste noch behoben werden, aber offenbar war das machbar. Das war eine große Erleichterung. Cookie wollte nicht, dass ihr Haus zur Zielscheibe wurde. Und sogar Deke musste zugeben, dass sie da nicht ganz unrecht hatte.

Er hatte allerdings immer noch Wachen für das Haus abgestellt und verbrachte fast jede Nacht bei uns. Silvie schlief jetzt in Cookies Zimmer, sodass er zumindest ein Bett hatte. Wenn das Bett auch pink und mit Stofftierkätzchen bedeckt war.

Offenbar war Deke über den Punkt hinaus, sich über solche Dinge Gedanken zu machen.

Gegen sechs Uhr ging die Haustür auf und Deke spazierte herein … zurück von der Arbeit, wie in einer Serie aus den 1950er-Jahren, nur mit Knarren, Kartellen und ein wenig Lebensgefahr. Cookie kam mit entschlossenem Gesichtsausdruck aus der Küche. In der Hand trug sie eine Plastiktüte.

»Deke, wir müssen reden«, sagte sie in unheilvollem Ton und hielt mir die Tüte hin. »Em, würdest du auf Silvie aufpassen? Ich hab hier einen kleinen Snack und etwas Obst drin, falls sie Hunger hat. Keine Ahnung, wie lange es dauern wird.«

Ich nickte schnell.

»Hier oder in ihrem Zimmer?«, fragte ich, während ich überlegte, wie viel Sicherheitsabstand wir brauchten. Ich hatte ein ungutes Gefühl …

»Vielleicht am besten in ihrem Zimmer«, sagte Cookie. Deke sah rüber zu dem Anwärter, den er heute Morgen zu uns abkommandiert hatte und der uns nun unbehaglich beobachtete.

»Du kannst verschwinden«, sagte Deke und zeigte mit seinem Kinn zur Tür. »Ich übernehme jetzt.«

Der Anwärter warf mir einen Blick zu, und ich bin mir ziemlich sicher, dass wir dasselbe dachten. Der Ausbruch des Zweiten Weltkriegs in dieser Küche stand kurz bevor. Ich wünschte, ich könnte auch gehen. Stattdessen schnappte ich mir Silvie und nahm sie mit in mein Zimmer.

Draußen hörte ich den Anwärter davonfahren. Feigling.

»Ich hab Hunger«, erklärte Silvie. »Bei Mom darf ich zuerst die Süßigkeiten essen.«

Aber natürlich.

»Fang mit der Wurst und den Crackern an«, sagte ich ihr, während ich den Plastikdeckel abzog und ihr das Essen gab. Dabei fragte ich mich, warum ich mir überhaupt die Mühe machte – die Schokolade war wahrscheinlich gesünder als der wachsartige Käseersatz in dem kleinen Karton.

Aus meiner Handtasche holte ich mir einen Müsliriegel und wünschte mir, ich hätte daran gedacht, mir eine Cola light oder so was mitzunehmen.

Während der folgenden Stunde las ich Silvie zuerst vier Bücher vor, bevor ich meinen Laptop für einen Film einschaltete. Dann schlich ich ins Wohnzimmer, um die Lage zu checken.

In der Küche hörte ich Geschrei und ein Klirren, als etwas gegen die Wand flog.

Ich schlich zurück ins Schlafzimmer.

Gegen acht Uhr klopfte Cookie an die Tür.

»Tut mir leid«, murmelte sie. Ihr standen die Haare zu Berge und ihre Wangen waren gerötet.

»Ist Deke noch hier?«, fragte ich leise.

Sie schüttelte ihren Kopf.

»Nö«, sagte sie. »Er hat jemanden angerufen, der herkommen soll. Schätzungsweise muss er sich über ein paar Dinge klarwerden …«

»Alles in Ordnung?«, fragte ich zögernd.

Sie zuckte mit den Schultern.

»Weiß nicht«, gab sie zu. »Aber zumindest ist er heute Nacht nicht da. Morgen werden wir vermutlich sehen, wie es weitergeht. Ich habe vor, wieder ins Geschäft zu gehen. Wenn er schlau ist, versucht er besser nicht, mich aufzuhalten.«

KAPITEL FÜNFZEHN

Abends um elf klingelte mein Handy.

»Ja?«, fragte ich im Halbschlaf.

»Ich bin gerade wieder zurückgekommen«, sagte Hunter. »Ich weiß, dass es etwas kurzfristig ist, aber kann ich vorbeikommen und dich abholen?«

»Natürlich!«, sagte ich, während mich eine Woge der Aufregung blitzschnell hellwach werden ließ. »Wann?«

»Ich bin gleich ums Eck.«

»Äh, ich muss ein paar Sachen zusammenpacken«, sagte ich und sah mich hektisch um. »Gib mir fünfzehn Minuten. Oder wenigstens zehn.«

»Zehn«, antwortete er mit einer Stimme, die leise und sexy klang. »Fuck, ich kann es kaum erwarten, dich in die Finger zu kriegen. Mann, was ich alles mit deinem Körper anstellen werde … Vergiss nicht dein schmutziges Buch. Klamotten brauchst du nicht, aber das Buch könnte zu meiner Lieblingslektüre werden.«

Ich kicherte, denn ich fühlte mich albern und glücklich.

»Bis bald, Baby«, sagte ich und legte auf. Schnell schnappte ich mir ein paar Sachen und warf sie in meinen Rucksack. Dann erhaschte ich einen Blick auf mich im Spiegel und hätte beinahe losgeschrien. Meine Haare waren strähnig und platt, mein Make-up hatte ich bereits abgewaschen, und meine Zähne fühlten sich schmutzig an.

Frisch wie aus dem Horrorfilm.

Ich stürzte durch den Flur zum Bad, putzte meine Zähne, sprühte ein wenig Trockenshampoo auf meine Haare und trug etwas Lipgloss auf. Komplettes Make-up war nicht mehr drin, aber das war immer noch besser als gar nichts. In Nullkommanichts schrieb ich eine Nachricht für Cookie und schlich leise aus meinem Zimmer in die Küche, wo ich sie auf den Tisch legte. Ich hatte auch vor, ihr eine E-Mail zu schreiben, das sollte dann wohl reichen. Dann ging ich rüber ins Wohnzimmer, wo Gordie, einer der Anwärter, auf der Couch saß und fernsah.

Mist. Ich hatte gehofft, er würde schlafen.

»Was ist los?«, fragte er mit einem Blick auf meinen Rucksack und meine Schuhe.

»Ich geh raus«, sagte ich fröhlich. *Hier gab es nichts zu sehen.* »Mach dir keine Gedanken.«

Er stand sofort auf und wirkte hellwach.

»Ich habe den Befehl, dafür zu sorgen, dass ihr alle im Haus bleibt, wo ihr in Sicherheit seid.«

»Das ist nicht deine Entscheidung«, sagte ich zu ihm und klang dabei wesentlich selbstbewusster, als ich mich fühlte. »Nett, dass du dir Sorgen machst, aber ich bin keine Gefangene.«

»Ich ruf Deke an.«

»Gut, ruf ihn an«, sagte ich, während ich auf die Tür zuging. Leider war er größer als ich und blockierte sie. »Willst du das wirklich tun? Hast du echt vor, mich in diesem Wohnzimmer gefangen zu halten?«

»Wenn's sein muss«, sagte er in grimmigem Tonfall. »Das soll Deke entscheiden.«

Mist. Mist. Mist.

Ich holte mein Handy raus und rief Hunter an.

»Wir haben hier ein Problem«, sagte ich zu ihm. »Sie lassen mich nicht gehen. Vielleicht sollten wir das einfach morgen …«

Ich hörte Hunter am anderen Ende knurren.

»In einer Minute bin ich da«, sagte er.

»Warte! Was meinst du denn?«

»Ich komme, um dich abzuholen. Wie viele Typen sind im Haus?«

»Nur einer«, sagte ich panisch. »Aber ernsthaft, die Sache könnte böse ausgehen. Warum …«

Jemand hämmerte an die Tür.

Gordie und ich sahen uns starr an.

»Das ist Hunter, und ich schätze, er wird nicht weggehen«, sagte ich ihm leise. »Lohnt es sich wirklich, deswegen zu kämpfen? Lass mich einfach raus, okay? Du hast kein Recht, mich von ihm fernzuhalten.«

»Das ist nicht meine Entscheidung«, sagte er mit einem Kopfschütteln. »Deke ist schon unterwegs. Bleib schön hier, er wird entscheiden, was wir tun.«

Hunter hämmerte gegen die Tür. Shit. Ich schickte ihm eine Nachricht.

ICH: Deke kommt gleich, du solltest besser heimfahren. Wir wollen keinen Streit deswegen. Nicht jetzt, wenn alle so nervös sind.

HUNTER: Nie im Leben, verdammt. Du bist meine Alte Lady und kommst mit mir. Wenn sie damit ein Problem haben, ruf ich meine Brüder zu Hilfe.

Ich erstarrte. Das klang nicht gut. Ganz und gar nicht.

ICH: Was ist mit dem Waffenstillstand? Stand das nicht ganz oben auf deiner Prioritätenliste?

HUNTER: Ich habe dich schon vor dem ganzen Club beansprucht. Du bist jetzt mein Eigentum. Wenn die Reapers meine Alte Lady nicht mit mir fahren lassen, ist das wie eine Kriegserklärung.

Als ich die Worte las, wurde mir schlecht. War er verrückt geworden? Ja, entschied ich. Das war er tatsächlich. Offenbar war er so müde und erschöpft, dass er vergessen hatte, worauf es ankam.

Den Frieden unter allen Umständen zu bewahren.

ICH: Es ist nur eine Nacht, Baby. Wir klären es morgen. Du hast zu viel zu verlieren.

HUNTER: Nie im Leben, verdammt. Wenn ich jetzt den Schwanz einziehe, ist das ein Zeichen von Schwäche. Ich bin nicht derjenige, der unvernünftig ist, Em. Ich will nur meine Freundin abholen.

Noch mehr Hämmern an der Türe. Gordie wirkte nervös, doch er gab nicht nach und blockierte den Ausgang.

»Mach auf!«, schrie Hunter draußen.

ICH: Geht es hier tatsächlich um uns oder darum, Deke eins auszuwischen?

HUNTER: Anfangs ging es um uns. Aber wenn er sagt, dass ich meine Frau nicht sehen kann: Das ist ein Problem. Deke kommt gerade an. Wir werden es rausfinden.

Deutlich hörte ich den Motor eines Transporters. Cookie spazierte in einem Herrenbademantel ins Wohnzimmer und rieb sich die Augen.

»Was ist denn los?«, fragte sie verschlafen. »Ich muss um vier aufstehen. Hoffentlich ist das hier was Wichtiges.«

»Ich schätze, sie liefern sich einen Wettbewerb, um zu entscheiden, wer den größten Schwanz hat«, murmelte ich frustriert. »Hunter ist hier, um mich abzuholen, aber Gordie lässt mich nicht raus. Und jetzt ist auch noch Deke gekommen. Ich warte nur noch drauf, dass sie ihr Lineal rausholen.«

»Lächerlich«, sagte Cookie. »Komm mit.«

Ich hob eine Augenbraue.

»Ich bin gerade etwas beschäftigt«, murmelte ich. Draußen hörte ich Deke Hunter anbrüllen. Shit. Wenn es uns nicht gelang, die Gemüter zu beruhigen, könnte jemand ernsthaft verletzt werden.

»Komm. Mit!«, sagte Cookie in so scharfem Tonfall, wie ich es noch nie von ihr gehört hatte. Verdammt. Sie sah beinahe angsteinflößender aus als Deke.

»Okay«, sagte ich mit einem Seitenblick in Richtung Gordie. Ich folgte ihr in ihr Schlafzimmer, wo Silvie tief und fest neben ihrem Lieblingsstofftier schlief. Cookie präsentierte mir wie ein stummer Zirkusdirektor die Fenstertür neben ihrem Bett.

»Du kannst hier rausgehen und dich zur Vorderseite des Hauses schleichen«, erklärte sie. »So umgehst du sie einfach.«

Ich starrte sie mit offenem Mund an, und sie zuckte mit den Schultern.

»Warum hab ich daran nicht gedacht?«

»Weil Hormone das Denken beeinträchtigen«, sagte sie und verdrehte die Augen. »Komm schon. Schau, dass du rauskommst, bevor sie anfangen zu schießen oder sonst einen Blödsinn machen.«

»Warum hilfst du mir?«

»Weil ich diesen Mist gründlich satt habe«, sagte sie direkt. »Wir sind nicht das Eigentum der Reapers, du nicht und auch ich nicht. Deke hat kein Recht, dich hier festzuhalten, ebenso wenig wie dein Dad. Triff deine eigenen Entscheidungen, Em. Ich vermisse Bagger jeden einzelnen Tag, und ich wünschte, ich hätte mehr Zeit mit ihm verbracht. Wir wissen einfach nicht, wann das Leben zu Ende geht. Das Leben ist zu kurz, um nur herumzusitzen und auf einen Mann zu warten. Ich denke immer noch, dass es ein Fehler ist, sich mit Hunter einzulassen, aber es ist ein Fehler, den *du* machen willst.«

»Danke«, flüsterte ich und umarmte sie schnell. »Ich ruf dich morgen an.«

»Gut«, sagte sie. Dann erschien ein böses Lächeln auf ihrem Gesicht. »Ich weiß, es ist falsch, aber ich freue mich, dass Deke dieses Mal verlieren wird. Wird auch Zeit, dass sich jemand gegen ihn durchsetzt.«

Ich unterdrückte ein Kichern, als sie den Einbruchalarm ausschaltete und die Tür öffnete. Dann lief ich schnell über das nasse Gras und spürte, wie die feuchte Kälte in meine pinken Chucks drang. Vorsichtig schlich ich ums Haus und entdeckte Hunter und Deke, die sich auf dem Gehweg angriffslustig gegenüberstanden.

Fasziniert beobachtete Gordie sie von der Veranda aus.

»Du kannst selbst wegfahren, oder wir zwingen dich, aber du nimmst Em nicht mit«, sagte Deke gerade. »Das lassen wir nicht zu.«

Hunter richtete sich wütend auf.

»Sie ist jetzt meine Alte Lady und gehört zu mir.«

Mein Güte, es ginge alles *viel schneller*, wenn sie einfach ihre Penisse nebeneinanderhalten würden, um ihre Länge zu vergleichen. Ich ließ meinen Blick über Hunter gleiten, hin- und hergerissen zwischen dem Wunsch, seinen ganzen Körper zu lecken und ihm eine zu verpassen. Stattdessen ging ich leise zu meinem Auto. Perfektes Timing war nun extrem wichtig. Ich atmete tief ein und zählte bis drei, bevor ich in einer einzigen schnellen Bewegung die Tür öffnete, mich auf den Fahrersitz setzte und den Schlüssel in die Zündung steckte. Das Auto sprang Gott sei Dank sofort an und ich legte schnellstens den Rückwärtsgang ein, sodass ich mit einem Satz rückwärts auf die Straße schoss.

Beide Männer drehten sich um und starrten mich mit einem unbezahlbar überraschten Ausdruck im Gesicht an.

Ich ließ mein Fenster runter und stellte den Fuß aufs Gas.

»Ich fahr jetzt«, schrie ich ihnen zu. »Hunter, ruf mich an, falls du lieber mit mir schlafen als mit Deke kämpfen möchtest.«

Nach diesen Worten stieg ich aufs Gas und fuhr davon in die Nacht.

Verdammt, fühlte sich das gut an.

»Ich erwürg dich, falls du jemals wieder so ein Ding drehst«, sagte Hunter, der in dem Hotelzimmer, das wir uns genommen hatten, auf und ab marschierte. Unter den gegebenen Umständen erschien es uns empfehlenswert, neutrales Gelände zu wählen.

Da war wohl jemand knatschig.

»Du hättest erschossen werden können. *Ich* hätte dich erschießen können. Was hast du dir nur dabei gedacht, um ein überwachtes Haus herumzuschleichen?«

Ich lehnte mich mit verschränkten Armen gegen den Rahmen der Badezimmertür und seufzte schwer. Unser Wiedersehen war nicht mal halb so vergnüglich gewesen, wie ich es mir vorgestellt hatte. Heilige Jungfrau Maria, der Mann konnte aber auch so was von bockig sein.

»Wenn nicht alle den Finger ständig am Abzug hätten, dann wäre das auch keine große Sache gewesen«, erwiderte ich spitz. »Erzähl mir nicht so eine Scheiße, Hunter. Du hast eine Riesenszene hingelegt, weil du nicht willens warst, ein paar Stunden zu warten, um eine Lösung zu finden. Es hätte jemand verletzt werden können. *Silvie* hätte verletzt werden können. Müssen wir uns nicht schon genügend Sorgen wegen des Kartells machen? Ich dachte, du wolltest Frieden?«

Er hörte auf, herumzulaufen, und sah mich giftig an.

»Gottverdammt, Em – auf wessen Seite stehst du eigentlich? Ich habe vier verflucht harte Tage hinter mir, ich bin sechs Stunden gefahren, um herzukommen und meine Frau zu holen. Und ich hatte nicht vor, mich von so einem beschissenen Reapers-Anwärter davon abhalten zu lassen. Du gehörst jetzt mir. Ich teile mit niemandem.«

Ich holte tief Luft und machte mich bereit, ihm den Arsch aufzureißen. Dann wurde mir plötzlich klar, dass hier irgendwas falsch war. Hunter war normalerweise ziemlich cool und abwägend. Das hier sah ihm gar nicht ähnlich, da war noch irgendwas anderes im Busch.

»Du überreagierst«, sagte ich langsam und mit Betonung. »Ich verstehe, was du meinst, aber es ergibt keinen Sinn. Das bist nicht du. Was ist passiert?«

Er verzog sein Gesicht und wandte sich von mir ab, während er sich mit der Hand durchs Haar fuhr.

»Eine Riesenscheiße, Em«, sagte er schließlich. »Ich habe heute echt eine ganze Menge Mist erlebt. Und habe schlimme Dinge getan. Ich wollte einfach in deiner Nähe sein, bei jemandem, der rein und unversehrt ist. Und er wollte dich nicht rausrücken.«

Ach du Scheiße, jetzt sah er gebrochen aus. Beim Anblick dieses großen, starken Mannes am Rande des Abgrunds verkrampfte sich mein Magen. Ich wollte ihm immer noch den Arsch aufreißen, aber noch wichtiger war mir, dafür zu sorgen, dass es ihm wieder besser ging. Hunter wandte sich ab, weshalb ich hinter ihn trat, meine Arme um seine Taille schlang und ihn an mich zog. Meine Wange rieb sich an dem roten Teufel auf dem Rücken seiner Kutte und erinnerte mich daran, dass ich für diesen Mann meinen Club hinter mir gelassen hatte.

»Du hast mich ja jetzt«, sagte ich, während mein Ärger verrauchte. Ich fuhr mit den Händen über seinen Bauch, denn ich liebte seine harten Muskeln. Aber hier ging es um mehr als um dieses angenehme Gefühl unter meinen Händen. Ich musste ihm verdeutlichen, wie sehr ich ihn wollte, dass er für mich jemand ganz Besonderes war. Langsam zog ich sein Shirt aus der Hose, wobei ich meine Finger über seine nackte Haut gleiten ließ. Seine fantastischen Muskeln spannten sich an, und er stöhnte.

»Du musst es mir nicht erzählen«, flüsterte ich, denn ich wusste, dass er das gar nicht konnte. »Entspann dich einfach, okay? Streiten wir morgen weiter.«

»Müssen wir denn unbedingt streiten?«, fragte er erschöpft. »Mein Gott, Em. Du hast ja keine Ahnung. Nicht die leiseste Ahnung, verdammt noch mal …«

Shit. Was zum Teufel war nur passiert?

Ich ließ meine Hände tiefer gleiten, bis ich an seinem Hosenschlitz angekommen war. Dort öffnete ich den Knopf und zog dann den Reißverschluss auf. Sein Schwanz war noch weich, so, wie ich ihn noch nie erlebt hatte. Aber anstatt enttäuscht zu sein, war ich neugierig.

Ich wollte ihn schließlich erkunden. Und da er ganz offenbar einige Dinge vergessen wollte, war jetzt der perfekte Augenblick gekommen, um meine Neugier zu befriedigen und ihn auf dieser Art und Weise abzulenken. Behutsam rieb ich mit einer Hand den weichen Stoff seiner Boxershorts über seinem Schwanz und zog mit der anderen Hand seine Hose herunter. Er seufzte, und ich merkte, wie sein Schwanz erwachte. Ich fuhr mit meinen Erkundungen fort, fand die Eichel, die gerade fest wurde, und strich mit den Fingern über die ringförmige Wölbung, die sie umgab.

»Das tut wirklich gut, Baby.«

»Dann mach ich es wohl richtig«, murmelte ich. Ich wäre gern groß genug gewesen, um seinen Nacken zu küssen. »Lass mich dir helfen, damit es dir wieder besser geht, Liam. Ich will, dass du dich sauber fühlst.«

Er griff nach meiner Hand, hielt sie fest und zog sie einen Moment weg, sodass er seine Boxershorts ausziehen konnte. Dann legte er sie wieder um seinen harten Schwanz und drückte damit fester zu, als ich mich getraut hätte.

Ich ließ meine Hand auf und ab gleiten, während sein Schwanz bei jeder Bewegung härter wurde. Dann fuhr ich mit der anderen Hand unter sein Shirt, genoss noch einmal die festen Wellen seiner Bauchmuskeln und arbeitete mich dann weiter nach oben zu seiner Brust. Seiner Brustwarze.

Ich zwickte sie ein wenig, und Hunter atmete scharf ein.

»Gut?«, fragte ich im Flüsterton.

»Sehr gut«, sagte er. »Sogar verdammt gut.«

»Entspann dich einfach und genieß es. Lass mich dir helfen.«

Er seufzte schwer. Irgendwas war offenbar komplett schiefgegangen, etwas, wovon ich vermutlich nie Einzelheiten hören würde. Aber was auch immer es war: Als er Frieden gebraucht hatte, war er zu mir gekommen.

Die Vorstellung gefiel mir sehr.

Hunters Schwanz war nun voll aufgerichtet. Ich spielte weiterhin mit seinen Brustwarzen, bearbeitete seinen Schwanz abwechselnd langsam und dann wieder schnell, um herauszufinden, was ihm am meisten Lust bereitete.

Nach ein paar Minuten schnappte er nach Luft, griff wieder nach meiner Hand und wichste auf und nieder. Jetzt schien es fast, als ob er sich durch meine Berührung bestrafen wollte. Ich konnte mir nicht vorstellen, dass etwas so Grobes nicht wehtat, aber das Stöhnen aus seinem Mund klang nicht unglücklich.

»Oh Gott«, murmelte er, während er mit seinem freien Arm nach hinten griff, um mich fester an sich zu drücken. Die Stickerei seiner Abnäher rieb an meiner Wange. Würde ich jemals Sex mit ihm haben, wenn wir beide komplett ausgezogen waren?

Nicht wenn wir so weitermachten.

Seine Hüften zuckten unwillkürlich, und die Hand auf meinem Rücken versteifte sich. Mein Arm wurde langsam müde, aber das war mir egal. Mir war wirklich alles egal, ich wollte ihm nur etwas Erleichterung verschaffen.

Na ja, das war vielleicht gelogen.

Ich hätte sehr gern seinen Schwanz in meinem Körper gehabt, aber offenbar war das, was wir gerade taten, genau das Richtige für ihn. Er brauchte meine Berührung im Moment mehr als ich die seine. Hunter gab ein langes, tiefes Stöhnen von sich, und dann spürte ich, wie er in einer Reihe von Zuckungen kam, die an der Unterseite seines Penis entlangzulaufen schienen. Meine Hand wurde langsamer, da ich ans Aufhören dachte, aber er packte mich und machte weiter.

Na dann weiter.

Ich bearbeitete ihn eine weitere Minute, in der sein Körper erschauerte und sich dann entspannt gegen den meinen lehnte. Schließlich nahm er seine Hand weg, und ich ließ ihn los, nur um meine Arme um seine Taille zu schlingen.

»Weißt du, ich hatte eigentlich etwas im Blick, was auf Gegenseitigkeit beruht«, sagte er langsam. »Tut mir leid, es war einfach eine beschissene Nacht. Komm, ich sorge dafür, dass du auch kommst …«

»Mach dir da mal keine Gedanken«, sagte ich, während ich ihn noch immer umarmte. »Du bist müde, und ich will, dass du dich ausruhst. Du brauchst deine Kraft später noch, schätze ich. Oder etwa nicht?«

Er lachte kurz, drehte sich zu mir um und hob eine Hand, um mit meinen Haaren zu spielen, wie er es gerne tat. Dann trafen seine Lippen in einem süßen und langsamen Kuss auf die meinen. Danach rieb er sanft seine Nase an die meine.

»Ich sage es ungern, aber in ungefähr einer Minute kippe ich um, Baby. Können wir schlafen gehen? Ich brauche etwas süßes Weiches neben mir, das sich an mich schmiegt.«

»Gerne«, murmelte ich. Ich trat zurück, als mir die Sauerei auffiel, die wir angestellt hatten.

»Äh … ich mach schnell sauber«, sagte er sofort. »Mach du dich schon mal bettfertig. Ich will dich im Arm halten. Erinnerst du dich an die Nacht hinter der Schlafbaracke neben dem Haus deines Dads? Abgesehen davon, dass du mich fast umgebracht hast, war das eine der besten Nächte meines Lebens.«

»Du hast mich auch in der Nacht, als du mich entführt hast, in den Armen gehalten«, sagte ich trocken.

Er zuckte mit den Schultern.

»Das war auch ziemlich schön«, gab er zu. »Zumindest für mich. Aber ich vermute mal, dass du das vielleicht anders gesehen hast …«

»Du wirst es wiedergutmachen«, sagte ich zu ihm. Denn es entsprach zweifellos der Wahrheit.

Aber nicht heute Nacht.

Mein wunderschöner Mann brauchte eine Pause, und die würde er auch bekommen, verdammt.

Hunter

Als ich aufwachte, war das Bett leer.

Em war letzte Nacht so süß gewesen … Erst hatte sie mir einen runtergeholt wie eine Professionelle, und dann war sie in einem meiner T-Shirts ins Bett gekommen, das ich ihr aber gleich wieder abgenommen hatte. Schätzungsweise hatte sie keine Zeit mehr gehabt, eines der hübschen Geschenke mitzunehmen, die ich ihr »geschenkt« hatte. Das machte gar nichts, schließlich wollte ich nichts zwischen ihrer und meiner Haut haben. Ich schlief eingehüllt von ihrer Wärme und ihrem Duft und spürte ihre Haare überall in meinem Gesicht. Eigentlich hätte mich das stören sollen, aber es war einfach nur toll.

Doch wenn ich meine Augen schloss, sah ich nicht ihr Gesicht vor mir. Nein, es waren die Gesichter meiner Brüder, bevor ich sie erschossen hatte. Einer von ihnen hatte geweint und um sein Leben gebettelt. Der andere hatte höhnisch gelächelt und mir den Mittelfinger gezeigt.

Zwei der Unseren hatten uns ans Kartell verraten.

Es war nicht das erste Mal, dass ich für den Club getötet hatte – aber ich hatte noch nie einen Bruder wie einen tollwütigen Hund abgeknallt. Ich hatte gewusst, dass es Meinungsverschiedenheiten gegeben hatte, und mir war völlig klar, dass es Männer gab, die alles taten, um uns von einem Friedensschluss mit den Reapers abzuhalten. Bis zu einem gewissen Punkt verstand ich ihren Standpunkt sogar. Wir hatten fast zwanzig Jahre einen kalten Krieg mit dem anderen Club geführt. Es hatte reichlich böses Blut gegeben.

Aber sie hatten nicht nur unser Vertrauen missbraucht, sondern Hochverrat begangen.

Wegen ihrer Tat waren gute Männer gestorben.

Auf der langen Rückfahrt aus Redding dachte ich nur an Em. Wie sehr ich sie in meinen Armen halten wollte, ihren Duft in mich aufnehmen und an nichts anderes mehr denken als an ihren fantastischen Körper und an das Glitzern ihrer eisblauen Augen.

Dann waren mir Deke und sein Lieblingsanwärter in die Quere gekommen, und die Wut war mit mir durchgegangen.

Fuck.

Ich konnte kaum glauben, wie dumm ich gewesen war. Ich gab es ungern zu, doch Em hatte recht gehabt. Was hatte ich mir nur dabei gedacht, den Waffenstillstand für eine Nacht zu riskieren? Mit etwas Glück hatten wir noch Jahre vor uns. Allerdings nicht, wenn ich einen neuen Krieg mit dem Club ihres Dads vom Zaun brach.

Verdammt blöd … aber zumindest hatte einer von uns seinen Verstand gebraucht. Ein zögerliches Grinsen stahl sich auf mein Gesicht, weil Em wieder einmal meinen Arsch gerettet hatte. Ich hörte die Dusche im Badezimmer, und mir wurde klar, dass sie wohl ganz nass und glitschig darunter stand. Zehn Sekunden später war ich auf den Beinen, schob den Duschvorhang zur Seite und trat hinter sie.

»Hey, Baby«, flüsterte ich in ihr Ohr. »Ich hab gestern Abend vergessen, dir was zu geben.«

Sie quiekte verführerisch, als ich meine Hände über ihren Körper gleiten ließ und gleichzeitig ihre Brust und ihre Klit berührte. Dann lehnte sie sich an mich, und ich bekam zum ersten Mal die Gelegenheit, in Ruhe ihren Körper zu erkunden.

Er war wunderschön.

Natürlich kannte ich jede ihrer Kurven. Denn ich hatte ihre Fotos Tausende Male betrachtet, mir jeden Zentimeter ihrer Haut eingeprägt und mir ausgemalt, was ich mit ihr tun würde, wenn ich nur die Gelegenheit dazu hätte. Die Wirklichkeit war noch besser als meine Träume. Viel besser. Sie war weich, aber unter ihren Kurven spürte ich starke Muskeln. Ich wusste, dass sie Ausdauer besaß. Obwohl sie in jener Nacht in Coeur d'Alene etwas anderes gesagt hatte, hatte sie bereits bewiesen, dass sie eine verteufelt gute Alte Lady abgab.

Sie sagte, dass sie keine Befehle befolgen wollte.

Das war mir recht – ich musste sie nicht kontrollieren … Ich wollte mich lediglich zurücklehnen und sie beobachten, um herauszufinden, was ihr wichtig war und sie antrieb. Ich wusste, dass sie mich unterstützen würde, mich aber auch vor mir selbst schützen würde. Unsere Clubs hatte sie bereits beschützt. Letzte Nacht hatte sie sich schlauer verhalten als ich. Ich schwor mir, sie nie wieder in so eine Scheißsituation zu bringen.

Ich sollte besser auf sie hören, verdammt. Schließlich war sie schlauer als ich und Deke zusammen gewesen. Nachdem ich mich inzwischen beruhigt hatte, konnte ich auch das Witzige an der Situation sehen. Irgendwie hatte sie es geschafft, an uns allen vorbeizukommen. Sie hatte den

Konflikt zwar nicht gelöst, aber dafür gesorgt, dass er ohne Blutvergießen zu Ende ging.

Und selbst wenn Deke jetzt sauer war? Soweit ich das beurteilen konnte, war der Mann pausenlos angepisst. Er hasste die Jacks und hatte mehr als einmal gedroht, mich zu töten. Deshalb vergoss ich sicherlich keine Tränen, weil wir seine Gefühle verletzt hatten. Und Em stand nun unter meinem Schutz. Es war also völlig egal, wie frustriert er war. Ab sofort bekam er es mit mir zu tun.

Em wand sich in meinen Armen und lenkte mich von meinen Gedanken ab.

Ich ließ meine Finger in ihre heiße Höhle gleiten, was ein weiteres Aufquieken zur Folge hatte. Warum, zum Teufel, dachte ich an Deke, wenn ich eine nackte Frau in meinen Armen hielt?

Ich drehte Em schnell herum, suchte ihren Mund und sog dann ihre Unterlippe in den meinen. Dann hob ich sie hoch, trug sie aus der Dusche und setzte sie auf dem Waschtisch ab. Anschließend schob ich meine Hand zwischen uns und bearbeitete damit in ihre süße Möse.

Sie war so verdammt scharf und eng …

Em, deren Lippen die meinen berührten, schnappte nach Luft, was mir die Gelegenheit verschaffte, meine Zunge in ihren Mund zu stecken. Weiter unten hatte ich inzwischen zwei Finger in ihr. Ihre Muskeln zogen sich zusammen, was wunderbare Erinnerungen an jene Nacht heraufbeschwor, als ihre Möse sich in dieser bemerkenswerten Gasse eng um meinen Schwanz geschmiegt hatte.

Sie packte meinen Schwanz und drückte fest zu, genau so, wie ich es ihr in der letzten Nacht gezeigt hatte.

Sehr hübsch.

Dann versuchte sie, ihn einzuführen.

»Kondom«, konnte ich gerade noch sagen. »Sind im Zimmer.«

»Lass uns eines holen«, flüsterte Em. Ihre Augen glitzerten begierig. Dagegen war nichts einzuwenden. Sie sprang vom Waschtisch und versuchte, an mir vorbeizukommen, aber ich hielt sie fest und drückte sie für einen langen, intensiven Kuss an mich, bei dem uns beiden die Luft wegblieb.

»Heilige Scheiße«, murmelte sie, als ich mich von ihren Lippen löste. »Wie machst du das bloß? Ernsthaft, das war der reinste Filmkuss.«

»Pure Chemie«, sagte ich zu ihr. »So was Tolles lässt sich nicht durch Technik erklären.«

Sie lächelte mich schelmisch an.

»Oh, ich liebe Chemie. Wie wär's? Du bist mein Chemielehrer, und ich bin das Mädchen, das nachsitzen muss?«

Em

Ich stolperte kichernd aus dem Badezimmer, während Hunter hinter mir herstürzte. Er fing mich, hob mich hoch und warf mich aufs Bett. Bevor ich wieder zu Atem kam, hatte er mich schon übers Knie gelegt, eine Hand mitten auf meinem Rücken, die andere zwischen meinen Arschbacken.

Ich schrie und zappelte wie wild.

»Du hast gesagt, dass du nachsitzen musst«, sagte er mit strenger Stimme. »Ich versuche nur, ein guter Lehrer zu sein.«

Dabei glitten seine Finger tief in mich hinein. Beim Eindringen erstarrte ich zuerst, entspannte mich dann aber wieder und seufzte, als er meinen G-Punkt gefunden hatte.

»Ist das gut?«, fragte er, während er mir über den Rücken strich.

»Und wie«, murmelte ich und ließ meinen Kopf nach vorne aufs Bett fallen. Genau genommen war es sogar unglaublich gut. Seine Finger bearbeiteten mich, doch seine andere Hand hob er plötzlich an und versetzte mir damit einen unerwarteten Poklatscher.

Ich quietschte und versuchte, mich aufzusetzen, aber er drückte mich fest nach unten. Sein Daumen hatte inzwischen meine Klit ausfindig gemacht, sodass er mich jetzt innen und außen bearbeitete. Ich spürte, wie sich die Spannung in mir aufbaute, und wand mich ungeschickt hin und her. Verdammt, ich wollte ihn in mir spüren. Doch Hunter hatte andere Pläne. Seine Finger machten geschickt weiter und brachten mich dem Orgasmus immer näher.

Das war höllisch gut.

»Gefällt dir das?«

»Ja«, wimmerte ich und zuckte auf seinem Schoß vor mich hin. »Gefallen« traf es nicht ganz. Ich wollte, dass er mich schneller und fester bearbeitete. Stattdessen wurde er langsamer und neckte mich mit seinem leisen, zufriedenen Lachen.

»Bitte«, murmelte ich, während ich meine Augen schloss. »Ich muss …«

Hunter klatschte mit seiner Hand wieder auf meinen Po. Ich war so nahe dran. Offenbar hatte er es gemerkt, denn sein Tempo wurde wieder schneller. Mein Orgasmus verharrte an der Schwelle und verspottete mich. Ich merkte, wie ich mich darauf vorbereitete, als meine Beine sich verkrampften. Hunters Schwanz unter mir war steinhart, und mir wurde voller Begeisterung klar, dass ich nach meinem Orgasmus noch eine weitere Runde vor mir hatte.

Das gab mir den Rest.

Als ich kam, war es so intensiv, dass ich meine Hände ins Bett krallte und mich völlig auf die Gefühle konzentrierte, die meinen Körper überschwemmten. Heilige Scheiße, das war unglaublich. Ich genoss halb weggetreten noch die Nachzuckungen, als er mich hochhob und mich quer übers Bett auf den Bauch legte. Ich breitete meine Arme aus und spürte die angenehme Kühle der Bettwäsche, während er sich auf mich legte.

Hunter küsste sich langsam meinen Rücken hinunter. Seine Finger fuhren die Konturen meines Körpers nach, bis sie an meinem Hinterteil angekommen waren. Ich war nun an seine Berührungen gewöhnt und seufzte deshalb glücklich auf, als er seine Finger wieder in mich steckte. Dann bewegte sich sein Daumen und berührte sanft meinen Anus, was mich erstarren ließ.

»Vertraust du mir, Baby?«

Ich überlegte. Ich war mir sicher, dass er mir nicht wehtun würde. Aber das hier? Ich war mir nicht sicher, ob ich dafür bereit war.

»Ist schon in Ordnung«, murmelte er und küsste meinen Po. »Glaub mir, Ideen, wie ich dich ficken kann, hab ich genug. Wenn du auf eine Methode keine Lust hast, probieren wir einfach die nächste.«

Ich seufzte und drehte mich herum. Hunter schob sanft meine Knie auseinander und brachte sich über meinem Körper in Position, während er ein Kondom über seinen erigierten Schwanz rollte. Fasziniert sah ich ihm dabei zu, denn ich war verblüfft, dass etwas so Großes in mich hineinpasste.

Dann küsste er mich, und ich legte meine Arme um seine Schultern, als seine Zunge tief in mich eindrang. Der Kuss dauerte ewig und wechselte zwischen dem Spiel unserer sich tief in den Mündern treffenden Zungen und dem Knabbern und Saugen an meinen Lippen hin und her. Währenddessen rutschte ich unruhig unter ihm herum, sodass sein Schwanz sich auf meiner Klit vor und zurück bewegte.

Perfekt.

Hunter hob seinen Kopf. Seine Augen waren dunkel vor Lust.

»Bist du bereit?«, fragte er und positionierte seine Schwanzspitze über meiner Öffnung. Ich nickte, denn ich war mehr als das. Seine breite, runde Eichel stieß gegen mich und glitt dabei langsam tief in mich hinein. Dies war anders als beim ersten Mal. Heute Früh war er sanfter. Auch wenn der Schmerz, den ich in der Gasse gespürt hatte, das pure Vergnügen gewesen war, schien mir das hier völlig anders zu sein…

Das hier war fantastisch.

Er öffnete mich weit und dehnte mich, während ich beobachtete, wie wir uns zusammenfügten. Es war unglaublich sexy, mit anzusehen, wie sein Schwanz in meinen Körper eindrang.

Ich griff nach unten und rieb sanft über meine Klit.

»Das ist verdammt scharf«, sagte Hunter und sah mir mit einem Lächeln ins Gesicht, das mir den Atem raubte. »Ich glaube, du musst dich jedes Mal, wenn wir allein sind, berühren. Selbst wenn wir nur einen Film ansehen oder so.«

»Das könnte aber ein bisschen komisch wirken«, murmelte ich, bemüht, nicht loszukichern.

»Ist mir egal«, sagte er drängend. »Vergiss, dass es komisch aussieht. Ich will es so.«

»Ahh …«, ich schnappte nach Luft, als er völlig drin war. Ich ließ ihn los und genoss das Gefühl, festgenagelt zu sein.

»Deine kleinen Geräusche gefallen mir auch«, sagte er. »Genau genommen gefällt mir fast alles an dir, wenn du nackt bist.«

Dieses Mal kicherte ich, hörte aber wieder auf, als er seinen Schwanz ein Stück herauszog und einen Rhythmus aufnahm, den ganz offenbar der Teufel persönlich erfunden hatte, um mich in den Wahnsinn zu treiben. Ich wölbte meine Hüften ein wenig nach vorne, wodurch sein Schwanz bei jedem Stoß ganz wunderbar über meine Klit fuhr. Dann ließ ich meine Arme zur Seite fallen, weil sich alles so toll anfühlte, dass ich nichts anderes tun wollte, als dazuliegen und jeden Moment zu genießen.

»'Tschuldigung«, murmelte ich. »Ich fürchte, ich habe meine Bewegungsfähigkeit verloren.«

»Letzte Nacht hast du dich doch mehr als ausgiebig bewegt«, erklärte er mir. »Soll ich dir dafür heute einen Orgasmus spendieren?«

»Wunderbar«, winselte ich und schloss dann meine Augen, um mich auf die Gefühle zu konzentrieren, die meinen Körper durchströmten. Verdammt. Hunter war einfach toll im Bett.

Mein Orgasmus baute sich dieses Mal langsam auf.

Das lag aber nicht daran, dass seine Bewegungen in mir nicht perfekt gewesen wären. Aber ich war jetzt entspannter als in der Gasse und konnte es einfach nur genießen: Wie sein harter Schwanz mich ausfüllte und sich wieder zurückzog, wie er dabei jedes Mal über meine Klit fuhr und gegen meinen G-Punkt stieß. Und obwohl er sich langsam und gleichmäßig bewegte, brachte mich jeder Stoß dem Orgasmus ein Stückchen näher, bis sich in mir ein Gefühl gleich einer elektrischen Anspannung aufgebaut hatte, das fast unerträglich war.

»Bist du schon so weit?«, fragte er und ließ sich niedersinken, um die Seite meines Halses zu küssen.

»Jahaaaa«, konnte ich gerade noch sagen. »Bin fast da. Oh Gott, nur noch ein bisschen mehr.«

Er wurde schneller, weil er mein Verlangen deutlich spüren konnte. Seine Stöße wurden härter und trafen jedes Mal meinen Muttermund. Eigentlich hätte es wehtun müssen, aber es fühlte sich fantastisch an.

Genau das Richtige, um mir den Rest zu geben.

Als ich dann kam, war ich beinahe überrascht. Er hatte mich so langsam, Schritt für Schritt, an den Orgasmus herangeführt, dass mir gar nicht bewusst gewesen war, welch langen Weg ich schon zurückgelegt hatte. Meine Muskeln umzuckten ihn, was für ihn das Startsignal war. Er begann, sich schneller zu bewegen, und stieß mich Mal um Mal gegen die Matratze, bevor er ebenfalls kam.

Mit tiefer Befriedigung spürte ich, wie sein Samen pulsierend aus ihm herausschoss. Ich liebte das Gewicht seines Körpers und umarmte ihn, während meine Finger zart seine Rückenmuskeln entlangfuhren.

»Ich habe beschlossen, dass wir im Hotel bleiben«, murmelte er und liebkoste mit dem Mund meine Haare. »Wir lassen uns was liefern, und du bleibst einfach nackt für mich.«

Essen?

Mein Magen erwachte plötzlich knurrend zum Leben. Meine Wangen färbten sich rot und wurden warm. Konnte ich nicht wenigstens mal einen Tag lang Miss Perfect sein?

Offenbar nicht.

»Oder ich führ dich aus, und wir können uns unterhalten«, sagte Hunter mit einem Augenzwinkern. »Ich will schließlich nicht, dass du vor Erschöpfung ohnmächtig wirst. Und ich hab den Verdacht, dass du, wenn wir hierbleiben, keine Gelegenheit zum Essen haben wirst.«

»Waffeln?«, fragte ich hoffnungsvoll.

Er stützte sich auf seine Arme und lächelte.

»Schatz, da mein Schwanz noch immer in deinem Körper steckt, kannst du haben, was du willst.«

Hunter

Ich warf einen Blick rüber zu Em und griff dann nach ihrer Hand, um sie auf meinen Oberschenkel zu legen. Es war zwar schöner, wenn sie auf dem Bike die Arme um mich schlang, aber dass sie jetzt in meinem Pick-up neben mir saß, war auch unglaublich geil.

Mein Gott.

Ich konnte mein Glück immer noch nicht fassen. Diese Frau gehörte nun tatsächlich mir, trotz allem, was ich ihr zugemutet hatte. Emmy Hayes war entweder eine Heilige oder dumm. Da wir ja schon festgestellt hatten, dass sie schlauer als ich war, hoffte ich auf eine Heilige.

»Willst du irgendwo Besonderes hingehen?«, fragte ich.

Sie lächelte mich an, und ihre leuchtend blauen Augen blitzten.

»Irgendwohin, wo es was zum Essen gibt. Ich kann kaum glauben, dass wir schon auf sind. Nach heute Morgen möchte man meinen, dass wir ziemlich erschöpft sein sollten …«

»Keine Sorge, Süße. Ich werde keinen Schwächeanfall bekommen, versprochen«, sagte ich grinsend.

Sie kicherte. Dann wurde ihr Gesicht plötzlich ernst.

»Hunter …«

»Liam.«

»Liam, ich will nicht plötzlich ernsthaft und komisch werden«, sagte sie. »Aber ich bin mir ziemlich sicher, dass ich innerhalb der nächsten Stunde oder so einen stinksauren Anruf von meinem Dad bekomme. Letzte Nacht ging es etwas drunter und drüber … Ich weiß nicht recht, was ich ihm sagen soll.«

»Du sagst ihm, dass du jetzt zu mir gehörst«, sagte ich, während ich auf den Parkplatz eines Schnellrestaurants einbog. Nicht gerade Essen auf Weltklasseniveau, aber es gab dort Waffeln. Verdammt, wenn es sie glücklich machte, würde ich sogar lernen, die Dinger selbst zu backen.

»Was meinst du genau damit?«

Ich stellte die Automatikschaltung auf Parken und sah zu ihr rüber. Oh je. Auf Ems Gesicht zeichneten sich Sorgen und Bedenken ab. Ich fasste ihr Kinn und drehte ihr Gesicht zu mir.

»Du bist meine Alte Lady«, sagte ich mit festem Blick. »Ich respektiere deinen Dad, und ich will mich nicht zwischen euch drängen. Aber er muss begreifen, dass du jetzt zu mir gehörst. Falls er ein Problem damit hat, reichst du ihn einfach an mich weiter. Ich meine es ernst, Baby. Niemand darf sich zwischen uns stellen. Nie wieder.«

Sie blinzelte mit leuchtenden Augen.

»Okay«, flüsterte sie. »Aber …«

»Nein«, sagte ich. »Mehr gibt es dazu nicht zu sagen. Uns stehen harte Zeiten bevor, vielleicht kommt es zum Kampf. Doch du gehörst nun mir, ich werde dich mit niemandem teilen. Ich werde dich auch nicht alleine lassen, und ganz sicher werde ich nicht zulassen, dass dich die Reapers mir wegnehmen.«

»Ich verstehe, was du meinst«, sagte sie langsam. »Aber ich schätze, ich sollte auch eine Sache klarstellen.«

»Was denn?«

»Ich teile auch nicht. Ich kenne einige Typen im Club, die zwei oder drei Alte Ladys haben. Oder sie haben eine bürgerliche Frau und eine Freundin im Club. Du solltest dir darüber im Klaren sein, dass ich eine exklusive Beziehung möchte, und das ist ein Punkt, über den ich nicht diskutiere.«

Ich zuckte mit den Schultern.

»Okay«, sagte ich und drehte mich zum Türgriff. »Lass uns was essen.«

Sie packte meinen Arm.

»Nein, ich meine es ernst«, sagte sie. »Du kannst nicht einfach darüber hinweggehen.«

»Baby, ich geh nicht drüber hinweg«, sagte ich lächelnd. Die eifersüchtige Em gefiel mir ganz gut. »Aber im Ernst – mir sind andere Frauen sowieso scheißegal. Das geht also klar.«

Sie verdrehte die Augen.

»Du klingst ein bisschen zu souverän«, sagte sie. »Die passende Antwort im richtigen Moment.«

»Perfekt zu sein ist nicht einfach, aber ich habe reichlich Übung.«

Sie gab mir einen Klaps auf den Arm und lachte. Dann wurde sie wieder ernst.

»Ich habe noch eine Frage an dich«, sagte sie. »Ich will jedoch nicht die passende Antwort, sondern die Wahrheit, selbst wenn sie wehtut.«

Shit. Das klang nicht gut.

»Liebst du mich?«

Ich betrachtete sie genau, während ich mir die Antwort überlegte.

»Nein«, sagte ich schließlich. Enttäuschung breitete sich auf ihren Zügen aus, doch ich redete schnell weiter. »Mein Leben war ziemlich beschissen, Em. Ich bin mir nicht mal sicher, ob ich an Liebe glaube. Aber ich kann dir Folgendes sagen: Alle Frauen außer dir und Kelsey waren und sind mir völlig scheißegal. Das ist alles. Meistens erinnere ich mich nicht mal an ihre Namen, und bis ich dich kennengelernt habe, sah ich darin kein Problem.«

Sie blinzelte. Mann, die Wahrheit zu sagen war echt beschissen. Aber sie hatte es wissen wollen, und gelogen hatte ich bereits zu oft. »Ich erinnere mich noch an das erste Mal, als ich dich gesehen habe«, sagte ich. »Es war in diesem kleinen Einkaufszentrum gegenüber von Costco in Coeur d'Alene. Du hattest dir gerade in dem vietnamesischen Nagelsalon die Zehen machen lassen. Zwischen den Zehen hattest du diese lustigen Dinger, die Mädchen tragen, und du bist vom Gehsteig gefallen, weil du auf dein Handy gesehen hast, anstatt aufzupassen, wo du hingehst.«

»Das ist nie so passiert. Ich bin nach einer Pediküre noch nie hingefallen, daran würde ich mich erinnern. Das hätte die Nägel völlig ruiniert.«

»Na ja, du hast den Randstein verpasst, konntest dich aber gerade noch fangen«, sagte ich mit einem Lächeln, als ich mich an die Szene erinnerte. »Dein Handy fiel runter und ging kaputt, nehme ich an. Ich weiß noch, dass du den Kopf gehoben hast und mir in meinem Pick-up direkt in die Augen gesehen hast. Und dann hast du über dich selbst gelacht. Hast mir zugewunken, dein Handy aufgehoben und bist in dein Auto gestiegen.«

Sie runzelte die Stirn.

»Daran erinnere ich mich tatsächlich«, murmelte sie nachdenklich. »Das warst du?«

»Ja, das war ich.«

»Das ist … unheimlich. Und auch seltsam. Warum habe ich dich nicht wiedererkannt, als wir uns dann getroffen haben?«

»Ich hatte damals einen Vollbart und kürzere Haare und trug eine Sonnenbrille«, sagte ich. »Und außerdem war die Windschutzscheibe getönt. Aber was ich eigentlich sagen möchte, ist Folgendes: Ich habe Tag für Tag Frauen gefickt, an deren Namen ich mich nicht mal erinnern könnte, selbst wenn mein Leben davon abhinge. Bei dir dagegen erinnere ich mich an jedes Detail unserer ersten Begegnung, auch wenn wir da nicht mal miteinander gesprochen haben. Da fing es an – das, was zwischen uns ist und keinen Namen hat. ›Liebe‹ als Wort bedeutet überhaupt nichts für mich. Der Name ›Em‹ hingegen? Dieses Wort bedeutet mir alles. Ich würde für dich sterben, Baby. Sogar töten würde ich. Ich habe mich wegen dir meinem Club gegenüber verteidigen müssen und bedaure all das nicht im Geringsten. Du wolltest wissen, was ich empfinde? Mit Worten kann ich das gar nicht beschreiben, Süße. Ich weiß nur, dass es sich verdammt gut anfühlt.«

Em schniefte, beugte sich vor und umschlang mich mit ihren Armen. Sie drückte mich an sich, ließ dann los und nahm mein Gesicht in beide Hände, um mich intensiv zu betrachten.

»Ich liebe dich, Liam.«

Ich schloss meine Augen und genoss den Klang der Worte. Dann sagte ich das, was mir gerade in den Sinn kam, obwohl ich wusste, dass es verflucht armselig war.

»Danke.«

Ihre Gesichtszüge entgleisten, doch sie bekam sich schnell wieder in den Griff und lächelte mich etwas zu fröhlich an.

Manchmal ist es echt beschissen, wenn man die Wahrheit sagt.

KAPITEL SECHZEHN

Fünf Tage später

Em

Am Dienstag vor Thanksgiving ging ich in das Badezimmer im Obergeschoss und entdeckte dort massenweise schwarze Barthaare im Waschbecken. Igitt.

»Ich muss mir echt 'ne Wohnung suchen«, murmelte ich vor mich hin.

»Allerdings.«

Ich fuhr zusammen, als Skid hinter mir sprach, und drehte mich mit finsterem Gesicht schnell zu ihm um. Meine Güte, der Mann benahm sich wie eine verdammte Katze, die sich leise an mich anschlich und mich zu Tode erschreckte. Wahrscheinlich machte ihn das an.

Ich war bei Hunter geblieben, seit er mich aus Cookies Haus befreit hatte. Anfangs war das auch ganz amüsant gewesen. Ein paar Mal war ich natürlich noch hingefahren, denn der Großteil meiner Sachen war noch dort. Bei ihr wohnen konnte ich allerdings nicht mehr, wenn ich wollte, dass Hunter bei mir schlief. Cookie wollte nicht, dass ich Typen mit nach Hause brachte. Das Letzte, was wir brauchten, war ein erneuter Zusammenstoß zwischen Deke und meinem Freund. Deshalb war ein Ort, an dem auch Hunter übernachten konnte, so wichtig für uns geworden. Und deshalb waren wir in dieser Absteige der Jacks gelandet.

Mein Gott, dieses Haus war eine Müllhalde.

Anfangs hatte ich noch nach Entschuldigungen für die Jungs gesucht. Es ist gar nicht so einfach, mit der Hausarbeit hinterherzukommen, besonders, wenn man es nicht gewöhnt ist. Clutch konnte sich immer noch nicht ohne Probleme bewegen, und sie hatten alle so viel im Kopf mit den momentanen Schwierigkeiten.

Aber nach fünf Nächten in dem Haus gingen mir die Ausreden aus. Natürlich machten sie sich Sorgen wegen des Kartells, weswegen sie die Augen offen halten mussten, um irgendwelche verdächtigen Dinge (nämlich gar keine) zu beobachten und sich dann (endlos) darüber aufzuregen. Ich wusste, dass Hunter und Skid Sachen für Burke erledigten, und ich wusste, dass Grass irgendeinen Job hatte … Aber soweit ich das sagen konnte, war ihre Hauptbeschäftigung das Ansehen von Pornofilmen.

Oh, habe ich die umfangreiche Pornofilmsammlung schon erwähnt?

Also wirklich *umfangreich*.

Am Sonntagabend betrank ich mich mit Kelsey, die mir das Neueste erzählte. Sie schlief mit Skid, wobei ich mir nicht vorstellen konnte, warum eine Frau so was freiwillig tat. Doch sie versicherte mir, dass sie ihn nur für Sex benutze. Sie erklärte mir auch, dass das Haus beinahe ein Clubhaus war, selbst wenn Portland kein offizielles Charter war. Inoffiziell war Hunter der President und Skid sein Vice President und Sergeant at Arms. Grass und Clutch waren fürs Grobe zuständig.

Und alle zusammen waren sie Schweine.

Ich sah Skid an, der im Türrahmen hinter mir stand.

»Irgendwelche Vorschläge?«, fragte ich. »Ich brauch eine billige Unterkunft, in der es nicht nach Käsefüßen stinkt.«

Er schnüffelte und sah mich dann verwundert an.

»Hier riecht es nicht nach Käsefüßen.«

»Nein, hier riecht's nach Schimmelkäse.«

Er schüttelte stirnrunzelnd den Kopf.

»Hat Kelsey schon mit dir geredet?«

»Worüber?«, fragte ich.

»Ihre Wohnung«, sagte er. »Sie hat ein freies Zimmer und Schwierigkeiten, die Miete zu bezahlen. Ich musste diesen Monat Essen für sie kaufen. Sie wollte dich fragen, ob du bei ihr einziehen möchtest.«

»Sie hat noch nichts gesagt.«

»Ich frage mich, ob Hunter sie davon abgehalten hat«, sagte er langsam. »Er befürchtet, dass sie einen schlechten Einfluss auf dich ausübt. Vielleicht hat er was zu ihr gesagt, dass sie sich zurückhalten und dich in Ruhe lassen soll. Wenn du sie nach dem Zimmer fragst, sagt sie garantiert Ja.«

»Was läuft eigentlich zwischen euch beiden?«

»Zwischen mir und Hunter?«

»Nö, zwischen dir und Kelsey.«

»Keine Ahnung, verdammt noch mal. Wenn sie ficken will, kommt sie zu mir. Manchmal zumindest. Wahrscheinlich hat sie noch mindestens einen anderen Typen.«

»Und das macht dir nichts aus?«

Er zuckte mit den Schultern.

»Ich kann auch mit anderen Sex haben«, sagte er. »Hier herrscht kein Mösenmangel. Aber es gefällt mir nicht, dass sie so knapp bei Kasse ist. Wenn ihr euch die Wohnung teilen könntet, wäre das doch eine gute Lösung für euch beide. Du solltest mit ihr reden.«

»Das werde ich tun, danke.«

Hm … das war ja beinahe … nett gewesen.

Skid nickte und ging den Flur entlang. Komischer Typ. Inzwischen hatte ich nicht mehr so eine Scheißangst vor ihm. Aber ich hätte auch nichts dagegen, ihn nicht so oft zu sehen. Ich schloss den Klodeckel und stellte meine Sachen darauf ab. Als ich gerade mit Klopapier den Waschtisch abwischte, klingelte mein Handy. Ich warf einen Blick aufs Display.

Dad.

Ich schluckte und überlegte, ob ich rangehen sollte. Die Stimmung zwischen uns war immer noch ein wenig komisch, obwohl er über Kit Kontakt mit mir hielt. Zu behaupten, unser erstes Gespräch über Hunter sei nicht gut verlaufen, war eine Untertreibung. Eine maßlose Untertreibung.

Zum Glück hatte sich in der Dreiecksbeziehung von Reapers, Devil's Jacks und Kartell seit den ersten Schießereien nichts Neues ergeben. Aber so richtig entspannt waren die Leute trotzdem nicht. Ich schätze, wir gingen alle davon aus, dass es nur eine Frage der Zeit wäre.

Ich seufzte und schnappte mir das Telefon. Ich wollte nicht, dass er sich Sorgen um mich machte, und das würde er garantiert tun, wenn er mich nicht erreichen konnte.

»Hi, Dad.«

»Hey, Emmy«, sagte er. Erleichtert merkte ich, dass seine Stimme nicht nach einem Notfall klang. In letzter Zeit rechnete ich minütlich mit dem nächsten Desaster.

»Ich ruf nur an, um herauszufinden, ob du an Thanksgiving nach Hause kommst. Es ist ein Schneesturm für heute Abend angesagt. Ich dachte, ich frag mal besser nach. Wenn du kommen willst, solltest du morgen bei Tageslicht fahren …«

Gegen meinen Willen musste ich lächeln. Selbst wenn das Leben kopfstand, einige Dinge änderten sich nie.

»Es bringt dich um, dass du nicht hier bist, um bei meinen Winterreifen den Reifendruck zu überprüfen, stimmt's?«

Eine Minute lang sagte er gar nichts.

»Die Frage werde ich nicht beantworten«, sagte er schließlich. »Aber wenn wir schon über dein Auto reden: Wann hast du das letzte Mal einen Ölwechsel gemacht? Ich glaube, es ist nur eine Frage der Zeit, bis dieser Wagen Öl verbrennt. Du solltest dir wirklich überlegen, ob du dir nicht einen neueren Wagen zulegst.«

»Mit meinem Auto ist alles in Ordnung, Dad«, sagte ich, während mir innerlich ganz warm ums Herz wurde. Natürlich machte er mich wahnsinnig. Aber ich liebte es auch, dass er sich immer um mich sorgte. Mir wurde bewusst, dass er mir fehlte. Ich wollte über die Feiertage nach Hause fahren.

»Ich muss mit Hunter noch über Thanksgiving reden«, sagte ich langsam. »Wir hatten eigentlich geplant, hier mit seinen Brüdern was zu kochen.«

Es herrschte Schweigen.

»Du könntest ihn nach Coeur d'Alene mitbringen«, sagte Dad.

Beinahe hätte ich das Handy fallen lassen.

»Kannst du das bitte wiederholen? Ich glaube, ich hab dich falsch verstanden. Hast du gerade Hunter zu Thanksgiving eingeladen?«

»Ja«, sagte er. »Natürlich nicht ins Arsenal. Ich weiß, dass du von seiner Unschuld überzeugt bist, doch 'ne ganze Menge Männer kaufen ihm das nicht ab. Aber ich lass ihn in unser Haus, wenn du heimkommst.«

Ich bemühte mich, das zu verdauen.

»Wo würde er schlafen?«

Ich hörte ein ersticktes Geräusch am anderen Ende der Leitung.

»Er könnte bei dir in deinem Zimmer schlafen.«

»Dad?«, fragte ich vorsichtig. »Liegst du im Sterben?«

»Was soll das wieder heißen, verdammt?«

»Ich meine, hast du Krebs oder so was? Du bist nicht du selbst. Du bist richtig … nett.«

»Ich will, dass meine Tochter an Thanksgiving zu Hause ist, scheiße noch mal«, fauchte er. »Wenn ich dazu ihren dämlichen Freund ertragen muss, dann tu ich das auch.«

»Er ist mein Alter Mann, und er ist nicht dämlich.«

»Sprich mit deiner Schwester«, sagte er plötzlich.

Kit übernahm das Telefon.

»Ich glaube, Dad trifft gleich der Schlag«, sagte sie mit aufgeregter Stimme. Ihre Worte schossen so schnell hervor, dass sie fast übereinanderstolperten. »Ernsthaft. Er ballt die Fäuste und hat ein knallrotes Gesicht.«

»Er hat mir gerade gesagt, dass Hunter an Thanksgiving in meinem Zimmer schlafen kann.«

Totenstille.

»Das ist so verdammt ungerecht«, platzte sie heraus. »Weißt du, wie oft ich versucht habe, jemanden mit nach Hause zu bringen? Er lässt keinen von ihnen bei uns übernachten.«

»Genau das ist ja das Problem«, hörte ich Dad im Hintergrund sagen. »Typen. Plural. Ich bin mit Ems Wahl nicht einverstanden, aber zumindest hat sie eine Wahl getroffen. Du wechselst deine Typen wie benutzte Taschentücher.«

»Du brauchst gerade reden!«, rief sie. »Du bist schlimmer als ein streunender Kater!«

Toll. Hatten sie erst mal angefangen, konnte es noch stundenlang so weitergehen. Ich legte auf, da ich wusste, dass Kit es nicht mal merken würde. Nach dem Duschen würde ich mit Hunter reden, beschloss ich. Ich war mir nicht ganz sicher, was ich von der Sache halten sollte. Zwar wollte ich an den Feiertagen bei meiner Familie sein, doch ich traute Dad nicht so richtig. Vielleicht hatte er doch vor, Hunter niederzuknallen. Er hatte mindestens zwei meiner Freunde fast umgebracht. Und die hatten nicht mal was getan, was ihn hätte verärgern können. Ich schloss die Tür und sperrte sie ab. Dann zog ich mich aus und stieg schaudernd in die Dusche. Am meinem ersten Tag hier hatte ich sie gründlich geschrubbt, aber die Wesen, die hier lebten, waren unverwüstlich und wehrten sich. In den Ritzen wucherte schon wieder ekliges schwarzes Zeug.

Kelsey, dachte ich mir. *Sprich mit Kelsey und frag sie nach dem Zimmer. Auch wenn du ihn noch so sehr liebst – in einem Haus mit einer lebensfeindlichen und empfindungsfähigen Dusche kannst du nicht leben.*

Man stelle sich vor – die ganze Zeit hatte ich mich vor den Devil's Jacks und ihren Waffen gefürchtet. Nie war es mir in den Sinn gekommen, dass die Gefahr in Wahrheit von ihrem ekelhaften, schimmligen Badezimmer ausging.

Chemische Kriegsführung.

Hoffentlich würde Hunter mit mir nach Hause zu Dad fahren. Zumindest wusste ich, dass das Badezimmer dort halbwegs sauber wäre. Ich hatte Coeur d'Alene erst vor einem Monat verlassen. In der Zeit konnte kein allzu großer Schaden entstanden sein, selbst wenn Dad den Schimmelpilz täglich mit magischem Schimmelfutter besprüht hätte.

Hunter

Em saß rittlings auf meinem Schoß, das Gesicht mir zugewandt. Sie war ein schlaues Mädchen – für einen Mann ist es verdammt schwer, einer Frau etwas abzuschlagen, wenn ihre Muschi sich an seinen Schwanz kuschelt. Ohne ihre Kleidung wäre die Sache perfekt gewesen. Die Klamotten musste ich wirklich mal verschwinden lassen, sie vielleicht sogar in Brand stecken …

»Du kommst also mit?«, fragte sie. »Ich fahre nicht ohne dich, aber ich würde wirklich gerne fahren. Du kannst sogar Kelsey mitbringen.«

Ich schnaubte.

»Kelsey hasst Feiertage. Sie sagt, da muss sie an kotzende Kätzchen denken – zu viel heile Familie und so ein Scheiß.«

Em runzelte die Stirn und legte den Kopf auf die Seite.

»Das macht mich traurig«, sagte sie sanft. »Ihr beide hättet Besseres verdient.«

»Es ist doch schon besser, Baby.« Ich beugte mich vor und küsste sie, wobei ich ihre Unterlippe in meinen Mund sog. Sie bewegte sich hin und her und berührte dabei meinen Schwanz, was die zu erwartenden Folgen hatte. Würde ich jemals genug davon haben, diese Frau in den Armen zu halten? Konnte ich mir, verdammt noch mal, kaum vorstellen.

Dann rückte sie ein Stückchen ab, und ich stöhnte.

»Du hast meine Frage noch nicht beantwortet«, sagte sie mit eifrigem Lächeln. »Kommst du an Thanksgiving mit mir?«

»Besonders subtil gehst du nicht vor«, sagte ich zu ihr und hob eine Augenbraue.

»Ich bin sehr für direkte Kommunikation. Wie lautet das Urteil?«

»Ich muss erst mit Burke darüber reden«, sagte ich nachdenklich. »Ich weiß, dass es darum geht, deine Familie zu besuchen. Aber da könnte noch mehr mit reinspielen. Doch wenn Burke nichts dagegen hat, kann ich mir nichts Tolleres vorstellen, als den Urlaub im Haus des Mannes zu verbringen, der mich am liebsten tot sähe. Der reinste Familienfilm, nur mit echter Munition.«

Em quiekte, schlang ihre Arme um meinen Hals und drückte fest zu. Das führte dazu, dass sie zugleich ihren Busen gegen meine Brust drückte, was ich sehr zu schätzen wusste. Gab es einen Film für die ganze Familie, in dem Sexszenen vorkamen?

»Du bist der Beste«, flüsterte sie. »Ich kann es kaum erwarten, dir alles zu zeigen. Und ich versprech dir, dass ich dich vor Dad schützen werde.«

Ich lachte laut los.

»Ich brauche keinen Schutz.«

Sie lehnte sich zurück und warf mir einen Blick zu.

»Ach, stimmt ja«, murmelte sie. »Du bist ein großer böser Biker und alle haben Angst vor dir. Unglücklicherweise sind die Reapers derselben Meinung, und sie sitzen alle auf einem Haufen. Aber wir gehen kein Risiko ein, das verspreche ich dir. Das bedeutet mir so viel, Liam – wann wirst du mit Burke sprechen?«

»Er wollte irgendwann heute Abend anrufen«, sagte ich, während ich mit meinen Händen über ihren Rücken fuhr, um schließlich ihre Arschbacken zu umfassen. »Dann werde ich ihn fragen.«

»Das klingt gut«, murmelte sie, als ich sie fest gegen meine Hüften zog. Dann rollte ich mich herum, sodass sie flach unter mir lag. Wie eine weiche Verführung, die sich mir bot.

»Ich liebe es, wenn du so daliegst«, sagte ich. »Wenn deine Haare über mein Kissen ausgebreitet sind. Ich will ein Foto davon.«

»Was meinst du damit?«

Ich griff nach meinem Handy, entsperrte es und öffnete die Kamera-App. Dann setzte ich mich auf, ließ mich rittlings auf ihr nieder und hielt das Handy über ihren Kopf.

»Ich will ein Foto, auf dem du so daliegst. Bitte lächeln!«

Sie verdrehte die Augen.

»Eine schöne Art, mich in Verlegenheit zu bringen«, murmelte sie lächelnd.

Doch in dem Moment, als ich auf den Auslöser drückte, streckte sie mir die Zunge raus.

»Du bist ein sehr freches Mädchen«, sagte ich mit einem Stirnrunzeln. »Dieses Mal wird gelächelt, sonst versohle ich dir den Hintern.«

Ich machte gerade noch eine Aufnahme, als das Wegwerfhandy auf meinem Nachtkästchen klingelte.

»Das wird Burke sein«, sagte ich. Ich ließ mein eigenes Handy auf die Bettdecke fallen und griff nach dem anderen. »Ich komme gleich wieder, okay? Rühr dich nicht vom Fleck.«

Sie lachte und nickte. Ich nahm das Handy und ging hinaus, um im Flur zu sprechen.

»Hey«, sagte ich. »Was ist los?«

»Der Teufel natürlich«, sagte Burke. »Was dachtest du denn, verdammt noch mal?«

Ich schnaubte.

»Mein Gott, du bist echt ein Sonnenstrahl in meinem Leben.«

»Ich tue mein Bestes. Wir haben Neuigkeiten«, sagte er. »Keine guten Neuigkeiten. Ich schätze, in Coeur d'Alene treibt sich ein Kerl rum, der sich als Devil's Jack ausgibt. Ich hab einen Anruf von einem Barbesitzer bekommen: Der Kerl soll ein paar Mal dort gewesen sein und Scheiße erzählt haben. Hat Drohungen gegen die Reapers ausgestoßen.«

»Du verarschst mich doch.«

»Nein.«

»Besteht die Möglichkeit, dass er tatsächlich zu uns gehört?«, fragte ich. Shit. Ich wollte wirklich nicht noch einen Bruder umlegen müssen.

»Er gehört nicht zu uns«, sagte Burke. »Aber er ist verdammt heimtückisch. Ich nehme an, dass die Reapers über ihn Bescheid wissen, doch sie haben ihn noch nicht erwischt. Wahrscheinlich hat ihn das Kartell hergeschickt, damit er sozusagen ein rotes Tuch vor einem Stier schwenkt. Sie wollen unbedingt, dass wir gegeneinander kämpfen. Ich glaube, das da unten im Süden geht über Gebietserweiterungen hinaus. Das hier ist nicht ihre übliche Vorgehensweise.

»Willst du, dass ich mir die Sache mal ansehe?«, fragte ich, während ich mich gegen die Wand lehnte. »Ich habe den perfekten Vorwand. Du errätst nie, wer heute angerufen hat und mich für Thanksgiving zu sich eingeladen hat.«

»Hayes?«

»Auf Anhieb erraten«, antwortete ich. »Denkst du, das hängt damit zusammen?«

»Wahrscheinlich«, sagte Burke. »Schätzungsweise hat er verschiedene Gründe: Er will seine Tochter wiedersehen und hält es für die beste Idee, dich einzuladen, damit sie zu ihm kommt. Und nicht nur das: Du spazierst direkt in sein Haus, wo er dir problemlos eine Falle stellen kann. Möglich wäre auch – das ist aber schon eine sehr gewagte Annahme –, dass er einfach ein netter Mensch ist, der den Alten Mann seiner Tochter in sein Heim einlädt. Wenn dadurch die Kommunikationskanäle geöffnet würden, wäre uns allen damit gedient.«

»Ich bin im Grunde also der Köder?«, fragte ich.

»Ich bevorzuge das Wort ›Lockvogel‹.«

»Du ahnst ja gar nicht, wie sehr mich diese aufmunternden Worte meines Presidents inspirieren. Ich nehme an, dass für mich die Suche nach diesem falschen Jack an oberster Stelle steht?«

»So ist es.«

»Und wenn ich ihn gefunden habe?«

»Dann will ich zuerst mit ihm reden«, sagte Burke. »Wenn er zum Kartell gehört, teilen wir ihn uns mit den Reapers. Vielleicht überzeugt sie das, dass wir es ernst meinen. Danach passiert vermutlich ein Unfall. Jetzt erzähl deinem Mädel, dass du über die Feiertage mit ihr nach Hause fährst. Vielleicht bekommst du ja einen Dankeschön-Blowjob. Ich finde, du solltest deinen Schwanz genießen, solange es noch geht – Reese Hayes hat wahrscheinlich vor, ihn abzuschneiden, sobald du dort ankommst.«

Er legte einfach auf. Ich schnaubte. War immer wieder schön mit ihm.

Ich schaltete das Handy aus und öffnete die Tür zu meinem Schlafzimmer.

»Hey, Baby …«

Ich erstarrte, als ich Em mit tränenverschmierten Augen mitten auf dem Bett knien sah. Ihre Hand zitterte, während sie mein Handy hochhielt. Verdammt. Irgendwas war hier gerade richtig schiefgegangen.

»Ich wollte dich überraschen«, sagte sie sanft. »Ich wollte dieses neue Foto, das du gerade aufgenommen hast, mit meinen Kontaktinformationen verbinden, sodass du es bei jedem Anruf sehen würdest.«

Oh, verdammter Mist. Ich wusste genau, was nun kommen würde.

»Em …«

»Wage es nicht, mich anzusprechen!«, kreischte sie plötzlich und warf das Handy wie ein Geschoss quer durch den Raum auf mich zu. Ich duckte mich, und es knallte gegen die Wand, wo das Display zersplitterte.

Okay. Sie hatte also die Fotos gefunden, die ich hätte löschen sollen. Nun war Schadensbegrenzung angesagt.

»Lass es mich erklären.«

»Ich. Habe. Gesagt. Du. Sollst. Den. Mund. Halten«, sagte sie in eisigem Ton.

Da wurde es mir plötzlich klar. Ich hatte es vergeigt. Hatte wirklich, wirklich Mist gebaut.

»Ich habe nicht mal versucht herumzuspionieren. Du hast dieses Foto vor weniger als fünf Minuten aufgenommen, dein verdammtes Handy war noch eingeschaltet, als du es fallen gelassen hast. *Es war in einem Ordner mit meinem Namen, verdammt noch mal.* Mein Gott, Hunter. Sagst du jemals die Wahrheit? Du hast mir versprochen, dass du diese Fotos löschen würdest. Du hast es mir *versprochen*. Ich sollte keine Angst davor haben müssen, mir etwas anzusehen, auf dem mein Name steht, verflucht!«

Im Laufe dieser kleinen Ansprache war ihre Stimme immer lauter geworden, sodass ich am Schluss zusammenzuckte, weil sie so schrill klang, dass es tatsächlich meinen Ohren wehtat. Zu meinem großen Schrecken kletterte Em vom Bett herunter und begann, ihre Sachen zusammenzusuchen, um sie in ihren Rucksack zu stopfen.

»Ich schätze, die Frage, ob du sie auch den anderen Typen gezeigt hast, ist überflüssig?«, murmelte sie. »Lass mich raten, hast du sie an den ganzen Club verteilt oder nur an die Kerle hier im Haus? Ich weiß ja, wie gerne ihr alle Pornos schaut. Vermutlich sollte ich mich noch geehrt fühlen, dass ich da mithalten kann.«

»Niemand außer mir hat diese Bilder jemals gesehen«, sagte ich zu ihr und hielt abwehrend meine Hände hoch. Shit. Es waren schon früher Mädels wütend auf mich gewesen, aber da hatte es mich gar nicht interessiert. Mein Gott, kein Wunder, dass mich manche Frauen hassten, wenn ich solche Gefühle bei ihnen auslöste. »Ich schwöre dir, Em. Ich habe sie nur für mich aufbewahrt …«

»Macht es das vielleicht besser?«

Sie beugte sich vor, hob mein Handy vom Boden auf und stopfte es in ihre Hosentasche. Dann schwang sie sich den Rucksack auf den Rücken und baute sich mit abwehrend vor der Brust verschränkten Armen vor mir auf.

Em wollte mir nicht mal in die Augen sehen. Nein, sie starrte einfach eiskalt meine Brust an.

»Geh mir aus dem Weg«, sagte sie. »Ich verschwinde. Ich halte es im Augenblick nicht aus, mich mit deinem Lügenarsch in ein und demselben Raum aufzuhalten.«

»Wir müssen darüber reden …«

Sie hielt eine Hand hoch.

»Du wirst mir aus dem Weg gehen«, sagte sie langsam und überdeutlich.

»Die Sache ist noch nicht ausdiskutiert«, sagte ich vorsichtig. »Geh und beruhige dich erst mal. Dann können wir darüber reden.«

»Darüber will ich jetzt nicht nachdenken«, murmelte sie, während sie zur Tür hinausging. Sie schritt auf die Treppe zu, wandte sich aber dann noch einmal um und sah mich an. »Du hast mich die ganze Zeit angelogen. Da frag ich mich doch, welche Lügen du mir sonst noch erzählt hast …?«

Ich schüttelte meinen Kopf.

»Gar keine«, sagte ich leise.

Em zuckte mit den Schultern.

»Ich glaub dir nichts mehr.«

Em

Es war bereits dunkel, als ich bei Cookie ankam. Dekes Bike stand vor dem Haus.

Das hatte mir gerade noch gefehlt.

Ich gab den Code ein und schlich mich hinein, da ich sie nicht aufwecken wollte. Es war noch nicht so spät, erst elf Uhr, aber sie ging früh schlafen, weil ihr Laden um fünf Uhr aufmachte.

Bei meinem Glück würde Deke noch wach sein.

Ich ging rein und schloss sorgfältig die Tür. Im Wohnzimmer war Deke nicht. Er schlief wohl in Silvies Zimmer. Da hatte ich wohl Glück gehabt. Als ich durch den Flur ging, öffnete sich nach wenigen Schritten die Tür zu Silvies Zimmer, und Cookie kam heraus. Sie erstarrte und sah mich an wie ein Reh, das plötzlich von Autoscheinwerfern erfasst worden ist.

»Ich hab mich mit Hunter gestritten«, sagte ich schnell. »Ich will nicht, dass Deke oder sonst jemand davon erfährt.«

Cookie nickte und warf einen Blick auf Silvies Zimmertür.

»Wollen wir eine ›Nacht der nicht gestellten Fragen‹ einlegen?«

»Es gibt ja das Konzept der ›glaubhaften Abstreitbarkeit‹. Wir halten uns einfach daran«, antwortete ich, da ich so schnell wie möglich weg und so tun wollte, als ob ich nichts gesehen hätte. Sie nickte und stürzte dann durch den Flur zu ihrem eigenen Schlafzimmer. Ich tat es ihr nach, schloss meine Tür und sperrte sie ab. Deke? Igitt. Ich zog meine Klamotten aus, kletterte ins Bett und starrte an die Decke. Gedanken schwirrten durch meinen Kopf. Es fühlte sich an, als ob alles furchtbar schiefgegangen wäre.

Hunter hatte mich angelogen und meine Fotos nicht gelöscht.

Cookie und Deke taten … Dinge, an die ich gar nicht denken wollte.

Zumindest stritten Kit und Dad noch wie üblich miteinander. Nicht alle hatten den Verstand verloren. Ich freute mich darauf, sie morgen zu sehen. Gegen zehn würde ich von Portland losfahren und Hunter-freie Feiertage genießen. So hätte ich genügend Zeit, über die Situation nachzudenken und mir meine weitere Vorgehensweise zu überlegen.

Ich war ziemlich sicher, dass ich einen furchtbaren Fehler gemacht hatte. Ich wusste nur nicht, ob der Fehler darin bestand, mich in ihn verliebt zu haben, oder darin, nach unserem Streit abgehauen zu sein.

KAPITEL SIEBZEHN

»Wach auf!«, brüllte jemand und hämmerte dabei gegen meine Tür.

Ich drehte mich herum und versuchte herauszufinden, was eigentlich los war. Der Platz neben mir im Bett war leer. Ich runzelte die Stirn.

Wo war Hunter?

Dann erinnerte ich mich. Die Fotos. Lügenarsch.

»Wach auf, verdammt noch mal«, schrie Deke übellaunig.

Ich kam stolpernd auf die Füße. Zum Glück hatte ich mir zum Schlafen letzte Nacht eine ordentliche Pyjamahose und ein T-Shirt angezogen. Ich schaffte es, die Tür einen Spalt zu öffnen, und warf einen Blick auf Deke.

»Was gibt's?«

»Du hast was Ekliges in der Einfahrt liegen lassen«, sagte er. »Räum es weg, oder ich werde es tun.«

Ich hob die Augenbrauen.

»Wovon bitte redest du?«

»Sieh doch selbst nach«, murmelte er. »Oh, da ist noch was, Em.«

»Ja?«

»Ich will nicht, dass mir irgendwelche Gerüchte über Cookie zu Ohren kommen. Verstanden?«

Ernsthaft?

»Cookie ist meine Freundin«, sagte ich, während ich meine Augen rieb und versuchte, dabei nicht zu gähnen. »Sie hat mich mit offenen Armen bei sich aufgenommen und mir einen Job gegeben. Außerdem behandelt sie mich wie eine Schwester. Ganz egal, was ich von dir halte: Ich würde nie etwas tun, was sie verletzen würde.«

Er betrachtete mich mit halb zusammengekniffenen Augen. Dann nickte er.

»Okay«, sagte er. »Gut zu wissen.«

Ich verdrehte meine Augen und schloss die Tür. Meine Güte. Ich hatte keine Ahnung, was sie in ihm sah. Nicht die geringste.

Fünf Minuten später stand ich auf der Veranda und blickte über den Rasen auf die Einfahrt. Mein kleines Auto, wunderbar zugeparkt von Hunters Pick-up, stand direkt neben der Garage. Genau konnte ich es nicht erkennen, aber er schien auf dem Vordersitz eingeschlafen zu sein.

Ganz toll, echt.

Ich marschierte zum Pick-up und hämmerte lautstark auf die Motorhaube. Hunter setzte sich schnell auf, und ich sah ihn schnell nach etwas greifen. Wahrscheinlich seine Waffe. Gut, die brauchte er vielleicht auch, wenn er sich heute Morgen wieder mit mir anlegte.

Er öffnete die Fahrertür und stieg aus. Sein Gesicht wirkte erschöpft und müde, seine Haare standen nach allen Seiten ab, als ob er ständig mit den Händen durchgefahren wäre. Ist ja vielleicht kein netter Charakterzug, aber es war schön, ihn ein wenig leiden zu sehen.

»Hey, Em«, sagte er mit leiser Stimme. »Ich weiß, dass du mich nicht sehen willst, aber ich musste mit dir reden, bevor du losfährst. Ich nehme an, du hast immer noch vor, nach Coeur d'Alene zu fahren?«

»Ja«, antwortete ich mit verschränkten Armen. »Wahrscheinlich fahre ich in ein paar Stunden los. Wir können reden, wenn ich zurückkomme, Hunter. Im Moment bin ich noch zu sauer auf dich.«

Langsam schüttelte er seinen Kopf.

»Sorry, Baby. Das kann ich nicht zulassen.«

»Was denn?«

»Dass du alleine nach Coeur d'Alene fährst.«

Ich hob meine Augenbrauen.

»Bist du wahnsinnig geworden? Die Einladung zu Thanksgiving mache ich hiermit rückgängig, du Arschloch.«

»Ich muss nicht mit dir in einem Haus sein«, sagte er ruhig. »Aber in der momentanen Lage will ich unter keinen Umständen, dass du allein quer durchs Land fährst. Wenn du mich nicht mitfahren lässt, werden sie irgendeinen Anwärter herschicken, der mitfährt. Willst du wirklich, dass so ein armer Kerl seine Feiertage bei der eigenen Familie verpasst, damit du während der Autofahrt mich nicht ständig vor Augen hast?«

Wenn man die Sache so betrachtete, fühlte ich mich wie ein Miststück. Was ich natürlich nicht war.

»Okay, du kannst mit mir fahren«, sagte ich. »Aber sobald wir angekommen sind, bist du auf dich allein gestellt.

»Ich werde fahren«, sagte er. »Wir lassen dein Auto hier stehen. Ich übernachte bei Freunden oder in einem Hotel, aber ich liefere dich sicher bei deiner Familie ab.«

»Kleiner Kontrollfreak? Was hast du gegen mein Auto?«

»Baby, denk doch mal drüber nach. Wenn ich übers Wochenende in Coeur d'Alene bin, brauche ich ein Fortbewegungsmittel. Du kannst bei deiner Schwester oder deinem Dad mitfahren.«

Ich starrte ihn noch einen Moment lang an, denn er hatte recht, und das war verdammt frustrierend.

»Ich hasse es, wenn du recht hast«, murmelte ich schließlich. Er grinste mich schief an, was so sexy aussah, dass ich weiter unten ein Ziehen verspürte.

Böses Mädchen!

»Na ja, in letzter Zeit kommt das nicht allzu häufig vor«, sagte Hunter. »Keine Ahnung, ob das etwas ändert, aber was ich dir angetan habe, tut mir wirklich schrecklich leid.«

»Übrigens …«, sagte ich und wich seinem Blick aus. »Du brauchst ein neues Handy. Deines wurde letzte Nacht noch ein bisschen ramponiert … vielleicht ist es auch ein paar Mal überfahren worden.«

»Hatte ich mir schon fast gedacht, dass es irgendwie zu einem tragischen Unfall kommen würde«, sagte er mit todernstem Gesicht. »Ich besorg mir ein neues.«

»Was ist mit den Fotos?«, fragte ich. »Wo hast du sie noch gespeichert?«

»Ich hatte Sicherheitskopien auf meinem Laptop«, sagte Hunter. Er suchte meinen Blick und ließ ihn nicht mehr los. »Bis auf ein Foto habe ich gestern Abend alle gelöscht. Ich habe ein Secure Erase gemacht, sodass die Daten nicht wiederherstellbar sind. Niemand kommt mehr an sie ran.«

Ich überlegte, ob er die Wahrheit sagte.

»Ich weiß nicht, ob ich dir glauben kann. Und was soll das bitte heißen – ›bis auf ein Foto‹?«

Hunter senkte den Kopf und sah auf den Gehsteig.

»Ich habe es aufgehoben«, gab er zu. »Es war mein Lieblingsfoto. Ich wollte es als Erinnerungsfoto, falls du mir endgültig den Laufpass geben würdest. Was das ›glauben‹ angeht: Ich schätze, das wirst du nur herausfinden können, indem du mir noch eine Chance gibst, Em. Keine Lügen mehr. Wir wissen beide, dass es Dinge gibt, die ich dir nicht erzählen darf …«

Ich unterbrach ihn, indem ich eine Hand hochhielt.

»Es ging hier in keiner Weise um Clubangelegenheiten«, sagte ich. »Und *du* weißt, dass *ich* mich damit auskenne. Versuch also nicht, das als Ausrede zu verwenden.«

Er seufzte und lehnte sich gegen seinen Pick-up, wobei er die Hände in die Hosentaschen steckte.

Ich überlegte, was ich tun sollte.

»Du kannst mich nach Hause fahren«, sagte ich langsam. »Aber du übernachtest nicht bei mir. Und das bedeutet auch nicht, dass wir wieder zusammen sind. Ich brauche Zeit zum Nachdenken, um herauszufinden, ob du das Ganze überhaupt wert bist. Mit jemandem, dem ich nicht vertrauen kann, will ich nicht zusammen sein.«

»Verstanden«, sagte er. »Ich bin zumindest erleichtert, dass ich dich nach Hause fahren darf. Wir, also ich und dein Dad, wollen beide, dass du in Sicherheit bist. Er und ich stehen nicht unbedingt auf derselben Seite, aber ich respektiere ihn sehr. Er hat eine Tochter großgezogen, die sich von mir nicht verarschen lässt.«

Ich wandte mich ab, da mir plötzlich die Tränen in die Augen gestiegen waren.

»Deke sagt, dass du wegfahren musst«, sagte ich. »Hol mich um zehn ab.«

»Wirst du auch wirklich da sein?«

Blitzschnell drehte ich mich wieder zu ihm um und verengte meine Augen zu Schlitzen.

»Ich schätze, da musst du mir einfach *vertrauen*, Hunter. Keine Sorge, in unserer Beziehung bin nicht ich die Lügnerin. Ich werde da sein.«

»Das hab ich vermutlich verdient«, murmelte er.

»Und wie, verdammt noch mal. Jetzt verschwinde, bevor Deke noch einen Tobsuchtsanfall bekommt.«

Hunter

Ich beobachtete Em während des Fahrens aus dem Augenwinkel. Sie starrte aus dem Fenster auf die Wüste und war offenbar fasziniert von der endlosen leeren Weite. Oder sie wollte einfach nicht zu mir hersehen oder mit mir reden, weil sie sauer war.

Immer noch sauer.

Wir fuhren schon seit drei Stunden und sie hatte nur ein einziges Mal gesprochen – als sie eine Pinkelpause brauchte. Heute Morgen hatte es sich wie ein großer Sieg angefühlt, als sie zugestimmt hatte, mit mir zu fahren – wie eine zweite Chance. Inzwischen machte ich mir Sorgen, dass ich vielleicht doch nur eine Mitfahrgelegenheit war und sie nie wieder mit mir sprechen würde. Das tat verdammt weh. So weh hatte mir noch nie was getan. Es fühlte sich an wie echte körperliche Schmerzen.

Allmählich hasste ich diese Romantikscheiße. Das Leben ist wesentlich einfacher, wenn man gar nichts fühlt.

Ich musste dem ein Ende machen.

Bei der nächsten Ausfahrt schaltete ich den Blinker ein.

»Was ist los?«, fragte sie und wandte sich stirnrunzelnd zu mir.

»Wirst du gleich sehen«, murmelte ich. Wir fuhren vom Freeway und nahmen die kleine einsame Straße. Nach ein paar Minuten kamen wir an einem großen Hügel vorbei, der von nackten Felsen und Steppenrollern bedeckt war. Ich hielt an, stellte die Automatik auf Parken und wandte mich ihr zu. Sie starrte weiterhin geradeaus.

»Em«, sagte ich.

»Ich bin nicht bereit, mit dir zu reden«, sagte sie. »Fahr einfach weiter. Ich weiß nicht, wie ich mich nach dem Wochenende fühlen werde, aber im Moment brauche ich einfach eine Pause von dir.«

»Willst du mich wieder in die Eier treten?«

Scheiße, hatte ich gerade diese Worte ausgesprochen?

Em sah mich an. Endlich.

»Was soll das werden – ein Witz?«, fragte sie. »Glaubst du, dass es irgendwas ändert, wenn ich dich trete?«

Ich schüttelte langsam meinen Kopf.

»Nein, ich weiß, dass sich dadurch gar nichts ändert«, sagte ich. »Aber vielleicht fühlst du dich danach ein bisschen besser. Zumindest schien es beim letzten Mal so zu sein. Wenn es hilft, soll es mir recht sein.«

»Ich versprech dir aber nicht, dass ich dir verzeihe.«

»Das ist in Ordnung.«

Sie kniff die Augen zusammen.

»Du spinnst echt«, murmelte sie. Aber ich merkte, dass sie weich wurde und ihre Mundwinkel zuckten. Zum Glück. »Dich in die Eier zu treten löst keine Probleme.« Meine Eier stimmten dem zu 100 Prozent zu. »Aber weißt du was? Beim letzten Mal hab ich mich danach tatsächlich besser gefühlt. Lass es uns ausprobieren.«

Ich schluckte, öffnete die Wagentür und stieg langsam aus. Em kletterte hinaus und wir trafen uns vor dem Pick-up. Ich machte die Beine breit, verschränkte die Arme und wartete.

»Mach deine Augen zu«, sagte Em mit kalter Stimme. Das machte das Ganze irgendwie noch schlimmer, aber ich tat es trotzdem. »Und lass die Hosen runter. Auch die Unterhosen.«

»Das war nicht ausgemacht.«

»Gut«, sagte sie. »Ich steig wieder ein. Fahren wir weiter.«

Ich sah in den Himmel und schluckte, denn ich fragte mich, wie mir jemand so viel bedeuten konnte, den ich gleichzeitig erwürgen wollte. Dann machte ich meine Hose auf und zog sie mit geschlossenen Augen runter. Nichts passierte. Sie marschierte zurück zum Auto, wo ich sie herumkramen hörte.

»Tu's endlich«, knurrte ich. »Ich kann hier nicht ewig rumstehen und warten.«

»Wenn du darauf bestehst. Bist du bereit?«, fragte sie mit sanfter Stimme.

»Verdammt, jetzt mach endlich, Em.«

»Okay, los geht's.«

Ich hörte ein eigenartiges ploppendes Geräusch und spürte plötzlich, wie eiskalte Flüssigkeit auf meine Eier und meinen Schwanz gesprüht wurde.

»Scheiße!«, brüllte ich, während ich zurücksprang und meine Augen öffnete. Em stand vor mir und besprühte mich mit einer Dose Cola light. In der anderen Hand hielt sie ihr Handy.

Fotos … das verfluchte Schicksal schlug zurück.

»Herrgott, du bist so ein Miststück!«

»Und du bist ein Arsch«, erwiderte sie zuckersüß und lachte los. Die Coladose war leer, was ihr Gekicher aber nicht beendete. Ich packte meine Hose, zog sie mit einem Ruck wieder an und stopfte meinen nassen Schwanz hinein.

»Was zum Teufel sollte das?«

»Rache«, sagte sie mit leuchtenden Augen. »Du bist von einem Mädchen besiegt worden, und ich kann es durch ein Video beweisen. Komm schon, du musst zugeben, dass das besser als dein Vorschlag war.«

Ich starrte sie finster an.

»Ich weiß nicht«, murmelte ich. »Wirst du Skid die Fotos zeigen?«

»Wie, gefällt es dir etwa nicht, wenn Nacktfotos von dir kursieren, die du nicht kontrollieren kannst? Wow, das muss echt beschissen sein. Ich frage mich, wie sich das anfühlt?«

»Du weißt verdammt genau, dass ich mein Gesicht verliere, wenn sie glauben, dass ich meine Frau nicht im Griff habe. Das ist nicht dasselbe.«

In dem Moment, als ich es sagte, wusste ich schon, dass ich Mist gebaut hatte. Schon wieder. Mann, ich sollte mich einfach in einer Höhle verkriechen und dort sterben, das wäre sinnvoller.

»Willst du das vielleicht anders ausdrücken?«, fragte sie und stemmte ihre Hände in die Hüften. »Allerdings solltest du dir die Worte im Vornherein erst einmal langsam durch den Kopf gehen lassen. Und dann fragst du dich besser, ob du möchtest, dass ich *jemals* wieder deinen Penis anfasse.«

»Ich bin ein Idiot«, sagte ich und fuhr mir mit der Hand durchs Haar. »Das ist kein Geheimnis. Aber ich will dich nicht ›im Griff‹ haben, Em. Das weißt du, verflucht.«

»Und ich will dich nicht vor deinen Brüdern demütigen«, sagte sie ernst. »Ich will nur, dass du eine Vorstellung davon bekommst, was ich gefühlt habe. Zumindest habe ich dich deswegen nicht angelogen.«

»Du hast recht«, sagte ich und schüttelte dabei langsam meinen Kopf. »Ich weiß nicht, was ich sonst sagen soll, Baby. Du warst im Recht und ich im Unrecht.«

»Das klingt doch schon viel besser«, sagte sie lächelnd. Dann wurde ihr Gesicht ernst. »Weißt du, als ich dich in die Eier getreten habe, hat sich das verdammt gut angefühlt, aber es hat absolut nichts geändert. Soll ich dich jedes Mal, wenn du Mist baust, quälen, nur weil ich es kann? Ich liebe dich doch, du Arsch. Es macht mir keinen Spaß, dir Schmerzen zuzufügen. Deswegen war es ja so furchtbar, dass du mich angelogen hast.«

Überwältigt atmete ich tief ein. Fuck, ich hasste solches Zeug.

»Ich hab dich nicht verdient, Baby. Aber letzte Nacht hatte ich das Gefühl zu sterben. Wenn du mir vergibst, dann verspreche ich dir, nein, ich schwöre es dir, dass ich nie wieder bewusst etwas tun werde, das dich verletzt.«

»Bewusst?«, fragte sie mit hochgezogener Augenbraue. »Das hört sich nach einem hübschen Schlupfloch an.«

»Lass uns ehrlich sein«, sagte er ganz offen. »Wir wissen beide, dass ich wieder Mist bauen werde. Aber ich bin mir ziemlich sicher, dass ich dich liebe, Em.«

Sie hielt die Luft an.

»Was hast du gesagt?«

»Ich liebe dich«, wiederholte ich. Es fühlte sich seltsam an, diese Worte auszusprechen. »Zumindest glaube ich, dass ich dich liebe. Ich habe mich noch nie so gefühlt, aber ich kann mir nicht vorstellen, dass mir jemand mehr bedeuten könnte. Ich will mit dir zusammen sein, Emmy. Zum Teufel, ich habe dir angeboten, dass du mich in die Eier treten kannst, um dich besser zu fühlen. Zählt das überhaupt nicht?«

Sie trat einen Schritt nach vorne und schlang ihre Arme fest um meinen Hals. Zögernd umarmte ich sie und zog sie dann an mich. Da ich ein Mann mit niederen Instinkten bin, wurde mein Schwanz augenblicklich hart, trotz der kalten Dusche mit Cola light.

»Ich liebe dich auch«, flüsterte sie. »Aber eines muss ich noch wissen.«

»Was denn?«

»Welches Foto hast du aufgehoben?«

Ich erstarrte. Wenn das mal keine Fangfrage war. Alle Fotos waren übel gewesen, aber ich hatte das Gefühl, dass sie das, das ich aufgehoben hatte, am meisten hassen würde.

»Das, wo dein Arsch mit meinem Sperma bedeckt ist«, murmelte ich und fühlte mich dabei so dämlich, wie ich mich noch nie in meinem Leben gefühlt hatte. »Das ist echt scharf, Baby.«

Sie fing an meiner Schulter an zu lachen. Zumindest hoffte ich sehr, dass sie lachte und nicht weinte.

»Wirst du es löschen?«

»Ja.«

»Okay«, flüsterte sie. »Ich vergebe dir. Dieses Mal. Aber du bekommst keine zweite Chance. Keine weiteren Lügen. Das ist für mich unverzeihlich, Liam.«

»Ich liebe es, wenn du meinen Namen sagst, verdammt.«

»Ich weiß«, sagte sie. »Ich habe ein Geschenk für dich.«

»Echt?«, fragte ich und lehnte mich zurück, um ihr Gesicht zu betrachten. »Was denn? Mist, das ist die falsche Frage. Warum?«

»Vielleicht, weil ich dich liebe. Oder vielleicht, weil du nicht völlig ungeschoren davonkommen sollst. Du hast also die Wahl … Versöhnungssex, und zwar jetzt gleich, oder du darfst dieses eine Bild behalten, solange du es nie irgendjemandem zeigst.«

Tod und Teufel. Und ich hatte gedacht, schon die Sache mit dem Geschenk an sich wäre die Falle.

»Können wir lieber noch mal zurück zu dem Punkt gehen, wo man ›Einmal in die Eier treten‹ auswählen konnte?«

Em

»Ich fass es immer noch nicht, dass du dich für das Foto entschieden hast«, grummelte ich.

»Persönliche Reife zeigt sich in der Fähigkeit, die Lustbefriedigung aufschieben zu können, um die eigene Situation auf lange Sicht zu verbessern«, sagte Hunter grinsend zu mir.

»Ich liebe dich, Em.«

Ich verdrehte die Augen. Das hatte er nun schon ungefähr zehn Mal gesagt. Und so gerne ich die Worte auch hörte – allmählich bekam ich das Gefühl, das wir ein neues Gesprächsthema brauchten.

Draußen wurde es dunkel, und wir waren gerade durch Post Falls gefahren. In Spokane hatte grässlicher Eisregen eingesetzt, der den ganzen Verkehr aufhielt. Unterwegs sah ich mindestens vier Autos im Straßengraben – ich würde es natürlich nie zugeben, aber im Grunde war ich froh, dass Hunter fuhr.

Ich war auch froh, dass wir nicht mehr stritten.

Außerdem hatte Kit ein paar SMS geschickt und erzählt, was für Leckereien sie für das morgige Abendessen eingekauft hatte. Wir kochten sehr gerne miteinander, und obwohl es nicht dasselbe war, seit Mom nicht mehr bei uns war, spürte ich ihre Nähe doch nirgendwo mehr, als wenn ich mit meiner Schwester in der Küche stand.

»Bist du sicher, dass das für dich in Ordnung ist?«, fragte ich Hunter nochmals. »Ich weiß, es klingt wie ein Witz, aber Dad hat ernsthaft die Angewohnheit, meine Freunde niederzuschießen. Er sagt, es war ein Unfall. Aber nach dem zweiten Mal fängt man doch an, sich Gedanken zu machen.«

»Deine anderen Freunde waren nicht wie ich«, antwortete er ohne eine Spur von Sorge. »Dass wir zusammen sind, ist eine Tatsache, und das wird sich auch nicht ändern. Mach dir keine Sorgen.«

Ich versuchte, mir vorzustellen, wie es ablaufen würde.

»Wenn er im Tausch für mich sechs Ziegen haben will, musst du nicht echte Ziegen kaufen. Wahrscheinlich nimmt er stattdessen auch Bierfässer.«

Hunter schnaubte belustigt und legte mir die Hand aufs Knie.

»Du brauchst dir keine Sorgen zu machen, Em. Du hast gesagt, dass du mir noch eine Chance gibst. Aber bei der Sache musst du mir einfach vertrauen. Ich weiß schon, was ich tue.«

Mein Handy klingelte. Dad.

»Ich schwöre bei Gott, dass er es hören kann, wenn ich über ihn rede«, sagte ich und verdrehte meine Augen, während ich das Gespräch annahm. »Was ist los?«

»Wo bist du?«, fragte er mit angespannter Stimme. Mist. Das war kein netter Anruf, um einfach mal nachzufragen, wie es uns so ging.

»Wir haben gerade Post Falls hinter uns«, antwortete ich. »Was ist passiert?«

»Ich will, dass du sofort ins Arsenal kommst. Wir haben ein Problem. Es hat eine weitere Schießerei gegeben, direkt hier in Coeur d'Alene. Wir haben keinen Beweis, aber vergangene Woche war einer der Jacks in der Stadt.«

»Ach du Scheiße …«

»Was ist los?«, fragte Hunter.

»'ne Schießerei«, sagte ich knapp.

»Gib mir das Handy«, verlangte er.

»Hört auf zu reden«, befahl die Stimme meines Dads in meinem Ohr. »Ich werde ihm gleich alles erklären. Du wirst ihm jedoch *nicht* erzählen, was ich dir jetzt gleich sage. Das ist wichtig.«

Oh mein Gott. Es geschah … alles fiel auseinander. Die Beziehungen zwischen unseren Clubs waren am Ende. Musste ich nun eine Wahl treffen? Ich warf Hunter aus den Augenwinkeln einen Blick zu und schluckte.

»Gib mir das Handy«, verlangte er nochmals.

Ich schüttelte meinen Kopf.

»Lass mich zuerst mit Dad reden«, sagte ich zu ihm. »Dann geb ich es dir.«

Hunter nickte knapp, aber ich sah, wie sich sein Kiefer anspannte.

»Wie gesagt, du musst direkt ins Arsenal kommen«, fuhr Dad fort. »Wir wissen nicht sicher, ob die Devil's Jacks dahinterstecken, aber falls ja, dann wärst du eine kostbare Geisel. Wir haben das schon einmal durchgestanden. Ich liebe dich, Em. Ich habe auch deine Mutter geliebt und weiß deshalb, wie es ist, wenn man jemanden so sehr liebt, dass es wehtut – ich denke, deine Gefühle für Hunter sind ähnlich. Ich hoffe sehr, dass er dich ebenso liebt. Aber ich muss dich von ihm trennen und dich in Sicherheit bringen, bis wir herausgefunden haben, was eigentlich los ist.«

»Dad …«, flüsterte ich. Ich sah wieder hinüber zu Hunter und überlegte, wie ich die nötigen Worte sagen konnte, ohne selbst einen verdammten Krieg auszulösen.

»Ich werde ihn beschützen, Em«, sagte mein Vater zu mir, der offenbar meine Gedanken gelesen hatte. »Ich weiß, du glaubst mir vielleicht nicht, aber ich sorge dafür, dass er diese Geschichte lebend übersteht, wenn er dich nur nach Hause bringt. Wenn er verletzt wird, dann nur, weil er etwas tut, nicht weil er der ist, der er ist. Das schwöre ich, Baby.«

»Ich gebe das Handy jetzt Hunter«, sagte ich langsam.

»Versprichst du mir, dass du zum Arsenal kommst?«

»Sobald wir wissen, wo wir hinfahren, gebe ich dir Bescheid«, antwortete ich, während mir die Tränen in die Augen stiegen. Es ging alles so schnell.

»Okay, reich mich weiter.«

Ich gab Hunter das Telefon und sah zu, wie sich das Gesicht meines Mannes in eine furchtbare ausdruckslose Maske verwandelte, so wie vor Kurzem, als er Deke herausgefordert hatte.

»Ich verstehe«, sagte er. »Wir kommen, keine Sorge. Ich will, dass sie in Sicherheit ist, genau wie du.«

Dann legte er auf.

»Wir fahren zum Arsenal«, sagte er mit beinahe emotionsloser Stimme. »Es gibt mindestens einen Schützen. Ich bin sicher, dass sie die Jacks verdächtigen – wir wissen, dass irgendjemand versucht, in Coeur d'Alene Ärger zu machen. Er gehört nicht zu uns, Em. Ein Teil meines Jobs war es, ihn an diesem Wochenende ausfindig zu machen.«

Mein Herz zog sich zusammen.

»Das hier ist also eine Geschäftsreise für dich?«, fragte ich kleinlaut.

»Nein«, antwortete ich. »Diese Scheiße wurde erst bekannt, nachdem ich Burke wegen des Besuchs bei deiner Familie gefragt habe. Wenn mir etwas zustoßen sollte, musst du deinen Vater überzeugen, dass er zumindest zuerst mit Burke redet, bevor er irgendwas macht. Jemand gibt sich echt große Mühe, uns gegeneinander aufzuhetzen. Lass dich nicht mit reinziehen, okay?«

Ich schluckte.

»Okay«, sagte ich. »Bist du sicher, dass du zum Arsenal mitkommen willst? Dad sagt zwar, dass er dich beschützen wird, aber er ist alleine.«

Hunter lachte kurz und höhnisch auf und sah dann zu mir rüber. Er wandte sich mir zu und berührte meine Wange.

»Das Arsenal ist der sicherste Ort, den ich mir momentan vorstellen kann«, sagte er. »Wir treten gegen keine Armee an, sondern nur gegen ein oder zwei Schützen. Das Gebäude ist so gebaut, dass es wesentlich größeren Angriffen standhalten könnte. Deine Schwester ist bereits dort und ich schätze, die meisten anderen Frauen auch. Was für ein beschissener Ferienbeginn.«

Ich holte meine kleine Halbautomatik aus meiner Handtasche und überprüfte das Magazin, bevor ich sie auf meinen Schoß legte. Zu meiner Überraschung lächelte er.

»Echt die beste Alte Lady aller Zeiten«, lächelte er kopfschüttelnd.

»Nein, das war meine Mom.«

»Ich liebe dich, Baby.«

»Ich liebe dich auch.«

Anscheinend brauchten wir doch kein anderes Gesprächsthema.

Drei Meilen, nachdem wir von der Hauptstraße, die Richtung Norden führte, runtergefahren waren, ging alles schief. Die Sonne war gerade untergegangen; der Eisregen hatte die Straße mit einer glitzernden Schicht überzogen. Oh Mann, ich hasste es, auf Eis zu fahren.

Ich wusste, dass wahrscheinlich ein paar Männer an der Abzweigung zum Arsenal stationiert waren, aber ich konnte keinen von ihnen sehen. Ich hatte Dad eine SMS mit unserer geschätzten Ankunftszeit sowie Hunters Nummernschild geschickt, weshalb sie uns hoffentlich einfach durchlassen würde, weil sie uns erkannten. Ich wusste allerdings, dass sie es melden würden, was bedeutete, dass es nun kein Zurück mehr gab.

»Rutsch deinen Sitz vor, Em«, sagte Hunter am Beginn der Serpentinenstraße.

Als ich vorrutschte, griff er hinter meinen Sitz. Ich hörte, wie ein Klettverschluss geöffnet wurde, und spürte seine Hand innerhalb der Polsterung an meinem Rücken.

Er zog eine große Pistole hervor.

»Halte die eine Sekunde«, sagte er. Dann griff er nochmals nach hinten, suchte ein wenig herum und brachte dieses Mal zwei Ersatzmagazine zum Vorschein.

»Okay, du kannst wieder zurückrutschen. Kannst du die Waffe für mich kontrollieren?«

Ich holte das Magazin heraus und überprüfte es. Voll geladen, alles in Ordnung.

Ich schob es wieder rein und lud die Waffe durch. Nachdem ich ihm die Pistole gegeben hatte, steckte er sie zwischen die Sitze.

»Dad würde mich nie seine Waffe kontrollieren lassen.«

»Für ihn bist du ein kleines Mädchen«, antwortete Hunter, während sein Blick unablässig die Straße absuchte. »Ich sehe dich als fähige, erwachsene Frau, der ich vertraue. Das ist ein großer Unterschied. Irgendwas stimmt hier nicht.«

Ich zitterte, denn ich hatte das Gefühl, dass er recht hatte. Wegen der Wetterlage mussten wir viel zu langsam fahren. Verfluchtes Eis.

Plötzlich gab es einen lauten Knall und der Pick-up schlitterte nach rechts.

»Mist«, ächzte Hunter und kämpfte mit dem Lenkrad, während der Wagen seitwärts ausbrach. Zuerst dachte ich, es wäre nur ein Reifen geplatzt. Keine angenehme Sache, aber nicht das Ende der Welt. Dann hörte ich nochmals einen lauten Knall und das Vorderteil des Fahrzeugs sank nach unten. Zwei kaputte Reifen, wurde mir klar. Wir rutschten plötzlich in Richtung Straßenrand. Hunter fluchte pausenlos, aber die Straße war einfach zu vereist. Ich versuchte, mich abzustützen, als der Pick-up von der Böschung abrutschte, den Hügel hinunterrollte und gegen einen Baum krachte. Die Airbags explodierten, als der Wagen auf die Seite fiel, sodass das Beifahrerfenster himmelwärts zeigte.

Ein entsetzliches Schweigen füllte auf einmal den Innenraum.

Es war alles so verdammt schnell gegangen. Ich konnte nicht richtig atmen und mein Herz explodierte fast vor Adrenalin.

»Shit«, murmelte ich und schob den Airbag von meinem Gesicht. Mein Gott, irgendwas stank ganz furchtbar. Als ob etwas brennen würde. »Was ist passiert?«

Hunter antwortete nicht. Ich blinzelte, um mich zu orientieren. Meine Augen tränten und ich konnte kaum etwas sehen. Der Sicherheitsgurt hielt mich seitlich in Position, was unbequem und schmerzhaft war. Ich rieb meine Augen, was es auch nicht besser machte. Dann wurde mir klar, dass mir die Luft in den Lungen wehtat. Ich tastete mit der Hand wild herum, fand schließlich den Fensterheber und drückte darauf. Er funktionierte wunderbarerweise noch. Das Fenster versank in der Tür, und ein Schwall kalter Luft strömte herein. Ich sog sie tief ein. Gott sei Dank konnte ich wieder atmen. Leider kam neben frischer Luft auch kalter Eisregen herein.

»Hunter?«, flüsterte ich. Nichts. Als ich auf ihn hinuntersah, blieb mir die Luft weg. Ein zersplitterter Baumstumpf war durch das Fenster auf der Fahrerseite gekracht, sodass scharfe Holzsplitter ins Auto ragten. Sie waren weniger als ein paar Zentimeter von Hunters Gesicht entfernt, und ich sah Blut aus seiner Nase tropfen. Überall waren Zweige und Kiefernnadeln, weshalb ich ihn kaum sehen konnte. Sie füllten seine Seite der Fahrerkabine komplett aus.

»Baby?«, fragte ich langsam. Ich streckte mich nach unten, um seine Schulter zu berühren. Er bewegte stöhnend seinen Kopf. *Er lebte.* Gott sei Dank, denn wenn dieser Baum uns nur ein winziges Stück weiter vorne erwischt hätte, hätte er sich durch seinen Schädel gebohrt. Ich legte meine Finger auf seinen Hals und spürte dort seinen starken Pulsschlag. Okay.

Und jetzt?

Ich schüttelte meinen Kopf und zwang mich zur Konzentration. Ich musste Hilfe holen, aber meine Handtasche war außer Reichweite geschleudert worden. Wo zum Teufel war mein Handy? Ich konnte es nirgendwo sehen; seines hatte ich ja letzte Nacht zerstört. Verdammt, das hatte ich nun von meinem Trotzanfall. Dann entdeckte ich meine Handtasche unten im Fußraum.

Aber wie sollte ich da rankommen? Ich griff mit meiner linken Hand nach unten, stützte dabei meinen Körper an Hunters Sitz ab und öffnete dann mit meiner rechten Hand den Sicherheitsgurt, an den ich mich wie an eine Liane klammerte, um nicht das Gleichgewicht zu verlieren. Langsam ließ ich mich in den Fußraum hinab, während ich seitlich neben der Mittelkonsole kniete.

Hunter bewegte sich wieder.

»Em?«, fragte er mit rauer Stimme.

»Mir geht's gut, Baby«, sagte ich und sah auf ihn hinunter. Seine Augen waren jetzt geöffnet, weshalb ich versuchte, einen Blick auf seine Pupillen zu werfen. Hatten sie die gleiche Größe? Da fiel mir auf, dass das Radio noch an war … Ich schaltete das Innenraumlicht an. Wir zuckten beide zusammen, als es so plötzlich hell wurde.

»Sieh mich an«, sagte ich. Er drehte seinen Kopf, und ich seufzte erleichtert auf. Die Pupillen waren in Ordnung, und er schien wieder zu Bewusstsein zu kommen. Der Schlag auf den Kopf hatte ihn wohl nur momentan ausgeknockt, hatte aber hoffentlich keinen bleibenden Schaden angerichtet.

»Wir hatten einen Unfall«, erklärte ich ihm mit zitternder Stimme. »Ich weiß nicht, was passiert ist – ich schätze, uns sind zwei Reifen geplatzt? Dann kamen wir auf dem Eis ins Rutschen.«

»Jemand hat auf unsere Reifen geschossen«, sagte Hunter. Er begann, sich auf seinem Sitz hin und her zu winden, und versuchte, seine Arme zu bewegen. Doch der Baumstumpf und die Zweige hielten ihn gefangen. »Ein geplatzter Reifen, das kommt vor. Aber zwei? Das war jemand, der sich auskannte. Wir müssen davon ausgehen, dass sie da draußen sind, Em, und müssen uns auf sie vorbereiten. Schalte zuerst einmal das Licht aus, damit wir kein leichtes Ziel abgeben.«

Ich erstarrte mit weit aufgerissenen Augen. Das mit der Schießerei hatte ich noch nicht so ganz verarbeitet, aber natürlich war das kein Unfall gewesen. Das war nicht gut. Gar nicht gut.

»Das ist echt doof«, flüsterte ich und realisierte erst im Nachhinein, wie unangemessen diese Bemerkung war, wenn man unsere Lage näher betrachtete. *Shit.* Ich schaltete das Licht aus und angelte im Dunkeln nach meiner Handtasche. Sie öffnete sich, und das Handy wäre beinahe rausgerutscht. Bevor es runterfiel, schnappte ich es mir, ließ dabei aber leider die Handtasche los.

Hunter sah mir mit deutlich frustriertem Gesichtsausdruck die ganze Zeit zu.

»Ruf deinen Dad an. Der Club ist schneller hier als irgendjemand anderes, und sie werden auch am ehesten mit denen, die da draußen sind, fertig.«

»Was ist mit einem Krankenwagen?«, fragte ich.

»Mir geht's gut«, sagte er, wobei er auf seinem Sitz zappelte, um sich in eine bequemere Lage zu bringen.

»Das sagen die Leute gewöhnlich, bevor sie an einer Hirnblutung sterben. Du musst ins Krankenhaus.«

»Em«, erwiderte er mit fester Stimme. »Hör auf, mit mir zu reden, und ruf deinen Dad an. Jetzt. Dann musst du meine Waffe finden und dich bereit zur Verteidigung machen, während ich versuche, hier irgendwie rauszukommen. Dieser verfluchte Baum.«

Meine Hände zitterten ein wenig, als ich Dads Nummer wählte, aber ich zwang mich zur Ruhe. Unser beider Leben hing davon ab, dass ich nicht die Nerven verlor, egal, wie beängstigend die Situation inzwischen war.

»Ja?«

»Dad, ich bin's, Em«, sagte ich. »Wir sind etwa vier Meilen vom Arsenal entfernt und stecken in Schwierigkeiten. Hunters Pick-up ist bei den Eisenbahngleisen von der Straße abgekommen, südlich der Straße. Du musst schnell herkommen.«

»Krankenwagen?«

»Hunter sagt Nein«, antwortete ich, während ich wieder zu ihm runtersah. Seine Gesichtsfarbe war normal, was ja ein gutes Zeichen war. »Jemand hat unsere Reifen zerschossen, das bedeutet, dass sie jetzt da draußen sind. Sie sind nicht weit weg und wissen, was sie tun. Ich muss jetzt auflegen und mir meine Waffe holen.«

Ich schob das Handy in die Mittelkonsole. Und jetzt? Meine Pistole war in meiner Handtasche, die in dem Berg aus Zweigen und Nadeln verschwunden war.

»Meine Waffe sollte noch immer zwischen Sitz und Konsole stecken. Ich habe ein eingebautes Holster.«

Ich begann herumzuwühlen und entdeckte tatsächlich die Waffe, die ich zuvor für ihn kontrolliert hatte. Vorsichtig zog ich sie raus und überprüfte aus Gewohnheit nochmals das Magazin, bevor ich den Hahn spannte. Dann zog ich mich hoch und versuchte, durch die Windschutzscheibe nach draußen zu sehen.

Überall nur Zweige.

Mir wurde klar, dass das eigentlich gut war. Wir hatten eine ordentliche Deckung.

»Soll ich aus meinem Fenster rausklettern, was meinst du? Mich mal umsehen?«

»Nein«, murmelte Hunter. »Bleib unten im Fußraum. Die besten Chancen haben wir, wenn wir uns verstecken und auf die Kavallerie warten.«

»Ich bin eine gute Schützin«, erklärte ich ihm, weil ich mich weigerte, die Panik, die in mir aufstieg, zur Kenntnis zu nehmen. *Beruhige dich*, sagte ich mir streng. *Du kannst später, wenn wir erst in Sicherheit sind, die Nerven verlieren.*

»Es ist dunkel, draußen fällt Eisregen, und du hast lediglich eine Handfeuerwaffe«, antwortete Hunter trocken. »Unter solchen Umständen ist niemand ein guter Schütze. Bleib in Deckung, Schatz. Ich versuche, mich zu befreien, aber ich schätze, dass sie mich hier rausschneiden müssen. Wenn ich in diesem Pick-up sterben sollte, erzähl bitte Skid nicht, dass mich ein Baum erledigt hat, okay?«

Ich schnaubte und kicherte anschließend. Offensichtlich hatte er den Verstand verloren. Ich versuchte, ruhig zu bleiben, was nur ein weiteres Kichern zur Folge hatte. Als mir Hunter auch noch die Zunge rausstreckte, lachte ich laut los, während mir Tränen übers Gesicht liefen.

»Du spinnst«, sagte ich und wischte mir dabei mit dem Handrücken die Tränen weg.

»Vielleicht«, sagte er mit seinem schiefen Lächeln. »Aber nichts ist besser für den Spannungsabbau als einmal ordentlich zu lachen. Glaubst du, dass du an meinen Sicherheitsgurt rankommst?«

Ich lehnte mich aus dem Fußraum und kramte zwischen den Kiefernnadeln herum. Dabei beugte ich meinen Kopf nach unten, um besser sehen zu können. In diesem Moment durchschlug eine Kugel die Windschutzscheibe und blieb im Beifahrersitz stecken, genau dort, wo sich Sekunden zuvor noch mein Kopf befunden hatte.

Ich erstarrte.

»Gottverdammt«, sagte Hunter und zappelte wild herum, um sich zu befreien. »Heilige Scheiße, ich fass es nicht.«

Ich fummelte hektisch nach dem Gutschloss. Mist. MIST. Nur weil ich zielen konnte, hieß das noch lange nicht, dass ich bereit für eine verdammte Schießerei war. Ein weiterer Schuss durchschlug das Glas und traf dieses Mal eine Stelle, die näher an Hunters Kopf lag. Schöne Deckung … oder schossen sie einfach auf gut Glück? Ich konnte mir nicht vorstellen, wie sie uns sehen konnten.

»Zurück in den Fußraum«, befahl Hunter. Seine Stimme ließ keinen Raum für Verhandlungen. »Halte die Waffe bereit. Ich weiß nicht, ob du eine Gelegenheit zum Schießen erhältst. Aber falls doch, will ich, dass du bereit bist.«

»Was meinst du?«

»Nun, ein Scharfschütze wird nicht nahe rankommen, außer es geht nicht anders«, sagte Hunter. »Was idealerweise – aus seiner Sicht – bedeutet, dass du stirbst, ohne dass er dir jemals ins Auge gesehen hat. Im Moment hat dieser Scharfschütze kein klares Ziel, was für uns von Vorteil ist. Wir müssen nur ein paar Minuten durchhalten, bis die Reapers kommen.«

Eine weitere Kugel schlug ein und streifte Hunters Ohr.

»Fuck«, murmelte er, als Blut aus der Wunde zu laufen begann.

Ich schluchzte auf.

»Emmy, du musst dich zusammenreißen«, sagte er mit schneidender Stimme. »Ich liebe dich, Baby. Ich kann mich nicht verstecken oder verteidigen. Deshalb musst du im Fußraum bleiben, wo du sicher bist. Wenn er mich trifft, bist du zumindest am Leben, um mich zu retten. Behalt die Nerven für mich, Süße. Du musst dich für mich zusammenreißen.«

Ich atmete tief ein und nickte, obwohl ich wusste, dass er mich wieder anlog. Wenn ihn der Scharfschütze erwischte, wäre es ein Kopfschuss – Hunter hätte dann nicht die geringste Chance. Er versuchte nur, mich zu beschützen. *Lächerlich*. Wäre ich im Fußraum überhaupt sicher vor den Kugeln?

Ich zermarterte mir das Gehirn, wie wir uns noch schützen konnten. Das hier war einfach krank – ich musste irgendwas unternehmen, sonst würden wir hier beide sterben. Ich sah durch das offene Beifahrerfenster nach oben in den Regen. Wir brauchten eine Ablenkung. Langsam schob ich mich aus meinem Schlupfloch.

»Bleib unten, Em«, sagte Hunter. Seine Stimme durchschlug die Stille wie ein Peitschenknall. Ich ignorierte ihn und überprüfte, ob die Waffe einsatzbereit war. Alles war in Ordnung. Während ich jede Sekunde den nächsten Schuss erwartete, rutschte ich in Position: Einen Fuß stemmte ich gegen die Seitenfläche von Hunters Sitz, den anderen gegen die Innenwand des Fußraums. Ich zählte bis drei, richtete mich schnell auf und schoss viermal in die Dunkelheit.

Nach Luft schnappend ließ ich mich wieder fallen.

Hunter explodierte.

»Was zum Teufel sollte das?«

»Ich wollte ihm klarmachen, dass wir bewaffnet sind«, sagte ich. »Sich tot zu stellen ist nur sinnvoll, wenn sie nicht wissen, was sie tun sollen. Ich wette hundert Dollar, dass die Befehle lauten, ganz sicherzugehen, dass wir auch tot sind. Und ich werde nicht einfach hier rumsitzen und darauf warten, dass irgendein Arsch mir eine Kugel in den Kopf jagt.«

»Er hätte dich erschießen können, Em.«

Ich starrte ihn an, bemüht, das hysterische Gelächter, das in mir hochkam, zu unterdrücken.

»Ernsthaft, Baby? Ist das dein Argument? Ein paar Zentimeter von deinem Gesicht befindet sich ein Einschussloch, ganz zu schweigen von deinem Ohr. Dass wir von einer Kugel getroffen werden, ist so gut wie sicher. Es ist nur eine Frage der Zeit. Wir müssen durchhalten, bis Dad kommt. Jetzt weiß unser Scharfschütze, dass wir uns verteidigen können, und muss deshalb zumindest vorsichtiger sein, wenn er sich dem Pick-up nähert. Das kostet ihn Zeit, was für uns von Vorteil ist.«

»Deine Lösung besteht also darin, dem Mörder ›Fang mich doch‹ zuzurufen und deinen Kopf rauszustrecken?«

»Hunter?«

»Ja?«

»Das ist, wie ich es mache.«

»Fuck, du machst mich einfach wahnsinnig«, murmelte er. Sein Körper wand sich, doch schließlich trat er nur fest gegen die Wand. »Fuck!«

Die Sekunden vergingen zäh, und ich begann zu zittern, da der Eisregen mein Shirt durchnässt hatte. Sollte ich das Fenster schließen? Nein … Zumindest würden wir es so hören, wenn jemand heranschlich.

Hunter kickte wieder, was den Wagen leicht zum Schaukeln brachte.

»Lass uns das Gute daran sehen«, sagte ich, denn er brauchte meiner Ansicht nach eine Ablenkung.

»Tu's besser nicht.«

»Das Gute daran ist, dass wir entweder gerettet werden oder tot sind, bevor wir uns über starke Unterkühlung Gedanken machen müssen. Es gibt immer einen Silberstreif am Horizont, Hunter.«

Er knurrte mich wieder an.

Männer.

KAPITEL ACHTZEHN

Hunter

Ich glaube, ich war in meinem ganzen Leben noch nicht so sauer.

Em machte mich so fertig, dass ich sie am liebsten erwürgt hätte, was unserem Scharfschützen etwas Arbeit abgenommen hätte. Ich war auch wütend auf mich, weil ich hätte fähig sein sollen, den verdammten Pick-up unter Kontrolle zu halten. Anstatt meine Frau zu beschützen, durfte ich ihr jetzt dabei zusehen, wie sie über mir kauerte, eine Pistole in der Hand und Eiszapfen im Haar, während sich ihre Lippen langsam blau färbten.

Und das alles, weil ich von einem verfluchten *Baum* gefangen gehalten wurde.

Wieder war ein Schuss zu hören, doch dieses Mal traf er nicht den Wagen.

Das war zumindest etwas … Doch wenn ich heute Nacht starb, ohne sie beschützen zu können, hoffte ich, einen Weg zurück zu finden, um Picnic Hayes heimzusuchen. Mit meiner Geistermacht würde ich ihn dazu bringen, meinen verdammten nutzlosen Leichnam zu entweihen.

Weitere Schüsse. Dann Geschrei.

»Em!«, hörte ich jemanden brüllen. Sie richtete sich ein wenig auf.

»Nein«, sagte ich mit überschnappender Stimme. »Bleib unten, bis sie den Scharfschützen gefunden haben. Ruf einfach nur, um ihnen zu sagen, dass wir okay sind, aber beschossen werden. Das ist sicherer.«

»Wir sind in Ordnung!«, schrie sie so laut, dass meine Ohren schmerzten. »Der Scharfschütze hat den Wagen mindestens dreimal getroffen. Seid vorsichtig! Übrigens bin ich bewaffnet. Ihr solltet euch also zu erkennen geben, bevor ihr näher kommt, sonst erschieße ich euch noch.«

»Halt durch, Kleine«, hörte ich eine tiefe Stimme zurückbrüllen. »Wir holen dich da raus.«

Er klang vertraut … Dann wusste ich, wer das war. Duck. Der alte Kerl, den ich kennengelernt hatte, als ich mit den Reapers wegen Ems Freilassung verhandelt hatte.

»Glaubst du, dass sie ihn finden?«, fragte Em. Ihre Zähne begannen zu klappern. Scheiße, ich hatte zumindest meine Decke aus Kiefernnadeln …

»Keine Ahnung«, sagte ich zu ihr. »Wenn er schlau ist, hat er sich inzwischen aus dem Staub gemacht. Er könnte auch da draußen warten und versuchen, sie Mann für Mann umzulegen. Aber bei dem Wetter macht das keinem wirklich Spaß.«

Dann fiel mir auf, dass ihre Hände anfingen zu zittern. Ob vor Kälte oder aufgrund des Adrenalins, war unwichtig.

»Ich denke, du solltest die Waffe weglegen.«

»Nein.«

»Bitte erschieß mich nicht aus Versehen.«

Em warf einen Blick nach unten und lächelte. Trotz der Eiszapfen, die sich in ihren Haaren bildeten, sah sie immer noch grandios aus. Im schwachen Licht des Armaturenbretts konnte ich sehen, dass ihre Lippen blau und ihre Nase rot war. Ihr Shirt war völlig durchgeweicht. Nicht gerade der ideale Zeitpunkt für einen Wet-T-Shirt-Contest, aber ihre Titten waren umwerfend.

»Ich verspreche dir, dass ich dich nie aus Versehen erschießen werde«, sagte sie mit sanfter Stimme, während sie lächelnd an ihren Lippen nagte.«

Ich ließ mir ihre Antwort durch den Kopf gehen.

»Das klingt nicht so beruhigend, wie du vielleicht denkst.«

Weitere Schüsse erklangen, und dann hörten wir einen hohen Schrei in Todesangst.

»Heilige Scheiße«, flüsterte Em mit großen Augen. Ihr Lächeln verblasste. Sie hob die Waffe erneut und legte den Finger auf den Abzug. Dann schrie jemand durch die Dunkelheit. Ganz in der Nähe.

»Em, ich bin's, Painter.«

Wie bitte? Der verfluchte *Painter* würde uns retten?

Das war der endgültige Beweis – Gott war ein verschlagener Dreckskerl.

»Habt ihr ihn erwischt?«, rief Em zurück.

»Wir haben einen von ihnen«, sagte Painter. »Ob noch mehr da sind, wissen wir nicht. Aber wir suchen nach ihnen. Der President hat uns befohlen, dich rauszuholen und ins Arsenal zu bringen, während wir nach einem zweiten Scharfschützen Ausschau halten.«

»Wir brauchen eine Kettensäge oder so was«, schrie sie. »Hunter ist eingeklemmt.«

»Lebt er?«

Er klang mir ein bisschen zu vergnügt, als er diese Frage stellte.

»Es geht ihm gut«, antwortete sie.

»Mir geht es wunderbar«, brüllte ich. »Holt Em hier raus!«

»Okay, ich bin jetzt direkt neben dem Wagen«, rief Painter. »Ich werde jetzt nach oben klettern und hineinsehen. Leg deine Waffe weg, Em.«

Em senkte die Waffe, aber mir fiel auf, dass sie die Pistole nicht losließ. Sie warf mir einen Blick zu und lächelte angestrengt.

»Was hat das zu bedeuten?«, fragte ich leise.

»Painter ist nicht mein Dad«, antwortete sie. »Er hat keine Sicherheitsgarantie für dich abgegeben.«

»Du wirst *Painter* eine Waffe unter die Nase halten, während er versucht, dich zu retten?«

»Nein, ich beschütze meinen Alten Mann, während er unter einem Baum feststeckt. Ich bin sozusagen deine Lebensversicherung, Baby. Wenn ich gehe, hat Painter keinen Grund, dich am Leben zu lassen. Kein Zeuge ist hier, der beobachten könnte, was er mit dir anstellt. Ich bleibe hier, bis mein Dad kommt.«

Der Pick-up schwankte, als Painter sich über das Beifahrerfenster lehnte und sich einen Überblick verschaffte. Zuerst checkte er Em mit einem schnellen Blick, wahrscheinlich suchte er sie nach Blut oder sichtbaren Wunden ab. Dann wandte sich sein Raubtierblick mir zu. Ich starrte regungslos zurück und teilte ihm ohne Worte mit, dass ich ihn durchschaute. Er hob zum Gruß sein Kinn und wandte seine Aufmerksamkeit dann wieder Em zu.

»Nimm meine Hand«, sagte Painter und streckte seinen Arm herein. »Wir bringen dich ins Arsenal. Ruger kann mit zurückfahren und das nötige Werkzeug holen, um deinen *Freund* rauszuholen, aber du musst schnellstens ins Warme.«

Sie schüttelte den Kopf.

»Ich will, dass Dad kommt.«

»Er ist im Moment gerade beschäftigt.«

»Nein«, sagte sie, während sie die Waffe hob und sie vorsichtig mit beiden Händen auf ihren Knien balancierte. Sie zielte zwar auf niemanden, doch es war auch keine besonders freundliche Pose. »Ich bleibe bei meinem *Alten Mann*, bis Dad herkommt.«

Painter zuckte zusammen. Haha.

Ich hasste diesen Schwanzlutscher. Und wie.

»Holst du ihn bitte?«, fragte Em. Ihre Stimme klang höflich, aber unerbittlich. Womöglich hatte sie eine Scheißangst, doch sie zeigte keine Schwäche. »Ohne meinen Dad gehe ich nirgendwohin.«

»So eine Scheiße«, murmelte Painter und schüttelte den Kopf. »Komm gleich wieder. Genieß die Kälte, während du wartest, Em.«

Ich konnte sehen, dass sie sich entspannte, nachdem Painter vom Wagen hinuntergesprungen war.

»Bist du okay?«, fragte ich sie. »Es wäre mir wirklich lieber, wenn du mit ihm gehst.«

Em verdrehte die Augen und wischte meine Sorgen mit ihrer blau schimmernden Hand zur Seite.

»Nie im Leben«, sagte sie. »Wenn ich geh, hast du niemanden, der für dich einsteht. Painter hasst dich. Ruger mag dich auch nicht allzu gern, und er hat schließlich die Kettensäge. Wenn einer vorhat, dich umzubringen, muss er erst mit mir fertigwerden.«

»Baby, bei allem Respekt: Du jagst mir eine Heidenangst ein.«

Sie berührte meine Wange, und ich wandte den Kopf, um ihre Finger zu küssen.

»Emmy, ich bin's, Dad«, hörte ich Hayes rufen. Dann spürte ich, wie sich der Pick-up wieder bewegte, während er hinaufkletterte, um durchs Fenster zu sehen. »Painter sagt, dass du deine Waffe nicht niederlegen und zum Arsenal fahren willst.«

»Gott sei Dank«, sagte sie mit deutlich erleichterter Stimme. Das war heftiger für sie gewesen, als es mir bewusst gewesen war. »Ich bin so froh, dass du hier bist. Ich lasse Hunter bei niemandem außer dir. Aber mir ist so kalt … Ich weiß nicht, wie lange ich es hier draußen noch aushalte.«

Ich konnte sein Gesicht in der Dunkelheit nicht sehen, doch ich hatte das Gefühl, dass ich den Ausdruck wiedererkennen würde – dieselbe Mischung aus Liebe und Frustration, die ich bereits unzählige Male im Spiegel gesehen hatte, seit ich sie kennengelernt hatte.

»Emmy, niemand wird Hunter etwas antun«, sagte der President der Reapers. »Ich habe mein Wort gegeben.«

»Hätte Mom dich zurückgelassen?«, fragte sie herausfordernd.

Er seufzte schwer und beugte sich dann vor, um ihr seine Hand zu reichen.

»Nein«, sagte er. »Deswegen wollte ich, dass du mit einem Reaper zusammen bist. Wir können es uns einfach nicht leisten, dich nicht auf unserer Seite zu haben. Du erinnerst mich jeden Tag ein bisschen mehr an sie.«

Em

Es war wunderbar, wieder im Arsenal zu sein. Sogar besser als erwartet.

Natürlich schadete es wahrscheinlich nichts, dass mich Dancer, Marie, Kit und Maggs an der Tür in Empfang nahmen. Sophie war oben mit den Kindern, die gerade ein riesiges Lager im Spieleraum im zweiten Stock errichteten.

Horse hatte mich hergebracht und war nur kurz mit reingekommen, um Marie zu sehen und ihr seine kalten Hände auf den Bauch zu legen. Sie hatte gequiekt und auf ihn eingeschlagen, bis er sie für einen langen, intensiven Kuss an sich gezogen hatte. Dann war er wieder hinaus in den Regen gegangen und hatte mich tropfend mitten in der Küche stehen lassen. Dancer wickelte mich in eine Decke ein und Marie reichte mir eine Tasse Kaffee. Ich zitterte so sehr, dass sogar mein Kiefer schmerzte.

»Was zum Teufel ist passiert?«, fragte Dancer, die mich auf einen Stuhl setzte. »Die Männer sind hier rausgerannt, als ob das Ende der Welt bevorstünde.«

»Jemand hat auf unsere Reifen geschossen«, erklärte ich ihr. Wow, es klang so … verrückt, wenn man es laut aussprach. »Hunter ist gefahren, und der Wagen rutschte auf dem Eis. Wir kamen von der Straße ab und knallten gegen einen Baum, der ihn dann im Pick-up eingeklemmt hat – er ist immer noch dort. Ich habe Dad angerufen und ihm gesagt, dass wir Hilfe brauchen. In dem Moment fing der Typ, der auch auf die Reifen geschossen hatte, an, uns ins Visier zu nehmen.«

Die Frauen starrten mich alle mit großen Augen an.

»Das ist echt 'ne üble Geschichte«, sagte Kit langsam. »Aber dir geht es gut? Und Hunter auch?«

Ich nickte.

»Ja, aber sie müssen ihn herausschneiden.«

Kit trommelte nervös mit den Fingern auf die Anrichte.

»Wusstest du, dass ein Devil's Jack in der Stadt gesehen wurde?«, fragte sie. »Und ich schätze, sie haben ihn am frühen Abend nochmals gesehen, direkt nachdem jemand Nahschüsse auf das Haus von Dancer und Bam Bam abgegeben hat.«

Ich riss meine Augen auf.

»Jemand hat auf euer Haus geschossen?«, fragte ich Dancer erschüttert. *»Während die Kinder drin waren?«*

»Ja«, sagte Dancer. Noch nie hatte ich ihr Gesicht so ernst gesehen. »Em, ich liebe dich, aber ich verstehe nicht, wie du mit einem Mann zusammen sein kannst, der zu diesem Club gehört.«

Ich erstarrte.

»Der Mann, der auf dein Haus geschossen hat, war kein Devil's Jack«, sagte ich bestimmt. »Hunter hat es mir gesagt. Er hat mir erzählt, dass irgendjemand versucht, uns gegeneinander aufzuhetzen, sodass wir einen Krieg anfangen. Sie wollen Frieden – sie *brauchen* den Frieden, weil ihr Club sonst nicht überlebt.«

Die Frauen warfen sich Blicke zu, und Marie hustete nervös.

Großartig. Jetzt hielten sie mich alle für eine leichtgläubige Idiotin.

»Möchte jemand einen Drink?«, fragte Maggs fröhlich. »Ich könnte einen vertragen.«

»Schnapp dir die Flasche«, sagte Kit und griff nach meiner Hand.

Frustriert entzog ich sie ihr.

»Fällt kein Urteil, bis wir nicht die ganze Geschichte kennen«, sagte ich zu ihnen. »Ihr wisst nicht, was da draußen passiert ist. Denkt daran, dass der Scharfschütze auch versucht hat, Hunter zu töten.«

»Ich vermute, die Wahrheit werden wir früher oder später herausfinden«, sagte Marie. »Es ist schön, dass du wieder hier bist, Em. Echt gut, dass wir alle was zum Essen mitgebracht haben. Egal, was passiert, wir können die Feiertage zusammen verbringen, anstatt einfach alles abzublasen.«

Perfekt, dachte ich mir. Genau das hatte mir noch gefehlt. Jetzt konnten morgen alle mich und Hunter böse anstarren und ihm für alles, was in den letzten zwanzig Jahren bei den Reapers schiefgegangen ist, die Schuld geben. Und da sein Wagen kaputt war, konnten wir nicht mal wegfahren. Vielleicht konnte ich einen Leihwagen nehmen …

»Ein Drink?«, fragt Maggs nochmals mit angespannter Stimme.

Ich schüttelte den Kopf, denn ich hatte bereits Kopfschmerzen. Das Letzte, was ich brauchte, war ein Kater.

Das Leben einer Erwachsenen war nicht einfach.

Hunter

Als sie mich endlich aus dem Wagen zogen, waren meine Eier auf Rosinengröße geschrumpft. Es war verdammt kalt gewesen. Trotzdem dachte ich noch daran, unsere Taschen hinter den Sitzen hervorzuziehen. Auch meine Devil's-Jacks-Kutte nahm ich mit. Ich legte sie vorsichtig über meinen Arm, bevor ich die Böschung hinaufstieg. Hayes hatte einen SUV oben stehen, der auf mich wartete. Zumindest hoffte ich, dass der SUV für mich war. Ein schwarzer Transporter parkte daneben, der mich an den erinnerte, den wir für die Entführung von Em und Sophie benutzt hatten.

Kein sehr ermutigender Anblick.

Als ich oben ankam, entdeckte ich Hayes. Er beäugte meine Kutte, sagte aber nichts. Er sagte mir auch nicht, in welchem Fahrzeug ich zum Arsenal fahren würde. Ich wusste, dass er Em versprochen hatte, mich am Leben zu lassen. Doch wahrscheinlich war meine Bequemlichkeit nicht Teil des Deals.

»Habt ihr den Schützen erwischt?«, fragte ich ihn.

»Der Schütze ist im Transporter«, sagte er. »Aber du fährst bei mir mit. Komm.«

Ich folgte ihm zu dem Geländewagen – ein Punkt für mich. Hoffentlich war das ein gutes Zeichen. Horse und Painter nahmen auf den Rücksitzen Platz. Auf der kurzen, angespannten Fahrt zum Arsenal sprach niemand mit mir, was mir auch recht war. Die Nacht war noch nicht vorüber, doch im Pick-up hatte ich mehr als genug Zeit gehabt, um mir eine Strategie zurechtzulegen. Ich war schon früher in einer derartigen Lage gewesen, allerdings normalerweise auf der anderen Seite. Ich hütete mich, Schwäche zu zeigen oder ihnen freiwillig Informationen zu geben.

Positiv war, dass ich zumindest keine Zeit damit verschwenden musste, nach dem Arschloch zu suchen, das sich als einer meiner Brüder ausgab. Er war in dem Transporter, da war ich mir so gut wie sicher. Wahrscheinlich würde er nicht mehr aus dem Arsenal herauskommen, wenn er erst mal drin war. Das sparte mir noch mehr Zeit.

Wir fuhren durch ein Tor in der Mauer des Geländes. Em war irgendwo da drin, hoffentlich kuschlig und warm, umgeben von ihren Freundinnen. Allein wenn ich daran dachte, wie sie in diesem Pick-up ungeschützt dem Regen ausgesetzt gewesen war und den Schüssen, die durch die Windschutzscheibe gegangen waren, gefror mir das Blut in den Adern.

Liebe war manchmal echt scheiße.

Jetzt musste ich nicht nur auf Kelsey aufpassen, sondern mich auch um Em kümmern. *Aus dem Grund* hatte ich mir nie ein Haustier zugelegt. Zu viel Arbeit. Hayes hielt den Wagen an, machte den Motor aus und sah mich an.

»Kommst du mit rein?«, fragte er, so als ob ich eine Wahl hätte.

»Klingt gut«, antwortete ich und öffnete meine Türe. Als ich ausstieg, merkte ich, dass wir neben einer nach unten führenden Treppe parkten, über die man offenbar in den Keller des Gebäudes gelangte.

Daran war ja nichts Beunruhigendes, oder?

Sie hatten unsere Taschen in den Kofferraum gepackt, was bedeutete, dass ich nicht an meine Ersatzpistole rankam. Wenigstens hatten sie mich nicht durchsucht. Ich hielt das für ein gutes Zeichen, da das Jagdmesser an meiner Hüfte nicht gerade unauffällig war.

Genau genommen war ich wohl immer noch ein Gast.

Hayes marschierte auf die Treppe zu, doch ich zog mir noch schnell meine Kutte über. Painter blieb abrupt stehen und sah zwischen mir und seinem President hin und her.

»Du lässt ihn nicht seine Kutte da drin tragen, oder?«, fragte er nach.

Mann, der Typ war vielleicht eine Drama-Queen.

»Meine Kutte bekommst du nur über meine Leiche«, teilte ich ihm nüchtern mit.

Mindestens fünf oder sechs Reapers versammelten sich, um zuzusehen, wie Painter und ich uns niederstarrten. Ich öffnete die Halterung meiner Messerscheide und legte die Finger lose an den Griff. Was für ein beschissenes Ende, aber mit ein bisschen Glück nahm ich das Arschloch mit in den Tod. Dann trat Picnic zwischen uns.

»Wir haben immer noch einen Waffenstillstand, Bruder«, verkündete er. »Zumindest bis wir bewiesen haben, dass sie hinter den Angriffen stecken. Ich weiß nicht, ob du dir die Kutte, die unser Freund, der Scharfschütze, trug, mal genauer angesehen hast. Mir schien sie nicht ganz richtig. Bis wir Genaueres wissen, ist Hunter ein Gast des Clubs auf Freundschaftsbesuch.«

Ja, weil Freundschaftsbesuche einen in dunkle Keller führen.

Dennoch – Painters frustrierter Gesichtsausdruck war hübsch. Ich zwinkerte ihm zu und folgte dann Ems Dad die Treppe hinunter. Er sperrte die Metalltür auf, die sich zu einem nackten Betongang öffnete, der von Glühbirnen an der Decke erhellt wurde.

»Schön hier«, murmelte ich.

Picnic schnaubte, um nicht zu lachen.

»Wir geben uns Mühe«, sagte er. »Ich habe hier ein Zimmer, in dem du gut warten kannst.«

Er schloss eine der Türen entlang des Gangs auf, und ich warf einen Blick hinein.

Von wegen Zimmer. Das hier war eindeutig eine Gefängniszelle. Ich hob eine Augenbraue und sah ihn an.

»Ich dachte, ich wäre ein Gast?«

»Keine Sorge, wir lassen die Tür auf«, sagte er mit freundlichem Lächeln.

»Und damit dir nicht langweilig wird, lasse ich dir Horse zur Gesellschaft hier.«

Horse. Hätte schlimmer kommen können, beschloss ich. Ich hatte den Mann ein paar Mal getroffen in den vergangenen Monaten. Ich hielt ihn für geradlinig und gründlich. Es hatte Ende August einen Zwischenfall mit einem unserer Jungs in Seattle gegeben. Der Wichser war durchgedreht und abgehauen. Als Horse und Ruger einen Zusammenstoß mit ihm hatten, waren sie so überaus freundlich gewesen, uns anzurufen, damit wir ihn abholen konnten. Sie hatten ihn sogar eingepackt wie ein hübsches Weihnachtsgeschenk, das zur Auslieferung an sein altes Chapter bereitstand.

Der große Reaper trat vorwärts und lächelte mich kalt an.

»Warum erzählst du mir nicht, während wir warten, was in Portland so alles los war?«, schlug er vor. »Ich höre mir gern Klatschgeschichten an.«

»Ja, mach ich gleich«, sagte ich zu ihm und widerstand der Versuchung, ihm den Mittelfinger zu zeigen. Er deutete mit höflicher Geste auf den Raum, weshalb ich hineinging und mich auf die niedrige Pritsche fallen ließ. Ich hatte vielleicht keine ernsthaften Verletzungen von dem Unfall, aber ich nahm an, dass ich morgen ziemlich steif sein würde. Vorausgesetzt, ich lebte so lange. Da konnte ist es mir genauso gut jetzt gemütlich machen. Horse folgte mir, in der Hand einen rostigen Metallstuhl aus dem Flur. Er stellte ihn mit der Lehne mir zugewandt vor mich hin, setzte sich rittlings darauf und stützte sich auf der Lehne ab.

»Also, was hast du zu erzählen?«, fragte er. »Es sind Gerüchte über dich und Em im Umlauf. Du weißt, dass sie wie eine kleine Schwester für uns ist. Mein Beschützerinstinkt ist ziemlich ausgeprägt, wenn es um meine Schwestern geht.«

»Ja, das haben mir schon ein paar deiner Brüder vermittelt«, sagte ich und verschränkte die Arme hinter meinem Kopf. »Sie hat mir erzählt, dass ihr Daddy es gar nicht mag, wenn sie einen neuen Freund mit nach Hause bringt.«

»Das könnte man so sagen.«

»Nun, ich bin nicht ihr Freund. Ich bin ihr Alter Mann und lasse nicht zu, dass sich jemand zwischen uns drängt. Um das zu umgehen, musst du mich schon umbringen. Aber bis dahin ist Em vergeben. Ist das genug Klatsch aus Portland?«

Er hob eine Augenbraue und nickte nachdenklich.

»Ehrlich gesagt ist es aufregender als das, was wir normalerweise von Deke zu hören bekommen«, sagte er. »Er erzählt gerne von nervtötenden kleinen Devil's Jacks, die in unser Gebiet eindringen, als ob sie da was zu suchen hätten.«

»Wird euch das eigentlich nie langweilig?«, fragte ich, während ich noch überlegte, wie viele verschiedene Versionen dieser Unterhaltung ich im Laufe der Jahre schon gehört hatte. »Ihr beleidigt die Jacks, wir beleidigen die Reapers, jemand wird erschossen, und wir schmollen alle die nächsten zehn Jahre lang?«

Er lachte – da hatte ich ihn wohl kalt erwischt.

»Kann kaum glauben, dass ich das sage, aber irgendwie mag ich dich. Hoffentlich muss ich deine Leiche morgen nicht vergraben.«

»Nun, ich muss zugeben«, sagte ich, wobei ich mich aufsetzte, mich vorbeugte und auf meine Knie stützte, »ich hoffe auch irgendwie, dass du morgen nicht meine Leiche vergraben musst.«

Ein Schrei erschallte. Horse neigte den Kopf zur Seite.

»Schätze, das könnte dein Clubbruder sein«, sagte er und beobachtete dabei meine Reaktion.

Ich schüttelte den Kopf.

»Das ist keiner von uns«, sagte ich knapp. »Lass es mich dir erklären … Wenn das mein Bruder wäre, würde ich jetzt für ihn kämpfen. Ich würde eher sterben, als zuzulassen, dass ein Reaper einen Jack foltert. Aber der Typ? Das ist der Schwanzlutscher, der versucht hat, meine Frau umzubringen. Eine seiner Kugeln hat sie nur um ein paar Zentimeter verpasst. Er hat mich am Ohr erwischt, zum Teufel. Mein einziges Problem ist, dass ich im falschen Raum bin. Ich sollte da drüben sein und dafür sorgen, dass ihr ihn nicht zu schnell umlegt.«

Noch ein gequälter Schrei erklang.

»Hast du was dagegen, wenn ich ein Nickerchen mache?«, fragte ich, während ich Horse in die Augen sah. »Klingt, als ob das noch ’ne Weile dauern könnte.«

Horse lachte wieder.

»Mach’s dir bequem.«

KAPITEL NEUNZEHN

Ich schaffte es tatsächlich, eine Weile zu dösen. Daran zeigte sich, wie erschöpft ich war. Ich schätze, das war kaum verwunderlich – in der Nacht zuvor hatte ich kaum geschlafen, da ich den Großteil davon in Ems Einfahrt verbracht hatte. Ich erwachte, als jemand gegen die Pritsche kickte, und war sofort hellwach. Horse stand am Fußende.

»Offenbar hat sich dein Freund zum Reden entschlossen«, sagte er. »Oh, gute Neuigkeiten übrigens. Er ist kein Devil's Jack.«

»Ach nee«, murmelte ich und fuhr mir mit den Händen übers Gesicht. Fühlte sich an wie eine Käsereibe. *Wann hatte ich mich zum letzten Mal rasiert?* »Hab dir doch gesagt, dass er keiner ist.«

»Schön, dass es die Wahrheit war. Steh auf, Pic wartet im Verhörraum auf dich. Er sagt, du musst dir anhören, was das Arschloch erzählt hat. Da ist 'ne ganz schöne Scheiße ans Licht gekommen.«

Ich folgte Horse in einen Raum, der deutlich größer als die Zelle war, die wir gerade verlassen hatten. Es roch ein wenig nach Bleichmittel, und außerdem hing der ätzende Geruch von Urin, gemischt mit der Kupfernote von Blut, in der Luft. Von der Decke baumelten an Verlängerungskabeln Werkstattlampen. Der Fußboden neigte sich in Richtung eines Abflusses in der Mitte des Raums.

Praktisch.

Direkt über dem Abfluss war ein blutüberströmter, dunkelhaariger Mann mit Armen und Beinen auf einen Metallstuhl gefesselt. Sein Gesicht war nur noch eine Masse geschwollenen Fleisches, seine Augen waren zugequollen und seine Lippen aufgeplatzt. Er trug keine Schuhe mehr, sodass man die zerschmetterten Überreste seiner Zehen sehen konnte. Von seinen Fingernägeln tropfte ebenfalls Blut, nein, eigentlich tropfte es von der Stelle, an der sich zuvor seine Fingernägel befunden hatten.

War wohl eine lange Nacht gewesen.

»Ist das der Kerl?«, fragte ich und warf einen Blick in die Runde. In dem Raum waren Ruger, Duck, Horse sowie drei Männer, die ich nicht kannte. Einen schienen sie zum »harten Burschen« auserkoren zu haben, denn seine Hände waren immer noch voller Blut. Ich sah schnell auf seinen Namensaufnäher. Bam Bam.

Picnic stellte sich mit grimmigem Gesicht neben mich.

»Ja«, sagte er. »Er gehört nicht zu euch.«

Ich musste mich schwer zusammenreißen, um nicht die Augen zu verdrehen.

»Ja, darüber hatten wir schon gesprochen«, sagte ich höflich. »Zu wem gehört er dann?«

»Zum Kartell«, antwortete Pic. »Der hier ist natürlich nicht wichtig oder von Bedeutung. Sie haben ihn hierhergeschickt, um in einer gefälschten Kutte herumzuspazieren und eine Show abzuziehen. Die Kutte liegt da drüben, kannst du dir nachher ansehen … Aber das war noch gar nicht der interessante Teil.«

Fragend hob ich eine Augenbraue. Jemanden, der eine gefälschte Kutte der Devil's Jacks trug, fand ich durchaus interessant.

Pic ging zum Stuhl und versetzte ihm einen Tritt. Der Mann stöhnte.

»Erzähl meinem Freund, was du mir gerade gesagt hast«, befahl er.

Der Mann hob seinen Kopf, obwohl ich keine Ahnung hatte, ob er mich, verquollen, wie er war, überhaupt sehen konnte.

»Ich bin nur ein *halcone*«, flüsterte er mit leichtem Akzent. Mexikanisch, nahm ich an. Was natürlich keine große Kombinationsgabe verlangte, wenn man wusste, wo das Kartell sein Headquarter hatte. Arme und verzweifelte Männer wie diesen hier setzte das Kartell überwiegend als Kanonenfutter ein. »Ich befolge Befehle. Sie haben mir gesagt, ich solle mit einem *gringo*-Boss hier rauf in den Norden fahren. Ich sollte die Kutte tragen, in Bars gehen, mit Leuten reden. Einfach tun, was der Boss sagte. Heute Abend hat er gesagt, wir sollen auf die Leute schießen, was wir auch getan haben.«

»Wir?«, fragte ich.

»Ein Soldat«, sagte er mit undeutlicher Stimme. »Nannte sich Sam, weiß nicht, wer er wirklich ist. Vielleicht ist er zusammen mit dem Boss gekommen.«

»Ein Weißer?«

»*Sí*. Amerikaner.«

»Wer hat auf den Pick-up geschossen?«

»Sam hat auf die Reifen geschossen«, sagte er. »Dann hat er gesagt, ich soll die Leute im Wagen töten, und ist verschwunden. Ich weiß nicht, wo er hin ist.«

»Weißt du irgendwas über die anderen Schießereien?«

»Bis letzte Woche, als ich hierhergeschickt wurde, war ich im Süden«, sagte er. »Hab nichts mit dieser Sache zu tun. Werdet ihr mich töten?«

Ich sah Picnic an. Seine Miene verriet nichts.

»Burke würde sicher gerne mit ihm reden, wenn ihr damit einverstanden seid«, sagte ich. »Hier geht es nicht nur um euren Club – die Jacks brauchen auch so viele Informationen wie möglich.«

»Sollte kein Problem sein, ihn ein paar Tage hierzubehalten«, sagte Ruger. Er warf mir einen durchdringenden Blick zu. »Wir haben reichlich Platz hier unten. Könnten jemanden bis in alle Ewigkeit gefangen halten, wenn wir wollten.«

Ich hatte das Gefühl, dass er nicht über die blutige Schachfigur sprach, die auf dem Stuhl saß.

»Nehmt ihn mit raus und macht ihn sauber«, sagte Picnic zu Horse.

Der große Mann trat vor und nickte einem der anderen zu, den ich nicht kannte. Gemeinsam hoben sie den Mann samt Stuhl hoch und trugen ihn aus dem Raum. Ich sah auf all das Blut am Boden und dachte über meine eigene Lage nach.

Verdammt. Konnte genauso gut jetzt über die Sache reden.

»Ich wäre dankbar, wenn du Burke anrufen könntest«, sagte ich zu Picnic. »Hab momentan gerade kein Handy.«

»Ich kümmere mich drum«, sagte er. Er wandte sich ab, um zu gehen, doch ich erwischte ihn noch am Arm. Ruger trat einen Schritt auf mich zu und ließ seine Fingerknöchel knacken. Ich widerstand nochmals der Versuchung, die Augen zu verdrehen. *Ja, ich hab's verstanden. Du wirst deinen President beschützen und mich mit bloßen Händen erledigen etc. …* So verdammt vorhersehbar.

»Wir müssen reden«, sagte ich. »Bringen wir's am besten hinter uns. Wenn Em dabei ist, können wir das nicht tun.«

»Nimm's mir nicht übel, aber du bist nicht mein Lieblingsgast«, antwortete Pic mit schmalen Augen. »Nur weil wir dich als Zeugen für deinen Club dazugerufen haben, heißt das noch nicht, dass mir nach plaudern zumute ist. Es sollte besser was Wichtiges sein.«

»Ich denke, das ist es. Im Lauf der letzten Monate hast du wahrscheinlich viel Zeit und Energie darauf verwendet, dir unterschiedlichste Todesarten für mich auszumalen?«

Pic nickte und lachte dabei höhnisch.

»Das hättest du an meiner Stelle auch getan.«

»Das lässt sich nicht leugnen«, sagte ich. »Die Sache ist die … ich will nicht die nächsten zwanzig Jahre darauf warten, ob du mich in den Rücken schießt. Ich liebe deine Tochter, und ich werde sie nicht aufgeben. Wenn du das nicht akzeptieren kannst, solltest du mich jetzt töten. Ansonsten solltest du mich und meine Alte Lady in Ruhe lassen, verdammt noch mal.«

Bei diesen Worten merkte er auf.

Picnic sah mich forschend an. Ich wartete darauf, dass er etwas sagte, doch Ruger trat mit kaltem, angespanntem Gesicht vor.

»Lass uns ihn umlegen«, sagte er. »Sophie ging wegen diesem Arschloch durch die Hölle. Ich hätte sie beinahe verloren.«

Ich hielt Hayes' Blick stand und ignorierte den anderen Mann. Hier ging es um mich und Pic, es ging darum, ein für alle Mal zu klären, ob er mich als Ems Mann akzeptieren konnte. Ich hob meine leeren Hände und drehte mich um, sodass ich ihm den Rücken zuwandte.

»Ich bin bereit«, sagte ich. »Mach schon. Außerdem ist es gutes Timing – du kannst immer sagen, dass mich das Kartell erwischt hat. Sie wird die Wahrheit nie erfahren. Mein Club ebenso wenig.«

»Warum?«, fragte Pic.

»Weil sie einen Mann mit einer Zukunft verdient hat«, sagte ich, während ich meinen Hals seitlich dehnte. Nach dem Unfall verkrampften sich die Muskeln allmählich. »Ich will dieser Mann sein. Ich liebe sie, und ich werde alles tun, um für ihre Sicherheit und ihr Glück zu sorgen. Aber ich bin realistisch. Wenn die Reapers entschlossen sind, mich zu töten, dann bin ich so gut wie tot. Vielleicht dauert es eine Weile, bevor es euch gelingt, was sie nur noch mehr verletzen würde, wenn ihr es dann schafft. Ich würde es lieber jetzt enden lassen, als sie noch Schlimmerem in der Zukunft auszusetzen.«

Sie schwiegen hinter mir. Ich war nicht blöd – das Timing war nicht perfekt. Ein schlauer Mann hätte vielleicht nicht noch extra nachgefragt. Doch wenn Pic vorhatte, mich zu töten, konnte er es genauso gut jetzt hinter sich bringen. Wir mussten seinem drohenden Schatten entkommen, sonst würde uns die Angst bei lebendigem Leibe auffressen.

»Ich sollte dich erschießen«, sagte Pic langsam. »Weißt du, warum? Ich glaube, dass du ihr wehtun wirst. Nicht mit Absicht, aber es wird passieren. Und ich darf dann die Scherben zusammenkehren.«

Das klang nicht vielversprechend. Ich wappnete mich und wartete auf die Kugel.

Würde er es schnell machen oder in die Länge ziehen?

»Dreh dich um.«

Ich wirbelte herum und sah, dass er sich mir mit geballten Fäusten näherte. Ich versuchte, mich zu entspannen und mitzugehen, als mich der erste Schlag im Gesicht traf. Ausstrahlend von meinem Wangenknochen durchfuhr mich der Schmerz. Der zweite Schlag kam aus einer anderen Richtung. Mir wurde bewusst, dass sich Ruger dem Unternehmen angeschlossen hatte.

Das fehlte mir gerade noch …

Danach verlor ich jegliches Zeitgefühl. Irgendwann fiel ich auf den Boden, wo sie mich leichter treten konnten. Ich glaube, dass ich ganz gut damit klarkam, wenn man bedachte, dass sich der Schmerz in meinem Körper zu einer gewaltigen Welle aus Agonie und Qual aufbaute. Ich schaffte es, nicht zu schreien, obwohl ich ein Stöhnen nicht verhindern konnte, als jemand einen besonders guten Treffer landete. Zu dem Zeitpunkt hatte ich bereits solche Schmerzen, dass ich dachte, es könnte nicht mehr schlimmer kommen.

Dann spürte ich, wie eine Rippe brach …

Es kam schlimmer. *Verdammter Wichser.*

»Genug«, hörte ich Hayes sagen. Seine Stimme erklang wie aus weiter Ferne. Jemand rollte mich auf den Rücken, und ich blinzelte in die grellen Deckenlampen. Dann sah ein Gesicht auf meines herunter.

Das Gesicht, das ich am allerwenigsten sehen wollte. Painter, das Arschloch.

Er sagte etwas, aber ich konnte es durch das Pfeifen in meinen Ohren nicht richtig hören. Ich schüttelte meinen Kopf und konzentrierte mich auf seine Lippen. Er sagte es noch einmal.

»Kann ich seine Kutte nehmen?«

Gottverdammte Scheiße.

Lernte dieser Mann denn nichts dazu? Ich drehte mich auf die Seite, drückte mich langsam mit den Armen hoch, bis ich auf den Knien war.

Es dauerte ein paar Sekunden, bis ich mich einigermaßen gefangen hatte. Halb bekam ich mit, dass noch mehr Männer in den Raum gekommen waren. Sie unterhielten sich, aber ich konnte ihre Worte nicht verstehen.

Ich stand schwankend auf. Jeder Atemzug tat höllisch weh, weil sich dabei meine gebrochene Rippe bewegte und in meine Lungen stach. Painter stand direkt vor mir und grinste mich höhnisch wie ein Spielplatzrowdy an. Ich spuckte einen Zahn aus und lächelte hasserfüllt zurück.

Dann packte ich seine Schultern und rammte meine Stirn gegen seine Nase.

Er kippte um wie ein Stein, während ihm das Blut aus der Nase spritzte. Als ich einen Schritt zurücktrat, schwankte ich wieder. Es kostete mich all meine Kraft, nur auf den Füßen zu bleiben. Doch dass ich gerade verprügelt worden war, war sogar von Vorteil. Denn ich hatte bereits solche Schmerzen, dass der Schmerz in meiner Stirn gar nicht weiter auffiel.

Ich atmete tief ein und beantwortete Painters Frage.

»Ich habe es dir schon einmal gesagt. Meine Kutte bekommst du nur über meine Leiche. Und meine Frau lässt du gefälligst in Ruhe. Leg dich mit mir an, und ich leg dich um.«

Ich schwankte zurück und hob meinen Kopf, um Picnic zu suchen.

»Sind wir hier fertig?«, fragte ich, während ich vorsichtig meine Rippen abtastete. Die Schmerzen waren unglaublich. »Das ist nämlich deine letzte Gelegenheit. Töte mich jetzt oder lass uns in Ruhe.«

»Wir werden dich und Em in einem Zimmer im oberen Stockwerk unterbringen«, sagte Pic mit grimmiger Miene. »Es gefällt mir nicht, aber ich akzeptiere es. Ich kann einen Mann respektieren, der um mein Mädchen kämpft.«

Er warf nochmals einen Blick auf Painter, der noch immer am Boden lag, drehte sich dann um und ging hinaus. Ich taumelte hinter ihm her und hoffte inständig, dass irgendjemand eine Packung Paracetamol dabeihatte.

»Was willst du Em erzählen?«, fragte Hayes, während wir langsam den Flur entlanggingen. Er drängte mich nicht zur Eile, wofür ich dankbar war. Im Moment war es ein verdammtes Wunder, dass ich mich überhaupt aufrecht halten konnte.

»Gar nichts«, sagte ich. »Meine Eier sind die einzige Stelle, die heute Abend noch keinen Tritt abbekommen haben, und das soll auch so bleiben. Ich sage ihr, es ginge um Clubangelegenheiten und ich dürfte nicht darüber reden.«

»Du hattest noch nie 'ne richtige Beziehung, oder?«, fragte er.

Ich schüttelte den Kopf. Wir blieben vor der Treppe stehen und ich sah hoch. Fuck. Da wollte ich nicht hochsteigen.

»Woher weißt du das?«, fragte ich ihn, während ich eine Pause einlegte, um wieder zu Atem zu kommen.

Er lachte kurz auf.

»Das wirst du schon noch rausfinden.«

Em

Es war nach zwei Uhr morgens, als Dad in die dunkle Küche marschiert kam. Ich hatte mir immer mehr Sorgen darüber gemacht, ob Hunter in Sicherheit war, besonders als ich sah, dass mehrere Männer in den Keller gingen und zurückkamen.

Ich war schließlich nicht blöd.

Ich wusste, was da unten war – zum Teufel, Kit und ich sind in diesem Gebäude praktisch aufgewachsen. Es gab nicht viele Geheimnisse, die wir nicht kannten, auch wenn ich mir sicher bin, dass mein Vater keine Ahnung hatte, wie viel wir im Lauf der Jahre gesehen und gehört hatten.

Vor ein paar Stunden hatte ich mitbekommen, dass mehrere Fahrzeuge auf den Hof gefahren waren. Deshalb wusste ich, dass Hunter da unten sein musste. Horse kam sogar rein, um uns mitzuteilen, dass sie den Schützen gefunden hatten und wir uns keine Sorgen mehr zu machen brauchten.

Das jagte mir noch mehr Angst ein. Denn wenn sie den Schützen gefunden hatten, warum war Hunter dann noch nicht bei mir? Gegen elf

Uhr überlegte ich, ob ich eine Rettungsaktion starten sollte, beschloss aber dann, dass die Gefahr, dass die Sache nach hinten losging und ich Hunter damit schadete, viel zu groß war. Auch wenn ich es ungern zugab – eine Einmischung meinerseits würde ihm nicht helfen. Nicht unter diesen Umständen … Es war eine Sache, ihn im Pick-up zu beschützen, als er eingeklemmt war. Aber wenn ich jetzt hereinplatzte? Dann sähe er vor meinem Dad und dessen Brüdern schwach aus. Und Hunter konnte es sich nicht erlauben, schwach auszusehen.

Ich hätte bei ihm im Pick-up bleiben sollen.

Nun stand Dad mit undurchschaubarem Gesichtsausdruck vor mir.

»Und?«, fragte ich ihn. »Wo ist er? Geht es ihm gut?«

»Ich freu mich auch, dich zu sehen, mein kleines Mädchen.«

»Hey, Em«, hörte ich Hunter sagen. Er trat aus dem Schatten des Treppenaufgangs und lehnte sich gegen den Türrahmen, als ob er es gerade noch so schaffte, einfach stehen zu bleiben.

Heilige Scheiße.

Zutiefst entsetzt schlug ich die Hand vor den Mund.

»Was zum Teufel ist mit dir passiert?«, flüsterte ich, während ich spürte, wie mir die Tränen in die Augen stiegen. Ich lief zu ihm, doch als ich versuchte, ihn zu berühren, zuckte er zurück.

»Sorry, Baby«, murmelte er. »Ich fühl mich etwas angeschlagen. Warum holst du mir nicht ein paar Eiswürfel und hilfst mir ins Bett?«

»Ihr könnt das Zimmer im zweiten Stock benutzen«, sagte Dad. »Ich hole ein paar Schmerztabletten.«

Ich sah zwischen den beiden hin und her und versuchte herauszufinden, ob wir irgendwie in einem Paralleluniversum gelandet waren, in dem Leute wahllos verprügelt wieder auftauchten, ohne dass sich jemand was dabei dachte.

»Will mir vielleicht einer von euch beiden erzählen, was zum Teufel hier passiert ist? Als ich ihn zuletzt gesehen habe, sah er nicht so aus, Dad. Ich habe dir vertraut!«, sagte ich mit zitternden Händen.

Meine Stimme wurde beim Sprechen immer lauter. Ich hatte das Gefühl, dass ich irgendwas tun sollte, wusste aber nicht, was.

»Baby, du weißt, dass ich dir versprochen habe, dich nie wieder anzulügen, oder?«, sagte Hunter.

Ich nickte, denn ich war völlig erschüttert über die Verletzungen in seinem Gesicht. Es war fleckig und geschwollen. Blut tropfte träge aus seinem Mund und lief über sein Kinn. Er hielt sich eine Hand an die Rippen und sein Atmen klang komisch. »Nun, dies ist einer dieser Momente, in denen ich nicht lügen werde, was heißt, dass egal, wie oft du mich fragst, du keine tröstliche Geschichte zu hören bekommen wirst. Wenn du die Wahrheit willst, musst du das akzeptieren. Hilf mir einfach, mich etwas sauber zu machen und zu verarzten, und lass uns dann schlafen gehen.«

Ich sah hinüber zu Dad. Er hockte vor einem der Schränke und wühlte darin herum. Dann holte er ein großes Erste-Hilfe-Päckchen hervor.

»Ich seh euch oben«, sagte er. »Im zweiten Stock wartet ein Bett auf dich. Sie haben es für euch frei gelassen. Im Bad auf der anderen Seite des Flurs ist eine Dusche. Versucht bitte, leise zu sein – wir wollen nicht die ganzen Kinder aufwecken. Ich schätze, sie schlafen im Spielezimmer, das direkt unter dem Zimmer liegt, in dem ihr übernachten werdet.«

»Danke«, sagte Hunter. »Danke für die Gastfreundschaft.«

»Bin ich die Einzige hier, die nicht verrückt ist?«, fragte ich plötzlich. »Was ist mit euch nur *los?* Was habt ihr mit Hunter gemacht?«

Sie warfen sich Blicke zu, und Hunter zuckte mit den Schultern.

»Allmählich wird mir klar, was du vorhin gemeint hast«, murmelte Hunter an Dad gewandt. »Ich bin das nicht gewöhnt.«

»Was bist du nicht gewöhnt? Dass die einzige nicht wahnsinnige Person im Raum Antworten von dir fordert?«

»Dass sich jemand solche Sorgen um mich macht«, sagte er leise.

»Em, ich liebe dich wirklich sehr, und ich glaube, dass wir deinen Dad endlich davon überzeugt haben. Was auch immer in deiner Vorstellung passiert ist – du liegst falsch«, erklärte er. »Du musst nur wissen, dass alles ein gutes Ende genommen hat und die guten Jungs gewonnen haben. Und jetzt will ich nur noch mit dir ins Bett kriechen und schlafen. Pic, hast du Paracetamol?«

Mein Dad nickte und verließ das Zimmer.

»Du wirst es mir tatsächlich nicht sagen?«

»Nein«, sagte er. »Ich schätze, dass du mir einfach vertrauen musst, wenn ich dir sage, dass es nötig war. Du brauchst dir aber keine Sorgen zu machen, dass es noch einmal passiert. Und noch was, Em …«

»Ja?«, flüsterte ich.

»Ich habe dich nicht angelogen. Vergiss das nicht. Ich hätte dir alle möglichen Storys erzählen können, um die Sache zu erklären, aber ich hab es nicht getan. Das hätte mein Leben wesentlich einfacher gemacht. Ich hoffe, das bedeutet dir etwas.«

Ich zitterte und versuchte, seine Worte zu begreifen. Das ergab alles keinen Sinn.

»Baby, können wir bitte nach oben gehen?«, fragte er leise. »Ich sehe, dass du dir über viele Dinge Gedanken machst, aber ich schätze, ich kann mich nicht mehr lange auf den Beinen halten.«

Ich nickte und zwang mich, aus der Woge der Gedanken aufzutauchen.

»Darüber reden wir noch«, sagte ich zu ihm. »Aber zuerst kümmern wir uns mal um dich. Ich glaube, du musst in die Notaufnahme. Wenn mir Dad nicht sein Auto leiht, dann nehme ich das von Kit.«

»Die Straßen sind von einer dicken Eisschicht überzogen«, sagte er und lächelte dabei – oder versuchte es zumindest. Unter diesen Umständen war das schwer zu beurteilen.

»Wir hatten heute schon einen Unfall. Ich werd schon wieder, das sind nicht die ersten Prügel, die ich einstecken musste. Außerdem können sie in der Notaufnahme auch nicht viel machen. Meine Rippen bandagieren, vielleicht eine Wunde nähen. Schmerzmittel. Das können wir alles auch hier machen, obwohl ich, glaube ich, auf das Nähen lieber verzichte. Ein paar Narben zusätzlich werden meinem Ruf bei den Brüdern nur guttun. Sie sagen immer, dass ich zu hübsch aussehe.«

Dieses Mal wusste ich, dass er lächelte.

»Du spinnst«, sagte ich kopfschüttelnd. »Was ist, wenn du eine Kopfverletzung oder so hast?«

Er wurde wieder ernst.

»Das ist es nicht wert, da rauszugehen, Baby. Wir haben mindestens einen Schützen nicht erwischt.«

Ich erstarrte.

»Horse hat gesagt, dass wir uns keine Sorgen mehr zu machen bräuchten.«

»Das war womöglich, bevor wir alle Einzelheiten kannten«, sagte Hunter seufzend. »Wir dachten zuerst, es wäre nur ein Mann gewesen. Sicher werden sie morgen alle zusammentrommeln und ihnen erzählen, was sie wissen müssen. Ich wette sogar, dass der zweite Kerl nach dieser Sache verschwindet – sie hatten es nicht auf uns im Speziellen abgesehen, sondern versuchen nur, zwischen den Clubs Unfrieden zu stiften. Aber wir haben jetzt den Beweis, dass das Kartell hinter diesem Angriff steckt. Das sollte reichen, um die Reapers und die Jacks davon zu überzeugen, dass wir zusammenhalten müssen. Diese Aktion heute Nacht ging für sie gewaltig nach hinten los.«

»Verdammt«, flüsterte ich. »Das ist wenigstens etwas. Und ich verstehe, was du sagen willst. Wenn da draußen nur Eis und Kartell auf uns warten, dann ist es schlauer, schön hier drin zu bleiben. Ich schätze, wir gehen dann besser mal nach oben?«

»Was für eine tolle Idee. Warum bin ich da nicht drauf gekommen«, murmelte er, obwohl ich eine Spur von Humor in seinen Augen gesehen zu haben glaubte. Aber nur vielleicht. Wie gesagt, bei all den Schwellungen war das schwer zu sagen. Ich nahm seinen Arm und führte ihn vorsichtig durchs Zimmer, durch die Feuertür und ins Haupttreppenhaus.

»Willst du auf meinen Dad warten, damit er dir hilft?«, fragte ich, während ich nachdenklich die Treppe betrachtete, die vor uns lag. Ich konnte ihn stützen, aber nicht viel mehr.

»Nein«, sagte Hunter mit ironischem Tonfall. »Ich würde es vorziehen, keine Hilfe mehr von deinem Dad annehmen zu müssen. Noch mehr davon würde ich nicht verkraften.«

Eine Stunde später schlich ich mich wieder runter. Hunter schlief tief und fest, und ich bezweifelte, dass irgendwas außer einer Zombieapokalypse ihn wecken würde. Ich wusste, dass ich Dad im Büro des Arsenals finden würde. Er hatte dort eine Couch, und da so viele Leute heute im Arsenal übernachteten, würde er kein Bett beanspruchen, in dem sonst ein Kind schlafen konnte.

Leise klopfte ich an die Tür, da ich die in der Nähe Schlafenden nicht aufwecken wollte.

»Einen Moment«, sagte Dad, während ich ihn umhergehen hörte. Dann öffnete sich die Türe, und er sah auf mich herab.

Ich lächelte nicht.

»Ich muss mit dir reden.«

Er seufzte. »Komm rein.«

Während er eine Lampe anmachte, trat ich ein, schloss die Tür hinter mir und lehnte mich dagegen. Er setzte sich auf die Couch. Sekundenlang starrten wir einander an.

»Deine Mom fehlt mir sehr«, sagte er schließlich. »Sie wusste, wie man mit euch Mädels umgeht. Das hab ich nie richtig hingekriegt.«

Seine Worte überraschten mich, und ich spürte plötzlich Tränen in meinen Augen brennen. Doch rücksichtslos blinzelte ich sie weg.

»Hier geht es nicht um Mom, sondern um uns.«

»Was zwischen mir und Hunter geschehen ist, geht dich nichts an. Das weißt du. Es ist nicht dein Problem, und du solltest dir keine Gedanken darüber machen.«

Ich schüttelte langsam meinen Kopf und fragte mich, ob er es jemals begreifen würde.

»Nein, Dad. Es geht mich definitiv was an, wenn der Mann, den ich liebe, halb zu Tode geprügelt wird, nur weil es meinem Vater nicht passt, dass ich erwachsen werde.«

Er öffnete seinen Mund, um mir zu antworten, aber ich hob eine Hand, um ihm das Wort abzuschneiden, woraufhin er seine Augen aufriss.

»Ich verstehe, dass das Clubangelegenheiten sind«, fuhr ich fort. »Ich weiß, dass du der President bist und wir alle tun müssen, was du uns sagst. Ich habe dich vor deinen Brüdern nie respektlos behandelt. Aber hier geht es nicht um den Club, sondern um deine Familie. Du musst mir verdammt gut zuhören, denn ich meine es ernst. Wenn du meinen Mann je wieder anrührst, bist du für mich gestorben. *Gestorben*. Dann werde ich nicht mehr mit dir sprechen, dich nicht mehr ansehen und dich ganz sicher auch nicht mit deinen zukünftigen Enkelkindern spielen lassen. Ist das klar?«

Er seufzte wieder.

»Ist klar.«

Ich drehte mich um, um zu gehen, doch er stand auf, hielt mich fest und zog mich in seine Arme. Eine Sekunde lang widerstand ich, dann gab ich mich dem vertrauten Gefühl von Sicherheit und Zugehörigkeit hin, das ich immer in seinen Armen spürte.

»Ich werde immer dein Vater sein«, sagte er leise und legte sein Kinn auf meinen Kopf. »Ich und Hunter, wir haben uns geeinigt. Er versteht mich, und ich glaube, ich fange an, ihn zu verstehen. Aber egal, wie sehr du ihn liebst oder wie die Sache weitergeht – du wirst immer mein kleines Mädchen sein. Ich hab dich lieb, Em.«

Dieses Mal ließ ich die Tränen zu.

»Ich hab dich auch lieb, Daddy.«

Kurz darauf löste ich mich von ihm und sah zu ihm auf.

»Ich muss jetzt wieder zurück zu Hunter.«

Er nickte, streichelte mir mit der Hand übers Haar und blickte mich beinahe wehmütig an.

»Ich weiß, Baby. Kümmere dich um ihn.«

Am Morgen von Thanksgiving hatten wir strahlenden Sonnenschein.

Ich wachte auf und kroch vorsichtig aus dem Bett, um Hunter nicht zu sehr durchzuschütteln.

Als ich zum Fenster rüberging und hinaussah, bemerkte ich, dass alles von einer dicken Eisschicht überzogen war. Aber wirklich *alles*. Autos, immergrüne Bäume, Stromleitungen. Huch. Diese Kabel sahen aus, als ob sie jeden Moment herunterbrechen würden. Die Sonne glitzerte auf dem Eis, wohin man blickte, und wurde wie von Millionen kleiner Prismen reflektiert. Es war, als ob wir auf der Erde schlafen gegangen und in einem Märchenland wieder erwacht wären.

Natürlich hatte dieses gefrorene Wunderland einen entscheidenden Nachteil. Nie im Leben konnten wir heute abfahren, was bedeutete, dass Hunter und ich unseren ersten gemeinsamen Urlaub notgedrungen mit meiner versammelten Reapers-Familie verbringen würden. Gut war, dass ihn nur etwa die Hälfte von ihnen tot sehen wollte. Leider würden einige von denen, die ihm den Tod wünschten, heute kochen. Deshalb sollte ich wohl besser alles, was sie ihm anboten, vorkosten, bevor ich es ihn essen ließ.

Vielleicht sollten wir Weihnachten besser in Portland verbringen …

Ich hörte ein Geräusch aus dem Bett. Hunter sah heute noch wesentlich schlimmer aus. Seine Prellungen hatten sich voll entfaltet, und sein Gesicht erinnerte mich an eine zerquetschte Tomate. Besser gesagt eine zerquetschte Tomate mit Augen.

»Komm wieder ins Bett«, murmelte er. »Und bring die Medikamente mit. Ich fühle mich beschissen.«

Ich ging zu ihm, nahm das Fläschchen mit den Schmerztabletten und schüttete vorsichtig einige davon auf meine Hand. Hunter schaffte es, sich lange genug aufzusetzen, um sie mit etwas Wasser hinunterzuschlucken. Dann legte er seinen Kopf unter Schmerzen wieder auf das Kissen. Die Anstrengung war eindeutig zu viel für ihn gewesen.

Ich ließ mich neben ihm auf dem Bett nieder.

»Ich habe über letzte Nacht nachgedacht«, sagte ich ruhig. »Du solltest wissen, wie sehr ich dir dafür dankbar bin, dass du mich nicht angelogen hast. Mir ist klar, dass du mir nichts erzählen wirst, und ich weiß sogar, warum. Er hat das getan, weil ich mit dir schlafe, wobei die Geschichte mit der Entführung die Sache wohl nicht besser macht. Ich bin mir sicher, dass du reglos dagestanden hast, um es über dich ergehen zu lassen. Und das alles wegen irgendeines doofen Macho-Paktes, den du mit ihm geschlossen hast.«

Hunter schloss seine Augen.

»Ich bin einfach zu müde, Baby. Lass es bleiben. Wir genießen zusammen ein schönes Thanksgiving-Dinner, und morgen kümmern wir uns um den Pick-up. Es ist alles in Ordnung.«

Ich kroch unter die Bettdecke und stützte mich auf meinen Ellbogen, um sein zu Brei geschlagenes Gesicht zu betrachten.

»Versprich mir, dass es vorüber ist.«

»Was ist vorüber?«, fragte er mit schläfriger Stimme.

»Dein Scheißstreit mit meinem Dad. Oder müssen wir losziehen und ihm noch eine Herde Ziegen kaufen?«

»Nö«, hauchte er. »Pic sagt, Fässer gingen genauso. Er ist praktisch veranlagt.«

»Du treibst mich noch in den Wahnsinn. Das ist nicht in Ordnung.«

»Ich weiß. Ich liebe dich, Baby.«

»Ich liebe dich auch.«

»Können wir jetzt bitte wieder schlafen?«

Ich schnaubte, legte mich aber auf den Rücken.

»Natürlich, warum auch nicht«, sagte ich. »Ist ja nicht so, als ob wir Sex haben könnten, was echt blöd für dich ist. Ich habe weiter in meinem

Buch gelesen. Wusstest du, dass es darin ein ganzes Kapitel über erotische Massagen gibt? Offenbar reicht das Penisgewebe bei einem Mann bis tief ins Skrotum hinein. Und wenn man sanft darauf drückt …«

»Em?«

»Ja?«, fragte ich unschuldig.

»Du bist eine sehr böse Frau.«

Ich lächelte und genoss meinen kleinen Sieg. Dann beschloss ich, dass ich ebenso gut wieder schlafen konnte – ich würde meine Kraft noch brauchen, um den Nachmittag zu überstehen. Wie ich mein Glück kannte, würde Onkel Duck Hunter die Geschichte erzählen, wie ich mit sechs Jahren das Lied »Jingle Bells, Batman Smells« als Überraschungssolo bei einem Schulkonzert zum Besten gegeben hatte.

Oh mein Gott!

Weihnachten würden wir garantiert in Portland verbringen.

EPILOG

Portland, Oregon

Sechs Wochen später

Das Café machte heute eigentlich um sechzehn Uhr zu, aber natürlich hingen noch ein paar Kunden herum. Normalerweise war das kein Problem. Ich drehte das Schild an der Tür einfach auf »Geschlossen« und machte schon mal sauber, während die Gäste noch austranken.

Leider hatten es sich diese beiden Typen wirklich gemütlich gemacht. Sie hatten beide vor zwei Stunden jeweils eine kleine Tasse Tee bestellt, und seitdem stritten sie sich darüber, ob Gott tot war oder schlicht und ergreifend niemals existiert hatte. Cookie warf ungern Leute raus, aber in einer solchen Situation würde auch sie durchgreifen. Doch ich hasste es, sie zum Gehen aufzufordern. Wir konnten es uns nicht leisten, Gäste zu verlieren.

Leider lief der Shop nicht so gut, weshalb ich mir Sorgen um sie machte. Ich fühlte mich schuldig, weil ich zu Kelsey gezogen war. Allerdings hatte Cookie auch nicht so viel Miete von mir verlangt, dass sich das groß auf ihre monatlichen Einnahmen ausgewirkt hätte. Ich versuchte, für sie zu babysitten, wann immer es mir möglich war. Letzte Woche hatte ich sogar ihr ganzes Haus geputzt. Es war schon anstrengend, einer alleinerziehenden Mutter nur zuzusehen. Ich konnte mir nicht vorstellen, in ihrer Haut zu stecken.

Die Glocke an der Tür bimmelte, als jemand hereinkam.

»Tut mir leid, wir haben schon geschlo …«, begann ich, fing aber an zu lächeln, als ich sah, dass es Hunter war. Ich nahm an, dass es mir irgendwann nicht mehr total schwindlig werden würde, wenn ich ihn sah. Aber noch war ich von dem Punkt weit entfernt.

»Konntest du früher Schluss machen?«, fragte ich. Er hatte vor zwei Wochen in einer Werkstatt als Mechaniker angefangen, wobei mir seine Arbeitszeiten ungewöhnlich flexibel vorkamen. Dafür gab es sicherlich einen speziellen Grund, den ich aber wahrscheinlich nie erfahren würde. Soweit ich das sagen konnte, wurde der Laden von den Devil's Jacks finanziert. Zumindest log er mich nicht an – Hunter hatte es mit der Wahrheit seit unserem Streit wegen der Fotos peinlichst genau genommen. Was allerdings ein zweischneidiges Schwert war. Das wurde mir klar, als ich ihn fragte, ob mich ein altes Shirt von Kit dick aussehen ließe. (Was offenbar der Fall war.)

»Burke ist in der Stadt«, sagte er knapp. Dann zeigt er mit dem Kinn auf die zwei Hipster, die in der Ecke ihre lauwarmen Teereste hüteten.

»Warum sind die noch da? Du hast doch vor einer halben Stunde zugemacht.«

Ich zuckte mit den Schultern.

»Ich halte es für falsch, unsere Kunden rauszuscheuchen.«

Hunter presste die Lippen aufeinander, ging quer durch den Raum, schnappte sich einen Stuhl von ihrem Tisch und setzte sich ihnen gegenüber. Sie machten große Augen, als er sich zurücklehnte. Hunter holte das große Klappmesser heraus, das er immer ans Bein geschnallt trug, und fing an, seine ölverschmierten Fingernägel damit zu reinigen.

»Seht ihr das verdammt scharfe Mädel da drüben?«, fragte er Hipster Nr. 1, wobei er mit dem Kinn auf mich deutete. »Das ist meine Frau. Ich wäre jetzt gerne allein mit ihr, aber sie muss warten, bis ihr kleinen Wichtigtuer endlich gegangen seid, obwohl der Laden vor dreißig Minuten zugemacht hat. Und höchstwahrscheinlich gebt ihr nicht mal ein Trinkgeld. Das erscheint mir irgendwie falsch. Was meint ihr?«

Hipster Nr. 2 sagte zögernd: »Ich glaube, wir wollten gerade gehen.«

»Gut zu wissen«, erwiderte Hunter höflich. »Vergesst das Trinkgeld nicht.«

Hipster Nr. 2 stand nickend auf und wühlte in seiner Hosentasche herum, während Hipster Nr. 1 sich seine trendige Lederaktentasche schnappte und dabei schluckte. Sie gingen auf die Ladentür zu, doch Hunter räusperte sich anzüglich.

»Sieht nach ziemlich wenig Trinkgeld aus«, sagte er. »Die Schuhe, die du da anhast, kosten fast zweihundert Dollar, du kannst es dir also sicher leisten, etwas mehr springen zu lassen, schätze ich. Oder sind die Schuhe ein Geschenk von Mommy und Daddy?«

Ich runzelte die Stirn, als sie nochmals in ihren Hosentaschen wühlten, und beschloss dann, das Spiel zu beenden. Cookie war rettungslos verloren, wenn die beiden wirklich sauer wurden und beschlossen, uns schlechtzumachen – genügend Freizeit hatten sie ja dafür.

»Das passt schon«, sagte ich und öffnete ihnen die Tür. »Ich bin mir sicher, das Trinkgeld war in Ordnung, und ich hoffe, ihr kommt wieder, wenn wir geöffnet haben.«

»Äh, okay«, sagte Hipster Nr. 1, als er durch die Tür trippelte und mich mit Hunter alleine ließ. Ich legte den Riegel vor und ließ die Jalousien runter, bevor ich mich zu ihm umdrehte.

»War das wirklich notwendig?«

Er stand auf und kam auf mich zustolziert.

»Absolut«, murmelte er, wobei sich seine Augen verdunkelten.

Den Blick kannte ich schon.

»Hunter, das hier ist meine Arbeit«, protestierte ich.

Er griff mit einer Hand nach einer Strähne meines Haars und zwirbelte sie zwischen seinen Fingern, während er mich für einen Kuss an sich zog. Ich versuchte, mich zurückzuhalten, aber seine Zunge attackierte meine Lippen, und schon war er drin. Gegenwehr war zwecklos, das wussten wir beide.

Mein Gott, ich liebte es, ihn zu schmecken.

Er küsste mich unablässig, während er mich in Richtung eines Tisches an der Wand schob. Ich hatte bereits alle Jalousien geschlossen; wir waren also ganz für uns. Trotzdem fühlte es sich nicht richtig an. Mein Arsch rumste gegen den Tisch, was mir die Situation schlagartig vor Augen führte.

Wenn ich nichts unternahm, würde mich Hunter hier mitten in Cookies Laden ficken.

Ich musste ihn aufhalten.

Aber dann begann er, meine Brust kräftig zu kneten, was sich verflucht gut anfühlte. Ein erregendes Kribbeln breitete sich in meinem Körper aus. Doch plötzlich löste sich Hunter von mir und runzelte die Stirn.

»Was ist los?«

»Burke will dich kennenlernen.«

»Burke, euer National President?«, fragte ich mit großen Augen. »Warum?«

»Keine Ahnung, verdammt. Er ist ein gerissener alter Bastard.«

Seine Hände fuhren über meine Seite, griffen nach meinem Rock und schoben ihn hoch.

»Wann treffen wir uns mit ihm?«, fragte ich, bemüht, mich zu konzentrieren, was fast unmöglich war, weil der Rock sich nun um meine Taille bauschte und er die nackte Haut meines Pos berührte, die von meinem Stringtanga nicht bedeckt wurde.

Hunters Hände griffen fester zu und zogen mich näher an ihn heran, sodass ich seine Hüften berührte. Sein Schwanz war steif und einsatzbereit, weshalb ich kaum atmen konnte, geschweige denn, mich auf seine Worte konzentrieren.

»Er ist bereits in der Stadt, im Panther gleich um die Ecke«, murmelte er, während er meinen Hintern massierte. Ein Finger glitt in meine Pospalte und schob sich unter den Stringtanga. Das hatte er in letzter Zeit immer öfter gemacht.

»Im Stripclub?«, fragte ich, wobei ich versuchte, aufzupassen.

»Ja«, sagte er. »Wir sollen ihn abholen, wenn wir hier fertig sind. Er hat gesagt, dass er mir was zeigen will. Bist du damit einverstanden?«

Ich griff zwischen uns nach unten und drückte seinen Steifen fest zusammen. Er atmete zischend ein und fasste kräftiger zu.

»Ich bin mit allem einverstanden«, flüsterte ich lächelnd.

Er stöhnte leise, wirbelte mich dann herum und drückte mich flach auf den Tisch. Ich hörte, wie er seinen Reißverschluss öffnete. Dann packte er meinen Stringtanga und zog so fest daran, dass das Gummiband riss.

So ein Mist. Das war nicht das erste Höschen, das auf diese Weise ruiniert wurde …

Hunters Finger glitten plötzlich in mich, sodass ich aufschrie. Heilige *Scheiße*, fühlte sich das gut an. Er traf immer den richtigen Punkt. *Immer*. Dann zog er die Finger wieder raus und rieb meine Flüssigkeit über meine Pospalte. Ich spürte, wie er seinen Finger gegen mein hinteres Loch presste und ihn langsam hineinschob. Es war ein komisches Gefühl, aber das hatte er jetzt schon ein paar Mal getan. Und ich wusste, er würde mir nicht wehtun.

»Irgendwann will ich dich da ficken«, sagte er.

Ich erschauerte.

Irgendwann würde ich ihn das auch tun lassen. Aber jetzt spürte ich seine Eichel an meiner Muschi entlanggleiten, während er sich vor meinem Loch in Position brachte. Seine freie Hand streichelte sanft über mein Kreuz

»Bist du bereit?«, fragte er mich mit rauer Stimme.

Ich nickte und stemmte meine Beine auf den Boden. Der Sex mit Hunter war fantastisch, aber selten sanft. Wie erwartet stieß er kräftig zu und dehnte mich mit dem ersten Stoß weit auf. Ich drückte meinen Rücken durch und stöhnte, denn das weiche Gewebe war fast zum Zerreißen gespannt.

»Mann, es ist so geil, dich zu vögeln«, murmelte er und stieß dabei ein paar Mal kräftig zu. Dann begann er, mich rhythmisch und hart zu ficken.

Mit dem Finger in meinem Arsch fühlte ich mich ausgefüllt, wie aufgespießt und seiner Gnade ausgeliefert.

Einfach höllisch. Ich war mein ganzes Leben nicht so angetörnt gewesen, was eigentlich gut war. Denn weder er noch irgendein anderer Mann hätte diesen hämmernden Rhythmus lange durchhalten können. Nicht, dass ich noch länger gebraucht hätte. Jeder Stoß brachte mich dem Ziel näher: Meine Beine begannen aufgrund der körperlichen Anstrengung und der wachsenden Lust zu zittern.

»Ich komme gleich«, warnte ich ihn und hielt mich dann an den Seiten des Tisches fest. »Bin echt kurz davor, Baby.«

Er zog den Finger aus meinem Po, packte meine Pobacken mit seinen kräftigen Fingern und drückte so fest zu, dass ich später wahrscheinlich blaue Flecken bekam. Das war mir jedoch egal. Es kam nur auf das Gefühl an, dass sein Schwanz mich weit öffnete. Er drang wieder und wieder in mich ein, bis mein ganzer Körper sich wand und zuckte und der Orgasmus schnell und mit aller Kraft über mich kam. Ich wimmerte und erschlaffte, während er noch weitermachte. Dann spürte ich, wie sein Schwanz zu pulsieren anfing und sein heißer Samen tief in meinen Körper spritzte.

Nur unser Keuchen war im Laden zu hören. Wahrscheinlich war es besser, wenn ich Cookie nichts von dieser Nummer erzählte.

»Ohne Kondom ist es viel besser«, gelang es mir, nach ein paar Minuten zu sagen.

»Dann scheiß auf Verhütung«, murmelte er und beugte sich vor, um meinen Nacken zu küssen. Er zog seinen Schwanz raus und trat einen Schritt zurück. Wacklig stellte ich mich gerade hin und zog meinen Rock mit einer Hand nach unten. Mein zerfetzter Stringtanga hing nur noch an einem Bein, weshalb ich ihn abschüttelte.

»Wann sollen wir uns nun mit Burke treffen?«

»In ungefähr fünfzehn Minuten«, sagte er. »Die Zeit reicht gerade noch, um aufzuräumen und rüberzulaufen.«

»Kannst du den Tisch abwischen, während ich schnell auf die Toilette gehe?«, fragte ich schuldbewusst. Was würde das Gesundheitsamt *dazu* sagen? »Ansonsten ist alles schon fertig. Das Putzmittel ist unter der Spüle.«

»Natürlich«, sagte er und lächelte mich kurz an. »Also ich muss schon sagen, die Vorstellung, dass du mit diesem kurzen Rock und nichts drunter unterwegs bist, macht mich ganz schön an.«

Ich schnaubte lachend.

»Dich macht doch alles an.«

»Nö, nur alles, was mit dir zu tun hat. Glaub mir, so geht es mir nicht, wenn ich ein fettes Mädel in der Zulassungsstelle sehe. Jetzt mach dich sauber. Oder lass es bleiben – ist mir völlig egal. Die Idee, dass mein Sperma an deinen Beinen hinabläuft, sodass alle es sehen, gefällt mir sogar.«

»Du bist ekelhaft.«

»So isses.«

Ich wandte mich ab, um auf die Toilette zu gehen, doch er griff nach meiner Hand, um mich für einen schnellen Kuss nochmals an sich zu ziehen.

»Danke«, sagte er und legte seine Stirn gegen die meine. »Ich war ziemlich nervös. Wenn Burke ohne Vorwarnung auftaucht, bedeutet das normalerweise nichts Gutes. Du hast mir echt geholfen.«

»Ich bin eben ein hilfsbereites Mädchen«, sagte ich und wackelte dabei vielsagend mit den Augenbrauen. Dann löste ich mich von ihm und drehte mich wieder um. Hunter gab mir einen Klatscher auf den Po, und ich machte lachend einen Hüpfer.

»Beeil dich«, sagte er. »Burke wartet.«

»Werde ich ihn mögen?«

»Nein«, sagte Hunter und schüttelte dabei langsam seinen Kopf. »Normalerweise ist er ein totales Arschloch. Wundere dich nicht, wenn er was Unhöfliches sagt. Aber er hat mich und Kelsey gerettet, als wir Kinder waren. Das ist doch auch was wert. Ohne ihn wäre ich wahrscheinlich tot. Oder im Gefängnis.«

»Dann liebe ich ihn«, sagte ich. »Ist mir egal, dass er ein Arschloch ist. Ich bin ihm was schuldig.«

»So ähnlich geht es mir auch mit deinem Dad«, sagte er. »Geh dich waschen, Frau.«

Ich zeigte ihm den Mittelfinger und ging ins Badezimmer.

Hunter stellte seinen neuen Pick-up direkt vor dem Stripclub ab. Der Wagen war nichts Besonderes. Den Schaden an seinem alten hatte er nicht an die Versicherung melden können. Schusslöcher zogen meist die Bullen an, und das Letzte, was die beiden Clubs wollten, war, dass die Polizei in der Sache herumstocherte. Eine von den vielen anderen beschissenen Unfallfolgen.

Ich hatte Hunter angeboten, etwas zum Kauf des neuen Fahrzeugs beizusteuern, aber das hatte er abgelehnt und deutlich gemacht, dass er es sich leisten konnte, einen neuen Wagen zu kaufen. Ich wunderte mich darüber … ein Job als Mechaniker in Teilzeit war nicht gerade lukrativ, aber wenn es bei den Jacks ähnlich wie bei den Reapers zuging, hatte er wahrscheinlich andere kreative Einkommensquellen.

Hunter schickte Burke eine Nachricht. Fünf Minuten später kam er heraus zu uns. Ich weiß nicht, was ich erwartet hatte, aber Burke war auf jeden Fall anders. Er war alt – viel älter als mein Dad oder als Shade, unser National President. Eher in Ducks Alter. Seine langen grauen Haare trug er zu einem Pferdeschwanz gebunden. Auch sein Vollbart hing lang herunter.

Skid folgte ihm. Misstrauisch beäugten wir uns. Inzwischen hatte ich mit Skid einen Waffenstillstand geschlossen, bei dem wir uns beide etwas unbehaglich fühlten. Dank seines Tipps wohnten Kelsey und ich jetzt zusammen. Ich übernachtete trotzdem noch öfter bei Hunter, aber lange nicht so häufig wie zuvor. Ich schätze, damit ging es uns allen besser. Na ja, allen außer Hunter. Dass Kelsey und ich zusammenwohnten, schien ihn ein wenig zu ängstigen, was ich sogar verstehen konnte. Sich gegen ihn zu verbünden war dadurch sicher leichter geworden.

»Ich bin Burke«, sagte der President der Devil's Jacks und trat dabei einen Schritt auf mich zu. »Du bist sicher Em?«

Ich lächelte und nickte.

»Ich freue mich sehr, dich kennenzulernen«, sagte ich.

»Ich hätte erwartet, dass an einem Mädchen, das so viel Ärger verursacht, mehr dran ist«, sagte er unverblümt. »Hätte gedacht, dass du größere Titten hast.«

Unbeeindruckt lächelte ich weiter.

»Ich spare noch für meine Brust-OP«, erklärte ich ihm höflich. »Bis dahin, fürchte ich, muss mich Hunter nehmen, wie ich bin. Dafür kann ich sehr gut einen blasen. Er musste meinem Vater sechs Ziegen für mich geben.«

Hunter röchelte, doch Burke lachte laut los. Skid riss die Augen auf, warf mir einen listigen Blick zu und nickte zustimmend.

»Nun, schüchtern ist sie nicht.«

»Nicht im Geringsten«, sagte Hunter. Dabei legte er mir den Arm um den Hals und zog mich an sich. »Du wolltest uns etwas zeigen?«

»Ja«, sagte Burke. »Ich fahre bei Skid mit. Ihr fahrt hinterher.«

Hunter zog mich zum Pick-up, und wir stiegen ein.

»Ich hätte gerade fast einen Herzinfarkt bekommen«, sagte er. »Und ich glaube, er hat einen falschen Eindruck bekommen – es waren keine Ziegen, sondern Fässer.«

»Mein Fehler«, murmelte ich. »Es fällt mir so schwer, all diese Informationen in meinem kleinen Frauenkopf zu behalten. Ich bin ganz durcheinander.«

»Schon in Ordnung, Liebling«, sagte er sanft. »Ich weiß, wie du dich anstrengst. Wir müssen darauf achten, dass dein schwaches, kleines Hirn nicht überlastet wird.«

Ich versetzte ihm einen harten Schlag auf sein Bein, und er tat so, als ob er wimmern würde. Als Skid vor uns losfuhr, folgte ihm Hunter. Kurz darauf legte er seine Hand auf meinen nackten Schenkel und fuhr mit seinen Fingern auf und ab.

Meine Güte, wie war es nur möglich, dass ich ihn schon wieder wollte?

Wir fuhren nicht allzu weit, aber der Verkehr war so dicht, dass es gute zwanzig Minuten dauerte, bevor Skid in ein Wohngebiet abbog. Die alten Häuser waren alle im typischen Portlandstil errichtet. Schmale Grundstücke, hohe Veranden, Bäume rundherum. Das Haus, vor dem er anhielt, sah recht stabil aus. Doch die Farbe blätterte bereits ab, und anstatt eines Rasens hatte es einen Dschungel. Interessant …

»Was ist das?«, fragte ich Hunter.

Er zuckte mit den Schultern.

»Keine Ahnung.«

Ich öffnete die Beifahrertür und überlegte mir dann, wie ich aussteigen konnte, ohne meine Schätze der ganzen Nachbarschaft zu präsentieren. Hunter grinste spöttisch, kam aber zu mir. Er hob mich heraus und setzte mich auf dem Gehsteig ab, wie ein perfekter Gentleman. Skid und Burke standen bereits auf der Veranda und beobachteten uns interessiert.

Wir stiegen die Treppe hoch und gesellten uns zu ihnen.

Burke steckte einen Schlüssel ins Schloss, öffnete die Tür und gab uns mit einer Geste zu verstehen, dass wir hineingehen sollten. Das Haus war völlig leer. Und obwohl erkennbar war, dass es eine tolle Aufteilung hatte, war es ganz offensichtlich renovierungsbedürftig. Es hatte überall Holzböden, die allerdings hoffnungslos verkratzt waren. Wohnzimmer, Esszimmer und Küche lagen direkt hintereinander. Die Schlafzimmer waren vermutlich im Obergeschoss.

»Was hältst du davon?«, fragte Burke Hunter. »Es gibt noch ein altes Kutscherhaus weiter hinten. Man sieht es nicht auf den ersten Blick, aber es ist ein Doppelgrundstück, das bis zur nächsten Straße reicht.«

»Ein ordentliches Gebäude«, sagte er. »Aber ich weiß nicht genau, warum wir hier sind.«

»Ich kaufe es«, sagte Burke. »Dachte mir, dass du und Em vielleicht ein eigenes Haus haben wollt. Was meinst du?«

Ich starrte Burke misstrauisch an. Em machte große Augen, sagte aber kein Wort – ein weiterer Beweis, dass sie die Tochter ihres Vaters war. Später würde sie mich löchern, aber vor Zeugen ließ sie sich nichts anmerken. Was auch gut war, denn Burke war ein verschlagener Kerl, und das hier konnte genauso gut irgendein ausgeklügelter Test sein.

»Skid, warum nimmst du Em nicht mit nach oben und zeigst ihr den Rest des Hauses?«

»Mach ich«, sagte Skid in neutralem Ton.

Doch ich sah ein Aufblitzen in seinen Augen. Skid wusste Bescheid, was auch immer hier eigentlich abging. Darüber würden wir später reden. Er nahm Em mit, und ich wandte mich Burke zu.

»Was soll das Ganze?«, fragte ich geradeheraus.

»Ich investiere in Immobilien«, antwortete Burke mit väterlichem Lächeln. »Der Immobilienmarkt erholt sich noch, und das Haus ist ein gutes Angebot. Nach hinten raus ist noch viel Platz. Vielleicht kann ich da später mal irgendwas lagern. Ihr Kinder renoviert das Haus und könnt dafür mietfrei darin wohnen. In ein paar Jahren könnt ihr es mir abkaufen. Zum Teufel, vielleicht schenke ich es euch sogar. Du bist fast wie ein Sohn für mich, Hunter. Wenn du dich häuslich niederlassen willst, sollst du eine passende Bleibe dafür haben.«

Ich erstarrte, denn die Story nahm ich ihm nicht ab.

»Was steckt wirklich dahinter?«

Burke ließ die Maske fallen und blickte mich mit kalten Augen an.

»Deshalb mag ich dich so sehr. Von Anfang an. Du glaubst nicht jeden Scheiß. Ein Jammer, dass du im Club nicht aufsteigen kannst, zumindest jetzt nicht. Bis es so weit ist, gefällt mir die Vorstellung, dass ihr hier in Portland Vater-Mutter-Kind spielt. Wir haben zwar einen Anfang gemacht, aber es steht alles auf der Kippe. Wenn ich dir hier ein Haus mit Prinzessin Emmy einrichte, überlegen es sich die Reapers zweimal, ob sie das Haus angreifen, falls die Dinge den Bach runtergehen. Wir haben dann also einen sicheren Unterschlupf.«

Ich schüttelte den Kopf.

»Ich werde Em keinem Risiko aussetzen«, sagte ich und meinte es auch so. »Das läuft nicht.«

»Es ist kein Risiko«, sagte Burke. »Hier wird sie sicherer sein als irgendwo sonst. Wir werden ihr nichts tun, und sie werden sicher auch nichts unternehmen. Das Mädel ist die personifizierte Neutralität. Sobald sie hier in diesem Haus wohnt, sind wir einem eigenen Chapter in Portland einen Schritt näher. Nur im Haus ihres Daddys wäre sie noch sicherer. Aber ich wette, dass du nicht bei ihm einziehen willst.«

»Sie ist ein Mensch, weißt du. Nicht nur eine Spielfigur, über die du verfügen kannst.«

»Wir sind alle Spielfiguren«, antwortete er leise. Hätte ich es nicht besser gewusst, dann hätte ich gesagt, dass er beinahe menschlich dabei aussah. »Und das Kartell wird wiederkommen. Das Spiel ist noch nicht vorbei, das wissen wir beide. Aber das heißt nicht, dass ich mich nicht für dich freue. Und ich bin auch stolz auf dich. Als wir uns diese Sache mit Em ausgedacht haben, hatten wir schon das Gefühl, dass sie eine gute Alte Lady abgeben würde.«

»Die allerbeste«, stimmte ich vorsichtig zu. Gottverdammt, er war wirklich ein ausgekochter Bursche.

»Dann behandle sie gut. Ich war auch mal verheiratet. Hat kein gutes Ende genommen …«, sagte er und sah dabei zur Seite. »Das bedauere ich ehrlich. Du hast mit diesem Mädel etwas Wertvolles aufgebaut. Zerstöre es nicht. Jetzt geh hoch und sieh dich um. Frag Em, ob sie mitmacht. Falls ja, kann ich gleich den Immobilienmakler anrufen.«

Em stand im vorderen Schlafzimmer am Fenster und blickte auf die Straße. Es gab noch zwei kleinere Zimmer und ein Badezimmer. Ich stellte mich hinter sie, schlang meine Arme um ihren schmalen Körper und legte mein Kinn auf ihre Schulter. Burke wollte, dass ich dieses wunderschöne Mädchen wieder benutzte, und ich hasste ihn dafür, verdammt. Ich hatte sie bereits einmal auf seinen Befehl hin verletzt. Das musste ein Ende haben … obwohl er bei zwei Dingen richtig lag. Erstens die Probleme mit dem Kartell – sie waren noch lange nicht überstanden. Und zweitens, dass meine Beziehung zu Em etwas ganz Besonderes war, die ich um nichts in der Welt aufgeben würde. Nicht mal für die Jacks.

»Was denkst du?«, fragte ich sie. Ihr kleiner Körper schmiegte sich an mich; mit ihr fühlte ich mich einfach komplett. Nicht einmal mein Club konnte dieses Gefühl auslösen. In meiner Entscheidung gestärkt, spürte ich so etwas wie Frieden und wusste nun, was ich zu tun hatte. Natürlich verursachte mir der Gedanke daran Übelkeit, aber die Vorstellung, Em zu verlieren, machte mir noch mehr Angst.

»Ich weiß nicht recht«, antwortete sie. »Hat er das ernst gemeint?«

»Ja. Er will das Haus kaufen, damit wir es renovieren. Dafür dürfen wir mietfrei hier wohnen.«

»Das sieht ihm aber gar nicht ähnlich, oder? Wenn ich an das denke, was du mir erzählt hast.«

»Das könnte man sagen«, antwortete ich. »Er tut es nicht, weil er so ein unglaublich netter Kerl ist, das steht fest. Er will neutralen Boden und glaubt, dass er, wenn er dich mit mir in dieses Haus steckt, den Frieden bewahren kann.«

Ich spürte, wie sie sich verkrampfte, dann aber nickte. »Das kann ich nachvollziehen. Was meinst du?«

»Mir gefällt die Idee, dich wieder zu benutzen, gar nicht«, antwortete ich ehrlich. »Ich liebe dich, und als ich ihm da unten zugehört habe, wurde mir etwas klar.«

»Was denn?«

Ich hielt inne und atmete mit klopfendem Herzen tief ein. Der Club war mein Leben gewesen. Meine Familie. Meine Brüder. Mein Ein und Alles.

Jacks zuerst.

Nach diesen Worten hatte ich acht Jahre lang gelebt.

»Vielleicht sollte ich aus dem Club austreten, Em. Dann hätten wir mit alldem nichts mehr zu tun.«

Sie erstarrte. Manch eine Frau würde nicht begreifen, was ich gerade angeboten hatte, aber Em war bei den Reapers aufgewachsen. Sie verstand genau. Dann spürte ich, wie sich ihr Körper entspannte. Sie legte ihre Hände über die meinen, die auf ihrem Bauch lagen.

»Aber wäre es wirklich so schlimm, wenn er mich benutzen würde, solange es dem Frieden dient?«, fragte sie leise. »Mein Club will mir nicht wehtun, und wenn durch mich eine neutrale Zone geschaffen wird, werde ich für deinen Club nur noch wertvoller. Viel mehr Sicherheit hat das Leben nicht zu bieten, oder? Die Sache könnte für uns alle von Vorteil sein, Liam.«

Der Knoten in mir löste sich, und ich war so unglaublich erleichtert, dass ich mich kaum auf den Beinen halten konnte. Ich liebte meinen Club so sehr … Em liebte ich eben einfach noch mehr.

»Bist du dir sicher?«, fragte ich sie.

Em löste sich von mir und drehte sich in meinen Armen um. Dann sah sie zu mir auf und nahm mein Gesicht in ihre Hände. Mit ernstem Blick sah sie mir tief in die Augen.

»Ich bin mir sicher«, antwortete sie. »Es gibt so einiges, was mir an deinem Club nicht gefällt, aber ohne ihn wärst du nicht der, der du heute bist. Der Club ist deine Familie und nun auch die meine. Ich bin keine Bürgerin und habe mich auch nicht in einen Börsenmakler, sondern in einen Devil's Jack verliebt. Ich weiß, was es bedeutet, eine Kutte zu tragen.«

Dann schenkte sie mir ihr wundervolles albernes Lächeln, das vor so vielen Monaten schuld daran gewesen war, dass ich mich auf diesem Parkplatz unsterblich in sie verliebt hatte. Wie ein verdammter Schlag in die Magengrube. Jedes Mal.

»Willst du also mit mir zusammenziehen?«, fragte sie unbeschwert. »Um vielleicht eine kleine Oase des Friedens in Portland zu erschaffen? Das Haus hat durchaus Potenzial – es würde mir hier gefallen. Aber nur mit dir alleine. Skid und die Jungs können zu Besuch kommen, aber sie behalten ihr eigenes Haus. Ich will nicht in einer Studentenbude wohnen.«

»Kein Problem«, sagte ich und fragte mich dabei, was ich verdammt noch mal getan hatte, um das zu verdienen. »Er riecht nicht so gut wie du.«

»Nun, wenn es auf den Geruch ankommt, dann gewinne ich ziemlich sicher«, sagte sie. Dann beugte sie sich vor und umfasste mich noch fester mit ihren Armen, die um meine Taille lagen. Ich hätte sie ewig so in den Armen halten können. »Mir gefällt die Idee, die Hüterin des Friedens zu sein. Und wir wohnen praktisch ja schon zusammen. Wenn irgendwas schiefläuft, könnte ich vermutlich wieder zu Cookie ziehen.«

Ich verkrampfte mich wieder.

»Nein«, sagte ich bestimmt. »Wenn irgendwas schiefläuft, bleibst du hier bei mir und wir diskutieren es aus.«

»Okay«, flüsterte sie und schob mir eine Haarsträhne hinters Ohr. Dann stellte sie sich auf die Zehen und küsste mich sanft.

»Willst du gleich damit anfangen?«

»Womit anfangen?«

»Mit dem Durchdiskutieren. Ich glaube nämlich, dass ich das Thema ›Lügen‹ für dich noch ein wenig verdeutlichen muss …«

Ich erstarrte. Was hatte ich denn angestellt? Ich versuchte mich zu erinnern und fragte mich, ob ich vielleicht gelogen hatte, ohne es überhaupt zu merken? Fuck.

»Ich weiß, dass ich dich gebeten habe, mir immer die Wahrheit zu sagen«, flüsterte sie. »Aber ein Tipp für die Zukunft: Wenn eine Frau einen Mann fragt, ob sie in einem bestimmten Kleidungsstück dick aussieht, lautet die Antwort immer Nein. Immer. Meinst du, du kannst dir das merken?«

Gott sei Dank.

»Du bist echt fies.«

»Kannst du es dir merken?«

»Ja«, antwortete ich und verkniff mir dabei ein Lachen.

»Dann werde ich wohl mit dir zusammenziehen. Doch die Sache mit Skid meine ich ernst. Er muss mit den Jungs im anderen Haus bleiben.«

»Geht klar, solange dein Dad in eurem Clubhaus übernachtet, wenn er zu Besuch kommt.«

»Kein Problem«, sagte sie kichernd. Sie drückte mich noch fester. »Ich liebe dich, Baby.«

»Ich liebe dich auch.«

Das war nicht gelogen.

Coeur d'Alene, Idaho

Januar

Picnic

»Pic, sieh dir das an.«

Picnic sah von seinem Schreibtisch auf und blickte zu Gage rüber. Der Vollstrecker des Clubs saß vor vier Bildschirmen mit Aufnahmen der Sicherheitskameras.

»Was denn?«

»Die neue Putze«, sagte Gage. »Marie hat aufgehört, weil sie die Arbeit hier und zu Hause nicht schafft. Sonst hat auch keiner Zeit, deswegen hat Bolt einer Bürgerin den Auftrag gegeben. Sie hat eine Reinigungsfirma oder so was, mit gutem Ruf.«

»Und was interessiert mich das?«

»Schau dir ihren Arsch an, dann hast du die Antwort.«

Picnic stand langsam auf und ging um seinen unordentlichen Schreibtisch herum, der im Büro der Pfandleihe stand. Die vergangene Stunde hatte er damit verbracht, sich zu überlegen, wo zum Teufel er den Zettel für die rot-goldene Harley hingelegt hatte, die draußen im Hof stand. Irgendein reicher, junger Schnösel hatte das Bike in die Pfandleihe gebracht. Wahrscheinlich, um mit dem Geld Gras oder was ähnlich Dämliches zu kaufen. Seitdem hatte er ein Auge darauf gehabt. Der verwöhnte kleine Bengel hatte heute Morgen die Frist zur Abholung verpasst.

Gage lehnte sich auf seinem Stuhl zurück und faltete seine Hände auf dem Bauch.

»Hübsch, nicht wahr?«

Pic beugte sich vor, um sie sich näher anzusehen, und ließ dann einen leisen Pfiff hören.

»Weiß sie, dass eine Kamera auf sie gerichtet ist?«

»Wahrscheinlich nicht«, antwortete Gage mit spöttischem Grinsen. »Sie sind zwar nicht versteckt, aber auf den ersten Blick nicht unbedingt zu sehen.«

Die neue Putzfrau kroch auf allen vieren, den Arsch der Kamera in der Ecke zugewandt. Und was für ein Arsch … Ihre ausgeblichene Jeans war etwas heruntergerutscht, sodass der Poansatz sichtbar war. Fast bis zur Pospalte, aber nur fast. Der Arsch war herzförmig, prall und kurvig, so, wie er es gern hatte.

Sie beugte sich ein wenig vor, wobei ihm auffiel, dass sie mit einem Messer etwas abkratzte, das unter dem vorstehenden Rand der Vitrine auf dem Boden klebte. Wieder wackelte sie mit dem Hintern. Pic rutschte herum und griff sich an die Hose, um sie zurechtzurücken. Verdammt, war die scharf.

»Ist ihr Gesicht so hübsch wie ihr Hintern?«

»Ja«, sagte Gage und beugte sich vor, um an den Kontrollknöpfen zu drehen.

Die Kamera zoomte ihren Schritt näher heran, als sie gerade leicht die Beine auseinanderschob.

Pic unterdrückte ein Stöhnen.

»Ist sie heute Abend zum ersten Mal hier?«

»Ja.«

»Hat das schon jemand mitbekommen?«

»Nö.«

»Putzfrau ficken verboten. Sorg dafür, dass alle Bescheid wissen.«

Gage sah zu ihm hoch und grinste hämisch.

»Seit wann gilt denn die Regel? Du hast mit der Hälfte der Mädels im Line geschlafen. Sogar gestern Abend hast du eine mit nach Hause genommen.«

Pic grunzte, die Augen gebannt auf den Bildschirm gerichtet. »Neue Tänzerinnen sind nicht schwer zu finden. Eine gute Putzfrau schon.«

Gage schüttelte seinen Kopf und zoomte wieder raus. Die Putzfrau stand auf und reckte ihre Arme hoch über den Kopf. Dann drehte sie sich um und sagte etwas zu einer anderen Frau, die auf der anderen Seite des Ausstellungsraums arbeitete. Deren Antwort brachte sie zum Lächeln, was Picnic den Atem raubte. Verdammt, sie war wirklich umwerfend. Und das, obwohl ihr aschblondes Haar zu einem unordentlichen Pferdeschwanz zusammengebunden war und ihre Jeans und ihr Sweatshirt auch schon bessere Tage gesehen hatten. Dichte dunkle Wimpern. Blitzende dunkelbraune Augen. Üppiger Schmollmund.

Ein Schmollmund, der um seinen Schwanz gehörte.

Dann zog sie das Sweatshirt aus. Darunter kam ein Top mit Spaghettiträgern zum Vorschein, das ihre Titten sehr vorteilhaft zur Geltung brachte – die Größe war recht ansehnlich. Er hätte sein Leben drum verwettet, dass ihre Brustwarzen, die sich darunter verbargen, perfekt in seinen Mund gepasst hätten. Sie warf das Sweatshirt auf den Ladentisch, beugte sich vor, nahm eine Sprühflasche mit blauem Fensterreiniger und machte sich über die Vitrine her.

»Mann, ich will diese Titten ficken«, murmelte Gage. »Bist du sicher, dass sie tabu ist?«

Pic knurrte. »Ja, bin ich. Wer sie anrührt, bekommt es mit mir zu tun. Meinst du, sie zieht eine Show für uns ab? Auf so was hab ich gar keinen Bock.«

»Keine Ahnung«, antwortete Gage. »Sie hat ihren Beruf verfehlt. Das Miststück sollte lieber Pornos drehen.«

Dagegen ließ sich nichts sagen.

»Wirf sie raus«, sagte er plötzlich. »Such jemand anderen.«

»Die Anwärter haben schon eine Woche lang geputzt. Aber wir brauchen sie für andere Aufgaben, und ich schätze, es war für Bolt verdammt schwierig, sie überhaupt aufzutreiben.«

Sie stellte sich hin und lehnte sich an den Ladentisch, wobei sie den Kopf schräg legte, während sie etwas zu der anderen Putzfrau sagte. Dass der Ladentisch genau die richtige Höhe hatte, um sie runterzudrücken und zu ficken, war ihm nicht entgangen.

»Haben wir Unterlagen über sie?«

Gage beugte sich vor und zog eine Schublade auf, um eine Mappe herauszuziehen. Pic öffnete sie. Viel war nicht drin: London Armstrong, Inhaberin des »London's Cleaning Service«. Achtundreißig Jahre alt. Das überraschte ihn. Sie wirkte jünger. Wesentlich jünger. Die Überwachungskamera hatte zwar nicht die beste Auflösung, aber dennoch … Die Firma hatte sie seit sechs Jahren. Guter Ruf. Hatte nichts mit Motorradclubs zu tun. Möglicherweise Single, wobei sie das Sorgerecht für ein Kind hatte – eines Mädchens im Highschool-Alter. Nicht ihr Kind. Das einer Cousine.

Shit.

London klang nicht nach einer Frau für einen One-Night-Stand. Nein, trotz ihrer sexy tänzerischen Bewegungen wirkte sie sauber und ordentlich, was ihn fast umbrachte, weil er nicht so auf sauber stand. Er mochte seine Mädels gerne ein wenig dreckig und versaut, und vor allem ohne jegliche Verpflichtung … und natürlich so jung, dass sie seinen Befehlen nachkamen, ohne allzu viele Fragen zu stellen. Frauen in ihrem Alter wussten es besser.

»Sag Bolt, er soll so schnell wie möglich jemand anderen finden«, murmelte er. »Und bis dahin – Finger weg. Ich meine es ernst.«

Gage lachte.

»Fick sie einfach und bring's hinter dich. Ganz offensichtlich, dass du sie willst.«

»Verpiss dich«, murmelte Pic und rieb sich mit der Hand übers Stoppelkinn. Gage hatte recht. Er wollte sie ficken.

Und wie.